Les Venins de la rose

Alexandre Torquet

Les Venins de la rose

ROMAN

Albin Michel

Premier acte

1

…car je vais mourir, je le sais.

Fais-moi transporter dans le jardin de l'abbaye, moine, en ce lieu d'où je puis contempler les flots de la Seine s'unissant à ceux de la mer dans la lumière mouvante de l'estuaire. Je suis maintenant prête à avouer les actes que tu nommes mes crimes. Fais consigner d'abord le songe dont est venu tout le mal : cette vision d'épouvante m'a prédit l'avenir royal de mon fils Guillaume, surnommé par des méchants « le Bâtard » alors qu'il fut « le Conquérant ». Mais ce cauchemar m'a, je le crains, été inspiré par le démon qui rôde dans le monde pour nous perdre.

Le feu. L'âcre puanteur de la chair brûlée.

Tout a commencé cette nuit-là, la nuit de la Saint-Michel de l'an du Seigneur 1 026, dans notre ville de Falaise. Tirés du sommeil par l'appel affolé du tocsin, guidés par les cris et les lueurs palpitant dans l'ombre, mon père, mes deux frères et moi nous nous sommes rués vers le faubourg Saint-Gervais. C'était le troisième incendie de l'année, six maisons et l'église s'étaient embrasées. Sous le vent violent, une autre échoppe, un autre bâtiment étaient attaqués à chaque instant, vomissant flammes et fumée par leurs fenêtres.

Nous avons fait la chaîne pour acheminer l'eau de la rivière et celle des puits. Mais la rivière était éloignée, les puits rares... et que peuvent cent bras armés de seaux d'eau contre un fléau ayant entrepris de détruire une ville ?

– C'est le fournil de Lubin, le boulanger, qui a flambé d'un coup ! s'écriaient les uns.

– C'est plutôt quelque malveillant, un mécréant, qui aura bouté le feu ! rétorquaient d'autres.

– Écoutez ! s'écria quelqu'un.

Des hurlements résonnaient au plus profond de la fournaise. S'y mêlaient des meuglements, des mugissements effroyables accompagnés de coups, de heurts saccadés. Ce vacarme provenait de la demeure d'Arnoul L'Oison, un vieux maquignon sourd comme un pot, moins pourtant que ne l'était Sibylle, sa vieille. Tous deux avaient du bien et habitaient avec leur fils Roger, un innocent, une grosse maison près de l'église Saint-Gervais. Chacun se souvint qu'en prévision du marché prochain, une vingtaine de bœufs gras se pressaient dans leur étable. Méfiant, le vieil homme avait verrouillé et barré dès la nuit tombante portes et volets et, avec les siens, il se trouvait maintenant pris au piège, à l'étage de cette forteresse.

Bétail et maquignon commençaient à griller, d'où la répugnante odeur.

Quelques braves, la tête protégée d'un linge trempé, tentèrent de forcer l'entrée ou d'ouvrir l'étable. Mais, sous une pluie de flammèches, l'édifice risquant de s'écrouler sur eux, ils durent renoncer. Mon père lui-même essaya. En vain. La foule, qui jusque-là avait gémi, se taisait maintenant, stupéfiée de ces cris et de ces beuglements, angoissée de ne pas pouvoir répondre à ces appels à l'aide. Comme beaucoup, je sanglotais. Certains s'étaient mis à genoux. On récita l'invocation de sainte Barbe, patronne des brûlés, on chanta le *De Profundis* : rien n'y fit.

Alors commencèrent à résonner les coups de masse et de hache de ceux qui abattaient les maisons d'alentour, seule possibilité de circonscrire le sinistre. Enfin les appels se firent plaintes et cessèrent.

Lorsque l'aube se leva, le vent était tombé. Le feu s'était enfin calmé. Suffoquant, nous protégeant le visage de la fumée, nous avançâmes avec peine dans l'enchevêtrement des poutres noircies et des gravats incandescents.

– Gare le chevron, là ! criait-on.

À chaque instant, un écroulement se produisait autour de nous dans une gerbe d'étincelles. Dans les ruines de l'étable, un amas de carcasses se consumait encore dans la fumée étouffante et âcre. Fouillant les décombres de la maison, nous réussîmes enfin à dégager les trois corps calcinés, sarments convulsés et rétrécis, accrochés l'un à l'autre pour se protéger puisque nul ne leur était venu en aide.

– Foubert, dit à mon père l'échevin Matthieu l'Ancien, apparu quand tout était fini selon la coutume des magistrats municipaux, tu nous fourniras demain matin trois peaux de bœuf pour ensevelir ces malheureux. Ce sont des notables, Arnoul était marguillier de sa paroisse, ils méritent des obsèques dignes.

Mon père était tanneur et la coutume voulait alors qu'avant d'être inhumé, le corps des notables soit cousu dans le cuir. Mes frères, Osbern qu'on surnommait le Louche du fait de sa disgrâce et Gautier, le rouquin, durent donc travailler tout le jour à ses côtés avec acharnement. Il me fallut me joindre à eux.

– Arlette, avait grondé mon père, assez musardé ! Viens ça !

Des volutes de fumée roulaient encore sur la rivière et le remugle de bétail cramé empestait tout le pays, l'emportant presque sur celui de la tannerie. Il fallut gratter les peaux, les sécher, les presser avec soin à la sortie du bain d'écorce de chêne où elles étaient conservées et terminer tôt l'ouvrage : nul ne pouvait imaginer ce cuir pour défunts mal préparé, ni nous demander d'achever notre ouvrage à la chandelle : à un quart de denier la livre, le suif était trop cher.

Ainsi, la puanteur et le feu se retrouvent tout au long de mon histoire. Aussitôt la purée de fèves et le pain trempé du souper avalés, je me suis précipitée dans le lit que je partageais avec mes deux frères. À seize ans, j'étais leur aînée et, souvent, je devais d'une taloche faire taire leur tapage et calmer leurs batailles lors du coucher. Mais ce soir-là, nous n'en pouvions plus et lorsque nos parents vinrent s'allonger dans le lit voisin, puis quand mon père souffla la chandelle, nous dormions à poings fermés. Et aussitôt…

… Je marche à pas pressés dans une forêt, celle de Gouffern. Elle s'étend à une lieue de la ville et je la connais bien. Le fourré apparaît plus épais que de coutume, la cime des arbres cache le ciel et la pénombre règne dans le sous-bois. Aucun chant d'oiseau ne résonne, un silence insolite, teinté de brume, pèse sur moi. J'ai peur, je devine ce qui va advenir. Car commence à se tordre en moi le mal profond, familier. Il s'assoupit pour reprendre plus aigu, s'adoucit de nouveau et de nouveau se manifeste plus pénible encore. Je tombe, me tenant le ventre à deux mains. Comme toujours, j'implore sainte Herleue la martyre, ma patronne, saint Érasme aussi qu'on invoque pour les maux d'entrailles. Rien n'y fait et, soudain, je vois, oui je vois jaillir de mon sexe, d'entre mes cuisses, une branche vigoureuse. Elle grossit, se développe par saccades, grandit par pénibles et rapides secousses, se couvre de rameaux, devient un tronc immense dont le faîte, dépassant la cime des chênes de la forêt, se perd dans la brume du ciel. Brisée, écrasée par ce géant issu de moi, je m'épouvante d'apercevoir à l'extrémité de ses rameaux des visages hautains et sévères, triomphants ou grimaçants, ensanglantés souvent ou blêmes de l'horreur des supplices. Ces personnages étranges entrevus dans les ombres fantastiques du lointain portent tous une couronne royale d'or, étincelante de pierreries. La douleur et sa sœur la terreur m'étranglent, ma bouche grande ouverte n'émet aucun son…

Je hurlai, assise dans le lit, je hurlai sans cesse. Ma mère surgie là m'embrassa tendrement, baisa longuement mon visage humide de larmes puis m'entraîna dans sa propre couche, à côté de mon père, en répétant :

– Paix, petite Arlette, paix, tu vas les réveiller !

Blottie dans la chaleur de son corps, je retrouvai un peu de calme. Mon tremblement s'apaisa. Cet effroyable songe avait hanté déjà plusieurs de mes nuits mais jamais avec autant d'intensité ni de douloureuse précision. Je me promis de tout faire pour en être débarrassée. Alors, selon sa coutume, ma mère murmura à mon oreille des paroles apaisantes.

– Moi aussi, autrefois, j'ai eu des menstrues douloureuses ! soufflait-elle.

Je le savais bien, j'aurais à me garnir car mes époques arrivaient, mais cet atroce déchirement était autre. Ma mère me rappela aussi ma terreur d'enfant devant la peinture ornant un mur de notre église, m'affirmant que c'était l'origine de mon mauvais rêve : y était figuré un petit homme couché sur le côté droit dans son sommeil et dont un arbuste, sortant de la hanche gauche, portait de mignonnes figurines jouant de la harpe ou de la viole. Ces marmousets issus de leur personnage au sommeil tranquille n'étaient que broutilles à côté de mes épouvantables masques ensanglantés.

Je fis mine de me rendormir et attendis l'aube, décidée à ne jamais plus laisser cette horreur m'envahir. Mes parents se levèrent avant le jour, alors que résonnait la cloche de matines, mon père devant aller ensevelir les morts brûlés dans les peaux tannées. Osbern, Gautier et moi, nous sortîmes du lit à l'aurore. Mes frères commencèrent à se battre : comme je n'avais pas le cœur à les séparer, ils cessèrent, décontenancés. À l'étonnement de ma mère, je coiffai mon bonnet du dimanche et passai sur ma belle robe mon tablier de dentelle. Puis, sous le prétexte d'aller chercher du lait, je pris le chemin de la forêt de Gouffern : le moulin où résidait ma marraine était situé à l'orée de cette forêt.

– Comme tu es belle, petite Arlette, dans la fraîcheur du matin ! Quel bonheur de te recevoir ! Mais pourquoi cette folle course et ce front de souci ?

Ma marraine, la cousine de mon père, habitait seule dans le vieux moulin. Je vois encore sa silhouette rondelette, j'entends le chant claudicant de ses sabots. Gaucelme son époux avait été pendu onze ans plus tôt pour crime de braconnage dans le domaine ducal et elle, sa complice, marquée alors au visage comme voleuse. Elle avait pris l'habitude de ramener son voile, le voile noir des veuves, sur ce visage supplicié, non qu'elle eût honte de son prétendu crime, mais par une sorte de pudeur. Ainsi, le regard de ses yeux bleus de lavande attestait seul de sa douceur et de sa bienveillance.

Certains voyaient en elle une sorcière : il n'en était rien, elle n'avait pas commerce avec Satan, n'avait pas le pied fourchu et ne se rendait pas au sabbat. Seulement, elle pratiquait la bonne magie, connaissait les plantes de la forêt, les incantations et les invocations aux saints : on venait donc la consulter de loin pour toutes sortes de maladies, surtout les maladies des femmes.

Au fond d'une pièce basse, sombre et fraîche, contiguë à la chambre où les meules écrasaient autrefois le grain, elle versait du lait dans le puits creusé au milieu d'une jatte de farine. Un clair feu de bois brûlait dans l'âtre surmonté d'un four à pain. Le grondement de la roue du moulin tournant sous le flot de la rivière l'obligeait à hausser le ton.

– Ne reste pas là, prononça-t-elle après m'avoir serrée contre sa forte poitrine. Laisse tes sabots à la porte et viens-t'en t'asseoir sur cet escabeau devant moi. Et puis, prends une de ces petites nourolles que je viens de cuire pour toi : je t'attendais.

Le parfum des gâteaux encore chauds et le rire bienveillant d'Engrace me rassuraient. J'avais en elle toute confiance : elle n'avait pas d'enfants et se comportait avec moi comme une autre mère. Et si son visage mutilé entrevu effrayait certains, beaucoup l'affectionnaient ainsi que moi, confiants dans sa bonté et dans sa science.

– Ainsi, prononça-t-elle, apitoyée, lorsque je lui eus fait le récit de ma nuit, cet affreux songe et ces maux d'entrailles t'ont mise hors de toi ? Ce ne sont pourtant pas là grands troubles, à côté des incendies, des pestes et des massacres dont nous sommes accablés ! Au fait, as-tu été informée des changements survenus ici depuis la mort du duc ?

Le prêtre de notre paroisse nous avait appris le décès du duc Richard le Second, le mois précédent. Son fils aîné, nommé Richard lui aussi et donc Richard le Troisième, lui avait succédé. Et Robert, le frère de ce nouveau duc, avait reçu en apanage le comté d'Exmes avec la ville de Falaise. Il résidait depuis quelque temps au château.

– L'as-tu aperçu, notre jeune comte ? murmura-t-elle.

Elle s'était tournée vers moi et demeurait immobile, la cuiller de bois levée, me regardant fixement. Elle avait un peu écarté son voile et je devinais le teint livide de son visage bourrelé de cicatrices, un visage de craie tachée de sang, un aspect de cauchemar. Ses yeux prirent soudain une fixité insolite, une étrange teinte grisâtre les rendant semblables à ceux de certains aveugles ou de statues de pierre. Elle était devenue autre. Je frissonnai.

Non, je ne l'avais pas vu, mais je racontai ce dont toutes les filles du village jasaient : si ce seigneur partant chasser au milieu de ses valets et de sa meute semblait beau et bien fait, il portait la tête haute et ne jetait pas même un regard aux vilains ni aux manants assemblés sur son passage. Et puis, j'avais entendu le prêtre de la paroisse répéter à mi-voix que ce jeune Robert, âgé seulement de dix-sept ans, était un pendard, plus pillard encore que son père le feu duc, ne respectant pas les biens de l'Église, sans pitié pour les pauvres et les veuves, bref un mauvais sujet.

Elle posa la cuiller, s'essuya les mains sur son tablier et s'assit.

– Ce prêtre, murmura-t-elle, semble avoir plus de sens que je ne l'imaginais. Mais approche-toi, enfant, et dis-moi ce que tu désires, car je peux te satisfaire : souhaites-tu oublier ce songe et faire que jamais plus il ne vienne te hanter ? Ou bien désires-tu en connaître le sens ?

J'avançai l'escabeau. Elle me dominait, masque hideux au regard fixe et vide posé sur moi, semblant voir au-dedans et même au-delà de moi. J'avais peur de cet être insolite. Les paroles qu'elle chuchotait maintenant s'inscrivaient en moi, comme gravées. Je murmurai que je souhaitais d'abord savoir.

– Tu veux savoir ? Eh bien tu sauras ! Comprends donc, enfant, que ce rêve du prophète Jessé, décrit dans la Bible et dont tu as vu l'image dans ton église, signifiait la promesse de la divinité de faire sortir de ce patriarche une descendance innombrable de rois et de reines. Sache que Bethsabée la mère du roi Salomon, Hilda, celle de Sven à la Barbe fourchue, Berthe, celle de l'empereur Charles le Grand firent des songes identiques : leur dieu les gratifia toutes d'une postérité royale.

Se rapprochant encore, elle marmottait presque maintenant comme une menace ces mots à peine compréhensibles :

– Apprends que toi aussi tu es destinée à devenir l'aïeule d'une longue dynastie de rois et de reines sortis de ton ventre ! Ils porteront la couronne dans la gloire ou dans la souffrance et régneront, eux, jusqu'à la fin des temps. Cette prophétie se réalisera que tu le veuilles ou non. Là est ton destin !

Suffoquée, terrorisée d'entendre une telle sentence quand j'étais venue chercher un remède contre les maux d'entrailles et les cauchemars, je me mis à sangloter à gros soupirs. Et soudain, se masquant de nouveau, Engrace retrouva sa bienveillance et son regard sa clarté.

– Cesse donc ces pleurnicheries, dit-elle avec un bon rire, elles ne conviennent guère à la majesté royale que tu porteras bientôt en toi. Et écoute : cette prophétie se réalisera, que tu le veuilles ou non, c'est vrai. Mais il ne tient qu'à toi de la voir s'accomplir dans la joie ou dans le malheur. Le chemin de ton destin est tracé, mais toi, tu conduis la carriole. Il t'est impossible de sortir du sentier difficile, mais tu peux tenir les rênes avec plus ou moins d'habileté, t'écarter ou non des ornières et des pierres. Comprends-tu ce que je te dis ?

Je haussai les épaules, n'y entendant goutte. Elle soupira :

– Tu n'es pas bien futée mais au moins, faute de les comprendre, que ta mémoire retienne mes paroles. Moi, je te conseillerai et je veillerai sur toi. Maintenant, montre-moi tes jambes.

Elle dut répéter son ordre avant de me voir relever mes cottes jusqu'aux genoux.

– Plus haut !

Elle hocha la tête, satisfaite.

– Bien. Tu vas faire ce que je vais te dire, et tu le feras exactement. Je t'aiderai par les moyens dont je dispose. Et d'abord, tu vas t'asperger du contenu de ce flacon : ce vin herbé fera disparaître la détestable odeur de suint et de purin qui t'accompagne mieux que le ferait ton passage aux étuves. Bois ce qui ne t'aura pas servi : pendant vingt-huit jours, nul ne pourra résister à ton charme. Et puis…

Je vécus cette journée dans l'angoisse et ne fermai pas l'œil de la nuit. Pendant les obsèques des malheureux brûlés, j'étais terrorisée par la personnalité jusque-là ignorée de la meunière, hantée par son visage au regard de pierre. Je me sentais inquiète de l'avenir pénible entrevu, séduite pourtant par son aspect glorieux. Je doutais de la vraie nature de ma marraine. Maintenant, alors que les vagues du temps ont déferlé sur moi et, désarmant ma naïveté, émoussé la pointe de beaucoup de mes certitudes, je crois qu'Engrace était douée d'un simple don de clairvoyance. Et je suis persuadée qu'il est sans rapport avec les pratiques diaboliques des sorcières.

Vingt fois, j'essayai d'écarter de mon esprit ses prédictions et ses instructions. Toujours j'y revenais, désireuse de sortir de ma médiocrité, tentée par cet avenir éblouissant, persuadée de ne pas pouvoir y échapper mais confiante en mes capacités de tenir fermement les rênes pour m'y diriger à ma guise. Enfin, sur le matin du lendemain, je succombai à la tentation, je l'avoue, et je bus le vin herbé d'Engrace : ce fut là la plus grande de mes fautes, le plus grave de mes crimes.

Dans notre bocage normand, la fin de l'été est souvent douce, sous un soleil moins ardent, et beaucoup de plantes des champs donnent une seconde floraison. Ainsi que cela m'était prescrit, j'attendis que sonne au clocher l'heure de tierce pour descendre à la rivière, au pied de la haute tour du château, mon panier de linge sous le bras : au milieu de la matinée, chacun s'affaire à son travail et nul ne me demanda pourquoi je n'utilisais pas le lavoir comme les autres.

– Où va-t-elle encore se mucher, celle-ci ? gronda pourtant ma mère.

Je me déchaussai et me troussai ainsi que cela m'était prescrit. Et, ainsi que cela m'était prescrit, au lieu de frapper le linge à coups de battoir, je le jetai dans l'Anthe. Entrant dans l'eau fraîche, je commençai à le fouler aux pieds sur la roche. La rivière en cet endroit est plus encaissée, le flot y coule plus rapide, au point que certains prétendent que les nippes s'y lessivent sans grand effort. Et puis, je chantai. Je chantais une ritournelle fredonnée autrefois par ma mère et qu'Engrace m'avait fait répéter :

Amour est beau temps de la vie
Cure n'a de mélancolie
Partout où il est joie y porte
Les desconfortés réconforte
Et n'est seulement de l'ouïr
Fait-il les gens réjouir…

J'étais douée alors d'une jolie voix : pour la fête des Rogations, je psalmodiais seule au milieu du chœur des femmes. Pressant donc le linge avec mes pieds comme si je dansais, gagnée par la douceur du moment et par le plaisir du chant, le dos tourné à la tour, j'oubliai presque le but qui m'avait été fixé. Puis, rien ne se produisant après un bon moment, je sortis de l'eau, mis à sécher mon linge lavé sur l'herbe car, en l'absence de mécréants dans la ville, on n'y craignait pas le vol. Et je rentrai à la maison de mon père.

Il en fut de même le second jour. Ma mère s'émerveillait de me voir lessiver le linge de toute la maisonnée quand, auparavant, j'étais toujours introuvable à l'heure du lavoir.

Le troisième jour, dans le temps où j'allais partir, je vis sortir des buissons Quentin, l'un des valets du jeune comte dont j'appris plus tard qu'il avait été guéri du haut mal par ma marraine. Un perpétuel rire idiot lui fendait le visage jusqu'aux oreilles qu'il avait fort grandes. Il me fit un signe de connivence et s'écria bien fort :

– Monseigneur t'ordonne de monter à l'instant !

Ainsi que cela m'était prescrit et à son apparent étonnement, je répondis sur le même ton que moi, ribaude je n'étais. Et je rentrai à la maison de mon père.

Au quatrième jour, il ne restait presque plus de linge à laver, le ciel se couvrait de nuages d'automne et la fraîcheur du matin était telle que ma mère m'interdit d'aller à la rivière. Je passai outre et repris mon ouvrage, foulant mes chemises en frissonnant et chantant d'une voix grelottante les joies de l'amour que j'ignorais. Je ne faisais que commencer lorsqu'il apparut.

Aussitôt, je compris que ma vie durant je n'en aimerais pas d'autre. Bien tourné dans sa cotte courte d'un bleu sombre et son surcot bleu ciel, botté de daim, il ne présentait pas cette beauté froide et grave qui n'est qu'ennui, mais plutôt une joliesse souriante, une piquante expression de fausse ingénuité. Son visage indiquait à la fois fermeté et douceur. Il m'apparut, dois-je le confesser, qu'il était homme à être mené du bout du nez par une femme un peu délurée. Une nuance de gaieté ou d'ironie plissait ses paupières lorsqu'il me tendit la main et me dit :

– Viens !

Il me fallut toute ma volonté, aidée par les objurgations d'Engrace, pour ne pas me jeter dans ses bras. Laissant là mon linge, je m'enfuis à toutes jambes. Il me poursuivit, crut m'atteindre, mais, pieds nus, j'étais alerte et légère et lui, rendu plus lourd par ses hautes bottes.

Sise au bord de la rivière, la maison du tanneur était toute proche. Je m'y précipitai, poussai la porte. Il était sur mes talons. Mon père, ma mère et mes deux frères se trouvaient alors réunis, récitant le bénédicité du dîner. Ils se levèrent d'un bond et se groupèrent dans le fond de la pièce, formant une sorte de cour de justice décidée à condamner le satyre prêt à faire violence à la faible enfant. Je me précipitai dans les bras de mon père.

– Que viens-tu faire céans, seigneur comte ?

La situation de Foubert, artisan modeste et nauséabond face à son seigneur, était délicate. Mais il éprouvait pour moi beaucoup de tendresse et, toujours, il me protégeait. De plus, comme une grande partie de la population de Falaise, il était décidé à ne pas tolérer les exactions ou les brimades du nouveau comte, resté sur le pas de la porte, les poings sur les hanches. Enfin, les voisins accouraient pour prêter main-forte, empêcher ce jouvenceau d'abuser d'un pouvoir trop récent : personne n'admettrait plus dorénavant le droit de cuissage. Mon père donc, ses gros sourcils froncés, enjoignit sur son ton le plus sévère à ce jeune seigneur de retourner à son château et de ne pas s'imaginer trouver ribaude sous son toit.

Un silence lourd de menaces non formulées planait. Une expression de détresse inattendue apparut sur le visage devenu pâle du comte. Il semblait bouleversé et je compris alors que je ne lui étais pas indifférente. Enfin, il prononça d'une voix sourde :

– Que ta fille vienne à moi quand elle le voudra, Foubert, je l'attendrai autant qu'il lui plaira. Je suis prêt à lui donner ma foi.

Me donner sa foi ? Robert ne voulait pas me prendre pour épouse devant Dieu : ces grands seigneurs ne convolent en justes noces qu'avec femme de leur rang, princesse ou duchesse. La future doit apporter en dot une province ou, au moins, une seigneurie comportant plusieurs châteaux et abbayes. Elle doit se tenir prête à engendrer de nombreux enfants pour perpétuer le lignage et, souvent bêtasse, c'est tout ce qui lui est demandé.

Moi, de dot je ne possédais autre que la puanteur de la tannerie paternelle dont les sortilèges d'Engrace m'avaient d'ailleurs débarrassée. Je ne suis point sotte et, si je souhaitais des enfants ressemblant à Robert, là n'était pas ma préoccupation du moment. Le jeune comte avait décidé de me recevoir dans sa couche en qualité de *frilla*, autrement dit de concubine officielle et révocable, selon la coutume des seigneurs normands. Venus du Nord deux cents ans plus tôt, ceux-ci avaient reçu en échange de la paix la riche province appelée dès lors la Normandie et y avaient implanté leurs usages, dont celui-ci était encore souvent pratiqué.

J'avais fixé mon entrée au château à la fête de la Saint-Wilfrid, évêque, dix jours plus tard. Mon père en avait avisé monseigneur le comte. Ma mère avait beaucoup larmoyé.

– Ce délai est bien trop court pour préparer ton trousseau et t'instruire des choses de l'amour ! avait-elle gémi.

De ces choses-là comme de bien d'autres, je m'instruirai par moi-même, avais-je pensé.

Selon ma décision, je me présentai à la poterne dans l'après-midi du jour dit, à l'heure de none sonnée. J'étais montée sur une haquenée pommelée, coiffée du voile de dentelle pourpre des vierges, vêtue d'une longue cotte et d'un manteau de drap d'Elbeuf écarlates et chaussée de mignons souliers de la même couleur mettant en valeur la cheville que j'ai fine. Mes deux frères tout impressionnés, vêtus eux aussi d'écarlate, me servaient de pages. Selon la consigne, Osbern le Louche se cachait l'œil droit, le plus laid. Mon père, sachant que je les lui rendrais au centuple, avait emprunté la somme de quatorze deniers pour me permettre une entrée somptueuse dans le monde. Et toute la population de Falaise massée au long des rues, les filles mes compagnes au premier rang, criait noël d'assister à un tel prodige.

Pour la première fois de ma vie, j'entrai dans la cour du château. Sans le montrer, j'admirai l'élégance de cette construction à la fois massive et légère, si différente des mottes de terre couronnées de constructions de bois où siégeaient alors les seigneurs. La pierre de Caen récemment taillée lui donnait une belle teinte blonde, chaude, une teinte de miel imprégnée de soleil comme si elle en avait capturé les rayons. À mon étonnement, plusieurs chariots aux courtines de cuir comme en utilisent les grands pour faire voyager leur famille étaient là. Des archers formaient une haie d'honneur sur mon passage et, sortant du bâtiment, le comte, couronne en tête et visage illuminé de joie, s'avançait vers moi.

Il m'aida à descendre de cheval. Je sautai dans ses bras. Puis, ma main posée sur son poing, nous entrâmes.

– J'ai tenu à ce que ma famille assiste à cet événement, prévint Robert. Tout ce qui est noble dans le duché est là.

Jamais je n'avais vu si grande et si belle salle. Six forts piliers supportaient les voûtes. Je remarquai les hautes et étroites fenêtres masquées de rideaux de velours bleu. Pas moins de douze torches illuminaient les peintures murales. Elles représentaient des scènes de chasse, des banquets où des jongleurs faisaient leurs tours devant seigneurs et dames, enfin, la vie qui maintenant serait la mienne. L'ocre rouge et jaune, le blanc et le gris employés là leur donnaient une chaleur et une vie telles qu'on aurait pu croire leurs personnages prêts à descendre de leur fresque pour se mêler à nous. Plusieurs lampes dont aucune fumée ne se dégageait étaient suspendues au plafond. Sur le sol, des brassées de feuillage et de glaïeuls. Le long des murs, sur des planches posées sur des tréteaux, des hanaps, des coupes, des cuillers et des couteaux d'argent, des écuelles vernies, luisaient. Et dans le fond devisait un groupe de personnages.

– Monseigneur Richard le Troisième, mon frère, cinquième duc de Normandie, me souffla Robert. Fais une révérence, mais pas trop profonde.

D'emblée, je fus stupéfaite de la médiocrité de Richard, basset aux jambes torses, rouquin au cheveu rare dont un tic déformait à chaque instant le visage. La couronne ducale trop grande lui descendait jusqu'aux sourcils et la main couverte de poils qu'il tenait posée sur la garde de son épée évoquait la patte d'un ours. Je me demandais comment Robert, si attirant, pouvait avoir pour frère un tel épouvantail. Je n'en dirai pas plus sur son compte pour ne pas faire offense à la charité mais je ne décris que le quart de la vérité.

Il ricana à ma vue quelques mots que je ne compris pas et j'allai avec soulagement faire la révérence au suivant.

– Monseigneur Robert l'archevêque, mon oncle, le frère du défunt duc mon père. Il est archevêque de Rouen et comte d'Évreux, murmura Robert. Une demi-révérence seulement.

Ce personnage de grande taille semblait bien nourri et portait haut son double menton. Son visage était coloré et son verbe bruyant. Il faisait de sottes et vulgaires plaisanteries dont lui seul riait bien fort. La couleur de sa longue robe à traîne tirait sur le pourpre et il tint à me faire baiser l'anneau qu'il portait à l'index droit.

– Je te bénis, petite enfant ! s'exclama-t-il en esquissant le geste correspondant lorsque je me fus acquittée de ce devoir.

– Il souhaite devenir cardinal, m'expliqua Robert à voix basse, mais le pape n'accorde pas facilement le chapeau aux hommes mariés. Et lui, s'il n'a qu'une femme, a trois enfants. Passons.

La personne suivante m'emplit d'étonnement.

– Dame Papia, ma marâtre, prévint Robert. Petit salut.

Après le décès de la mère de Robert et de Richard, la duchesse Judith de Bretagne, leur père, m'avait-on dit, avait pris une frilla originaire du Cotentin. Elle apparaissait comme une boule de graisse d'une rondeur presque parfaite enveloppée d'une cotte vert pomme. Au milieu de son visage lunaire m'observaient deux yeux noirs brillants de méchanceté, immobiles, vrillés dans leur orbite blafarde – des petits yeux de truie. Il me sembla d'ailleurs deviner sous son voile des oreilles pointues de cochon. L'idée me vint que je l'avais déjà vue : c'était sur le deuxième chapiteau du chœur de notre église où est représenté Blalac, l'horrible démon de la gourmandise et de la luxure

Elle ricana, puis me tourna le dos pour s'entretenir avec l'archevêque. Et, parlant sans aucun doute de moi, elle se pinça le nez comme pour éviter quelque puanteur, allusion évidente à la profession nauséabonde de mon père. J'étais au bord des larmes.

– Pourtant, je ne porte plus odeur ! murmurai-je à l'intention de Robert.

– C'est vrai. Ignore ce monstre, il est vénéneux, gronda-t-il.

Il me présenta ensuite à une vingtaine d'autres seigneurs et dames. Parmi eux, un ours, un véritable ours d'au moins six pieds de haut, vêtu de peaux de bête et à qui une épaisse toison rousse bouclée masquait le visage et le crâne. Il explosa d'un rire fracassant et mâchonna quelques mots dans une langue gutturale à ma vue.

– Harald, un lointain cousin, le frère du roi Olaf de Norvège, expliqua Robert. À treize ans, malgré son aspect, il n'est pas méchant, bien que ses exploits l'aient déjà fait surnommer Hardrada. C'est-à-dire l'Impitoyable…

Ce premier contact avec ma nouvelle famille m'emplit de trouble. Lorsque fut terminé le tour des invités, l'archevêque prit la parole de sa voix forte.

Il rappela que, compte tenu de la futilité de l'événement, une infime partie de sa noble famille seulement se trouvait réunie là car il fallait bien satisfaire la lubie de son bien-aimé neveu Robert en l'autorisant à prendre femme dans le vulgaire : une frilla peut-être, mais la fille d'un tanneur, cela n'avait pas de sens commun. Des tractations étaient heureusement en cours pour réaliser bientôt un vrai mariage. Enfin, il avait eu l'idée, bien peu chrétienne d'après lui mais destinée à remettre les choses à leur vraie place, de reprendre ce jour-là une coutume *more danico*, c'est-à-dire à la manière norroise, en matière d'adoption.

Sur un signe, un valet apporta un objet noirâtre : c'était un pied de bœuf évidé et fumé. L'archevêque expliqua comment, à la suite de la future, le futur puis tous les assistants viendraient introduire leur pied dans ce débris. Ainsi, moi Herleue surnommée Arlette et fille de Foubert le Parmentier, je deviendrais la frilla de son neveu Robert, comte d'Exmes.

Lui, Robert, le futur, fronçait les sourcils en se demandant ce que signifiait cette mascarade. Moi, ne voulant pas faire d'esclandre, j'entrepris de me déchausser le pied droit en laissant voir ma jambe sans déplaisir. L'hilarité déclenchée lorsque je commençai à dérouler les bandes attachant le soulier et remontant sur les chausses jusqu'au genou me surprit : ma mère m'avait dit cet appareil conforme aux plus récents usage. Le gloussement des dames, le rire gras des seigneurs m'apprit mon erreur.

Faisant taire mon irritation mais consignant tout dans ma mémoire, j'introduisis la première le pied dans l'étrange objet. Puis, en maugréant, Robert ôta sa botte et en fit autant. L'archevêque nous succéda. Le duc Richard, son tour venu, m'adressa un hideux sourire.

– Ce procédé nous permet de voir s'il n'existe pas parmi nous de diable au pied fourchu, ricana-t-il.

Je n'étais pas certaine que le sien ne le fût point, mais je me gardai de le lui dire.

La variété, l'abondance et la magnificence des mets me stupéfia, moi, coutumière du pain, des choux, des lentilles et des fèves avec un petit morceau de lard le dimanche. À table, après le lavage des mains dans un bassin d'argent, se succédaient cuissots de marcassin et de chevreuil, faisans en belle vue, chapons, gélines et bécasses dans le plus somptueux appareil. Mais la contrariété m'avait ôté l'appétit : outre l'arrogance de ma nouvelle famille, je n'admettais pas qu'on n'eût pas fait assister mes parents à la cérémonie. Mes frères, eux, avaient disparu, autorisés à manger sans doute avec les valets et les souillons à la cuisine.

Je partageais les plats avec Robert qui ne disait mot tant il était blessé lui aussi de la mauvaise réception qui m'était faite. Mon autre voisin de table, l'archevêque, me tourna le dos dès le début du repas, mangeant avec la dame Papia qui se goinfrait. Sur le conseil de Robert, je m'autorisai un peu de vin : je n'en avais goûté qu'une fois jusque-là.

– Du grenache, dit il, je l'ai fait venir à grands frais.

J'en bus une gorgée dans son hanap d'argent. Je trouvai cette boisson bonne, mais ne méritant pas qu'on se mît ainsi en frais pour elle. Lui, faisait honneur à son vin. Son visage se colorait et ses yeux brillaient lorsqu'il me pressa la main selon notre accord pour m'indiquer le moment de nous retirer. À cet instant, le bruit et l'excitation résonnaient tant dans la salle que nous réussîmes à nous faufiler en tapinois par une porte dérobée située derrière nous, sous une tapisserie.

– Dis-moi, beau neveu, la tiens-tu bien raide, ta trompette ? hurla pourtant l'archevêque au milieu des rires gras avant notre disparition.

Un grand feu brûlait dans l'âtre de la chambre de monseigneur Robert. Il me tendit un minuscule coffret contenant une pierre précieuse, une pierre rouge montée en bague et aussi lumineuse qu'une étoile.

– C'est un rubis, murmura-t-il. Son feu est signe de mon amour brûlant et de ma foi. L'usage voudrait d'attendre le lendemain pour faire le cadeau, mais je te demande de l'accepter dès ce soir.

J'étais suffoquée, plus encore de sa délicatesse que de la magnificence du bijou. Je pus répondre dans un souffle :

– Et moi qui n'ai rien d'autre à t'offrir, je te donne en signe de ma foi et de mon amour mon corps et mon âme tout entiers.

Il m'ôta mon voile puis défit les agrafes fermant ma cotte écarlate. Je me trouvai debout face à lui, vêtue de ma seule chemise, une belle chemise finement brodée au point d'Alençon. D'un seul geste, je la déchirai du haut en bas. Et comme il me demandait pourquoi je faisais cela, je répondis à voix basse :

– C'est qu'il ne convient pas que le bas de ce linge, peut-être souillé de la poussière de mes pieds, vienne à frôler le visage d'un si grand seigneur.

De ce qui suivit, je ne ferai pas le récit, car il ne convient pas de raconter les ébats auxquels se livrent dames et seigneurs. Je dirai seulement que l'amour et la patience de Robert furent suffisants pour m'apporter dès ce soir-là une totale satisfaction, ce qui est rare d'après ce qu'on m'a dit depuis.

Un peu plus tard, nous reposions l'un près de l'autre. Mon

rêve alors vint me visiter, signe probable que, déjà, j'étais fécondée. Les visages des rois apparus à l'extrémité des branches me semblèrent cette nuit-là moins effrayants, leur expression moins propre à susciter l'épouvante. M'éveillant, je fis à Robert le récit de ce songe, sans bien sûr lui dire un mot d'Engrace ni de ses breuvages.

– Puisse ce rêve être un heureux présage et se réaliser ! soupira-t-il.

La fête dura trois jours et trois nuits. La famille de monseigneur Robert m'avait seulement tolérée et ces gens encore imprégnés des mœurs norroises profitaient de chaque occasion pour boire sans retenue et dévorer sans limites. Pas un seul soir ne se passa sans que toute la compagnie fût soûle à vomir tripes et boyaux, sauf Robert. Moi, selon la coutume, je passai ce temps dans la chambre du comte, adulée et choyée par lui, servie par trois femmes, d'anciennes compagnes. Il ne pouvait, hélas, pas m'accorder autant de temps qu'il l'eût souhaité car il devait participer aux chasses et aux agapes émaillant les journées.

Plusieurs fois, je le vis sombre, nerveux après s'être entretenu avec son frère le duc ou avec l'archevêque. Un jour même, il présentait une estafilade à la main droite.

– Ne vous mettez point en peine pour cela, grogna-t-il alors que je lui proposais de le panser avec de la charpie que je gardais par-devers moi. Sachez seulement que les discussions au sein de votre nouvelle famille sont parfois animées.

– Ma présence ne constitue pas un fardeau pour vous, j'espère ? demandai-je.

Il me signifia de ne me point soucier : je n'étais en rien cause de son trouble. La fréquentation des siens lui était pénible, je le compris, leur départ serait un soulagement.

À l'aube du quatrième jour, j'entendis avec plaisir le roulement des chariots, le bruit des sabots et le hennissement des chevaux. Robert devait escorter ses visiteurs avec ses hommes jusqu'à Lisieux et les quinze lieues de la route seraient vite parcourues. Là-bas, une troupe de gardes du duc venue de Rouen attendait. J'aurais voulu qu'il ne me quittât point, j'avais le pressentiment d'un malheur mais, jeune encore, je n'osai rien dire.

Soudain, au milieu de la journée, résonne le bruit d'une cavalcade dans la cour. Au même instant sonne l'office de sexte au clocher de l'église de La Trinité. Je demande à Philippine Goussin, une de mes chambrières, d'aller voir si monseigneur Robert est déjà de retour.

– Dame, je ne le crois pas, réplique-t-elle. À cette heure, il arrive tout juste à Lisieux.

Elle sort, descend s'informer. Un vacarme, des cris se font entendre dans le château. J'ouvre la porte. Là, dans l'escalier, Philippine est aux prises avec un personnage que je n'ai jamais vu, hirsute, casqué et vêtu d'une cotte de mailles, un homme du duc sans doute. Elle hurle mon nom pour me prévenir du danger. Je vois la lame d'un coutelas s'enfoncer dans sa poitrine, le sang gicler. Elle s'effondre en poussant un gémissement.

À mon tour, j'appelle à la garde de toute ma force. Quatre brutes maillées de fer, le couteau en main, font irruption dans la chambre. J'empoigne un escabeau, cherche à défendre ma vie et réussis pendant un moment à repousser les agresseurs. Je le comprends vite, ce n'est pas à ma vie qu'ils en ont : l'un d'eux, derrière moi, me ceinture, son énorme patte s'appuie sur ma bouche pour me faire taire.

Je mords le gantelet de fer. On m'attache les pieds, on me jette sur le lit. On cherche à me lier les mains, à me bâillonner. On veut donc m'enlever. Je me débats et continue à crier. Que fait donc la garde ? Je m'en souviens soudain : le plus grand nombre escorte le duc avec Robert, les autres surveillent le marché de la ville car c'est aujourd'hui jeudi. Le coup a été préparé. Mais voici le bruit d'une nouvelle cavalcade. Les quatre hommes, interdits, se regardent puis sortent en se bousculant, dévalent l'escalier. Dans la cour, on se bat, j'entends le choc des lames, des cris...

Monseigneur Robert est là, vêtu et casqué de fer lui aussi, l'épée en main, le regard fou. Il crie de joie en me voyant vive. Il me délivre, m'embrasse.

– Amie, s'exclame-t-il, en quel trouble j'étais !

Il m'expliqua alors comment le sénéchal du duc Richard, un certain Osbern de Crépon, horrifié d'avoir entendu son seigneur donner à quatre de ses hommes l'ordre de m'enlever et de m'amener à lui, était venu l'avertir en secret de ce monstrueux projet. Et comment il avait aussitôt tourné bride et était revenu au galop, prévenant la réussite de l'attentat mais trop tard, hélas, pour empêcher le meurtre de l'infortunée Philippine.

– Qu'allez vous faire maintenant, doux ami ?

– Le défunt duc mon père, me dit-il alors, conscient de la sottise imbécile de son fils aîné, m'a promis naguère que moi, Robert, je lui succéderais à la tête du duché. Sa maladie et sa mort survenant peu après, il aurait désigné Richard comme successeur selon les rares témoins de ses derniers moments. L'archevêque Robert mon oncle, sûr de son pouvoir sur ce nouveau duc, a affirmé n'éprouver aucun doute là-dessus, mais il n'est pas mort de son premier mensonge.

Il poussa un profond soupir.

– D'où les colères de mon frère et de mon oncle au cours de ces derniers jours lorsque je leur ai répété la véritable intention de mon père, m'expliqua-t-il. Cette tentative d'enlèvement est une nouvelle preuve du tempérament débauché et de l'esprit débile de Richard. J'estime impossible dans ces conditions de lui laisser le gouvernement du duché.

Simple comte d'Exmes et seigneur de Falaise, Robert n'avait pas encore rendu à son frère le duc de Normandie l'hommage solennel et public dû par chaque vassal à son suzerain. Il décida donc de refuser de lui rendre cet hommage et d'en appeler au roi de France, suzerain du duc. Si nécessaire, il ferait intervenir le pape.

2

La révolte de monseigneur Robert contre son frère Richard fut bien accueillie par nos voisins. Persuadés de cueillir un jour les fruits de la querelle, les seigneurs de Bretagne, d'Anjou, de Blois, de Vermandois et même de Bourgogne voyaient d'un œil favorable le plus grand, le plus riche duché de la chrétienté se déchirer et deux frères ennemis s'y combattre. Ils se gardèrent de prendre parti, attendant l'affaiblissement des deux protagonistes pour se manifester sans risque. Sa Majesté Robert le Second, dit le Pieux, roi de France timoré et cacochyme, obsédé par ses difficultés conjugales et s'épuisant en vain à satisfaire les exigences de sa dernière épouse, la sémillante mais acariâtre Constance d'Arles, n'avait de suzerain que le nom.

– Son prétendu pouvoir s'appuie sur un domaine royal pas plus grand que ma main ! ricanait monseigneur Robert. Le duché de Normandie est dix fois plus étendu, plus peuplé et plus riche, mais son duc doit l'hommage à ce roitelet ! Quelle ignominie !

Le roi donc l'écouta, versa quelques larmes, soupira sur la dureté des temps puis le remercia grandement on ne sut de quoi et se retira. Quant au pape Jean XIX, l'archevêque Robert en fit le siège. Ils furent vite amis grâce aux cruches de vin de Loire livrées au pontife et fort appréciées de celui-ci : nous n'attendîmes donc aucune aide de Rome et ainsi, nous ne fûmes pas déçus.

Comme son aîné 1026, l'an de grâce 1027 fut plutôt une année de disgrâce où la peste, la famine, la guerre et le feu, dont nos litanies imploraient le Ciel de nous protéger, nous furent durement infligés.

Il commença par un hiver rigoureux où le fleuve Orne fut pris par les glaces jusqu'à son embouchure. Monseigneur Robert courait alors par monts et par vaux pour se faire des alliés et recruter des troupes car, dès le printemps, il le devinait, ce serait la guerre. Moi, malade depuis le premier jour de ma grossesse, je vomissais à chaque instant et il en fut ainsi jusqu'au jour de ma délivrance. Néanmoins, je tâchais de secourir les habitants de Falaise et des alentours les plus démunis, victimes de ce terrible hiver.

– Tu ferais mieux de te mitonner un peu au coin du feu, répétait ma mère trouvant que j'avais petite mine.

Je tenais à mon rôle de châtelaine protectrice et consolatrice des malheureux. Pourtant, certains ne manquaient pas de me rappeler de diverses déplaisantes manières que comtesse je n'étais, mais tout bonnement frilla de monseigneur Robert, concubine congédiable à tout moment. Moi, je me savais aimée.

La neige tint jusqu'à Pâques, phénomène rare dans nos régions. Et en l'après-dîner de ce jour de Pâques, vers l'heure de none, les guetteurs nous prévinrent de l'approche d'une petite troupe. À sa tête chevauchait le comte. Derrière lui, quatre cavaliers maillés de fer. Suivait un groupe de piétons, sergents et archers portant la broigne de cuir et paraissant mal en point : beaucoup boitaient, certains étaient portés sur une civière. Je descendis accueillir Robert dans la cour du château. Il était las, découragé. Je lui cachai mes indispositions pour ne pas l'affliger.

Il sembla un peu réconforté lorsque je lui annonçai que notre enfant se portait bien.

– Il pointe en avant, ce sera un garçon, affirmai-je.

Il en fut bien aise. Tandis que je l'aidais à ôter sa cotte de mailles, il m'énuméra ses déconvenues, me citant plusieurs seigneurs indifférents ou même hostiles. Il se demandait par quel miracle il pourrait résister à Richard si celui-ci venait nous attaquer : la garnison de la ville était peu nombreuse, comptant moins de cent hommes, et il ne pouvait espérer aucune aide extérieure.

– Richard est un couard, il n'osera pas se mesurer à vous, hasardai-je.

– Couard il est, répondit-il. Mais conseillé par des fols, au premier rang desquels parade mon oncle l'archevêque.

L'intention de Richard, dont les troupes approchaient, nous apprenaient nos espions, était de prendre la ville en tenaille entre les deux armées de chevaliers et de piétons qu'il commandait. Robert ordonna de réunir la garnison. Puis, du perron du château, il harangua ses soldats, cherchant à insuffler à ces hommes épuisés le courage et la force de vaincre.

– Il est intolérable, proclama-t-il, de voir un parjure continuer à ceindre la couronne ducale. Messire Dieu, en sa Sainte Trinité patronne de notre bonne ville de Falaise, ne l'autorisera pas et fera triompher le bon droit. Sans doute les armées de Richard sont-elles nombreuses, mais elles ne pourront pas vaincre un ennemi décidé et sûr de lui…

À ce moment mon père, très estimé par les habitants de la ville sans doute du fait de la sollicitude de sa fille pour les plus humbles, entra dans la cour d'honneur. Il était suivi d'une foule de bourgeois, d'artisans, de paysans, de manants et même de plusieurs femmes, portant faux, serpes, haches ou simples coutelas. Il interrompit le comte de sa grosse voix. Selon lui, le combat serait celui de la ville tout entière et, dans l'épreuve, tous devaient agir pour le bien commun. Et, salué par les acclamations des habitants, il proclama monseigneur Robert seul et vrai duc de Normandie.

Comme souvent, l'été succéda sans printemps à un hiver prolongé et cet été fut aussi torride que l'hiver avait été glacial. À l'étonnement de tous, les armées de Richard tardaient à donner l'assaut : les troupes enserraient la ville, refusant son accès à âme qui vive, mais ne passaient pas à l'offensive. Du haut des remparts, nous dénombrions les tentes des assiégeants groupées autour de la bannière de leurs seigneurs. D'après Robert, huit à neuf mille hommes, chevaliers et piétons, étaient regroupés là, manœuvrant, cuisinant, mangeant autour des feux. Des appels de trompette convoquaient les écuyers autour de leur maître pour des conseils fréquents. Mais d'attaque point.

– Il va devoir licencier ses troupes un jour, maugréait Robert, les bras croisés et le regard fixé sur la tente devant laquelle flottait la bannière ducale. La solde et l'entretien de tout ce monde sont hors de prix.

– Il ne le fera pas sans avoir tenté de nous assaillir, estimait le vieux Milon, l'écuyer. Sinon, pourquoi serait-il venu ? Mais sans doute attend-il son heure. Ou bien craint-il de recevoir un mauvais coup.

Malgré son infériorité en nombre, notre troupe tenta quelques coups de main nocturnes contre le camp ennemi. Le but en était d'inquiéter les troupes ducales et, en les décourageant, de parvenir à la levée du siège. Robert ne l'obtint pas. Le comte voulait aussi faire main basse sur des provisions de bouche dont l'ennemi était abondamment pourvu quand la famine commençait à sévir parmi nous. En effet, Richard avait surgi devant Falaise soudain, par tromperie, sans envoyer à son frère le défi auquel l'obligeait la coutume. La ville n'avait donc pas eu le temps de reconstituer les réserves épuisées par l'hiver rigoureux et nul ne pouvait plus en franchir les portes.

Pour moi, comme l'avaient prévu les matrones, ma grossesse arriva à son terme pour la Saint-Jean d'été. Et ce jour-là, aux petites heures, commencèrent à me déchirer les spasmes de l'enfantement. Je souffris fort, moins pourtant que lors de mon mauvais songe. Malgré la chaleur torride, un grand feu fut allumé dans la chambre des dames et un plein chaudron d'eau mis à bouillir dessus. On m'installa devant la cheminée sur la chaise percée des parturientes toute décorée de rubans et de fleurs. Ma mère se tenait à mes côtés et les trois matrones les plus réputées de la ville, de bonnes femmes fortes en gueule, surveillaient la venue de mon futur roi. Malgré les conjurations de ma mère, elles ne cessèrent de bavarder et de médire de leur prochain pendant tout le temps des contractions. J'en avais la nausée. À tour de rôle, elles s'agenouillaient près de moi et m'examinaient par-dessous la chaise.

– Il arrive ! Pousse ! Pousse bien fort ! commença à hurler soudain l'une des commères après m'avoir touchée une fois de plus.

– Pousse donc ! reprit l'autre en m'appuyant sur le ventre. Là où est passé le père passera bien l'enfant !

– Pousse encore ! continuait la troisième en donnant la main à sa consœur. Le coquin ne te fera jamais autant de mal que son père t'a fait de bien !

Guillaume naquit au milieu de ce bruyant concert. Il est né coiffé, je veux dire qu'il portait la délivrance sur la tête, phénomène rare, d'un heureux présage, et normal m'a-t-il semblé compte tenu de sa probable destinée. Il a poussé son premier cri son petit corps se trouvant encore dans mon ventre : j'en déduisis qu'il aurait le verbe d'un orateur.

Lorsque je fus recouchée, sa tête posée sur mon sein, il parut me regarder en vagissant et en serrant les poings avec une expression d'autorité augurant d'un grand règne. Son père entra dans la chambre. Il saisit son fils par les deux bras et l'éleva à hauteur de son visage pour le baiser.

– Quel rude gaillard tu fais ! s'écria-t-il. Sois bien propre à tenir haut l'honneur de notre nom !

Il portait alors cotte de mailles et casque à nasal dans un appareil capable d'effrayer n'importe quel enfant. Guillaume au contraire se calma, comme fasciné par cet attirail guerrier. Robert me le rendit, ôta son casque et m'embrassa tendrement.

– Comme je vous le disais au soir de nos noces, puisse le songe fait cette nuit-là se réaliser et concerner notre enfant, soupira-t-il. Mais cet avenir est bien lointain et je dois vous annoncer de tristes nouvelles.

Il fit sortir les femmes et commença par m'apprendre comment la peste balayait maintenant la ville et y avait tué onze personnes dans la journée de la veille. Les Falaisiens n'osaient plus boire l'eau des puits ni des fontaines, empoisonnée sans doute par les émissaires de Richard. Ainsi, avec la chaleur de l'été, plusieurs enfants étaient morts de soif. Aucun signe de lassitude n'apparaissant chez l'assiégeant, Robert ne voulait pas être le seul responsable du trépas de ses sujets en s'entêtant dans sa révolte.

– J'ai donc envoyé un émissaire à mon frère, murmura-t-il avec effort. Je lui ferai ma soumission et lui rendrai l'hommage que doit un vassal à son suzerain dans cinq jours, fête des saints apôtres Pierre et Paul. Richard souhaite que vous soyez présente.

Au jour dit, à l'heure de midi, monseigneur Robert sort du château à cheval. Il se dirige vers la porte de la ville, vêtu de noir, sans armes et sans couronne. Son teint livide et le désespoir de son visage font peine à voir. Sur son passage, les Falaisiens éplorés, malades pour beaucoup et tous affamés, le saluent, cherchent à lui baiser la main : Richard pense-t-on ne se contentera pas de la reconnaissance de sa suzeraineté, il punira son frère d'emprisonnement ou d'exil. Heureux s'il ne se venge pas aussi sur la ville.

La porte ouverte, il s'avance vers son destin Moi, je le suis, montée sur la jument pommelée chevauchée avec fierté neuf mois plus tôt lors de mon entrée au château. Il a été entendu avec le comte que je franchirais les remparts mais sans m'avancer vers Richard dont je me méfiais. De là, malgré le caractère tragique de la scène, j'admire le spectacle.

Sous un soleil implacable, des bouffées d'un vent tiède apportant des relents putrides de la cité font claquer les bannières et gonflent les tentes. À cent pas des fortifications, le duc a fait dresser un long pavillon de drap écarlate. Assis sur un fauteuil doré au pied de son étendard, couronne en tête, une expression grotesque de majesté débile se lit sur son visage. À sa droite, Robert l'archevêque, crossé et mitré, se rengorge dans sa longue robe rouge comme un coq dont la poule a pondu un œuf d'oie. À sa gauche, le sénéchal Osbern de Crépon, celui qui m'a sauvée et qu'on surnomme le Pacifique tant il cherche toujours à apaiser les conflits, paraît attristé de l'humiliation infligée à Robert. Il est le seul car tous les barons rient de l'infortuné. Je reconnais par la description que Robert m'en a faite le hautain Gilbert de Brionne, le gros Roger de Tosny, Hugues évêque de Bayeux dont une tache de vin marque le front depuis le meurtre de son neveu, Robert de Grandmesnil le Borgne au hideux ricanement, Renouf de Briquessart le Contrefait, Guillaume Talvas l'Égorgeur, le cruel seigneur de Bellême, bien d'autres encore dans leur attirail guerrier, vêtus de leur haubert maillé de fer, le casque en tête et l'épée au côté, cherchant à plaire au maître en montrant une satisfaction servile. Une foule de fourriers, de maréchaux, d'échansons, quelques fauconniers portant l'oiseau sur le poing gauche, des veneurs aussi, sont massés de chaque côté de la tente au premier rang des hommes et des sergents de l'armée.

Monseigneur Robert s'avance lentement jusqu'à se trouver face à son frère. Puis il saute de cheval et se met à genoux devant lui. Deux trompettes sonnent et un héraut lit une interminable proclamation à laquelle je ne comprends rien.

Le moment solennel est venu. Robert joint les mains et les avance vers Richard qui les prend entre ses pattes velues. Le vassal prononce les paroles rituelles d'une voix si basse que je ne les entends guère. Le cérémonial veut qu'alors le suzerain relève le vassal et lui donne l'accolade en signe de paix. Richard n'en fait rien, mais il prononce quelques mots d'une voix si aiguë que je peux en distinguer chaque syllabe de l'endroit où je me trouve. Le vent portant cette voix, on pourrait croire au croassement d'un corbeau résonnant dans le silence d'un cimetière. Aujourd'hui encore, je frissonne lorsque je me remémore ses paroles.

– Relève-toi, Robert mon bon frère, s'écrie-t-il. Nous acceptons ta repentance et te donnons notre pardon. Pour pénitence de ta faute, après t'avoir ôté ta seigneurie d'Exmes et Falaise, nous te bannissons et t'ordonnons d'aller à Jérusalem en pèlerinage expiatoire. Tu chasseras d'auprès de toi la ribaude Herleue qui se fait appeler Arlette. Ton bâtard nouveau-né sera châtré comme chapon et confié aux moines de l'abbaye de Fécamp dès son sevrage afin qu'il devienne moine. Nous te recevrons en notre bonne ville de Rouen lors de la fête de la Transfiguration de Notre Seigneur, le 6 du mois d'août prochain. Alors, tu nous rendras compte de l'exécution de ces mesures et tu pourras partir en pèlerinage. Dès le lendemain de ce jour, chacun sera requis s'il vous rencontre sur le territoire du duché, toi ou ta ribaude, à vous férir coups et blessures jusqu'à ce que mort s'ensuive. J'ai dit.

C'est tout. Aussitôt après, un silence de marbre ponctué seulement du claquement des bannières et souligné par les mugissements comme indignés du vent vient peser sur l'assemblée. Jusqu'aux plus serviles des courtisans, tous sont stupéfaits de la rigueur manifestée par le duc et du prix qu'il fait payer son pardon. De plus, jamais les sanctions prononcées contre un condamné ne s'étendent à ses proches.

Nous rentrâmes au château désespérés. Le peuple de Falaise, qui avait si bien soutenu monseigneur Robert, ne put résister à l'arrivée des charrettes apportant farine, légumes et lard ainsi qu'au troupeau de porcs qui suivait. Soignant sa popularité, Richard fit même livrer à la ville cent jarres de vin d'Anjou et les citadins ingrats, encouragés par quelques braillards à sa solde, acclamèrent son nom.

Dans la chambre des dames où nous nous retrouvâmes autour de l'enfant Guillaume, Robert, offensé et humilié, grondait :

– S'il le faut, nous irons demander l'aide de mon compère le comte Baudouin de Flandres, il ne nous la ménagera point. Mais vous, ma mie, avoir le front de vous qualifier de ribaude ? Et notre fils de bâtard, qu'on s'apprête à châtrer parce que vous n'êtes que ma frilla ? Mais par le sang Dieu, mon ancêtre Guillaume Longue-Épée n'est-il pas né voici cent ans de l'union du grand Rollon, le premier duc de Normandie, avec une frilla nommée Popa ? N'est-ce pas aussi une frilla appelée Sprota qui a donné pour fils à ce Guillaume Longue-Épée mon grand-père, le duc Richard le Premier ? Et n'est-ce pas encore d'une frilla du nom de Gonnor qu'est né mon père Richard le Second ? Nos aïeux furent-ils donc tous des bâtards ?

Il avait raison, mais je soupirai que ces personnes n'ayant pas été épousées en justes noces provenaient en revanche d'une noble famille, norroise ou franque. Pour moi, honorée du regard et de l'amour de monseigneur Robert, mon père n'était qu'un humble artisan tanneur œuvrant dans la puanteur. Par « bâtard », l'odieux Richard n'entendait pas l'enfant né hors mariage, mais le fruit d'une mésalliance entre un noble seigneur et une femme du peuple.

Robert eut un rire amer.

– Et s'il me plaît, à moi, de donner ma foi à la fille d'un tanneur, qui m'en empêchera ? Vous chasser loin de moi, amie, qui m'y contraindra ? D'ailleurs, ce que vous affirmez me paraît douteux et j'aimerais savoir si nos aïeux ne sont pas allés ramasser ces Gonnor et ces Popa mystérieuses au bordeau et non pas dans le château de quelque noble père. Quant à vouloir castrer cet enfant par une amputation dangereuse et en faire un moine en l'abbaye de Fécamp, je ne puis en accepter l'idée.

L'enfant Guillaume commença alors à pleurer. Je le pris et lui donnai le sein : il était de grande vie. Robert m'aimait profondément et je lui reste très attachée, mais il appréciait parfois avec difficulté certains sentiments et raisonnements pourtant simples.

Je le lui rappelai alors. Son frère le duc, promis à la fille du roi de France âgée de neuf ans seulement, ignorait si quelque descendance lui naîtrait un jour de cette enfant ; Richard avait déjà un fils né d'une frilla et nommé Nicolas, castré et élevé dans cette même abbaye de Fécamp pour devenir moine. Enfin, il ne supportait sans doute pas l'idée qu'une postérité née de son frère Robert vienne un jour réclamer la couronne ducale.

Le silence se posa sur la chambre. Soudain, je sentis une bouffée de colère me sauter au visage. Je ne pouvais tolérer de voir mon fils privé de postérité au péril de sa vie et dépossédé de la couronne prédite par la prophétie. Je n'admettais pas l'offense et l'humiliation faites à mon seigneur. Je me levai et posai l'enfant dans son berceau. Je ne me maîtrisais plus. Puis, agrippant Robert par les épaules et approchant mon visage du sien à le toucher, je martelai :

– Peut-être, seigneur comte, cette situation vous satisfait-elle, moi non ! Je ne me résigne pas. Mon fils sera roi, et non moine châtré au fond de quelque couvent. Son père sera duc, et non proscrit tendant la gorge au couteau des assassins. Je ne suis que la fille d'un humble tanneur, destinée comme telle à entendre ses enfants qualifiés de bâtards, mais j'ai plus de courage et de fierté, moi, que n'en ont toutes vos princesses et vos duchesses. Demain, je rendrai visite à Engrace ma marraine.

Ses philtres et ses venins, pensai-je, sauront bien nous faire franchir ce gué aventureux.

J'ai dû attendre le soir pour gagner le moulin de Gouffern sans être arrêtée par les hommes de Richard. J'y suis entrée. Ma marraine était assise dans l'ombre, immobile, les mains sur les genoux.

– Il y a longtemps que j'espère ce moment, petite Arlette, chuchota-t-elle sans que j'aie eu besoin de lui expliquer l'objet de ma visite. Cette fois, c'en est trop. Voici enfin venu le temps de mettre ce monstre hors d'état de nuire, de détruire le vautour et son charnier. Enfin !

Elle était déjà informée de tout. Moi, de nouveau, j'étais bouleversée de découvrir en elle ce personnage, l'Autre, de deviner en elle une suppliciée crachant la haine de ses bourreaux : ainsi, elle n'avait jamais pardonné l'exécution de l'homme qu'elle aimait, jamais admis d'être défigurée sans autre raison que le bon plaisir de monseigneur le duc. Enfin, elle tenait sa vengeance. Elle médita encore un long moment, puis :

– Tu as été bien longue à venir, dit-elle, mais tu as bien fait de nourrir d'abord l'enfant. Maintenant, allons.

La nuit était tombée, mais la terre était illuminée de la lumière froide à la senteur de bois mouillé de la lune. Celle-ci brillait, énorme disque maléfique, si proche qu'on croyait pouvoir le toucher bien qu'il fût accroché à la cime des arbres. Et l'horrible visage de Judas qu'on y distingue, ricanant encore de son forfait, me faisait frissonner.

Devant le moulin, dans un jardinet, elle me désigna du doigt des arbustes grêles :

– Bardane, gentiane, sureau, saponaire..., murmurait-elle. L'ail aussi, si profitable, l'ortie et la bistorte, le mille-pertuis. Rien de tout cela ne peut nous aider.

Nous nous enfonçâmes dans la forêt. Elle trottait en claudiquant devant, rapide comme sont souvent ces gros corps, sans un mot. Après quelque temps, nous parvînmes à une clairière dont le sol descendait en pente douce jusqu'à un lac, une vaste mare plutôt couverte de lentilles d'eau. Elle chuchota en me prenant le bras :

– Vois sur la terre détrempée ces tiges rampantes montrant un feuillage brunâtre : les casques de Minerve, appelés par les herboristes aconits, présentent au printemps de jolies fleurs d'un bleu profond et leur racine consommée en petite quantité détermine les paralysies et la mort. Mais elles puent. D'où la difficulté de leur emploi. Vois aussi, là-bas, ces fleurs de l'herbe aux chats, herbe intéressante, mais insuffisante pour obtenir l'effet attendu.

Interdite, je n'osai avancer.

– Viens donc ! Un peu plus loin, là-bas, ces plantes noirâtres sont appelées ciguë aquatique. Beaucoup plus meurtrières que la grande ciguë célèbre pourtant chez vos clercs pour avoir empoisonné l'un de leurs philosophes, ses racines ont le goût et l'odeur du céleri et provoquent vomissements et décès rapide. À dose minime, elles permettent de calmer les élans de moines désireux de respecter la continence.

Plus loin encore, les corolles des doigts de la Vierge laissaient pendre leurs clochettes pourpres. Je savais qu'il fallait se méfier de cette plante gracieuse...

– Mais l'absorption à dose efficace de la digitale laineuse

détermine des vomissements incoercibles et l'expulsion rapide du produit, murmura-t-elle, suivant ma pensée. Comme celle du fruit de l'if, pourtant si efficace. Il nous faut chercher ailleurs et c'est regrettable.

Près d'un mur dégradé, sur le terrain alors en pleine lumière, poussaient de hautes herbes dont beaucoup, m'arrivant à la taille, portaient de petites fleurs blanches.

– Regarde celles-ci, fit ma marraine dans un souffle. Ce sont mes filles. Elles fleurissent en plein été, maintenant. La lumière de la lune leur est profitable, comme d'ailleurs les soins dont je les entoure et les paroles dont je les berce. Je les plante, les repique, les nourris et les taille. Ne leur trouves-tu pas belle allure, droites et fières comme elles sont ? Leur nom de belles dames n'est-il pas mérité ?

Elle émit une sorte de ricanement.

– Belles dames, *bella donna* pour certains, belladone pour d'autres, qu'importe ? continua-t-elle. Ce qui compte, ce sont les fruits dont elles s'orneront à l'automne, ces petites cerises noires dont la terreur tient les oiseaux du ciel écartés : ils n'ignorent pas, les pauvrets, qu'un seul coup de bec sur ces baies succulentes signifierait leur trépas soudain.

Elle s'avançait au milieu des plantes complices, murmurant d'une voix de velours des paroles que je ne comprenais pas. Elles, servantes zélées, paraissaient s'incliner sur le passage de leur maîtresse comme pour agréer ses paroles et lui proposer leurs services. J'étais horrifiée. Elle arracha alors l'une de ces herbes, me la présenta et chuchota si vite que je la comprenais à peine :

– Quant au jour et à l'heure où il faut cueillir ces baies, aux incantations qu'il convient de prononcer et au moyen de les transformer en baumes apaisants, en confitures poids pour poids de miel et de jus ou en douces liqueurs, en toutes sortes de préparations enfin propres à procurer un prompt trépas, je ne t'en dirai rien car c'est mon secret. Sache seulement que, concentré par mes soins, une seule goutte du suc de ces fruits procure une soif insatiable, des visions insoutenables et une mort prompte à celui qui l'a absorbée.

Je balbutiai :

– Mais qui, qui donnerait…

Elle m'interrompit :

– Ceci, c'est mon affaire. Il m'était impossible de décider à ma seule convenance, mais maintenant le temps est venu. La coupe est pleine. Si toi, tu le désires, tu n'as qu'un mot à dire : la chose est aisée, le goût du produit est délicieux, il peut être mélangé au sirop, au vin ou, mieux, aux électuaires qu'emploient les médecins pour dissimuler l'amertume de certains médicaments.

J'osai demander :

– N'est-ce pas l'œuvre de Satan, prince des démons…

Agacée, elle m'interrompit :

– Satan, l'adversaire, Lucifer, qui porte la lumière ni Belzébuth, le seigneur des mouches, n'ont rien à voir ici à ce jour, pas plus que les incubes et les succubes dont ton prêtre te rebat les oreilles. L'important, c'est d'employer le bon produit et de l'administrer quand il faut et à qui le mérite. Cela, je sais le faire.

Elle me serra le bras à me faire mal. Dans la nuit, ses yeux avaient gardé leur couleur de pierre et son visage sa teinte de craie, j'en étais sûre. Elle murmura :

– La prophétie doit se réaliser. Tu dois écarter le danger qui plane sur ton enfant, comprends-tu ? N'es-tu pas une bonne mère ? Prouve-le en acceptant, tu n'as qu'un mot à dire.

Je soulevai le rideau de cuir du chariot, il ruisselait. Dans la brume plus épaisse, un spectre de cavalier chevauchait l'ombre d'un cheval à mes côtés. Je reconnus la silhouette de Robert. Associée à l'épaisseur de la nuée, celle du feuillage de cette forêt de Rouvray y maintenait une pénombre proche de la nuit. Le pas des montures, le cri d'un oiseau, le simple choc d'une arme sur un écu prenaient là une tonalité inaccoutumée, étouffée, semblant résonner comme au creux d'une caverne. Une moiteur tiède régnait, imprégnait tout de son humidité à la senteur de fumée et laissait peser sur nous une menace secrète.

Robert se pencha vers moi.

– J'ai souvent rencontré de la brume aux abords de Rouen et ce, même au mois d'août, dit-il. Mais rarement autant qu'aujourd'hui. Comment va notre petit roi ?

– À condition de pouvoir téter aussi goulûment qu'il le veut, il est sage, puis-je lui affirmer. Par bonheur et grâce à la protection de sainte Marguerite patronne des nourrices, je ne manque pas de lait.

Nous avions passé la nuit au château de Tilly où nous avait accueillis le baron Roger, un lointain parent de Robert. Le bon seigneur nous avait reçus avec courtoisie, cachant mal pourtant son inquiétude de devoir héberger un banni. Ainsi que nous avions dû le rappeler au vieil homme, l'exil du comte ne commencerait qu'au soir du lendemain 6 août, fête de la Transfiguration, et nous allions à Rouen pour en débattre avec le duc Richard en son château. À l'aube, persuadé de ne plus nous revoir en vie, il nous avait suivis de ses yeux pleins de larmes. Presque aussitôt, nous nous étions enfoncés dans cette forêt de Rouvray où la nuée propice aux sortilèges et aux maléfices ne nous avait pas quittés.

L'office de tierce avait sonné lors de notre passage devant un petit monastère, un ermitage plutôt, perdu au milieu des bois. Robert m'avait expliqué que ce lieu était consacré à saint Paphnuce cruellement martyrisé là : on l'avait écorché vif, châtré et essorillé. Victime d'un mauvais sort à coup sûr, le chariot s'était embourbé deux fois puis il avait failli verser. La force des six archers de l'escorte avait tout juste suffi à le remettre sur le droit chemin. Maintenant, tout crottés, les hommes ahanaient et peinaient en poussant à la roue.

L'enfant Guillaume tout à coup se mit dans une effroyable colère. Il m'apparut que, plus tard, il supporterait mal de ne pas être obéi aussitôt qu'il donnerait un ordre. Je le nourris. Il n'avait cure des crevasses apparues autour de mes mamelons et me mordait furieusement et douloureusement de ses petites gencives. Pourtant il buvait et rien d'autre ne m'importait.

– Ainsi, ma mie, s'exclama Robert passant de nouveau la tête entre les courtines, vous persistez à me prédire l'apaisement de mon frère sur l'intervention de votre toute-puissante marraine ? Il se calmerait sans exiger l'exécution des folies requises contre vous, contre moi, ni contre Guillaume ? Et aucun mal ne pourrait nous atteindre à la seule condition que nous ne nous présentions à Richard qu'après l'heure de sexte, c'est-à-dire midi sonné ?

Je renouvelai mon affirmation : tout s'arrangerait à cette seule condition. Robert m'avait questionnée, interrogée, il m'aurait presque déférée au bourreau pour me faire confesser d'où venait ma belle certitude, mais je n'avais rien avoué. Sur le bûcher, je n'aurais pas parlé. Il avait cherché à rencontrer Engrace la meunière : elle avait refusé de le recevoir. Étonné et un peu dépité de mon obstination, il avait fini par me faire confiance : nous nous connaissions depuis moins d'un an et, pourtant, il avait remarqué plus d'une fois la justesse de mes avis et la pertinence de mes conseils.

Mon secret, c'étaient les termes de mon entente avec Engrace : si elle empêchait le duc d'être un obstacle à l'accomplissement de la prophétie, elle n'exercerait son art que pour l'amour de Guillaume et de moi, me demandant comme seule contrepartie quelques marques de reconnaissance de l'enfant lorsqu'il aurait ceint la couronne royale.

Le brouillard étant un peu moins dense, je ne devinais plus les frondaisons de la forêt mais, dans un demi-jour laiteux, des maisons bordant le chemin, quelques échoppes, une taverne. Il me sembla humer la proximité d'une tannerie. Quelques manants encapuchonnés dont certains menaient des ânes et d'autres conduisaient des charrettes, quelques cavaliers nous accompagnaient ou nous croisaient. Le chariot s'arrêta. Robert mit pied à terre, il écarta le rideau.

– Nous arrivons au bord de la Seine, Rouen est là, dit-il, le bras tendu vers l'abîme grisâtre. Il n'y a guère, nous aurions dû monter sur un bac pour traverser le fleuve mais mon père a fait enfin édifier ici un pont de bois, au grand dam des passeurs. Il était fier de cet ouvrage destiné à joindre les deux rives.

Il eut un sourire ironique.

– L'heure de midi n'est pas encore près de sonner, amie ! remarqua-t-il. Que décidez-vous, dame secrète ? Faut-il nous engager dès maintenant sur ce pont au bout duquel se trouve la ville, ou baguenauder le nez en l'air en attendant ?

Inquiète sans le montrer, je lui demandai de patienter avant de repartir. Pendant un long moment, je guettai le moindre son. Enfin, une cloche commença à retentir dans la brume. Mais elle n'annonçait pas midi, l'office de sexte : sa sonnerie était rapide, redoublée, haletante presque. Une autre cloche l'accompagna sur le même ton, plusieurs autres suivirent.

– Le tocsin ! s'étonna Robert. On sonne le tocsin ?

Toutes les cloches des cent clochers de la ville, sauf les bourdons, s'étaient maintenant mises en branle sur une cadence pressée, affolée. Leurs bruissements s'unissaient en une espèce de grondement menaçant surgi du profond de la nuée et que piquait l'appel des clochers les plus proches. Autour de nous, c'était l'épouvante : tous couraient, les portes claquaient, on s'enfermait dans l'attente de la catastrophe. Personne ne connaissait la nature du danger, mais nul n'ignorait que le son du tocsin nous prévient de la menace d'un incendie majeur, de l'apparition d'une armée ennemie ou de la propagation rapide de quelque male peste.

Moi, j'étais à la fois soulagée et impressionnée de la toute-puissance de ma marraine. Je signifiai à Robert qu'il était maintenant possible d'avancer. Le sergent commandant l'escorte, l'épée en main, ouvrit la marche et nous nous engageâmes sur le pont de bois. La foule y était compacte et la clameur haute, beaucoup fuyant la ville et quantité d'autres s'y réfugiant. Ce bel ouvrage est fort long et sa traversée au sein de la nuée constitue une équipée peu commune, mais je n'eus guère le temps de l'admirer : l'un des archers de l'escorte, après avoir secoué un manant qui fuyait, adressa quelques mots à Robert. Celui-ci, stupéfait, s'inclina vers moi, allongée dans le chariot, et murmura, effaré :

– On me dit que Richard est mort, d'où cet émoi.

J'avais préparé ma réponse :

– Je suis donc la première à saluer mon seigneur du titre de duc de Normandie.

Il me regarda sans paraître comprendre.

Je n'avais jamais vu ville aussi grande et puissante que Rouen. Un castel où veille un corps de garde bien armé, débordé ce jour-là d'ailleurs par la masse des fuyards, y tient lieu de poterne. L'obstacle franchi, nous pûmes, avec difficulté, nous frayer un passage dans la foule et longer la ruelle qui suit l'intérieur de la muraille où alternent de massives et sévères tours de guet.

Dans la cité, l'affolement était général, les volets des étals claquaient et seuls les porcs, occupés dans les venelles à leur besogne quotidienne de nettoyage, ne s'agitaient pas. Marchands et chevaliers, vilains et manants couraient en tous sens, jetant des coups d'œil angoissés au ciel dont peut-être venait la menace. Et toujours, lancinant, obsédant, le tocsin répandait sur la ville les notes de son alarme, Saint-Étienne, Saint-Vincent, Saint-Éloi, tous les clochers des alentours clamaient leur appel sur les toits apeurés, serrés les uns contre les autres comme un troupeau terrorisé.

Nous parvînmes au château. Construit au bord de la Seine à l'angle des fortifications, trois fois plus important que n'est celui de Falaise, la Tour, comme on l'appelle, est bien loin d'avoir son élégance. Il date, prétend-on, du roi Mérovée et menace ruine, d'où peut-être le fait que les ducs n'en ont pas fait leur résidence principale, préférant se rendre de château en manoir. Chaque duc parle d'en bâtir un nouveau, mieux situé et plus grand, puis remet le soin de l'édifier à son successeur.

Des hommes d'armes interdisaient l'accès de la cour : Robert se fit reconnaître et nul ne s'opposa à notre entrée. Une forte senteur de moisissure et d'urine imprégnait l'humidité sombre et fraîche du lieu. Une foule muette et atterrée se pressait dans l'escalier menant à l'étage. On s'écarta devant le comte. Portant l'enfant Guillaume, je le suivis. La chambre du duc était pleine de courtisans et d'officiers stupéfiés. Parvenue au premier rang de cette cohue je ne pus m'empêcher de m'exclamer devant l'œuvre d'Engrace la meunière.

Sur chacune des quatre planches dressées sur des tréteaux, un corps était allongé. Il y avait là Richard, duc de Normandie, bras et jambes écartés, la bouche et les yeux grands ouverts, son surcot de soie écarlate tout taché de vin. Les trois autres cadavres étaient, murmura Robert à mon intention, celui de Guillaume d'Ouilly, l'échanson, et ceux d'Odon Maigrot et de Geoffrey de Montmirail, deux des proches du duc.

– Monseigneur Richard !

Le hurlement retentissant sous les voûtes et repris sans cesse résonnait sans fin. Il émanait de deux femmes échevelées, vêtues chacune d'une cotte de soie blanche, couleur de deuil des reines. Dès leur apparition, je reconnus la monstrueuse Papia, la marâtre de Robert, flanquée d'une grande femme jaunâtre au long cou, aussi maigre que l'autre était énorme. C'était la frilla de Richard. Empoignant la cotte du défunt duc et la secouant bien fort, elles exprimaient devant la foule des courtisans silencieux un violent chagrin, trop théâtral pour être sincère : elles avaient pris le temps de revêtir les atours qui leur convenaient et de se farder le visage.

Le sénéchal de Normandie, Osbern de Crépon, toujours bienveillant et attaché à Robert, surgit soudain près de nous. Il expliqua à voix basse comment, retardé par la brume, il n'était arrivé de sa terre du Vaudreuil que peu avant nous. Il avait pourtant entendu les témoins et eu le temps de reconstituer la scène.

– Monseigneur Richard, expliqua-t-il, s'est attablé dans sa chambre pour dîner avec trois intimes à l'heure habituelle, en milieu de matinée. Un repas léger était prévu car un banquet devait être servi dans la salle d'honneur à l'heure de souper.

« Il a mangé et bu de bon appétit, mais a été pris soudain d'une soif inextinguible. Il a alors avalé coup sur coup plusieurs grandes coupes de vin. Puis il a commencé à pousser des cris de terreur et, voyant des multitudes de cavaliers le charger et le percer de leur lance, il a mis l'épée en main.

« Les trois autres convives avaient eux aussi beaucoup bu. Sans doute sous l'emprise du vin, ils ont eu eux aussi des visions effrayantes. Il a fallu les maîtriser et même porter la main sur monseigneur pour éviter quelque folie. Ce ne fut pas sans peine, le délire ayant décuplé leurs forces. Enfin, presque en même temps, tous quatre se sont effondrés, raides morts. Sans doute ont-ils bu de façon immodérée, conclut le sénéchal, mais il est étonnant que leur décès ait été si soudain. N'y aurait-il pas là-dessous quelque diablerie ?

Robert ne répondit pas. Il avait pâli et je compris qu'il pensait à Engrace et à l'étrangeté de sa médiation. J'y songeais moi aussi mais, seule sans doute dans l'assemblée, je me sentais gagnée par un sentiment de douce quiétude et de vive reconnaissance envers ma marraine et ses sortilèges.

Nous nous avançâmes. Le visage de chacun des défunts paraissait congestionné, cramoisi presque. Quand Richard durant sa vie avait été d'une complexion plutôt blafarde, la mort lui conférait l'expression de majestueuse autorité dont il avait été dépourvu. Les paupières des quatre corps étaient restées largement ouvertes, le bleu ou le vert de chaque œil qu'on appelle je crois l'iris ayant disparu au profit d'une curieuse tache noire toute ronde. Osbern le sénéchal, après s'être recueilli, ferma pour l'éternité ces yeux déjà ternes. Puis il donna l'ordre d'enlever les cadavres :

– Dès qu'il aura été lavé et habillé, commanda-t-il, que monseigneur Richard soit veillé dans la salle d'honneur par les moines cordeliers qu'il avait en grande estime. Chacun pourra lui rendre un dernier hommage pendant les trois jours à venir. Puis, après qu'on l'aura cousu dans une peau de cerf, il sera porté en l'église cathédrale Notre-Dame où auront lieu les obsèques.

Rapportée par les courtisans et les hommes d'armes, la mort brutale et simultanée de ces quatre personnages effraya les habitants de la ville. Certains parlèrent d'une maladie contagieuse risquant de se propager à toute la cité. D'autres évoquèrent un maléfice, une malédiction pesant sur les ducs et leur entourage et l'on se remémora le rapide trépas du duc Richard le Second ainsi que l'assassinat sans raison connue du duc Guillaume Longue-Épée. Bien peu pensèrent au poison.

Osbern, le sénéchal, y pensa. Il fit donner aux chiens les reliefs du repas, ils le dévorèrent sans présenter le moindre trouble. Il fit chercher la cruche dont le contenu avait été versé au duc, elle avait été entièrement vidée, lui affirma-t-on, dans la rage de soif éprouvée par les quatre victimes. Il fit laver le bliaut taché de vin de Richard puis présenter l'eau du lavage aux chiens : aucun n'en voulut boire, les chiens ayant horreur, lui dit-on, de tout ce qui touche ou a touché le cadavre de leur maître. Il borna là son enquête.

Dans la soirée, il eut un entretien avec Robert. Les barons du duché, lui affirma-t-il, voyaient enfin mais bien tard dans le feu duc Richard un débile incapable. Ils estimaient maintenant Robert comme l'héritier légitime de son père et, venus tous assister aux obsèques, lui prêteraient serment comme à leur seul et véritable suzerain. S'y opposeraient peut-être Hugues, l'évêque de Bayeux et sans aucun doute Robert l'archevêque, l'oncle parti faire sa cour au Saint-Père dans l'espoir d'obtenir le chapeau de cardinal. Mais quel successeur pourraient-ils proposer à Richard ? Le désaccord probable des frillas, maintenant toutes deux veuves, était sans importance.

– Soyez tranquille, elles ne vont pas chercher à nous imposer pour duc leur Nicolas, le fils de Richard, moine en l'abbaye de Fécamp, estimait Osbern.

Et il jugea raisonnable d'envisager au plus tôt l'investiture de Robert.

Nous passâmes un long moment à veiller le corps du duc dans la salle d'honneur. L'enfant Guillaume demeurait accroché à mon sein. Le cadavre de Richard reposait sous un dais de velours noir, entre douze cierges. Six moines se relayaient à ses pieds pour réciter jour et nuit les prières des défunts. Quelques bourgeois, des manants, de rares femmes défilèrent là pour bénir le corps, mais il n'y eut pas vraiment foule. Je ne vis pas une larme, pas une expression vraiment attristée sur le visage du peuple : la curiosité seule expliquait sa présence.

La frilla de Richard se tenait face à nous, de l'autre côté du corps. Elle ne dit pas un mot, mais passa tout son temps à nous jeter des coups d'œil acérés comme des lames. Papia la rejoignit. Bien vite, elle se glissa près de Robert et, le regard vrillé dans le sien, cracha qu'elle le tenait pour l'assassin de monseigneur le duc et saurait en tirer vengeance.

– Comment cela, dame Papia ? répliqua Robert le prenant de haut. N'avez-vous pas vu que nous sommes arrivés dans ce château longtemps après la mort de Richard ? Mais au fait, vous-même, n'étiez-vous pas sur place ? N'avez-vous pas eu la facilité d'agir par maléfices et sorcellerie ?

– Il y a là quelque fourberie, mais je te confondrai, vil fratricide ! maugréa Papia. Je vous démasquerai, toi et ta gueuse ! Comment oses-tu t'attaquer à celle que ton père a aimée d'un si fol amour ?

Je me retins de faire remarquer que, s'il en était ainsi, le feu duc Richard le Second avait été sans doute sourd et aveugle. Nous nous retirâmes dans la chambre qu'Osbern nous avait fait aménager dans la tour du nord. On servit un léger souper. Peu après, assis là sur un tabouret, Robert réfléchissait à voix haute :

– Papia est une furie, disait-il. C'est une garce fieffée et rien ne dit qu'elle ne m'accuse pas pour protéger le véritable assassin de Richard. Car pour moi, par sortilèges ou poison, quelqu'un a voulu nuire à l'un des quatre convives, probablement au duc, et tué les trois autres.

– Le croyez-vous vraiment ? demandai-je, feignant l'étonnement.

– Considérons maintenant, dit-il en me jetant un regard sévère, les manigances de votre marraine : ce sont sans doute ses maléfices qui ont abouti à la mort de Richard. C'est là, j'ai honte de le dire, un dénouement dont je profite. Mais si c'est vrai, Papia n'a pas tout à fait tort : nous et cette meunière sommes en partie coupables de la mort de mon frère et de ses trois convives.

Je poussai les hauts cris et répondis ce que je pense encore aujourd'hui : j'ai commis la faute de m'en remettre à Engrace pour agir dans le but de protéger l'enfant Guillaume. Mais je refuse d'être tenue pour responsable de la mort du duc Richard : ce mauvais homme était condamné par la Justice divine dont ma marraine a peut-être été le bras. Mais ni elle ni moi ne sommes plus coupables de son décès que le bourreau ne l'est du trépas de l'homme qu'il pend.

Pendant la nuit qui suivit, on chercha à entrer dans notre chambre. Nous fûmes réveillés par le bruit léger fait par un intrus essayant de venir à bout de la serrure. L'enfant Guillaume ne pleura pas, mais je le pris dans mes bras pour le protéger quoi qu'il arrive. Robert se leva, prit en main l'épée laissée près du lit et tenta d'ouvrir d'un coup la porte. Cette vieille serrure était plus difficile encore à manier qu'à crocheter : lorsque Robert y parvint le visiteur s'était enfui.

– Il se pourrait que nous ne soyons pas les bienvenus dans ce château, soupira-t-il en se recouchant.

Moi, tremblante, j'essayai de chasser de mon esprit l'idée que l'âme de Richard, dont le corps reposait dans la salle d'honneur, venait nous demander des comptes. Et seule la conviction que les revenants n'ont nul besoin de crocheter les serrures me permit de me rendormir.

La cérémonie des obsèques avait donc été fixée au troisième jour. Pourtant, dès le lendemain du décès, une horrible puanteur se répandit dans la salle d'honneur, rampa au long des étroits corridors et se glissa dans les pièces voisines. Dans le même temps, des boursouflures et des marbrures noirâtres apparurent sur le visage, sur les mains du cadavre tandis qu'il se vidait. Une armée de rats téméraires cherchaient à monter à l'assaut du catafalque, se laissant embrocher plutôt que de reculer et imprimant parfois dans leur voracité des mouvements saccadés au corps du défunt. Au second jour, Osbern le sénéchal décida donc de faire coudre le corps dans la fameuse peau de cerf et de le faire transférer en la cathédrale Notre-Dame : je fus bien aise de voir ce défunt quitter les lieux et cesser d'y troubler nos nuits de bien des manières.

– La forte chaleur est en cause sans aucun doute dans ce rapide début de corruption, expliqua Robert.

Pour Osbern le sénéchal, le venin qu'on avait peut-être employé expliquait la prompte décomposition des tissus. D'après moi, comme la sainteté des êtres conserve leur corps intact pour l'Éternité, leur pourriture morale et leur malignité en entraînent la putréfaction rapide. Mais, par délicatesse, je gardai pour moi cette interprétation qui eût été pénible aux oreilles de Robert, le frère du défunt, et d'Osbern qui en avait été le proche.

Les obsèques du duc Richard le Troisième furent donc célébrées le 9 du mois d'août de l'an du Seigneur 1027. Depuis matines, le glas résonnait à tous les clochers de Rouen, peut-être plus éprouvant encore que n'avait été le tocsin. Par bonheur, Robert l'archevêque n'était pas encore revenu de Rome malgré les courriers pressants envoyés là-bas : cela nous épargna homélies vengeresses et discours accusateurs. Autre trublion, Hugues, évêque de Bayeux, s'était dit malade. L'affection prétendue ne fut pas, hélas, mortelle.

Dès l'aube se trouvèrent donc dans le chœur de la cathédrale les évêques d'Avranches, d'Évreux, de Coutances et de Sées, ainsi que les abbés de Fécamp, du Mont-Saint-Michel, de Saint-Wandrille, de Jumièges, de Saint-Taurin et de Lonlay. L'abbé de Saint-Ouen officiait. Les chanoines de la cathédrale, les moines et les moniales des huit abbayes les plus proches étaient présents.

Si les veuves n'avaient pas été autorisées à mener le deuil, il leur avait été permis de porter le blanc, deuil des reines, ce qui eût été risible pour des frillas en d'autres circonstances. Elles se tenaient à la gauche du catafalque. J'étais derrière, toujours dévorée par l'enfant Guillaume caché sous ma cape noire. Robert se tenait à droite, suivi de plus de quarante barons.

Le corps devait être inhumé dans l'abbatiale de la Trinité de Fécamp, ville sainte où se trouve la miraculeuse fontaine du Précieux Sang, objet de tant de pèlerinages. En cette église reposent les corps de messeigneurs Richard le Premier, enterré sous la gouttière par humilité, et Richard le Second. Sans explication, le sénéchal décida que Richard le Troisième serait déposé dans l'église abbatiale Saint-Ouen, à Rouen : sans doute ne l'estimait-il pas digne de voisiner dans la mort avec ses glorieux prédécesseurs.

Nous nous retrouvâmes pour souper au château. J'étais placée à table entre Robert et Osbern dont j'ai toujours estimé l'amitié, la courtoisie et la volonté de paix.

Le repas fut animé et, si l'on n'avait convié ni baladins ni jongleurs, les rires et les éclats de voix se firent entendre dans la grande salle pendant une partie de la nuit. Je me suis souvent étonnée de la gaieté régnant lors de ces repas funéraires alors que les convives semblaient éplorés peu auparavant : sans doute la mémoire est-elle plus courte ou les sentiments sont-ils moins profonds qu'ils n'apparaissent au cours des obsèques. Ce soir-là, il m'apparut que cet étrange entrain était dû à la joie des convives d'être débarrassés de l'odieux Richard.

– Si je n'avais le souvenir de ses vilenies, j'aurais presque pitié de la mémoire du défunt duc, confiai-je au sénéchal.

Bonne âme, il entreprit aussitôt de m'expliquer toutes les qualités mal comprises du trépassé, les difficultés rencontrées par lui pendant sa petite enfance, les maladies de sa nourrice, enfin que sais-je !

Je ne l'écoutais guère. J'avais acquis depuis mon arrivée au château de Falaise un certain goût pour le vin lorsqu'il était bon. Je fis signe à l'un des valets de l'échanson de remplir de nouveau mon hanap tôt vidé. Il s'empressa de le faire. J'eus alors la surprise de reconnaître Quentin, qui avait servi pendant quelque temps au château de Falaise, m'avait vue danser dans la rivière et demeurait dévoué corps et âme à ma marraine, je le savais.

L'homme m'adressa un hideux sourire où il me sembla distinguer une connivence qui me fit frissonner. Je demandai à Osbern s'il le connaissait.

– Le valet aux grandes oreilles ? Je le connais fort bien, répondit le sénéchal. Il est bien laid, mais c'est un brave homme. Il était attaché depuis peu au service de monseigneur Richard à Rouen et il affectionnait son maître. Il l'a servi encore au matin de sa mort et était réellement bouleversé de son trépas.

Je reposai la coupe sans y plus toucher. Un sentiment étrange s'empara de moi : j'étais, m'apparut-il, la complice d'un assassin, peut-être même l'instigatrice d'un crime. Pourtant, mon devoir n'était-il pas de protéger la vie de mon fils ?

3

Une autre journée commence alors qu'il me semble venir d'entamer cette confession. Déjà s'accumulent les parchemins où sont consignés les événements de ma vie. Plus je vais, moins je vois en moi une criminelle : je n'ai à me reprocher de fautes, je crois, que celles faites par amour de mon seigneur et de nos enfants, ou par la volonté de faire s'accomplir la prophétie. Et c'est tout un.

N'y eut-il pas de faute, pourtant, dans mon dédain manifesté pendant des années au jeune Herluin, sire de Conteville, attaché à ma suite comme intendant ? Je le qualifie de jeune alors qu'il avait mon âge, mais une humble origine m'a toujours paru rapetisser la taille ou diminuer le nombre des années, ce qui est sot. Orphelin, sire d'une minuscule seigneurie située dans les marais qui bordent la Seine et comportant en plus du château abandonné une ferme en ruine, un chien, deux vaches et trois moutons, toujours vêtu de noir, ce doux rêveur me consacra une adoration muette du moment qu'il me vit. Mais j'y reviendrai.

– Robert, duc de Normandie !

Ce fut par cette acclamation hurlée au point de faire vibrer les vitraux de la cathédrale et mille fois répétée que barons et évêques saluèrent l'investiture de mon seigneur. Accompagnée de mon vorace compagnon, je me trouvais avec quelques courtisans dans le déambulatoire, obsédée comme toujours par la probabilité d'un incendie. En effet, une grande quantité de cierges et de lampes entretenaient dans l'édifice une clarté plus resplendissante que celle du plein jour et le bois demeure le matériau principal de nos églises. Hélas, mon inquiétude d'un possible embrasement était motivée, mais ce fut un autre feu qui vint nous dévorer.

Une foule compacte emplissait l'église cathédrale et l'on avait dû fermer les portes tant était grande l'affluence. Tous louaient Dieu d'avoir enfin donné à notre pays un duc attentif aux besoins de ses sujets et beaucoup avaient les yeux pleins de larmes dans l'émotion de la paix et du bonheur entrevus. Comme il avait présidé aux obsèques de Richard, l'abbé du monastère Saint-Ouen célébra l'office. Et le chant du *Te Deum*, entonné par le chœur, était repris par l'assistance entière lorsque la grande porte de la cathédrale s'ouvrit avec fracas.

– Que célèbre-t-on ici sans mon ordre ? gronda une voix puissante.

Entouré d'hommes d'armes, mitre en tête, plus écarlate encore que n'était sa longue robe, l'archevêque Robert se tenait à l'entrée de l'église. Il avait prononcé son apostrophe sur un tel ton qu'elle interrompit le chant d'actions de grâces.

Il s'avança, menaçant et redoutable. Tous s'écartaient devant lui, beaucoup mettaient genou à terre, certains cherchaient à baiser son anneau pastoral. Lui, les mâchoires serrées, les narines frémissantes et la moue méprisante, allait. Le silence de la foule était tel que le son de sa crosse frappant le pavé résonnait sous les voûtes. Il s'arrêta devant le chœur. Robert, la couronne ducale en tête, auréolé de ses barons, lui faisait face.

– Qu'ai-je laissé ici ? s'écria l'archevêque. Un duc en pleine santé et un neveu proscrit. Et j'y retrouve quoi ? Le proscrit se parant de la couronne arrachée au cadavre du duc ! Ainsi donc, je t'accuse, neveu, d'avoir été l'assassin du duc ton seigneur et frère et j'exige que tu déposes ici cette couronne !

Frémissant, Robert répondit sur le même ton :

– Oncle, tu sais qu'il n'en est rien, alors pourquoi m'accuses-tu ? Je n'ai pas touché à un cheveu de mon frère Richard alors que lui a usurpé la dignité qui m'était promise !

Lui aussi, pouvait avoir une voix tonnante. J'admirai son aplomb car jusque-là, s'estimant trop jeune, il n'avait jamais osé affronter en public sa redoutable famille. Chez moi, on croit que les garçons cessent d'être des gamins pour devenir des hommes dès qu'ils ont génité et le duc était père depuis plus d'un mois ce qui expliquait le changement. Mais l'archevêque répliqua :

– Écoutez-le ! Pas un cheveu de Richard ? Me prendrais-tu pour un benêt, neveu ? J'ai appris que tu n'as pas toi-même versé le venin, mais que c'est ta ribaude, Herleue ou Arlette, qui a mené par maléfices et sortilèges le duc à la tombe ! Peut-on d'ailleurs attendre autre chose d'une gueuse sortant de la boue dont tu l'as tirée ?

Papia la marâtre était passée par là. L'assemblée entière frémit d'ouïr une telle accusation portée par un prince de l'Église. Je frémis plus encore que les autres, me voyant déjà livrée aux flammes du bûcher des sorcières. Mais Robert répliqua :

– Qui donc es-tu pour proférer de telles paroles, toi, archevêque débauché, prélat simoniaque, falsificateur des dernières volontés de mon père ? Tu ferais mieux de confesser ta faute et de te repentir de ton faux témoignage, à genoux ici, devant l'assemblée des chrétiens ! Si la contrition n'est pas la raison de ta visite, sors de cette église avant que je ne te fasse prendre et livrer au bourreau !

La foule tremblait et quelques gémissements de terreur s'élevèrent en attendant la réplique à ces menaces blasphématoires. Mais les troupes ducales étaient nombreuses et l'archevêque protégé seulement par quelques hommes. Il s'écria :

– Je me retire, Robert, je me retire dans ma ville d'Évreux où me rejoindront tous ceux qui n'acceptent pas ta prétendue autorité. Le pape me soutiendra et il jettera l'interdit sur tout le duché. Et c'est une immense armée soulevée par le roi de France qui viendra ici demain arracher sa couronne à l'assassin de son frère, au meurtrier de son seigneur !

Il tourna les talons et, d'un pas majestueux toujours ponctué par le choc de sa crosse sur les dalles, sortit de la cathédrale.

La grande porte refermée, la cérémonie reprit, mais sans entrain : la voix des moines et des chanoines manquait de vigueur, celle du célébrant tremblait et celle de l'assistance se faisait murmure. Beaucoup de barons présentaient le front plissé et les paupières mi-closes de l'intense réflexion : plutôt qu'une méditation sur quelque pieux mystère, c'était une interrogation sur le meilleur parti à prendre qui les hantait.

Tête basse, le peuple tremblait à l'annonce d'une guerre dont, comme toujours, il ferait les frais. Surtout, les fidèles redoutaient le pouvoir magique attribué aux prélats. Au milieu du chœur, le duc Robert, grave, couronne en tête, regardait fixement devant lui comme si son chemin était tout tracé et dépourvu d'obstacles. Mais jamais je ne lui avais vu teint aussi livide.

En tant que simple frilla, je n'avais pas à suivre le cortège. Triste cortège d'ailleurs où monseigneur le duc paradant au milieu de ses courtisans et de ses officiers ne recevait d'acclamations que de manants et de gamins. Seuls ceux qu'attirait la distribution à poignées de ses largesses se pressaient là, les autres étaient déjà calfeutrés chez eux, redoutant la colère de l'archevêque. Je regagnai donc le palais sous la protection de six archers.

Arrivés devant le portail du château, les chevaux portant ma litière marquèrent le pas puis s'arrêtèrent. Je soulevai la courtine. Une autre litière dont les rideaux portaient eux aussi les armes du duc encombrait l'entrée de la cour d'honneur. J'appelai et signifiai au sergent commandant l'escorte de faire avancer ou reculer cet équipage. L'homme, embarrassé, murmura :

– C'est l'attelage de dame Papia. Je lui ai demandé de ne pas demeurer là. Elle dit qu'il vous faut attendre.

En regardant de nouveau, je pus voir la tête voilée de vert d'une femme sortant des rideaux : Papia, indifférente à ma hâte, conversait à grands cris avec un personnage demeuré dans la cour. J'attendis quelques instants, puis, n'y tenant plus, bondis dans la rue et m'avançai sur elle. À son regard, je compris qu'il n'y avait dans son attitude nulle indifférence mais, au contraire, l'intention délibérée de me provoquer. Je lui demandai d'une voix ferme de nous laisser passer. Sa réponse, glapie assez haut pour pouvoir être entendue à dix lieues à la ronde, reste gravée dans ma mémoire.

– Nous n'avons que faire dans ce château, s'écria-t-elle du fond de sa litière, des ribaudes de Robert ni de ses bâtards !

Une patience excessive n'est pas de mes vertus. Je tentai pourtant de garder mon calme.

– Dame, lui dis-je en tentant de maîtriser ma colère, les jours qui viennent nous obligeront sans doute à vivre ensemble entre ces murs. Je vous propose d'essayer de cohabiter en bonne intelligence et, pour commencer, de bien vouloir faire avancer ou reculer votre litière.

– Je n'ai aucune raison de vivre sous le même toit qu'une

souillon, une concubine ramassée dans un trou de campagne et puant encore l'odeur des ordures où elle a été élevée ! fut la réponse.

Jeune encore, je n'avais pas compris son intention de me pousser à accomplir quelque sottise. Je répliquai calmement, mais un ton plus haut :

– Dame, peut-être ne suis-je qu'une frilla, sans doute ne suis-je pas unie devant Dieu à monseigneur Robert, mais à ma connaissance vous non plus n'étiez point mariée au feu duc Richard le Second !

Elle s'écria :

– Ribaude, fille de ribaude, comment oses-tu comparer nos deux conditions ? Mon père était un seigneur, il régnait sur les champs et les bois, sur les vilains et sur les serfs, le tien n'est jamais sorti de la fosse au purin au fond de laquelle il est né. D'où l'odeur !

Et elle refit le simulacre de se boucher le nez en me regardant, attitude pour moi insupportable. Mon sang ne fit qu'un tour. Je me tournai vers l'écuyer menant ma jument de tête et lui arrachai son fouet. Je connais bien les chevaux et la mèche que je fis claquer sur les oreilles de celui de Papia eut l'effet attendu : il se cabra, hennit, puis, d'un effort brutal, entraîna la litière qui parcourut quelques toises avant de verser.

Je tiens à le redire aujourd'hui, je n'ai pas frappé du fouet la dame Papia, à l'inverse du bruit qu'elle a répandu, mais seulement l'un de ses chevaux.

Le passage était libre. Alors que nous nous y engagions, je pus voir la tête de la mégère sortir des débris de son convoi. Furieuse de colère, elle hurlait des menaces de mort pour l'enfant et pour moi et m'insultait du nom d'empoisonneuse et de divers qualificatifs que la décence m'interdit de rapporter.

Rentrant dans le château le cœur encore cognant dans ma poitrine, je pensai que ma vie importait peu à côté de celle de Guillaume. Avant tout, je devais empêcher cette femme de le toucher et même de le regarder. Je courus donc me réfugier dans la chambre des dames où mon lit avait été préparé et mon coffre porté. En effet, Robert et moi nous dormions jusque-là dans la chambre de la tour du nord.

– Dame, pourrez-vous vivre, l'enfant et vous, en ce lugubre endroit ? murmura Guillemette Crespin, la servante qui nous était toute dévouée en poussant une porte qui s'ouvrit en grinçant.

C'était une grande pièce sans cheminée où l'absence de tapisseries et de peintures murales laissait deviner la pierre lépreuse, humide, foisonnante de moisissures. Le feuillage couvrant le sol semblait pourri et une senteur plus pénible encore que celle de la tannerie de mon père y rôdait. La lumière parcimonieuse tombant d'une seule et mince fenêtre permettait d'y deviner deux lits et deux coffres placés le long des murs : c'était le nid de serpents où Guillaume et moi devions prendre place. Et la frilla de Richard ayant décidé de se retirer dans un monastère, je devais partager l'endroit avec l'affreuse marâtre de Robert.

Seule, je tremblais de peur et de dégoût quand, peu après, se produisit l'incident : l'enfant avait bu, il était repu, gavé même puisque le lait lui sortait de la bouche. Je trouvai son front chaud. Soudain, des secousses brèves mais répétées agitèrent ses bras et ses jambes tandis que son visage grimaçait d'horrible façon. Le croyant déjà mort, folle d'angoisse, j'appelai à l'aide. Guillemette, épouvantée, courut chercher du secours. Je hurlai l'ordre de faire venir un médecin, une autre femme s'en fut en quérir un.

– Qu'arrive-t-il donc, ici ? s'écria une voix impérieuse.

Robert, le front encore ceint de la couronne ducale, entrait.

Aussitôt, les mouvements qui agitaient Guillaume se calmèrent et il sembla s'endormir d'un sommeil tranquille. Le duc fit sortir tous ceux qui étaient accourus et maintenaient dans la chambre un vacarme peu propice au repos de l'enfant. Puis il me demanda de tout lui conter, ce que je fis par le menu. Et je conclus entre deux sanglots :

– Soyez-en sûr comme je le suis, doux ami, malgré mes précautions, votre marâtre a réussi à nuire à l'enfant. L'esprit impur qui le possédait et l'agitait de si laide façon s'est éloigné de lui, mais pour combien de temps ? Votre simple présence l'a soulagé, mais qu'en adviendra-t-il lorsque vous vous éloignerez ? Il faut le soigner, l'emmener au plus vite en pèlerinage à la relique du Précieux Sang conservée en l'abbaye de Fécamp, elle qui guérit les malades et protège fort bien tous les membres de votre famille. Par la suite, je refuse de le faire dormir dans la même chambre que ce monstre.

– De plus, mon oncle l'archevêque vient de nous menacer d'excommunication, vous l'avez entendu, murmura-t-il, soucieux. Tous ces périls sont-ils suffisants pour causer dommage à notre petit roi ?

Le tempérament de Robert le portait parfois à des actes irréfléchis mais, le plus souvent, il était posé, voire hésitant. Nous nous complétions bien lui et moi qui suis spontanée et parfois emportée. Après un long silence, alors que Guillaume se gavait de nouveau, il parla. Pour lui, rien ne prouvait la culpabilité de Papia ni d'une autre dans le malaise de notre fils, mais elle était capable de se défendre dangereusement si elle était attaquée. Dans le doute, le plus raisonnable était d'éloigner pour le moment l'enfant de ce monstre.

– Nous irons d'abord à Fécamp présenter l'enfant à la relique, dit-il. Puis, comme j'ai l'intention d'aller mettre à la raison l'archevêque dans la ville d'Évreux, je vous demande de m'y accompagner avec Guillaume. Par la suite, amie, nous continuerons à dormir dans la chambre de la tour du nord, conclut-il à voix basse.

Dormir dans la chambre de Robert ! J'étais ravie de ces quelques mots et le frémissement de sa voix me laissait entendre qu'il était lui-même profondément heureux de les prononcer. En effet, nous étions poussés l'un vers l'autre, en plus de nos sentiments, par un besoin irrésistible d'union de nos corps. J'ai eu des contacts avec d'autres hommes, mais ils m'ont paru mornes, affligeants, comparés à la fête qu'était pour moi l'amour de Robert. Jamais lassés, chaque soir, chaque nuit, nous étions poussés l'un vers l'autre par un désir incoercible.

Moine, tu me diras que l'Église demande aux époux de ne pas s'unir plus souvent que quatre-vingt-onze jours par an. Mais je n'étais pas l'épouse de Robert, moi, de ces femmes destinées seulement à faire des enfants pour perpétuer la lignée. Moi, je l'aimais, il m'aimait et je pensais au profond de mon cœur que je mourrais si j'étais séparée de lui plus de trois jours. Comment t'expliquer une faim aussi dévorante à toi dont le vœu de continence t'éloigne pour toujours du bonheur de l'union ?

Peux-tu imaginer qu'on puisse mourir d'inanition, si l'on demeure sans nourriture, de soif, si l'on reste sans boire ? Sache que pour moi, alors, la privation de Robert eût été autrement plus pénible et plus dangereuse que celles-là. Je puis te dire aussi que nous étions faits l'un pour l'autre, lui dont le membre puissant et vigoureux tirait grande satisfaction de mon contact et moi, dont le corps était, me dit-on, charmant et le ventre bien conformé pour le recevoir avec un plaisir toujours renouvelé.

– Les enchantements d'Engrace ne sont-ils pas la raison de mon besoin de toi, de ton désir de moi ? s'inquiétait parfois Robert quand, lassés pour un temps, nous reposions l'un près de l'autre.

Ce désir et ce besoin nous avaient foudroyés dès notre première rencontre, au pied de la tour, c'est vrai. Un embrasement si rapide pouvait paraître peu naturel et ma marraine semblait en cause, mais fallait-il chercher à cette attirance une autre explication que le tempérament de chacun de nous, qui étions faits l'un pour l'autre, je l'ai déjà dit ?

Je réfléchissais à ces vérités dans ma litière en arrivant en vue de la ville d'Évreux. Le mal avait encore agité Guillaume par épisodes pendant quelques jours à la suite de notre pèlerinage et je me demandais si la relique protégeait les membres de la famille ducale en toutes circonstances comme par le passé. Robert m'avait rassurée et l'enfant avait enfin recouvré la santé.

Monseigneur le duc avait donc profité de la réunion des barons venus l'acclamer pour fondre avec une forte troupe de chevaliers et de piétons sur le comté de son oncle, l'archevêque révolté.

– Nous nous emparerons de la ville par surprise, m'avait affirmé le duc. Et je contraindrai l'archevêque à reprendre le droit chemin.

La cité fut vite enlevée et livrée aux flammes, mais d'archevêque point. Avec sa femme et ses enfants, il avait disparu et nous n'en trouvâmes pas trace. Cependant, au cours du conseil réuni alors par monseigneur le duc sous sa tente, un sergent vint lui annoncer qu'un moine venait d'arriver de l'abbaye de Saint-Denis avec une escorte d'hommes d'armes appartenant au roi de France. Il demandait à être reçu sur l'heure.

Robert fit entrer sous la tente cet homme long et maigre, au sourire las. Après s'être profondément incliné devant le duc, il lui dit d'une voix à peine audible que monseigneur Robert, archevêque de Rouen, s'était réfugié auprès du roi le lendemain même de l'intronisation du nouveau duc. Il avait été rejoint à

Paris par sa famille sur laquelle s'étendait maintenant la protection du monarque. Et, avec un profond salut, le moine remit au duc un parchemin roulé qu'il tenait dans sa manche.

Robert en brisa le sceau qu'il reconnut. Avec une grimace, il le tendit à Isembard, son chapelain. Celui-ci pâlit dès qu'il l'eut lu, puis, d'une voix blanche :

– C'est l'excommunication personnelle, dit-il, de Robert, duc de Normandie et de la femme qui vit avec lui, Herleue dite Arlette, fille de Foubert le Parmentier. Elle est prononcée par Robert, archevêque de Rouen.

Monseigneur Robert n'étant pas marié ni près de l'être, je devais donc, pour mon bonheur, résider près de lui. En de rares moments, ainsi au cours de certains repas d'apparat, il me fallait même assumer le rôle de duchesse de Normandie, la plus grande dame de la chrétienté ; pauvre duchesse en vérité n'ayant eu aucune dot en biens-fonds à apporter. Ce rôle, je le jouais de mon mieux, mangeant et buvant aux côtés de mon seigneur, tenant ma place lors des danses et riant de bon cœur aux exploits des jongleurs ou aux chants des bardes.

– La puanteur n'y est plus, pouvais-je pourtant lire dans le regard narquois de nombreux courtisans et officiers, mais la mâtine reste la fille du tanneur et son rejeton, sorti d'une famille de manants, sera toujours un bâtard !

Je n'avais cure de leurs ricanements : de quel purin sortaient eux-mêmes ces beaux seigneurs ? Combien d'entre eux descendaient en droite ligne de l'empereur Charles comme ils le laissaient entendre et non pas d'une de ses ribaudes ? L'important était pour moi de protéger Guillaume et de l'aider de tous mes moyens à conquérir la couronne promise par la prophétie.

Nous résidions lui et moi dans la chambre de la tour nord

où Robert venait souvent, au moins chaque nuit, nous visiter. Osbern, le sénéchal, m'avait paternellement fait remarquer en tripotant sa courte barbe blanche ce qu'il y avait d'inconvenant dans le fait de ne pas résider dans la chambre des dames où j'avais ma place avec Papia. L'heure viendrait bien assez tôt pour moi, lui avais-je répondu, de reposer dans une tombe humide et froide mais au moins, dans ce trou, je n'aurais pas à fréquenter de serpent. Le sénéchal était sorti songeur.

– L'excommunication prononcée par mon oncle l'archevêque contre nous deux ne doit pas vous troubler, amie, m'affirmait souvent Robert.

Je lui demandais pourquoi alors chacun, à la Cour, semblait en être si soucieux et pourquoi lui-même en était tant affecté, je le voyais. En fait, je le savais, cette mesure pouvait être accompagnée de l'interdiction d'enterrer les morts et même délier les vassaux de leur serment d'obéissance à leur seigneur, d'où un désordre général dans lequel risquaient de sombrer le duc et les siens.

Nous sentant menacés, j'avais fait renforcer la porte et changer la serrure de notre chambre. La nuit, en la présence de Robert, je ne craignais rien. Mais, dans la journée, j'étais l'objet de continuelles alarmes. Les femmes dont la charge était de s'occuper de nous devaient frapper à l'huis selon un mode convenu et se nommer, même la fidèle Guillemette Crespin qui m'avait suivie depuis Falaise. Je n'ouvrais que si je reconnaissais le timbre de sa voix.

Un matin éclata devant la porte un tumulte fait de cris, de choc d'armes et de pas précipités. J'étais alors seule, occupée à rhabiller l'enfant après l'avoir lavé, prenant garde de bien serrer les bandes qui maintenaient droites ses petites jambes pour ne pas le voir un jour incapable de se tenir debout. Le remue-ménage s'amplifiait. Je vérifiai que cette porte était solidement verrouillée, pris en main le fort couteau dont je me servais autrefois dans la tannerie paternelle et que je gardais par-devers moi depuis la tentative d'enlèvement. J'attendis : habituée à cette arme, je saurais défendre l'enfant Guillaume.

Un long silence suivit le paroxysme des cris. On frappa selon le mode convenu, c'était Guillemette. Je n'ouvris pas. Elle insista, en vain. Enfin, je reconnus la voix d'Osbern le sénéchal :

– Ouvrez, dame, le danger est passé.

Cinq archers se tenaient devant la porte, l'épée à la main. Ils entouraient dans l'obscurité le corps d'un homme hirsute, percé de coups et ruisselant de sang. On pouvait voir luire à sa ceinture la lame d'un couteau.

– Guillot L'Herbier, fit le sénéchal en retournant le cadavre du bout de sa botte. Un valet des cuisines engagé depuis peu sur la recommandation de la dame Papia. Serait-ce à vous qu'il en avait ? Cela n'est pas certain, mais les gardes l'ont rejoint dans l'escalier de la tour. Peut-être courait-il quelque danger et voulait-il se réfugier près de vous…

Sa courte barbe tremblait. Seule, la vue du cadavre m'empêcha de ricaner : l'enfant Guillaume et moi étions les seuls hôtes de la tour et personne ne vient demander asile une dague à la ceinture ! La question était plutôt : « Qui a armé ce malheureux ? » et j'en connaissais la réponse. Mais le sénéchal ne voyait pas le mal.

On enleva le corps et je me barricadai de nouveau. Je sentais une sueur glacée ruisseler dans mon dos. Que faire pour nous protéger des attaques de cette sorcière et de ce prélat ? Le soir venu, je demandai à Robert d'améliorer notre sécurité. Il me proposa de faire poster deux gardes devant notre porte. J'acceptai, faute de mieux : ces hommes seraient aussi sensibles que d'autres à l'attrait de l'argent et des arguments de Papia.

– Vous voilà bien inquiète, ma mie, soupira Robert qui ne semblait pas près de s'émouvoir. Éprouveriez-vous moins d'angoisse si, à l'approche de l'hiver, nous nous transportions en notre château de Fécamp ? Mes pères avaient coutume de passer la Noël en cette ville : nous n'avancerions notre séjour que de quelques semaines.

J'acceptai avec empressement.

4

Bien qu'il se produise plusieurs fois dans l'année, le transport de la Cour d'une résidence à une autre est un spectacle étonnant. Nombreux et variés sont en effet les bagages, coffres, malles, ustensiles, nippes et tentures qu'il convient de déménager dans une quantité de chariots, charrettes et attelages divers. Le Sénéchal s'y époumone et la valetaille s'y épuise. J'espérais trouver dans ce changement une totale sécurité. Je fus fort déçue.

Si la brume glacée est le privilège de Rouen, les assauts du vent du large sont particuliers à Fécamp. Tandis que nous emménagions, une furieuse tempête se leva et les mugissements du vent dans les couloirs, les rafales de pluie sur les toits et le fracas du ressac tout proche nous firent assez savoir que l'hiver était venu. À ma demande et contrairement à la coutume, Robert décida de nous loger tous trois seuls dans la chambre ducale, au sein du donjon. Cette pièce vaste et claire était chauffée d'une large cheminée et, pour mon bonheur, protégée par deux portes massives aux solides serrures : le duc n'avait pas pu empêcher Papia d'être du voyage, mais la solidité de l'huisserie me rendait moins inquiète.

Le jour même de notre installation, alors que je me trouvais sur le perron suivie de Judith, l'une de mes femmes portant

Guillaume, j'entendis malgré le mugissement du vent un vacarme effroyable tandis qu'à côté de nous venait s'écraser un bloc de maçonnerie. C'était une des cheminées du château précipitée là. On invoqua la tempête lorsque je m'enquis de la cause de cette aventure, et l'on prétendit qu'à Fécamp la chose était fréquente. Mais le soir, en jetant un coup d'œil par l'étroite fenêtre, je vis la dame Papia, debout dans la cour d'honneur, les mains aux hanches, regarder fixement cette fenêtre en hochant la tête et en grimaçant laidement.

Je décidai de m'enfermer avec Guillaume dans notre chambre.

– Amie, vous n'allez pas rester ainsi cloîtrée jusqu'à votre dernière heure ? me demanda Robert.

Je lui répondis que telle était bien mon intention.

Reprenant la vie menée à Rouen, je regrettai mon bocage bas-normand où, d'après mes souvenirs, le soleil illuminait des jardins fleuris tout au long de l'année. Cependant l'enfant, qui commençait à s'éveiller, riait aux éclats à la vue des flammes bondissant dans l'âtre et j'étais heureuse de son bonheur. Ni les bûches ni la tourbe ne nous manquaient. Robert chassait beaucoup, surtout dans la forêt de Valmont foisonnante, disait-on, de sortilèges et de maléfices autant que de gibier.

– Monseigneur Robert est comme le Nemrod dont parle la Bible, c'est un grand chasseur devant l'Éternel, commentait Guillaume de Volpiano, le père abbé du monastère voisin que l'excommunication n'empêchait pas de me rendre parfois visite.

C'était un vieil homme portant longs ses cheveux blancs et qu'on sentait plein du désir d'apaiser les esprit et de calmer les querelles. Originaire de Lombardie, théologien et médecin fort savant, il avait réformé l'abbaye, fondé plusieurs autres communautés et toujours fait forte impression sur le feu duc Richard le Second. Je le savais, l'archevêque exilé ainsi que la dame Papia l'avaient en abomination. Robert, lui, n'appréciait pas les critiques plus ou moins discrètes du moine sur le pillage de certaines abbayes ou paroisses auquel il se livrait trop souvent pour enrichir le trésor ducal ou gratifier ses amis. Il l'évitait et avait envisagé de demander au pape qu'il soit envoyé ailleurs, au diable si possible. Moi, j'avais exigé du duc de le recevoir souvent car ce moine me rassurait.

Comme cadeau de bienvenue, le père abbé avait offert à l'enfant Guillaume un chiot, une espèce de mignon petit barbet qui s'était vite habitué à nous, faisait fête à Guillemette ou à moi quand nous le caressions et léchait les mains de l'enfant dès que nous les lui présentions. Nous l'appelions Roch par référence au saint dont un chien léchait les plaies, et il aboyait furieusement dès qu'approchait de ma porte un étranger.

Malgré mon seigneur, mes gardes, mes servantes, mon abbé et mon chien, à Fécamp comme à Rouen, je me sentais comme assiégée avec mon fils dans cette chambre tout au long du jour. J'avais peur. Une peur irraisonnée qui me pesait sur la poitrine et me séchait la gorge. Une terreur motivée, pourtant, tant je percevais les menaces de mort pesant sur nous.

– Dame, soupirait souvent Guillemette, il n'est pas bon pour vous de souffrir ainsi crainte et angoisse. Vous allez perdre la tête.

J'avais toute confiance en cette grosse fille futée, ce qu'elle disait était juste, mais je ne pouvais réfréner ma frayeur. Le mal, je le suspectais partout autour de moi, venin dissimulé dans l'eau d'apparence pure, dans le pain de froment, dans le vent même qui maintenant chantonnait et dont la senteur m'apparaissait parfois douceâtre ou irritante. J'avais pénétré le dessein de Papia : elle souhaitait qu'un poison, absorbé par moi, passe dans mon lait pour nous détruire, l'enfant et moi.

Les jours sont courts en décembre et les épais nuages dont était couvert le ciel obscurcissaient encore la pâle lumière du soir. Les nuées galopaient sous l'action d'une autre rude tempête accourue avec la marée. Pour le vieux Roger, le valet venu charger la cheminée, ces tempêtes de décembre survenues en pays de Caux durent une nuit, une semaine ou un mois. Son pronostic prononcé, il était sorti en saluant bien bas. Ma Guillemette, son service terminé, s'était elle aussi retirée et je restai seule avec Guillaume.

Dames d'atour, suivantes, servantes se pressent toujours autour des duchesses ou de celles qui prétendent en tenir lieu. Moi, j'avais voulu la solitude pour éviter d'être observée, traquée et, finalement, mise à mort avec mon fils par les émissaires de nos ennemis. Je jouissais donc ce soir-là de ma solitude mais aussi de la terreur, sa sœur. Les hurlements du vent dans la cheminée se faisaient ricanements de sorcière ou mugissement de démon, parfois murmures d'assassins. Le souffle glacé passant sous les portes lui faisait écho, sifflant ses railleries et ses menaces. La flamme des lampes se tordait, se convulsait, s'éteignait presque, parfois, pour repartir, misérable, un peu plus tard. Guillaume, heureusement, dormait, mais moi, j'étais éperdue d'angoisse.

Soudain, je m'aperçois que la grosse bûche disposée là par le vieux Roger fume. C'est une fumée bleuâtre, grasse, lourde, rabattue d'abord par le vent puis se répandant dans la chambre en un nuage qui va en s'épaississant. Le bois se consume, mais sans flamme. Et toujours, la nuée se fait plus dense. Guillaume commence à tousser et je sens ma respiration devenir difficile. Et je vois Roch, le petit chien offert par l'abbé et couché devant la cheminée tomber sur le côté, présenter quelques mouvements convulsifs puis cesser de bouger, la langue pendante. Le souvenir me vient d'une famille de six personnes exterminée par la combustion d'une bûche empoisonnée. Il me faut de l'aide. Je tire les verrous, ouvre les serrures de l'une des lourdes portes.

– La garde !

Aucun des deux hommes postés là par ordre du duc n'est présent, je suis seule. J'appelle, le hurlement de la tempête dans l'escalier de pierre me répond. Je crois deviner, plus haut dans cet escalier, plusieurs ombres immobiles : Papia et ses assassins sont là, prêts à agir.

Rentrant dans la chambre, j'arrache Guillaume qui hurle à son berceau, jette un manteau sur mes épaules et me précipite dans l'escalier. J'entends derrière moi les ricanements de la marâtre faisant écho à ceux du vent. Dévalant le colimaçon des marches, il me semble m'enfoncer dans un enfer où les cris des damnés s'associent au grondement du brasier. Il n'y a âme qui vive dans la salle d'honneur. Dans la cour balayée par les rafales de pluie, je me guide jusqu'à la lumière indiquant le poste de garde.

Là, on se prépare à relever les sentinelles. J'ordonne qu'on me donne un cheval et une escorte pour rejoindre monseigneur le duc car la vie de son fils est en danger. Le ton que j'emploie est sans équivoque et, par bonheur, les soldats n'appartiennent pas au complot. On me selle promptement une monture et, serrant contre moi mon précieux fardeau, escortée de six hommes portant des torches, je m'engage dans la ville.

Les venelles sont désertes. Il me semble être poursuivie par le grondement du ressac alors que nous franchissons la rivière puis que nous nous engageons dans le chemin sinueux remontant la vallée à travers bois. Accompagnés par la huée furieuse du souffle dans la forêt, dans le sentier boueux balayé par des branches arrachées aux arbres, nous allons au trot. Guillaume dort, comme bercé par ce tumulte de révolte et de tempête. En serrant bien fort mon trésor contre moi, je pense qu'il sera calme et sans peur devant le danger. Enfin, nous arrivons à un hameau. Un gigantesque brasier brûle devant une maisonnette, un peu à l'écart. L'acier des casques brille dans l'ombre, les mots de passe des soldats sont échangés dans la rude langue norroise.

Robert nous reçut avec sa tendresse coutumière. Revigorée par le feu brûlant dans l'âtre, je lui fis le récit de mon aventure. Il m'écouta avec patience, prenant une mine effrayée dans les moments les plus dramatiques du récit. Mais je compris vite que, sans vouloir me heurter, il ne me croyait pas.

– Ces tempêtes sont bien difficiles à endurer pour qui n'en est pas coutumier, soupira-t-il, et elles engendrent souvent crainte et angoisse… mais il est vrai que le tirage de la cheminée de ma chambre est défectueux.

Comme je lui rapportais la présence haineuse de la dame Papia :

– Ma marâtre ne m'a-t-elle pas informé il y a trois jours du fait qu'elle partait en pèlerinage sur la châsse de saint Martin à Tours ? Elle en est bien vite revenue !

Je lui demandai alors s'il croyait que je voulais le tromper :

– Point, douce amie, répondit-il. Mais l'angoisse de la solitude fait souvent bon ménage avec les hurlements de la tempête pour semer le trouble en nous…

Sans me convaincre tout à fait, son calme et le bon sens de ses raisonnements m'apaisaient. Dans ses bras, j'ignorais la peur. Et je me répétais que, si rien ne paraissait vraiment menacer mes deux hommes, je pouvais être en paix.

Pourtant un poison agissait insidieusement sur moi et sur l'enfant, j'en étais sûre. Mon lait ne montait plus, bientôt il se tarit. J'étais sujette à des étourdissements, voire à des vertiges qui faillirent me jeter à terre. Un matin, je perdis connaissance et fus tout étonnée de me réveiller allongée sur mon lit, le visage inquiet de Guillemette et celui du médecin Gauthier Bernardet penchés sur moi. L'un et l'autre m'expliquèrent comment j'avais soudain perdu conscience, mais se récrièrent qu'il n'y avait là aucun signe d'empoisonnement.

Mon teint de rose devenait jaunâtre et mes mamelles vides pendaient sur ma poitrine au point que j'envisageais de chercher une nourrice pour Guillaume. Mais mon obsession me représentait le danger d'une nourrice venimeuse.

Vint la célébration de la fête de Noël. Si les sacrements étaient interdits à Robert et à moi, il nous était autorisé, voire recommandé, d'assister aux offices pour implorer le pardon de nos fautes. Le duc ne pouvait s'y dérober et moi, malgré ma fatigue, j'y participai avec ardeur. Toutefois, l'office de la nuit de la Nativité est lourd de fatigues, avec ses trois messes séparées par le chant de psaumes, l'une au milieu de la nuit, l'autre à l'aube et la troisième dans la matinée, après l'office de tierce.

– Vous ne pourrez assister à la totalité de la cérémonie, douce amie, estima Robert. Surtout avec ce voraçon accroché en vain à vos tétins. Soyez seulement présente à la messe du matin.

Je protestai d'une amélioration de ma santé qui ne m'était pas évidente et pris place avant la messe de la nuit dans le chœur de l'immense église de l'abbaye, auréolée de cent moines, face au duc, dans la cathèdre réservée à la duchesse ou à celle qui prétend en tenir lieu. Hélas, à cet endroit, Guillaume et moi nous étions sous le regard acéré de Papia, placée au premier rang des femmes et bien vite revenue de son bref pèlerinage, si même elle y était allée. Pendant toute la célébration, je sentis peser sur nous ce regard plein de haine, brillant de satisfaction à la vue de ma déchéance, lourd de menaces et de sortilèges. Et je la vis ricaner.

Je fis bonne contenance pendant la messe et le chant des

psaumes qui suivit malgré ces terrifiantes œillades, cherchant seulement à y soustraire l'enfant Guillaume. Puis, pendant le Gloria de la messe de l'aube, je vis soudain les cierges et l'officiant basculer, tourner... je n'eus pas conscience d'être tombée.

Je repris connaissance dans la sacristie. Robert était près de moi, inquiet mais satisfait sans doute d'avoir pu se soustraire à une partie de la cérémonie. Une femme, une souillon, nourrissait Guillaume en même temps que son enfant. Je me sentais encore mal. Je demandai à être ramenée dans ma chambre où je dormis jusqu'au lendemain.

Le lendemain de Noël, je fus étonnée de ne pas voir Guillemette prendre son service. J'envoyai un valet s'enquérir d'elle au galetas qu'elle occupait. Elle n'y était pas, nul n'avait couché cette nuit-là sur sa paillasse. Je fis mander Osbern, le sénéchal, qui avait autorité sur les intendants des différents personnels du château. Comme toujours, il s'étonnait et ne comprenait pas. Il me fit envoyer pour remplacer Guillemette une certaine Justine d'Oignies, une Picarde, à moins qu'elle n'ait été flamande, bien peu futée, à l'inverse de Guillemette. Je dus m'en contenter.

Robert ne rentra pas de la chasse avant la nuit tombée, crotté et rompu de fatigue. Je me plaignis à lui de l'absence de Guillemette. Il m'écouta avec patience, prit sur ses genoux son fils qui toujours lui faisait fête et, selon son habitude, resta un moment silencieux avant de me livrer son opinion.

– Amie, dit-il enfin, je m'inquiète de plus en plus de vous. Vous vivez cloîtrée, le souci et la peur vous rongent. Votre sommeil en est même grandement troublé, je puis vous l'affirmer. Ne pensez-vous pas, ma mie, que ce démon auquel vous croyez tant vous inspire des chimères de toutes sortes pour vous égarer et vous faire perdre le sens ?

J'étais stupéfaite de l'entendre, lui, mettre en doute la réalité de ce qui me terrifiait. Je ne pus m'empêcher de m'écrier :

– Comprenez donc que mon enfant, votre enfant Guillaume, est menacé ! Ne voyez-vous pas que démons et assassins l'entourent, le possèdent et finiront par lui ôter la vie ? Seriez-vous un père dénaturé ?

Je protestai que la bûche, la chute de la cheminée, l'assassin près de nous occire et la crise d'agitation de Guillaume étaient bien réels et avaient été vus par plus d'un. J'arguai des œillades de Papia, de l'excommunication de l'archevêque, de l'hostilité de tous à l'égard de la fille du tanneur. Il soupira :

– Là, vous êtes dans le vrai. Et tant pèsent sur mes épaules toutes ces menaces que j'envisage de pardonner à mon oncle l'archevêque et de l'inviter à revenir parmi nous pour reprendre ses fonctions en bonne intelligence avec nous et voir lever cette excommunication.

Atterrée, je gémis qu'un retour de l'archevêque ne suffirait en aucun cas à apaiser les persécutions dont nous étions l'objet tant la haine dont nous étions entourés était forte.

– Il est aussi vrai, continua-t-il, paisible, que cet enfant est menacé par la maladie comme ils le sont tous. Bien peu survivent : pas plus d'un sur quatre, m'affirmait Gauthier Bernardet le médecin, atteint les sept ans de l'âge de raison. Ainsi, me disait-il, il nous faut être résignés à l'éventualité du rappel de ce petit être auprès de Dieu et procréer une descendance nombreuse pour voir survivre quelques-uns.

– Vous voulez dire : en faire d'autres ? m'écriai-je.

– Ma foi oui, en faire d'autres, si l'expression vous convient mieux. Qui sait, d'ailleurs, si l'arbre de vos songes dont vous me parlez si souvent s'enracine en vous par notre Guillaume ou par quelque autre ?

Un ricanement lui secoua les épaules.

– Mais il est assez rude gaillard, s'égaya-t-il, pour franchir tous les obstacles et finir par s'emparer de cette couronne royale qui vous obsède ! Si cela vous rassure, la bénédiction de notre bon chapelain sur lui et sur notre refuge pourra l'y aider.

J'avais remarqué le peu d'ardeur manifesté par Robert à croire aux manifestations pourtant évidentes de la présence autour de nous des saints et des démons. Et il n'était guère frustré par la privation des sacrements à laquelle j'étais, moi, fort sensible : l'excommunication n'était pour lui que le désagrément provisoire d'être ignoré par une partie de la société.

Je pleurais, désespérée de l'entendre manifester une telle indifférence envers son fils, et ne savais plus que dire lorsqu'on frappa rudement à la porte.

– Ouvrez, seigneur, c'est Osbern votre sénéchal !

Une troupe d'archers se trouvait là. Le sénéchal entra, toujours désemparé. Il expliqua d'un ton désolé comment, à la lumière des torches, des archers avaient trouvé un corps rejeté par la mer sur les galets. C'était pour eux chose banale, les noyades de pêcheurs étant fréquentes et le courant venant échouer les cadavres sur la grève. Ils avaient cependant été intrigués par la qualité de la robe portée par la morte et l'avaient amenée au poste de garde dans l'espoir d'une récompense. Et Osbern, qui se trouvait là, avait jugé bon de la présenter au duc.

– Qu'ai-je à faire d'une noyée ? grogna Robert.

Une civière était posée sur le sol devant la porte. La morte était vêtue de la cotte bleue d'azur portée par mes femmes. Je reconnus ma Guillemette. Ses paupières étaient entrouvertes sur un regard morne et la langue lui sortait à demi de la bouche. Car le lacet serré autour de son cou était encore en place.

– Que tu es belle à toute heure, petite Arlette, et comme est charmant l'enfantelet ! Je t'attendais. Je sais combien t'absorbent les devoirs de ta charge et je ne te reproche pas d'être demeurée si longtemps sans me rendre visite. Au contraire, je te suis grandement reconnaissante d'être venue cette nuit.

L'accueil d'Engrace la meunière était chaleureux, même en plein hiver, alors que matines n'avaient pas encore sonné. La chandelle posée sur la table éclairait d'une douce lumière son regard candide. Le grondement de la roue du moulin, sa voix tranquille et la tiédeur régnant là comme toujours m'apaisaient.

– Non, ne parle pas, je sais ce que tu penses, murmura-t-elle enfin. Et je puis te répondre. Tu as bien fait de te décider à venir après ce long débat avec toi-même : moi seule je puis t'aider. Méfie-toi des grands mots, sorcier, devin, mage, masque, employés par des scélérats pour abuser des sots. Ne crains rien : je n'ai, pour le moment du moins…

Elle hocha la tête et gloussa son petit rire rassurant.

– Je n'ai pour le moment, reprit-elle, de commerce avec aucun démon, mon seul but est d'aider ceux qui demandent mon secours. J'emploie pour cela des moyens un peu particuliers, je te l'accorde.

Puis, dans un souffle :

– Reconnais que ces moyens sont plus efficaces et plus rapides que n'est la justice du duc pour châtier les méchants !

Je n'avais pas encore prononcé un mot, subjuguée de sa clairvoyance.

– Mais toi, quelle rusée tu fais ! reprit-elle. Ton escorte ne comprendra qu'elle a été jouée que lors de ton retour.

J'avais imploré de Robert d'emmener Guillaume en pèlerinage au Mont-Saint-Michel pour le placer sous le patronage de ce saint Michel au Péril de la Mer, protecteur des persécutés et des possédés. Le duc s'était doucement moqué de mes folies mais m'avait autorisée à faire le voyage. Lui, était resté en sa forêt de Valmont pour traquer son cerf dix-cors, je le savais. J'avais couché au château de Falaise où ma famille m'attendait.

Et puis, au milieu de la nuit, j'étais allée rendre visite à ma marraine, but inavoué du voyage. J'avais fait atteler un chariot léger, obtenu par la menace et le don de quelque obole le silence des palefreniers et des sentinelles et étais partie dans la lumière glacée de la pleine lune, seule avec l'enfant, pour la forêt de Gouffern. J'avais trouvé Engrace seule, affairée comme toujours à sa cuisine, même si tôt.

Elle ne cessait d'admirer l'enfant et répétait :

– Il sera roi, ce beau Guillaume, te dis-je. Bien des présages me le confirment. Il faut seulement pour cela que sa mère ne se croie point pécheresse quand elle me rend visite et que son père n'ait pas la sottise d'essayer de contrecarrer mon action. Oh, je sais combien il t'aime et comme tu partages cette passion, j'ai fait pour cela tout ce qui est en mon pouvoir. Mais comprends-le, ton Robert doit cesser de rêver et admettre que ce Guillaume, cerné par les forces du mal, a besoin de mon aide. Le sot ne répète-t-il pas à propos de la mort des petits enfants : « Il suffit d'en faire d'autres » ? C'est si facile d'ignorer la douleur des mères !

Occupée de l'enfant sans doute, je ne la vis pas apporter les brioches sorties du four, les nourolles que j'aimais. Apparurent là aussi de petites écuelles contenant confitures ou sirops de couleurs vives dont j'ignorais tout.

Ma marraine me fit signe de me servir en continuant son soliloque.

– Tu as bien fait de venir, tu as senti le danger. Mais j'ai tremblé, car il est grand temps…

Et, à ma stupéfaction, elle énuméra plusieurs tentatives de meurtre ou d'envoûtement dont Guillaume avait été l'objet. Certaines m'étaient connues, d'autres non. Elle m'apprit comment l'infortunée Guillemette dérangeait par sa présence les plans de Papia : la méchante femme avait décidé de la faire étrangler par ses hommes de main et de faire jeter le corps à la mer depuis une barque de pêche. Elle me révéla aussi qu'un meurtrier se dissimulait parmi les archers.

Elle me fit enfin comprendre ma méprise : mes malaises n'avaient pour cause ni la magie ni le poison, mais un phénomène bien naturel : j'étais enceinte d'un autre enfant. Je lui demandai comment elle savait tout cela. Elle ne répondit que par un soupir, me précisant toutefois que, si l'on n'y mettait bon ordre, le pire restait à venir.

Du bout des doigts, elle caressa la tête de Guillaume et reprit :

– L'enfant sera intelligent et beau, il tiendra de toi, mais il est connu que dans la famille de son père, on n'a guère de cervelle. Richard le Troisième, qui m'avait gravement nui et dont nous avons débarrassé la chrétienté pour le plus grand bien de tous, était un sot. Son père Richard le Second ne valait guère mieux et je regrette de n'avoir pas eu l'occasion de l'envoyer lui aussi rejoindre ses ancêtres. Leurs prédécesseurs étaient, ce dit-on, pires encore. Toutefois sois tranquille, je n'entreprendrai rien contre ton Robert puisque tu l'aimes.

Aucun frémissement n'avait fait trembler sa voix et son ton calme, paisible, m'effrayait.

– Ma mère, qui m'a tout appris, reprit-elle, et la mère de ma mère répétaient combien le trépas des méchants peut être bon et profitable dans le combat que se livrent en tout temps le Bien et le Mal. Pour qui sait s'y prendre, cette mort peut être miséricordieuse et rapide car le Bien ne veut pas la souffrance. Sache que jusqu'à la fin des temps, les Ténèbres combattront la Lumière et que toi et ton petit roi, vous appartenez à la Lumière.

Elle resta songeuse pendant quelques instants, puis :

– Tu es venue ici comme un chevalier à qui doivent être remises ses armes avant le combat ; ces armes, je vais te les donner. Mais pour le moment, nourris donc cet enfant, il a faim.

Ses révélations m'avaient tant stupéfaite que, pour une fois, je ne percevais pas l'agitation d'un Guillaume affamé. Il s'accrocha à mon sein mais ne put rien en tirer. Elle hocha la tête puis poussa vers moi l'une des petites écuelles placées près de moi sur la table. Elle contenait une bouillie liquide et tiède. À l'aide d'une spatule, j'en fis goûter à l'enfant : le produit sembla tant lui plaire que l'écuelle fut vide en un instant.

– Froment, miel et lait de chèvre, je t'apprendrai à la confectionner, expliqua Engrace. Suis-moi, maintenant.

Elle passa dans la chambre voisine, je l'y suivis. Elle y alluma trois bougies dont la lumière révéla une cheminée adossée à celle de l'autre pièce et où bouillait le liquide d'un chaudron, une grande table où étaient posés des couteaux et des cuillers, des cruches, des pots. De nombreuses bottes de plantes coupées se desséchaient dans un coin et plusieurs coffres se voyaient le long des murs. Mais je tiens à dire qu'il n'y avait là rien d'effrayant pouvant évoquer les manœuvres des sorciers : pas de grimoire, de vapeurs maléfiques ni de sortilège. Les sorciers pratiquent une mauvaise magie qui corrompt les âmes et les corps tandis que ma marraine n'œuvrait, je l'atteste, que pour le bien, pour le service de son prochain.

Elle posa la lampe à terre et, à l'aide d'une grosse clef, ouvrit la serrure de l'un des coffres, bardé de fer. Soulevant le couvercle, elle en éclaira l'intérieur. Bien rangés dans des casiers de bois, une quantité de petits pots de ce qui me parut être de la porcelaine de différentes teintes scintillaient là. C'étaient de jolies fioles, pas plus hautes que le petit doigt et qui semblaient devoir contenir crèmes ou onguents de beauté tels qu'en emploient les dames.

– Aconit, ciguë, salsepareille, taxine de l'if… voilà la belladone, murmurait ma marraine en désignant tour à tour l'un ou l'autre des récipients.

Son ton demeurait tranquille, celui de la bonne cuisinière confiant une recette. Elle choisit trois pots d'un joli bleu profond.

– Tiens, dit-elle, chacun d'entre eux contient assez de ce sirop pour anéantir un fort taureau. Son goût en est délicieux, il s'associe parfaitement aux électuaires employés par les médecins pour masquer celui des médicaments. Méfie-toi, garde des gants si tu dois l'employer toi-même. Et n'oublie pas qu'il y va de la vie de ton fils.

Elle sembla se recueillir pendant quelques instants.

– Mais lorsque tout aura été accompli, conclut-elle, exige de Robert de venir t'installer ici, à Falaise, en famille. L'enfant y courra moins de dangers.

Je ne connaissais pas bien le médecin Gauthier Bernardet, mais je le savais buveur, misant gros aux jeux de dés et criblé de dettes. J'avais appris aussi son assiduité auprès de la dame Papia dont l'imagination découvrait chaque jour une nouvelle maladie réclamant ses soins.

Dès qu'il entra dans la chambre où j'étais seule avec Guillaume je le jugeai apte à me servir comme je l'entendais : le front bas et le regard fuyant, c'était un homme traqué. Si je savais m'y prendre, il viendrait manger dans ma main.

Il croyait voir en moi une nouvelle patiente, mais je ne l'attendais pas au lit : vêtue, voilée, assise dans une cathèdre, je le laissai debout devant moi. Et je commençai par lui demander s'il possédait des gants.

– Sans doute, dame, dit-il tout étonné, je possède deux paires de gants…

– Sont-ils neufs ?

– Ils l'ont été naguère.

Je lui tendis une paire de gants de peau de daim parfaitement à sa pointure : je m'étais renseignée.

– C'est que, lui expliquai-je, le travail que je veux te confier, médecin, nécessite de grandes précautions. C'est un travail délicat demandant aussi beaucoup d'adresse et d'intelligence : ces qualités, je sais les trouver chez toi. Cet ouvrage sera largement rétribué par la somme de deux marcs d'argent.

Du doigt, je désignai les cinq bourses pleines disposées sur une table. Je le vis pâlir, déglutir plusieurs fois. Ses mains tremblantes, ses yeux écarquillés trahissaient l'intensité de son émotion. Il finit par articuler :

– Dame, je ferai comme vous l'entendrez.

Je lui expliquai alors calmement que je voulais le voir verser le contenu de certaine fiole dans l'un des électuaires dont il masquait les médecines employées par la dame Papia. Mais que ce produit était tel qu'il nécessitait pour lui l'usage de gants.

Il pâlit encore et trembla davantage.

– Dame, bredouilla-t-il, vous ne pouvez me demander telle chose ! L'Église nous dit que c'est une faute grave de nuire à son prochain par le poison et, si je me faisais prendre, je serais longuement tourmenté et pendu ! J'ai une femme, plusieurs enfants à nourrir…

Je me levai et me mis face à lui, élevant le ton pour éviter tout attendrissement :

– Je prends à mon compte la faute, lui signifiai-je. Quant au poison, je suis surprise de te voir si timoré : n'as-tu pas, de ta propre main, donné le venin au défunt duc Richard le Troisième de pieuse mémoire ?

C'était faux et j'étais bien placée pour le savoir. Il ne nia pas, mais son expression de terreur m'indiqua qu'il comprenait vite.

– Si donc tu refusais de faire ce travail dans les trois jours ou si tu jugeais bon d'ébruiter notre conversation, je ne manquerais pas de témoigner de ton crime auprès de monseigneur le duc et du prévôt. Tes protestations ne pèseraient pas lourd contre ma parole. Choisis donc entre la corde et ces deux marcs d'argent, accompagnés d'un sauf-conduit pour aller vivre avec les tiens à la cour du duc Alain de Bretagne et d'un écrit te recommandant à ce seigneur comme un médecin prêt à le servir en tout.

Il s'écroula à genoux devant moi, suppliant, pleurant et bavant si vilainement que je me demandai s'il avait le tempérament convenant à ce travail.

– Pitié, dame, gémissait-il, j'ai trois petits garçons, je ne puis prendre un tel risque !

– Tes fils ne m'intéressent pas, m'entendis-je répondre. Moi, je défends la vie du mien. Décide-toi.

Il se releva et soupira, étourneau pris au piège. Puis il murmura :

– Dame, il sera fait comme vous l'entendez.

Les obsèques de dame Papia furent célébrées au lendemain de l'Épiphanie de l'an du Seigneur 1028, dans l'église abbatiale de Fécamp.

Le rang élevé de la défunte, proche du feu duc Richard le Second, détermina monseigneur le duc Robert et le père abbé Guillaume de Volpiano à lui rendre un hommage d'une particulière solennité. Enseveli dans une peau de cerf, son corps fut veillé pendant trois jours et trois nuits par les moines de l'abbaye au chant des psaumes de repentir et des hymnes implorant une miséricorde divine qu'elle méritait peut-être.

Aux obsèques, l'abbé de Fécamp officiait. Monseigneur le duc, très affecté, conduisait le deuil, entouré d'une foule de barons. Je me trouvais, moi, sur le côté gauche de la nef toute tendue de noir, accompagnée des plus grandes dames du duché et, malgré mon dégoût, je priai pour le repos de l'âme de cette meurtrière.

Après l'inhumation, j'insistai pour être reçue par Guillaume de Volpiano, le père abbé. Je lui demandai de célébrer trente messes pour la défunte. Il refusa d'un geste les vingt deniers que je lui offrais comme honoraires en m'affirmant qu'il célébrerait gratuitement plus de trente messes pour la malheureuse.

– Dame, ajouta-t-il avec un long regard triste, n'est-ce pas aussi pour vous qu'il conviendrait de prier ?

Je haussai les sourcils, me composant une expression étonnée. Il ne baissa pas les yeux. Je ne pus m'empêcher de rougir, comprenant qu'il m'avait devinée. Pourtant Gauthier Bernardet, le médecin, avait accompli son ouvrage avec discrétion.

– En quoi ma conduite nécessite-t-elle vos prières ? pus-je cependant balbutier.

Il soupira :

– Dame, je ne vous juge pas. Je ne suis qu'un clerc indigne des fonctions qu'il exerce, mais j'ai quelques connaissances médicales et je devine les raisons qui vous ont fait accomplir ce que vous avez accompli. Je vous comprends. Toutefois, il est écrit : « Tu ne tueras pas. » Dans tous les cas, soyez assurée de mon silence.

Je me retirai pleine de confusion. Pourtant, je le répète, si je me sens un peu coupable d'avoir fréquenté un être pratiquant la magie, mais non une sorcière, je ne me sens aucune responsabilité dans le meurtre de Papia.

Quoi ? Est-elle fautive, la mère qui tue l'assassin dont l'épée est déjà levée sur la gorge de son enfant ? A-t-elle tort, celle qui détourne la lame prête à ôter la vie de la chair de sa chair ? Faut-il sans réagir assister à la mise à mort de notre progéniture ? Pourquoi nous propose-t-on l'exemple de Judith tranchant sans remords la tête d'Holopherne sinon pour nous engager à défendre les nôtres même au prix de la vie du meurtrier ? Toi, vieil homme sans entrailles, tu vois peut-être là une faute. Moi, non.

Monseigneur Robert m'avait comprise et approuvée : le séjour à Rouen ou à Fécamp n'était bon ni pour Guillaume ni pour moi. De plus, il méditait de rappeler l'archevêque son oncle pour faire lever notre excommunication et il était inconcevable pour le prélat comme pour moi d'habiter sous le même toit. Il ne posa à mon emménagement à Falaise qu'une condition : qu'il puisse m'y rejoindre quand il le voudrait et aussi longtemps qu'il lui plairait. Je lui répondis que mon vœu le plus cher était de l'y voir demeurer tous les jours et, ajoutai-je, surtout toutes les nuits.

Nous vécûmes dans notre petit monde clos une période de bonheur alors que de rudes épreuves s'abattaient sur le duché. J'avais arraché mon père à sa triste condition de tanneur et l'avais promu chambrier du château, tandis que j'avais nommé ma mère intendante, conjointement à Herluin de Conteville : ils s'entendaient fort bien. Mes deux frères étaient écuyers. Protégé par une compagnie d'archers et une cohorte de suivantes, l'enfant Guillaume grandissait en âge et, plus lentement, en sagesse.

Ce fut à cette époque qu'un soir apparut à Falaise le fameux Harald Hardrada, le gigantesque frère du roi de Norvège qui m'avait été présenté lors de mon entrée au château. À seize ans, cet ours était plus grand encore et plus fort qu'à treize. Mais l'Impitoyable était digne de pitié : lardé de blessures quelques mois auparavant au cours d'une bataille où son frère le roi Olaf avait été tué, il était maintenant proscrit. Il errait de duché en royaume, cherchant un protecteur assez puissant pour ne pas craindre ses féroces vainqueurs.

– Dame, grogna-t-il en s'effondrant à genoux lorsqu'on me

l'amena, j'implore au nom de saint Olaf mon défunt frère votre hospitalité pour la nuit. C'est que, chassé de partout, je me rends en Bretagne pour y demander la protection du duc Alain. Mais je n'ai pas la force d'aller plus avant.

Il fallut la poigne de six de mes femmes pour l'aider à se rendre aux étuves du château et l'y déshabiller. Son corps présentait au moins neuf plaies, profondes et suppurées. Toutes résultaient de coups d'épée, de lance ou de hache reçus de face, trois avaient entaillé l'épaisse cotte de mailles aux épaules ou sur le torse. Les manants des forêts où Harald avait trouvé refuge avaient appliqué là-dessus une pourriture d'emplâtres de terre glaise et de crottes de mouton. Cet homme, pensai-je, était sans doute doué d'une vitalité peu commune pour avoir résisté à ces blessures et, surtout, au traitement qui leur avait été infligé.

Avant l'aube, je demandai à ma marraine l'aide de sa science. Elle apporta aussitôt baumes, pommades et onguents où, m'expliqua-t-elle, le millepertuis et la lavande sauvage jouaient un rôle majeur, la graisse de porc servant d'émollient. J'eus le front de lui demander si la graisse d'ours ne serait pas plus appropriée au cas du blessé.

– À sotte question point de réponse ! maugréa Engrace en me jetant un regard sévère.

C'était l'époque ou monseigneur Robert entreprenait son expédition contre le roi d'Angleterre, l'époux de la reine Emma, la sœur de son père. La tempête le contraignit à se rabattre sur les terres du duc de Bretagne. Harald demeura à Falaise durant près d'un mois et, avec l'aide de ma marraine, je réussis à achever la guérison de ses blessures. Je puis dire sans forfanterie que, sans nos soins, il aurait perdu la vie : il sut par la suite m'en manifester sa reconnaissance.

Je dois confesser que je le reçus alors dans mon lit : sa détresse et cette espèce de naïveté le plus souvent affectée étaient si attendrissantes que je ne pus lui résister. Je constatai alors combien sa vigueur demeurait intacte et fus étonnée à la fois de la vaillance de son organe et du nombre d'assauts qu'il pouvait donner en une seule nuit : brisée, rompue, je dus y mettre un terme.

À son retour, j'avouai tout à Robert. Il ne me tint pas grief de cette peccadille : une simple frilla n'a pas les obligations de fidélité d'une épouse. L'important, pour lui, était que notre amour ne fût pas troublé par ce genre d'aventure. Et il ne le fut pas.

À cette époque aussi, et à mon grand étonnement, monseigneur le duc changea profondément de comportement. Le retour en grâce de l'archevêque son oncle et la levée de l'excommunication y étaient pour beaucoup. Et puis était intervenue la succession de Guillaume de Volpiano, le père abbé des moines de Fécamp, par son neveu Jean de Vienne, un homme à l'intelligence brillante, mais fort intransigeant et, j'ose le dire, tout à fait têtu..

Et Robert, autrefois d'une insolence ricanante avec les clercs, se plaisait maintenant en leur compagnie ; aussi peu assidu aux offices qu'un mécréant auparavant, il fréquentait à présent les églises ; préférant jadis la chasse aux homélies, il écoutait aujourd'hui les sermons avec attention, allant jusqu'à argumenter parfois le prédicateur à la sortie de notre chapelle.

La conversion du duc avait eu un autre effet : il était arrivé un soir à Falaise mécontent et, au débotté, avait commencé à m'expliquer comment Jean, le nouveau père abbé de Fécamp, avait imaginé de me marier, moi, à quelque seigneur. Il était sûr que le duc et moi nous n'oserions pas braver les liens sacrés qui uniraient cet époux à moi en continuant à nous fréquenter. Robert avait répondu qu'il y réfléchirait.

Je ne pus m'empêcher de rire car, pour moi, ce fut tout réfléchi : je proposai d'épouser sur-le-champ le petit Herluin, le sire de Conteville mon intendant, qui se languissait d'amour dans son coin, je le voyais bien. Mais à condition que ce mariage fût blanc. Herluin consentit avec joie et l'union fut célébrée, sinon consommée, le jour même, par Isembard le chapelain. Ainsi, nous eûmes la paix.

Deuxième acte

1

N'es-tu pas surpris comme je le suis, moine, de voir le temps s'écouler de façon si capricieuse ? Les rives du fleuve de la vie disparaissent bien vite à nos yeux comme si notre barque était portée par un flot trop rapide. Puis parfois, comme échouée, notre nacelle semble ne plus avancer. Ainsi, je n'ai pas vu passer le temps depuis neuf jours, depuis le début de cette confession. De même, sept années, oui sept années, se sont écoulées pour moi aussi promptement que s'évanouit un songe.

Notre futur roi allait donc vers ses sept ans et trois autres beaux enfants, fruits de nos amours avec monseigneur Robert, grandissaient dans leurs appartements de notre château de Falaise…

Un bonheur paisible habitait notre demeure. Mais nous autres, ducs de Normandie, ne pouvons être pleinement heureux quand notre peuple souffre et notre peuple, en butte à l'adversité, souffrait.

L'adversité ? le duché y était confronté depuis des mois. Car, malgré les litanies chantées en procession et implorant le Seigneur de nous délivrer *a peste, fame et bello,* de la peste, de la famine et de la guerre, les pluies incessantes de l'année 1032 avaient fait pourrir sur pied les récoltes, interdisant même les semailles ; en l'absence de moissons, la famine prolongée exterminait des villages entiers, réduits à dévorer chiens, chats et même les rats ; les pestes, apparues alors, décimaient les survivants ; les révoltes de hobereaux appuyés par les turbulents voisins se succédaient dans le feu et dans le sang, toujours réprimées par monseigneur le duc : et si le vassal insurgé était souvent pardonné par l'habile mansuétude de Robert, les petits, serfs et vilains, étaient à la peine. De tout cela, j'étais consciente. Je faisais mon possible pour soulager ces misères mais mes moyens étaient infimes à côté des malheurs de nos gens.

En cette avant-veille de Noël de l'an du Seigneur 1034, la laine épaisse d'une toison de neige couvrait tout le Bocage. À la nuit tombée, j'avais eu le bonheur de voir arriver monseigneur Robert avec son escorte.

J'ai vite déchanté : l'humeur du maître était sombre. Pas de souper, malgré la table tôt dressée dans sa chambre. Un baiser furtif déposé sur le front des enfants vite mis au lit par les suivantes, ses bottes ôtées, il s'installa chez moi, les pieds au feu.

– La santé des petits ne vous soucie plus, douce amie ? demanda-t-il d'une voix brève après un silence.

Tous quatre étaient robustes et bien portants, je pus le lui confirmer. Et puis, comme il était coutumier d'épisodes de mutisme révélateurs de soucis secrets, je parlai. Je parlai de tout, du temps plus calme, du froid moins vif, de l'espièglerie inventive des enfants, de la paresse lassante de la valetaille. Je le savais, le simple son de ma voix le détendait, l'amenait à la confidence. Mais pendant mon discours, je m'interrogeais.

Que signifiait cette sombre humeur ? Devais-je me préparer à être répudiée ? Je vivais jusque-là avec sérénité la vie d'une duchesse sans couronne, mais comblée par l'amour de son époux, car l'amour de Robert était sans faille, sans détour et sans dissimulation. Que le gouvernement du duché et la Cour fussent installés à Rouen, à Fécamp ou à Bayeux, il ne passait pas une semaine sans nous visiter à Falaise et y résider quelques jours. Et il retrouvait avec un plaisir non dissimulé ses enfants, Guillaume, notre petit roi se montrant intelligent et habile en toutes choses, une mignonne Adélaïde, un gros Odon et, enfin, un vigoureux Robert que j'allaitais.

Les déformations dont les grossesses ont affligé mon corps l'écartent-elles de moi ? me demandais-je.

L'ardeur manifestée par lui lors de nos retrouvailles et le plaisir pris à notre commerce me rassuraient. Et puis, je me faisais chaque jour laver au baquet des étuves, masser, enduire d'huile de cardamome et de sauge, d'essence de menthe poivrée, de médecines diverses fournies par ma marraine et propres à attirer Robert. Surtout, je cherchais à cultiver mon esprit, j'avais appris sous la férule du chapelain Isembard à lire et à écrire, je connaissais des rudiments de latin avec Virgile, de grec avec Ésope, de mathématique et de musique. Le bon moine empruntait des manuscrits à l'inépuisable bibliothèque de son couvent et me prisait pour une écolière brillante, ce fut du moins ce qu'il me dit. Engrace, de son côté, m'avait initiée à l'astrologie et à l'étrange botanique enseignées par sa mère : elle aussi m'estimait pour une bonne élève.

Non, Robert n'était pas las de moi, car toujours il refusait de prendre femme parmi les grandes dames, malgré les pressions de ses ministres, de son oncle l'archevêque rentré en grâce, du nouveau père abbé de Fécamp qu'il estimait, de plus d'un seigneur du voisinage et même du jeune roi de France, Henri le Premier.

Et il allait répétant que sa lignée était déjà assurée par une belle et bonne progéniture, sa dame toute prête à engendrer de nouveau, son sang bien assez riche pour anoblir les marmots de la fille du tanneur et, enfin, qu'il n'avait que faire de la province apportée en dot par quelque bécasse juste bonne à être montée et à engendrer, toute princesse ou duchesse qu'elle fût. Je n'en disconvenais pas.

– Par le sang Dieu, mon épée et celle de mes fils feront mieux pour agrandir le duché que les actes d'un tabellion ! rugit-il soudain, preuve que nos pensées se rejoignaient même si elles n'étaient pas formulées.

J'étais presque à bout de propos, ce qui est rare, lorsque Robert poussa enfin un profond soupir.

– Dame, dit-il, rien ne sert d'attendre plus. Je suis venu vous informer de ma volonté. Après avoir longuement réfléchi et sur les conseils de Jean, l'abbé, j'ai décidé d'expier mes fautes par un pèlerinage au Saint-Sépulcre en la ville sainte de Jérusalem.

Sur le coup, je fus rassurée : ce pèlerinage était souvent pratiqué par des seigneurs repentants, ainsi Foulque Nerra, notre voisin d'Anjou, qui l'avait effectué quatre fois, signe de sa grande scélératesse et peut-être de sa grande piété. Néanmoins, ce voyage au loin durant près d'un an présentait de sérieux dangers et les appétits des vassaux et des proches de monseigneur Robert étaient fort aiguisés. Surtout, il me paraissait de la dernière imprudence de laisser pendant ce temps une simple frilla et quatre petits enfants face à ces fauves.

– Croyez-vous donc être un si grand coupable, ami, qu'une telle pénitence menaçant votre vie et votre famille soit nécessaire ? lui demandai-je.

Et, d'une voix tremblante, je lui affirmai que, s'il m'estimait être une occasion de péché, je n'hésiterais pas à m'enfermer dans un monastère afin que son âme soit en paix. Il n'en était rien, me dit-il et, comme je l'espérais, il fronça les sourcils et m'ordonna de cesser de dire de telles sottises.

Il s'expliqua alors, s'accusant d'avoir pendant des années pillé et volé les biens de l'Église. Il avait déjà tout restitué, répliquai-je, fondé des abbayes, celle de Cerisy, celle des nonnes de Montivilliers et tant d'autres, fait pénitence et obtenu l'absolution : Dieu n'en demandait pas plus.

– Les pluies incessantes et les famines qui ont fait tant de victimes, souffla-t-il, montrent la colère du Ciel contre la Normandie et le prince qui la gouverne.

– La prospérité reviendra, rétorquai-je. Elle montrera l'apaisement du courroux du Seigneur.

Il se tut pendant un long moment. Il souffrait, je le comprenais, il peinait à avouer un forfait sans nul doute épouvantable. Malgré ma curiosité, je murmurai tant il était pitoyable :

– Ami, mettons-nous au lit, cet os vous restant en travers de la gorge en sortira plus facilement après un somme.

Alors, avec un regard poignant et d'une voix tremblante, il dit tout bas :

– Dame, mon crime est grand : j'ai juré Dieu mainte fois que mon père m'avait promis le duché à sa mort au détriment de mon frère. J'en ai menti car, jamais, il ne m'a rien dit de tel. Je suis donc parjure. De plus, par ma révolte criminelle et les événements qui s'en sont suivis, je m'estime coupable du meurtre par le poison de mon frère le duc Richard. Je dois expier.

Saisie, je ne trouvai rien à répliquer.

Bien vite, pourtant, j'exprimai ma révolte à cette sotte idée de pèlerinage. Nous en discutâmes. Il me demanda d'abord de ne révéler à quiconque le crime dont il s'estimait coupable : lui et moi devions en demeurer les seuls instruits. En effet, si le secret était violé, une légion de descendants de Richard le Premier, justement surnommé le Prolifique ou le Paillard tant il courait la gueuse, viendraient demander l'abdication du duc ou, tout bonnement, l'occire et faire état de leurs droits.

Non convaincue de l'obligation de cette pénitence et de son

absence de danger, inquiète d'une solitude prolongée et déplorant déjà le sevrage de sa présence intime, j'avançai :

– Ami, parjure je ne suis, moi, il est vrai. Mais j'ai pris part à l'empoisonnement de votre frère autant et plus que vous : je dois donc part prendre à votre pénitence, voyager à vos côtés. J'ai été aussi coupable que la main qui versa le venin dans la cruche...

– Et que celle dont la dame Papia a reçu la mort, je le sais, conclut-il doucement. Mais nos motifs ont été différents, vous n'aviez toujours en tête que la défense de la vie du petit roi notre fils, ce qui est légitime. Moi, j'ambitionnais le pouvoir, ce qui est coupable.

Ainsi, il était instruit de mon rôle dans le meurtre de Papia. Je l'ignorais et me tins coite. Il continua :

– D'ailleurs, je ne vous vois guère pérégrine à mes côtés, allant par monts et par vaux, tandis que notre marmaille claquerait le bec comme oisillons affamés. Non, amie, votre devoir est de demeurer, comme le mien est d'aller et surtout de revenir pardonné et plus gaillard qu'à ce jour.

Bien que non persuadée, je n'insistai plus.

Une chaufferette. J'aurais donné beaucoup pour bénéficier d'une chaufferette par ce froid pénétrant du 13 janvier, dans l'immense église de l'abbaye de Fécamp.

Au château, j'occupais dans le chœur face au duc la confortable cathèdre munie de coussins et de fourrures destinée à la duchesse. Ici, il n'en était rien : simple concubine, fille d'un tanneur, la frilla de monseigneur Robert devait assister à cette assemblée de la noblesse dans la foule, debout dans une chapelle, près de l'empreinte laissée sur la pierre par un ange lors de la consécration de l'église. Et je pouvais tout juste apercevoir le manteau écarlate de mon Guillaume assis près de son père dans le chœur, droit et grave comme il convient à l'héritier du plus beau et du plus grand duché de la chrétienté.

Entouré des cent moines et des chanoines de l'abbaye, monseigneur le duc parlait d'une voix forte résonnant en écho sous les hautes voûtes. Il s'adressait aux évêques présents sous l'autorité de l'archevêque Robert et à tout ce que le duché comptait de vicomtes et de barons.

– Considérant que cette vie est courte et fragile, disait-il, méditant dans mon cœur avec joie et piété les paroles du Seigneur…

Je me demandais quel prétexte Robert allait trouver pour justifier ce pèlerinage insensé.

Le duc terminait donc son discours au clergé et à la noblesse dans l'église abbatiale sans donner d'explications sur les raisons de son pèlerinage. Il conclut en affirmant que son fils et héritier Guillaume le remplacerait.

Il s'étendit longuement sur le discernement, l'astuce et la bienveillance de son aîné, cherchant à persuader l'assemblée de la sagesse de sa décision : pendant son voyage, le gouvernement du duché serait assuré en droit par Guillaume, en fait par l'archevêque Robert son grand-oncle. Il n'eut pas même un mot pour la mère de l'enfant : princesses et duchesses bêtasses et difformes assurent de droit la régence mais, malgré ses capacités, une simple frilla exhalant encore le remugle de la tannerie paternelle n'y peut prétendre. Il en est ainsi.

Les barons mirent longtemps à comprendre le propos du duc : leur chair est prompte mais leur esprit faible. Enfin, une espèce de tempête balaya l'église. Ils se dressaient sur leurs ergots, levaient les bras au ciel, éructaient des reproches, grognaient des insultes.

Pourquoi ce départ, pourquoi cette absence quand Foulque d'Anjou, Alain de Bretagne, Baudouin de Flandres, Hugues de Ponthieu, Eude de Blois, tous les remuants voisins n'attendaient qu'un signe de défaillance du pouvoir pour fondre sur le duché ? Quand seule l'autorité ducale garantissait la paix entre les vassaux, le voisin de chacun cherchant l'occasion d'envahir sa terre ? Et pour laisser la régence à qui ? À un enfant encore à la mamelle, un vulgaire bâtard dont rien de bon ne pouvait être attendu !

Hormis le dernier, je partageais leurs griefs et leur hostilité au projet de pèlerinage. Robert attendit patiemment la fin de l'orage puis il étendit les bras et prononça :

– Seigneurs vous dites vrai. Je n'ai ni enfant ni héritier, sinon le fils que voici. Si vous l'acceptez, je vous le donnerai, il sera sous la protection du roi de France. Il est jeune, certes, mais grandira et, avec l'aide de Dieu, il deviendra fort.

Il continua sa harangue sur un ton de persuasion tel que la tempête se calma comme, dit-on, se calme la fureur des animaux sauvages sous la harangue des pieux ermites du désert. Puis il ordonna à chacun de venir prêter serment d'obéissance à Guillaume.

À l'exception de l'archevêque, dispensé de jurer je ne sais pourquoi, chacun des seigneurs présents vint donc prêter serment à mon fils. Et je les vis mettre genou à terre l'un après l'autre, le regard fuyant et marmottant du bout des lèvres des paroles auxquelles ils ne croyaient pas.

Le premier pourtant, le vieux sénéchal Osbern de Crépon, jura avec dans la voix une espèce de sanglot émouvant. Mais je vis Gilbert de Brionne, une moue hautaine sur son visage de mauvais singe, mâchonner comme s'il allait cracher plutôt que de prêter serment à un bâtard ; le gros Roger de Tosny, exorbité et congestionné, près d'éclater de mauvaiseté, grogner la formule qui lui était demandée comme un porc qu'il était ; l'odieux Guillaume Talvas, seigneur de Bellême, pourriture habituée à aveugler et à châtrer ceux qui lui déplaisaient, ricaner en cherchant déjà l'occasion de se parjurer ; Renouf de Briquessart, à l'esprit plus tordu encore que son corps contrefait de nabot malfaisant, maugréer quelque juron en guise d'engagement ; Raoul Taysson, le seigneur de Cinglais plus sot encore que méchant, et Dieu sait combien il était méchant, braire en hochant la tête comme s'il réclamait du foin ; bien d'autres encore dont un bon nombre de cousins lointains et ambitieux venus là malgré eux promettre à contrecœur fidélité à Guillaume. Ils ployaient le genou sous l'œil sévère de monseigneur Robert et le regard plein de duplicité de l'archevêque son oncle. Et tous de penser : le chat parti, les rats danseront.

Cette cérémonie m'emplit donc de trouble. Je les connaissais bien, maintenant, capables de tous les crimes pour nous arracher le pouvoir. Malgré mon astuce, qualité fréquente chez les personnes de basse extraction égarées parmi les grands, il me serait impossible de tenir tête en l'absence du duc à une telle horde de scélérats. Car je le savais, l'archevêque serait plutôt pour moi un danger qu'un appui. Aussi demandai-je dès le lendemain au père abbé Jean de Vienne de me recevoir.

C'était un homme sévère à la mâchoire carrée, un athlète jeune encore mais au visage marqué de profondes rides. Sous un immense front, un crâne rasé et de pesants sourcils, son regard était fixe, dur. Sa science touchait tous les domaines de la connaissance humaine et il était pour l'heure le maître à penser de la plupart des monastères de la chrétienté. Mais je savais qu'il n'éprouvait pour moi ni amitié ni estime : il m'avait jugée pour une catin.

Sous cet œil immobile, devant ce visage de pierre, je réussis à ne pas me troubler en expliquant mon angoisse : une absence du duc pendant un si long temps exposerait mon fils Guillaume, encore petit, à toutes les ambitions. Elle en ferait la victime de tous les crimes. Si donc le Révérendissime Père agissait auprès de monseigneur Robert pour le faire revenir sur son intention de pèlerinage, il sauverait la paix dans le duché et la vie d'un malheureux enfant.

Il me considéra longuement en silence. Je ne savais s'il était sourd ou s'il avait l'esprit occupé ailleurs. Enfin, il gronda :

– Dame, mesurez-vous la gravité de ce que vous me demandez ?

L'indignation m'empoigna. Je me lançai dans un discours sur l'amour éprouvé pour mon fils et pour son père. Le moine m'écouta, puis étendit la main pour me faire taire et prononça :

– Vous êtes unie à Herluin, sire de Conteville, par le sacrement de mariage et vous prétendez continuer à vivre et à pratiquer la fornication avec monseigneur le duc ?

L'incongruité de la question me coupa le souffle et la parole. Je faillis éclater de rire mais ne pus qu'ouvrir puis fermer la bouche. Mon silence lui parut sans doute plus éloquent que mon verbiage. Il soupira :

– L'âme humaine recèle des profondeurs inaccessibles à un pauvre religieux. Comprenez, dame, que la décision de monseigneur Robert, dont je suis censé ignorer la cause, a été prise par lui seul et semble irrévocable. Pourtant, je conçois votre inquiétude. Essayez donc encore de fléchir le duc. Si, comme je le crois, il ne peut revenir sur ce qu'il a décidé, je veillerai, moi, à ce qu'aucun trouble ne se produise pendant son pèlerinage. Je dispose de possibilités que vous ignorez et puis imposer la modération et la paix à plus d'un. Mais vous, repentez-vous et cessez de vivre dans le péché.

L'entretien était terminé. Mais je n'avais pas dit mon dernier mot.

– Voici Paris, annonça Robert en passant la tête entre les rideaux du chariot.

Je grelottais depuis notre départ de Saint-Germain avant l'aube glacée. M'enveloppant mieux encore de mes fourrures, je soulevai la courtine. De la butte où la troupe s'était arrêtée, la vue s'étendait jusqu'à la Seine. Un ciel bas, grisâtre, menaçant, strié du vol d'oiseaux noirs, pesait sur le minuscule domaine royal. Ici, point encore de neige. Des marécages parsemés de boqueteaux et de masures d'où s'élevaient de minces colonnes de fumée s'étendaient jusqu'aux berges du fleuve. Là-bas, sur les deux îles où s'entassaient les habitants, ces colonnes de fumée convergeaient en une espèce de dôme écrasant, étouffant l'extraordinaire amoncellement de toitures et de clochers qu'était la ville du roi de France. Aucun bruit ne nous parvenait de la cité : les Parisiens s'étaient claquemurés autour de leurs feux. Une impression de désolation et de mort planait sur le pays.

– Et Guillaume ? demandais-je

Monté sur un cheval à sa taille, engoncé dans son haubert, une cotte de mailles confectionnée pour lui, mon fils apparut. Il me salua gravement comme il convenait à un prince prêt à rendre hommage au roi son suzerain. La troupe se remit en marche.

J'avais peu d'estime pour Henri le Premier, roi de France,

Quatre années plus tôt, Robert dit le Pieux son père était décédé en laissant deux fils. L'aîné, Henri, avait revendiqué la couronne, elle lui revenait. D'ailleurs le feu roi l'avait fait sacrer à Reims alors qu'il était encore en vie. C'était compter sans l'animosité de Constance d'Arles sa mère, une mégère acariâtre et cupide. Elle n'avait d'yeux que pour son cadet et, s'appuyant sur une meute de courtisans provençaux, coquins et faquins jadis venus du Midi à sa suite, s'était mis en tête d'en faire un roi. Ç'avait été la guerre et l'infortuné Henri, dès les premiers jours du conflit, avait dû fuir. Il s'était réfugié à la cour de

Normandie où monseigneur le duc l'avait fraternellement accueilli et somptueusement logé à Fécamp.

J'avais rencontré là ce jouvenceau à l'allure gauche, aux gestes empruntés, ne sachant que faire de son grand corps et paraissant ne rien comprendre aux catastrophes abattues sur lui. Plus que la chasse et les armes auxquelles se livraient avec passion ses semblables, il cherchait la compagnie des dames pour leur conter ses malheurs en des lamentations sans fin. Comme d'autres, j'avais reçu ses confidences.

– Dame, oyez combien grande est ma peine ! soupirait-il.

Il n'était, en fait, je l'avais vite compris, ni gauche ni emprunté mais entreprenant et roué à la main agile, cherchant à apitoyer les femmes pour mieux les culbuter : ce n'était pas là grand crime, mais fallait-il encore que la personne fût consentante et je ne l'étais point. Je prétextai d'abord de la modestie de mon origine pour lui faire lâcher prise, j'arguai ensuite de la vilenie qu'il y a à courtiser la femme de son hôte puis dus hausser le ton : malgré sa couronne, je n'avais que faire de ce godelureau, j'avais mieux. Néanmoins, je le laissai espérer en minaudant et en faisant des manières : un jour peut-être ce roitelet pourrait m'être utile.

Ainsi, lorsque monseigneur le duc, avec l'aide du comte de Corbeil, l'avait rétabli dans sa dignité royale, il nous avait fait connaître son désir ardent de nous recevoir un jour à Paris. J'avais demandé au duc de ne pas donner suite à cette invitation pour le moment.

– Je me suis opposé à l'idée d'Henri de vous donner logis au monastère de Sainte-Geneviève, dans la campagne de la rive gauche, fit Robert en passant de nouveau la tête entre les courtines. Le roi s'aviserait-il de vous refuser les honneurs dus à une duchesse ? Vous habiterez avec moi au château.

Je fus bien aise de cette disposition. En effet, j'avais demandé à faire partie du voyage car je comptais jouer de mon charme auprès du roi Henri pour faire changer d'avis Robert, toujours entêté de son pèlerinage. Pour moi, deux ou trois jours d'œillades complices, de roucoulements langoureux et de vaines promesses devaient me permettre d'arriver à mes fins : sous quelque prétexte, le roi pourrait refuser l'hommage de Guillaume et la protection qu'il lui devait. Ainsi, tout le beau projet s'effondrerait.

Une rumeur faite de cris et de meuglements me parvenait maintenant. Le fracas des roues était autre. Nous passions un pont, nous entrions dans la ville. Une foule dense et indifférente nous entourait, vaches étiques et manants crasseux mêlés. Mon œil fut attiré par les étals des échoppes ouvertes là, parmi les bouses : elles étaient presque aussi riches que la châsse de l'abbaye de Fécamp. Des changeurs y présentaient une profusion de bagues, de colliers, de joyaux, de pièces d'orfèvrerie, de piles de monnaies aussi sous la surveillance d'une compagnie d'archers.

– Quel est le nom de ce pont ? demandai-je à l'homme qui piquait ses vaches et marchait maintenant aux côtés du chariot.

Je ne compris rien à sa réponse et supposai que c'était le pont des changeurs.

La ville était plus misérable que ne l'était Rouen. Une cohorte de gueux exhibant toutes sortes de plaies purulentes et d'infirmités hideuses nous entourait. La façade dégradée des maisons et des églises, les loques dont se vêtaient les vilains, les pieds nus des enfants courant dans la boue évoquaient une grande pauvreté. Pourtant, une foule de seigneurs se pressaient aux boutiques des orfèvres, ignorant notre passage, marchandant et achetant sans relâche. Les manifestations d'une telle opulence côtoyant les signes d'une pareille indigence me surprirent. La situation était autre dans notre duché, pourtant ravagé peu auparavant par les invasions des guerriers du Nord : je vis là un signe de la sage administration et des largesses de nos ducs, ennemis, eux, du dénuement de leurs sujets.

– L'avarice sordide de la défunte reine Constance, la mère du roi, une abominable mégère, est grandement responsable de cette misère, soupira Robert. Elle est morte voici deux ans, mais personne ne la pleure.

Le palais du roi de France s'élève dans cette île. Les murs en sont baignés par la rivière où passent au fil de l'eau diverses pourritures. Et je dois à la vérité de dire que le simple château de Fécamp est autrement plus beau, plus riche et, je crois, plus grand, que celui-ci. Ici, tout est noir de crasse et de suie, sauf aux places où la muraille est effondrée.

À défaut du roi Henri, le sénéchal de France vient nous accueillir à la poterne. C'est un gros homme somptueusement vêtu, mais il se présente seul : pas un héraut, pas un soldat, pas même un valet ne l'accompagne. Il s'incline devant monseigneur le duc puis nous précède jusqu'à la minuscule cour d'honneur.

Tandis que Robert m'aide à descendre du chariot, je murmure :

– Étrange réception que vous fait là votre suzerain, doux ami. Le seigneur le plus puissant de la chrétienté ne mériterait-il pas un accueil plus fastueux, même venant d'un souverain sans terre et démuni ?

Son sourire se veut apaisant : parmi ses qualités, il convient de citer une inlassable patience, un certain degré de dissimulation aussi lui permettant souvent de parvenir à ses fins sans rien brusquer ni montrer ses sentiments. Mais voici le sénéchal de France fort embarrassé. Il se redresse de toute sa petite taille et déclare :

– Sire duc, avant de pénétrer plus avant dans ce palais, permets-moi de te rappeler la décision de Sa Majesté le roi : la dame qui t'accompagne doit être logée dans le monastère de Sainte-Geneviève, outre Seine, elle ne saurait entrer ici.

Robert hausse les sourcils :

– La dame qui m'accompagne, dis-tu, sénéchal ? Mais voilà bien étrange sentence pour n'être précédée d'aucun attendu ! Peux-tu me préciser les raisons de ce verdict ?

Décontenancé, le gros homme écarte les bras et se bat les flancs. Il grogne que Sa Majesté n'a point coutume de voir discuter ses choix ni d'en expliquer les motifs. Il vante la situation du monastère où je dois me rendre, bien situé sur une riante colline et ainsi isolé des marais putrides de la région. Il déplore, en revanche, les conditions de la vie dans ce palais de la Cité, humide, malsain et bon à détruire. Si le sénéchal, lui, devait choisir entre les deux résidences, il n'hésiterait pas un instant...

La neige commence à tomber et ma patience, si j'en ai jamais eu, à s'émousser. Je suis prête à faire un esclandre mais le calme de Robert ne le quitte pas.

– Il ne sied pas au duc de Normandie, dit-il, de traiter avec serviteurs ou valets. Va chercher ton maître.

– Vous parlez au sénéchal du roi de France ! tente l'autre, point valet mais comte ou vicomte qui, d'écarlate, devient pourpre sous l'insulte.

Mais il tourne les talons. Pendant un long moment, nous demeurons sous la neige, pestant contre l'arrogance de ce petit souverain. Guillaume, les sourcils froncés, gronde comme le fait l'un des molosses du château de Falaise lorsque ses desseins sont contrariés. Et je pense qu'il ne fera pas bon contrarier ceux de ce souverain.

– Tout ceci parce que le père de ma mère était tanneur ! s'exclame-t-il, montrant qu'il a compris la situation. Je les tannerai, moi, et d'importance !

Robert le reprend doucement :

Vous les tannerez, mon fils, mais plus tard. Pour le moment, force nous est de ruser car nous avons besoin d'eux.

J'ignorais la portée prophétique des paroles de monseigneur Robert mais le fait se produisit plusieurs fois quelques années plus tard.

Enfin, la porte où se projette notre impatience s'ouvre. Henri a voulu faire étalage de sa modeste puissance : derrière une compagnie d'archers apparaissent deux par deux une cinquantaine de courtisans richement vêtus. Après notre sénéchal et le chancelier, les quatre aumôniers, l'archevêque, les écuyers, le panetier, le bouteiller et de nombreux officiers. La cour est pleine de ces seigneurs dont l'impassibilité affectée cache mal l'irritation de devoir sortir par un tel temps. Plus d'un me regarde, me scrute avec une hostilité déguisant mal la curiosité, voire l'admiration – et cette espèce d'hommage muet, mérité me semble-t-il, m'amuse.

Et puis, couronne en tête, apparaît le roi Henri. Il a changé depuis le temps où il me convoitait. Pénétré de sa dignité, son regard plane au-dessus des têtes, l'obligeant à lever le menton dans une attitude de coq de basse-cour. Et coq il est en son poulailler, en l'absence de la princesse Mathilde, la nièce de l'empereur d'Allemagne Conrad, sa fiancée âgée de quatre ans.

Ses yeux se posent enfin sur Robert qui attend, la main sur la garde de son épée.

– Eh bien, sire duc, pourquoi cette confusion ? s'écrie-t-il. Tu es venu en ma bonne ville de ta lointaine province pour qu'hommage me soit rendu par ton fils, non pour y semer le désordre ! Depuis quand le vassal vient-il troubler l'eau de son suzerain ?

– C'est que, sire roi, répond Robert contenant son irritation d'un tel accueil, le personnage qui rapporte ta parole n'a pas compris tes intentions : il a voulu interdire l'entrée de ton palais à la mère de mes enfants, chérie par moi autant et plus qu'une épouse. S'il a fait erreur, reçois-nous avec la dignité qui convient. Sinon, explique-moi ce refus.

Après le sénéchal, le roi est embarrassé. Il prend un ton

détaché pour expliquer qu'en ce palais royal ne sont reçues que des personnes de qualité appartenant à la noblesse. Lui, souhaiterait faire une exception mais beaucoup ne comprendraient pas ce passe-droit au profit de la fille d'un tanneur : la cohésion du royaume, déjà récemment compromise, risquerait d'après lui d'en pâtir.

Malgré sa couronne, l'envie me prend d'aller gifler le personnage. Mais Robert garde son calme.

– Il fut un temps, soupire-t-il, où en mon château de Fécamp, je recevais certain proscrit de sang royal, accompagné des personnes de son choix, parfois dames à la vertu douteuse. Je n'en attends pas reconnaissance, mais je souhaiterais savoir si, pour mon roi, celle qui m'accompagne est ribaude sortie d'un de ses bordeaux ou simple et honnête femme ? Par Dieu, roi Henri, serait-ce donc Jeanneton la Tapissière qui règne aux étuves de la rue du Pet-au-Diable, ou Marion la Peautarde, souveraine des tavernes de la rue du Pont-à-Dame-Renaude, qui se trouve à mes côtés ?

L'attaque est directe et les courtisans regardent Robert avec effroi : les catins qu'il vient de nommer pratiquent dans certaines étuves et tavernes où, dit-on, le roi Henri aime se rendre le visage masqué les jours de grande solitude. L'archevêque scandalisé se retire, suivi des quatre aumôniers. Le triste sire, décontenancé, ne sait que répondre. Habile, Robert laisse s'écouler le temps de la stupeur avant de reprendre sur un ton paisible :

– Sire roi, selon ton dire, nous sommes ici pour que mon fils Guillaume rende hommage au souverain son suzerain. Aucun texte ni aucune coutume n'affirme la nécessité d'un toit protégeant cette cérémonie. Puisque tu nous mesures si chichement ton hospitalité, je ne te tiendrai point rigueur de la voir se dérouler ici, dans cette cour étroite et enneigée.

Le roi demeure interdit.

– Je serais au regret, dit Robert baissant encore d'un ton,

d'aller demander l'appui de quelques-uns de mes turbulents barons pour te décider.

Après une longue réflexion, Henri fait enfin chercher un siège et s'y assied. Sous les gros flocons, maugréant et grondant, mon Guillaume vient s'agenouiller devant son roi et lui prête serment de vassalité en échange de la protection du souverain.

Un instant plus tard, nous reprenons le chemin de Fécamp. Aucun obstacle ne se dresse plus au pèlerinage de monseigneur Robert.

Le départ a été fixé à l'heure de matines, bien avant le lever du jour. Dans la cour du château, à la lumière des torches, les préparatifs s'achèvent. Le froid est vif, un froid de février. Un vent coupant glace le nez, gèle les oreilles. En vrai pèlerin, monseigneur Robert a passé la nuit dans la chapelle, il y a prononcé son vœu de pèlerinage. Dès que retentissent les cloches de matines, il apparaît, vêtu d'une longue pèlerine de bure, pieds nus, la tête couverte du large chapeau portant la coquille de saint Jacques, le long bourdon à la main, la besace à l'épaule. Il descend les quatre marches du perron. Je suis là, angoissée, désolée, ne pouvant contenir mes larmes. Il me prend dans ses bras.

– Amie, me souffle-t-il à l'oreille, j'ignore quelle sera la durée de notre séparation mais cette nuit déjà, vous me manquiez fort. Qu'en sera-t-il demain ?

Il soupire :

– Je vous laisse mon fils pour gage de ma foi. S'il me perd, je prétends qu'il me retrouve en vous. Si la mémoire de notre union vous est chère, montrez-lui à quel point vous m'aimiez.

Il m'embrasse longuement, puis me glisse :

– Par Dieu, je reviendrai, douce amie. Même si je dois raser les montagnes et assécher la mer, je reviendrai. Je rapporterai à notre aîné le gage de sa royale destinée. Et si l'un ou l'autre me prétendait mort, ne le croyez pas : pour vrai, je reviendrai.

Enfin, sur un signe, un écuyer avance un âne noir non sellé. Monseigneur le duc l'enfourche : il doit pérégriner sur cette monture ou à pied tout au long de la route. Il franchit sans se retourner les grilles de la cour. Toustain, son chambrier, un homme de toute confiance grimpé sur une jument blanche, le suit de près. Devant le palais attend l'escorte, trente cavaliers, chevaliers, chambellans, aumôniers, écuyers, barbier, herboristes même, choisis par Robert, enveloppés de longs manteaux et de fourrures. Ils l'accompagneront jusqu'à Jérusalem. Un troupeau de valets montés sur des bidets, des ânes portant les bagages suivent l'escorte. Des haltes sont prévues dans les monastères ou les hôpitaux pour pèlerins : monseigneur le duc y logera seul car des tentes, des lits et des provisions de bouche, des armes même, sont prévus en abondance pour les autres.

Le long cortège se fond dans la nuit. Le reverrai-je ?

Je ravale mes larmes. L'avenir nous l'apprendra.

2

– Un pèlerin venu de la Cité sainte ! Il a vu monseigneur !

Le cri poussé dans la cour du château de Falaise résonna jusque dans la chapelle où je me tenais. J'essayais en vain de prier : presque sans nouvelles de Robert depuis six mois et grandement mortifiée de son absence, je ne pouvais que m'effondrer sur un prie-Dieu, la tête vide. Par bonheur, à cette pénible sensation de solitude ne s'ajoutait aucun autre souci : mes enfants se portaient bien et la paix régnait dans le duché sous l'autorité de l'archevêque Robert et, surtout, grâce à l'influence de Jean de Vienne. Aussitôt, je me précipitai dans la salle d'honneur. L'homme était là, vêtu de la pèlerine de bure et coiffé du large chapeau, le bourdon en main. À la vue de son visage, je faillis pousser un cri : les orbites étaient creuses et le nez effondré comme en ont les crânes trouvés dans les cimetières. Il n'était point lépreux, pourtant, puisqu'il ne portait pas de crécelle. Mais, me sembla-t-il, c'était un messager de mort qui se présentait à moi.

Il s'inclina profondément et, à mes questions pressantes, déclara d'une voix éteinte, comme sortant d'un sépulcre :

– Dame, je suis originaire de Pirou, dans le Cotentin. Depuis deux ans, je suis parti en pèlerinage au tombeau de Notre Seigneur, en pénitence du forfait jadis accompli contre un chanoine de Lessay. Je dois dire que ce mauvais clerc avait entrepris...

Je l'interrompis :

– Abrège, bon pèlerin ! Pour vrai, as-tu vu monseigneur ?

Offusqué peut-être, il prit son temps avant de reprendre :

– Dame, je l'ai vu comme je vous vois. Alors que je m'approchais de Byzance, la capitale de l'empereur des Grecs, j'ai croisé un étrange cortège : un seigneur était porté dans une litière par quatre Sarrasins misérables. Il était suivi d'une escorte de chevaliers et d'écuyers. En m'approchant, j'ai compris qu'il s'agissait de monseigneur le duc. Il m'est apparu tout dolent.

– Lui as-tu parlé ?

– Je lui ai parlé, dame, malgré mes sanglots à la vue de son triste état. Je lui ai demandé quel message je devais rapporter aux siens puisque j'étais sur le retour. Il m'a dit : « Dis-leur que tu as vu Robert, le duc de Normandie, porté en Paradis par quatre diables. » J'ai baissé la tête sans pouvoir rien répondre et le cortège s'est éloigné.

Un morceau de glace descendait tout au long de mon échine. J'en eus du moins la sensation. Mais je pus me ressaisir vite et fis répéter son dire au pèlerin de Pirou. Selon cette seconde version, il ne s'agissait pas de Byzance mais d'une ville appelée Nikaïa et les porteurs de la litière n'étaient pas des Sarrasins mais des Roms. Ou des Turcs. Bref, des gens dont j'ignorais tout et lui aussi, j'en eus la conviction..

Il mentait, je le compris vite. Le but de ce bouffon, profitant de l'aspect repoussant de son visage, était de faire l'intéressant pour récolter quelques pièces. Mais il ignorait à qui il avait affaire : monseigneur le duc était trop haut personnage pour que soient colportées sornettes et balivernes à son propos. Je fis chasser le prétendu pèlerin en lui ordonnant de tenir dorénavant sa langue car il risquait le bâton et le cachot s'il récidivait. Et je le vis franchir la poterne, la tête basse et le pas rapide.

Alors, je perçus un mouvement là, dans l'ombre. Quelqu'un cherchait à se dissimuler derrière un pilier. Il était vif, mais moi aussi. Je réussis à attraper par une manche mon aîné, Guillaume, occupé à m'épier. Je lui demandai pourquoi il ne se trouvait pas comme il l'aurait dû avec Turold, son précepteur. Il laissa peser un moment sur moi le défi de son regard intrépide avant de prononcer :

– Et si l'homme disait vrai, mère ? Nous sommes sans nouvelles de monseigneur mon père depuis si longtemps !

Il avait raison. Le flot des nouvelles, fourni au début du pèlerinage, s'était vite tari. Nous avions appris son passage à Besançon où s'était produite une étrange aventure : au péage d'un octroi, un vilain posté devant une porte fermée s'était endormi ; l'escorte de monseigneur l'avait réveillé pour lui faire ouvrir cette porte ; l'homme s'était emporté et avait frappé de son bâton ces voyageurs trop hâtifs, il avait même bastonné monseigneur Robert ; celui-ci, interdisant à ses chevaliers de punir le vilain auteur de cet affront, leur avait assuré que tous devaient souffrir pour la rémission de leurs péchés.

Puis il avait franchi la montagne au col du Grand-Saint-Bernard et les frères de saint Bernard de Menthon avaient fait parvenir un courrier à Jean de Vienne pour signaler son passage. Depuis, rien.

J'expliquai à mon fils ma façon de voir la situation et lui indiquai d'avoir lui-même à se méfier de ces charlatans habiles à nous soutirer des aumônes imméritées. Je lui parlai longtemps, m'évertuant à le rassurer, à le tranquilliser sur le destin de son père quand moi-même je commençais à douter. Il m'écoutait sans ciller. Enfin, il m'interrompit :

– Il suffit, mère. Si j'obtiens quelque renseignement, je vous le communiquerai. Je vous demande de faire de même.

Et Guillaume tourna le dos à sa mère stupéfaite de la précocité de ses neuf ans et comprenant que son fils, lui, ne se rassurait pas de fables.

Août s'achevait sous une chaleur lourde. Du château, nous entendions tout le jour la chanson des moissonneurs et nous voyions passer des charrettes chargées de gerbes de blé, d'orge ou d'avoine. Depuis lors, cette période de l'année m'est insupportable, je hais ces chants, ces rires, cette gaieté, ces grincements d'essieux, cette poussière même dorée par le soleil : tout cela réveille l'angoisse lovée au fond de mon cœur.

Trois jours plus tard, je décidai de consulter de nouveau ma marraine. L'âge venant, ses pouvoirs s'émoussaient, bien qu'elle fût toujours apte à me communiquer sa sérénité. Plusieurs fois, je lui avais demandé de me donner des nouvelles de Robert. L'ambiguïté de ses réponses m'avait fait comprendre sa difficulté à sonder l'espace avec la perspicacité dont elle scrutait le temps. Je n'avais pas insisté.

Je fis seller un cheval et me rendis seule à l'orée de la forêt de Gouffern. Aucun signe de vie n'apparaissait autour du moulin. Je mis pied à terre. La porte enfoncée pendait sur ses gonds. J'entrai. Tout avait été bouleversé. Près de la meule, le cadavre raidi d'un grand vieux portant une large plaie au crâne : c'était celui de Perrin, un journalier qui rendait quelques services à Engrace. Aucune trace de ma marraine. Si tout était sens dessus dessous, rien n'avait été dérobé, me sembla-t-il. Je trouvai là des nippes, des bottes. Les assassins n'étaient pas des voleurs.

– Ils ont enlevé Engrace et tué Perrin qui voulait la défendre, murmurai-je tandis que la roue du moulin, témoin indifférent, grondait dans la rivière.

Je passai dans la pièce voisine. Les coffres contenant les drogues avaient disparu. À coup sûr, les auteurs du rapt étaient les hommes de l'archevêque Robert : il haïssait ma marraine et avait profité de mon isolement pour la faire enlever et juger. Sirops et électuaires lui serviraient de preuves. Accusée de sorcellerie, peut-être était-elle déjà condamnée. Et brûlée.

Je rentrai au château décidée à me précipiter à Rouen pour faire libérer Engrace s'il en était encore temps ou, tout au moins, demander des comptes à l'archevêque. Mais pourquoi ce scélérat n'avait-il pas agi plus tôt ? Pourquoi redoutait-il moins ma colère maintenant qu'il ne la craignait jusque-là ? Un événement s'était-il produit m'arrachant bec et ongles ?

Le silence régnant dans la cour du château me surprit. Guillaume m'attendait sur le perron, immobile, la main sur la garde de sa petite épée. Son visage était inexpressif, de marbre, mais plus blanc que craie. Derrière lui, deux sergents de sa garde, la lance à la main, tête basse. Je questionnai mon fils, il baissa les yeux sans répondre. Frémissante d'angoisse, j'entrai dans la salle d'honneur.

Dames et valets, écuyers et souillons, tout mon monde réuni là demeurait immobile comme un groupe de statues ébahies. Devant eux, le vieux Toustain, le chambrier de monseigneur Robert, sale et épuisé, mit un genou à terre à ma vue.

– Dame, dit-il d'une voix faible, la douleur me bouleverse. Pourtant, je puis vous annoncer que monseigneur Robert, sixième duc de Normandie, a remis son âme au seigneur Dieu en la fête de Saint-Thomas l'apôtre, le 3 juillet. À son dernier moment, il m'a dit que sa pensée était pour vous. Il vous fait tenir ceci, son bâton de pèlerin, en souvenir de lui. Et ces saintes reliques que je rapporte sont destinées à l'abbaye de Cerisy qu'il a fondée.

Je ne comprenais rien de ce que disait le vieillard. Je m'entendis murmurer :

– Mais pourquoi ?

– Le décès de monseigneur le duc est dû sans aucun doute au poison. Le comte du Vexin, Dreu, ayant absorbé le même breuvage, a lui aussi rendu l'âme. Plusieurs personnes de la suite de monseigneur ont été grandement malades. Nous avons mis en terre monseigneur Robert dans le chœur de la basilique consacrée à Notre Dame Marie, en la ville de Nikaïa, proche de Byzance.

Je n'ai pas entendu ces dernières paroles : je me suis effondrée à terre sans connaissance.

3

Je ne garde aucun souvenir des jours, des mois qui ont suivi. La douleur insupportable et la perception aiguë des menaces entourant mes enfants, sans doute, ont perturbé ma raison. J'alternai des périodes de divagation avec des moments de mutisme et de refus de m'alimenter. Et les brumes de ce cauchemar ont effacé la mémoire de cette funeste et longue période.

La première sensation cohérente apparue dans ma pauvre cervelle fut celle de la fraîcheur d'une dalle de pierre sous mon front. Mes mains aussi touchaient la pierre. Je réussis à me dresser. Un mur se trouvait devant moi où s'ouvrait un trou rond. Je reconnus les lieux : dans cet orifice ouvert sur les ténèbres d'un sépulcre on passait la tête des fous. On vénérait là sainte Honorine, à Graville, près des marais de l'estuaire de la Seine. Je poussai un gémissement avant de me laisser retomber. J'entendis alors la voix de deux personnages situés derrière moi :

– Elle revient à elle ! L'amélioration se confirme, fit l'un.

– Je pensais bien que ce pèlerinage lui rendrait la santé, triompha l'autre.

De nouveau, je perdis connaissance.

Lorsque la conscience me revint, je me trouvais dans ma chambre du château de Falaise. J'étais assise dans mon lit et ma grosse Justine me faisait manger à la cuiller une bouillie semblable à celle des tout-petits. Mon regard plus vif avertit la suivante de mon retour à la raison. Elle cria pour en prévenir d'autres personnes dont j'entendais le remue-ménage dans la pièce voisine. Aussitôt firent irruption une fille et deux garçons, trois grands enfants en qui je reconnus Adélaïde, Odon et Robert, mais transformés, ayant atteint l'âge de raison.

– Ne la fatiguez pas, ne la bousculez donc pas, votre mère est encore très malade ! s'exclamait la servante.

Mais eux montaient sur le lit, m'embrassaient, me caressaient rudement, me secouaient comme pour s'assurer de ma guérison. Je pus murmurer :

– Laisse-les, ils vont m'aider à retrouver la santé...

Elle les fit pourtant sortir. Puis, reprenant sa bouillie, elle m'apprit que ma maladie avait duré de nombreux mois. Plusieurs fois, j'avais cherché à me nuire en me précipitant du haut de l'escalier ou en heurtant ma tête contre le mur, on avait dû m'attacher. Toute la journée et toute la nuit, les yeux grands ouverts, je maugréais des mots sans suite. Le médecin Théobald m'avait fait ingurgiter toutes sortes de drogues qui n'avaient fait qu'aggraver le mal. J'avais été exorcisée deux fois et, d'ailleurs, j'avais toujours l'étole des possédés autour du cou. Seul, mon pèlerinage à Sainte-Honorine où j'avais été emmenée sanglée au fond d'une carriole m'avait ramenée à la raison.

Je m'étonnai de l'absence de Guillaume, mon aîné.

– Monseigneur Guillaume, expliqua Justine comme embarrassée, se trouve pour quelques jours au château du Vaudreuil, près du bon sénéchal Osbern de Crépon où il est en sûreté. Il a beaucoup changé, beaucoup grandi depuis la mort...

Elle se mordit les lèvres mais c'était trop tard. L'huile brûlante avait été versée sur la plaie à vif. Je gémis mais ne perdis pas connaissance et, pour la première fois depuis l'événement, je pleurai.

– L'instant est critique et nous sommes dans une situation délicate, m'expliquait Herluin avec compassion quelques jours plus tard.

Il se trouvait donc maintenant être mon époux. J'éprouvais pour cet être insignifiant des sentiments d'estime et même un peu d'amitié. Il était assis face à moi au coin du feu. Moi, réussissant à me tenir bien droite dans ma cathèdre, je cherchais à faire bonne contenance devant lui.

Il m'apprit qu'Alain, comte de Bretagne et descendant de Richard le Premier de Normandie, se préparait à envahir le duché sous le prétexte d'une disposition de monseigneur Robert le nommant tuteur de Guillaume : nul n'avait été informé de cette prétendue disposition venue tout droit de sa cervelle.

Il m'informa du décès brutal de l'archevêque Robert, mort sans doute d'un coup de sang tant il faisait bonne chère. Son successeur sur le trône archiépiscopal, le gouverneur du duché pendant la minorité de Guillaume, n'était autre que Mauger, le demi-frère de monseigneur le duc Robert, le fils de…

– Le propre fils de la dame Papia ? m'exclamai-je.

C'était lui. Ce personnage, semblable à sa mère quant au corps, la dépassait en vénalité et en cruauté. Il faisait apparaître le démon devant lui quand cela lui plaisait et lui dictait ses volontés. On le savait simoniaque, vendant les dignités ecclésiastiques. On le disait nicolaïte, recommandant le concubinage des prêtres que condamnaient les papes. Ivrogne et débauché, nous n'avions rien à espérer de lui car, comme beaucoup, il m'estimait coupable de la mort de sa mère. Et j'appris que l'infortunée Engrace, ma marraine, avait beaucoup parlé sous les tourments.

– Jean de Vienne pourra heureusement calmer ce Mauger, murmurai-je.

Jean était depuis longtemps parti visiter les abbayes de l'ordre de Cluny dont il poursuivait la réforme, ce qui était fort regrettable. En effet, partout les barons s'agitaient, les meurtres et les violences se succédaient : ainsi, un peu plus tôt, le hautain Gilbert de Brionne s'étant arrogé le titre de tuteur du jeune duc Guillaume avait été assassiné pour quelque obscure raison. Raoul de Gacé, un autre baron, s'était à son tour attribué la qualité de tuteur et paradait à Rouen aux côtés de l'archevêque Mauger et de quelques autres scélérats prêts à s'entr'égorger.

– Par bonheur, ils ne s'en sont pas pris à Guillaume ! m'écriai-je.

Herluin parut embarrassé.

– La disparition de monseigneur Guillaume votre aîné, dit-il d'un ton sentencieux, est souhaitée par plusieurs. Ils revendiquent pour eux-mêmes le titre ducal sous le prétexte qu'un peu du sang du grand Rollon le Marcheur, le premier duc, court dans leurs veines. Ainsi, la semaine passée, le lundi…

J'ai déjà mentionné le précepteur de Guillaume, le clerc Turold, renommé pour son savoir et sa pondération, qui aimait enseigner son élève dans la campagne. Il avait donc emmené l'enfant et lui faisait réciter des verbes latins au long d'une allée de hêtres déjà dépouillés de leur feuillage d'automne. La leçon était parfaitement sue et le maître s'apprêtait à féliciter le jeune duc lorsqu'il vit l'ombre d'un homme se détacher d'un tronc d'arbre.

– Sauvez-vous, monseigneur ! hurla-t-il.

Tandis que Guillaume s'enfonçait en courant dans le taillis, le précepteur voulut barrer le chemin à l'assassin. D'un seul coup de hache, l'homme lui fendit le crâne. Le jeune duc courut au château et revint accompagné d'archers : il fut impossible de retrouver le meurtrier ou de savoir qui l'avait payé. Beaucoup parlèrent de l'archevêque Mauger. Ce fut à la suite de ce crime qu'Osbern le sénéchal, dit le Pacifique, décida de prendre Guillaume sous sa protection en sa forteresse du Vaudreuil.

Je me dressai, atterrée au récit de ces nouvelles. Après monseigneur Robert, la mort et ses valets allaient-ils donc m'enlever son héritier, mon futur roi ? Existait-il une conspiration ayant pour but d'anéantir notre famille ? Et d'abord, qui s'était attaqué à monseigneur Robert dans cette lointaine contrée ?

– Messire Herluin, expliquai-je à l'intendant, ma santé s'est suffisamment affermie et je puis connaître la vérité sur la mort de monseigneur Robert. Racontez-moi tout ce que vous savez, je suis maintenant assez forte pour tout entendre.

Alors j'appris. J'appris qu'au retour de Toustain le chambrier, aucun des barons ne s'était soucié de connaître les circonstances exactes du décès de monseigneur le duc : obsédés par sa succession, ils passaient leur temps en complots, intrigues et machinations. Osbern de Crépon, pourtant, avait constitué une sorte de tribunal avec Foubert, mon père, et messire Herluin, malgré le souci inspiré par mon état. Ils avaient réuni les témoignages de l'escorte et essayé d'en extraire la vérité.

Plus de la moitié des membres de cette escorte n'étaient pas revenus en Normandie. Certains avaient été massacrés par les Sarrasins, d'autres victimes des fièvres, d'autres encore piqués par des serpents ou mordus par des chiens enragés.

Parmi ceux qui étaient rentrés, un bon nombre s'étaient mis au lit dès leur arrivée et avaient rendu leur âme à Dieu. Des autres enfin, il fut impossible de tirer un souvenir : ils refusaient de parler, prétendant avoir perdu la mémoire ou se murant dans le mutisme. Le bon chapelain Isembard, lui, n'était pas avare de mots et, sur un ton enjoué, reprenait avant même qu'on le lui demande un galimatias relevé de latin, d'allemand et de langue norroise où nul ne pouvait rien comprendre : il semblait qu'il eût perdu l'esprit. C'était comme si une conspiration du silence, une conjuration mystérieuse avait été établie entre eux sur la disparition de Robert. On chercha le pèlerin de Pirou, on ne le retrouva pas.

Si bien que le seul témoignage valable était celui du chambrier, tout sénile qu'eût été le vieux Toustain et suspect son récit. Lui aussi était maintenant décédé. Empoisonnement ou non, on n'en savait donc rien et, s'il y avait eu venin, nul ne pouvait imaginer qui l'avait administré.

Or, depuis mon retour à la vie, une voix insistante murmurait à mon oreille :

« Si l'un ou l'autre me prétendait mort, ne le croyez pas : pour vrai, je reviendrai. »

Je me le répétais mille fois, c'étaient bien ses paroles. Sa voix au ton rassurant les redisait sans cesse à mes oreilles. Un espoir fou me tenaillait. Si Robert était vivant, malade ou captif, n'avait-il pas besoin de moi ? Ne devais-je pas me rendre à Jérusalem ou au moins jusqu'à cette ville de Nikaïa, chez l'empereur des Grecs ? Et si, par malheur, il était mort, mon devoir n'était-il pas de savoir qui l'avait tué ? Alors, je devrais punir ses assassins. Protégée par mes archers, ma litière franchirait les montagnes et traverserait les fleuves pour retrouver celui que j'aimais. Mais je devais d'abord m'assurer que Guillaume était en sûreté. Je me levai et déclarai :

– Messire Herluin, avant peu, je me sentirai assez forte pour aller rendre visite à mon fils au château du Vaudreuil où le sénéchal le tient en sa garde. D'ici là, je m'occuperai de ce méchant Alain, le comte de Bretagne assez indigne pour s'attaquer à un enfant : il sera puni et je l'empêcherai de nuire.

– Mais dame, que comptez-vous faire ?

– Comme un soldat de monseigneur le duc, j'ai le devoir et le droit d'agir pour le défendre. Dieu merci, je possède les armes efficaces, les bonnes recettes que m'a laissées Engrace ma marraine. De plus, je dispose de relations fort influentes à la cour de Bretagne, dont un médecin du nom de Gauthier Bernardet qui n'a rien à me refuser. Il nous suffira de payer. Et de savoir attendre.

– Mère ! Enfin vous !

Guillaume ajoutait un tempérament réservé à la pudeur de sentiments manifestée par beaucoup de jeunes garçons. Il ne put s'empêcher de pousser ce cri à ma vue, puis demeura impassible, les yeux baissés, se laissant serrer contre mon cœur sans montrer sa joie. Osbern me prit, lui, dans ses bras et, ruisselant de larmes, me gratifia d'un long baiser. Je n'en fus pas offusquée, il aurait pu être mon aïeul

– Dame, la route vous fut-elle heureuse ? me demanda-t-il.

Aucun incident n'était survenu, mais février était là et, avec lui, le froid et les longues nuits d'hiver. Les loups infestaient la forêt de Bord toute proche, leurs hurlements résonnaient comme des gémissements de deuil et, malgré la protection de notre escorte, notre soulagement avait été grand d'atteindre le but sans mal.

Nous étions arrivés en vue du château peu après l'heure de none. Bâti sur une île séparée du monde par deux bras de l'Eure, il nous était apparu comme une construction de cauchemar. Sa noire silhouette se détachait sur le ciel livide quand déjà le soleil de sang s'enfonçait dans la brume montant de la rivière. Certaines de ces résidences seigneuriales étaient maintenant bâties de pierre mais lui, tapi sur sa butte comme un fauve aux aguets, ne présentait qu'une agglomération informe de bâtisses de bois, de galeries, de tours carrées et de bastions rajoutés au cours des siècles.

– Pensez-vous Guillaume à l'abri, dans une telle masure ? avais-je demandé à Herluin chevauchant aux côtés de mon chariot. Au premier coup de vent, tout doit tomber dans la rivière !

L'apparente solidité de la construction et surtout la largeur du cours d'eau m'avaient rassurée. Accueillis à notre arrivée sur la berge par la volée de flèches d'un groupe d'archers, il avait fallu parlementer. Enfin, répondant à un appel de trompe, une autre sonnerie avait signifié l'accord du seigneur du lieu à notre venue. Herluin et moi, nous nous étions embarqués alors vers l'île, l'escorte devant rester sur la rive.

Osbern ne lésinait pas sur le nombre d'hommes commis à la protection de Guillaume : le château fourmillait de soldats maillés de fer et casqués d'acier, le cri des sentinelles postées à chaque coin résonnait dans l'ombre, le pas pressé des escouades faisait trembler les planchers. Un de ces groupes nous conduisit, Herluin et moi, à une chambre installée dans une espèce de petit bastion comme suspendu au-dessus de la rivière. En cet endroit misérable et mal éclairé d'un seul lumignon, pas de feu, un lit bancal et un seau d'eau dont l'usage était recommandé pour éteindre un probable incendie. D'inquiétants craquements résonnaient à tout moment et le continuel hurlement des loups dans la forêt paraissait proche.

– Dame, devrons-nous donc partager la même couche ? me demanda Herluin, debout face à moi, sur un ton de feinte indifférence.

Sa passion pour moi m'inspirait pitié. Aussi invoquai-je les lois de l'Église : les époux, puisque nous l'étions, devaient partager le même lit et se livrer ensemble à l'œuvre de chair si tous deux le désiraient, mais pas plus de quatre-vingt-onze jours par an, s'abstenant lors des vigiles, du carême, de l'avent, le vendredi et, naturellement, pendant les menstrues de l'épouse. Il parut satisfait.

Le souper fut servi dans la chambre du sénéchal. Une seule chandelle éclairait chichement la table : on craignait le feu. Osbern, veuf depuis de nombreuses années, m'invita à prendre place entre Guillaume et lui. Herluin était assis près d'un proche du maître des lieux, un Guillaume de Montgomery apparenté aux seigneurs de Bellême, arrivé la veille et devant, dès le lendemain, continuer sa route vers les Flandres. Des soupes succédant aux soupes constituèrent la médiocre chère du repas.

On parla de la chasse aux loups, passion du sénéchal : la veille encore, il en avait tué trois de son propre épieu. Puis ce Montgomery chercha malgré notre souci à nous faire rire par le récit de contes flamands assez épicés. Je jugeais ces manières déplacées en un tel moment, mais ces histoires meublaient le silence : Guillaume ne disait mot, Herluin paraissait préoccupé, je devinais de quoi, et le vieux sénéchal se concentrait sur ses brouets, seuls mets autorisés par ses mâchoires désertées de nombreuses dents.

Guillaume de Montgomery voulait avant tout se faire valoir, ce qui le rendait peu attirant. Maigrichon aux perpétuelles grimace, il eût, me sembla-t-il, tué père et mère pour obtenir un rire indulgent ou un clin d'œil complice. Sa place eût été plutôt dans une troupe de médiocres baladins ou de mauvais acrobates qu'à la table d'un seigneur. Et, bien que ne me trouvant pas sous mon toit, je faillis plusieurs fois élever la voix pour le faire taire.

Lorsque Osbern eut vidé sa dernière écuelle, il entreprit de curer ses dents encore présentes, puis interrompit sans ménagement le récit bien connu de la vieille qui graissa la patte du chevalier.

– Je puis prétendre, dame, dit-il en se tournant vers moi, à des compliments pour la sécurité dont est entouré notre jeune duc.

Il énuméra alors avec complaisance les mesures prises par lui, comptant les chicanes et barbacanes édifiées sur l'autre rive, les défenses construites sur l'île, les archers et les sergents vivant au château et les innombrables flèches, carreaux, arbalètes, arcs et lances accumulés dans les armureries.

– Ainsi, conclut-il, cette forteresse est barricadée et pleine de soldats. Pour plus de sûreté encore, monseigneur le duc notre hôte couche ici, dans cette chambre, dans le lit même où je dors, et du côté du mur. D'estoc ou de taille, je sais encore fort bien me servir de mon épée, toujours à portée de main. Vous me voyez assuré que monseigneur Guillaume ne court aucun risque, ce qu'il apprécie grandement.

Je jetai un coup d'œil à mon fils. Il inclina gravement la tête mais ne dit mot. Un proverbe de mon pays l'affirme, les « taiseux » sont comme des armoires dont on ne sait si elles sont pleines ou vides. L'armoire de Guillaume est pleine de connaissances et de sagesse mais ce soir-là, il resta muet : son plaisir à partager la couche d'un vieillard affligé des inconforts de l'âge était mince.

Osbern, félicité et remercié, nous donna ensuite son sentiment sur la situation du duché. Il ne nous cacha pas son hostilité à l'archevêque Mauger, à Raoul de Gacé le prétendu tuteur et aux coquins qui s'étaient arrogé le pouvoir pour la durée de la minorité de Guillaume. Il les connaissait tous et depuis longtemps, n'ignorant rien de leurs malversations ni de leur malveillance. Pour lui, il était bon de courber l'échine et de protéger le jeune duc pendant les six années nous séparant de sa majorité. Ensuite, de l'aider à reconquérir le pouvoir, par la force s'il le fallait. Il demanda alors le point de vue de Montgomery, jugé fin politique.

– Je ne puis qu'approuver ton dire, sire Osbern, déclara l'autre devenu grave, et je suis heureux de voir notre jeune duc si bien protégé. J'éprouve une profonde aversion pour tous ces fripons et si une armée était levée pour les réduire à merci, je m'engagerais avec joie dans ses rangs. En attendant ce jour béni, gardons ici monseigneur Guillaume à l'abri du danger.

Je ne partage pas cette opinion ! m'écriai-je. Si ces barons félons, ces assassins, ont décidé d'occire mon fils pour s'emparer de sa couronne, ce ne seront ni forts châteaux ni armées de valeureux chevaliers qui le maintiendront en sécurité. Il convient avant tout de le mettre hors de leur portée pendant quelques années.

– Et comment cela, dame ? demanda Montgomery.

Je ne répondis pas. J'avais mon idée et entendais la garder pour moi. Avant de nous séparer je demandai au vieux sénéchal s'il avait pu recueillir de nouvelles indications sur la disparition de monseigneur le duc. L'émotion le saisit, sa réponse se perdit en un sanglot sans fin. Nous nous retirâmes dans notre réduit encore bouleversés à l'idée de la mort de Robert et tristes de ne pas en savoir plus sur ses derniers jours. Pourtant, toujours ses paroles d'espoir résonnaient à mon oreille. Plus j'allais, plus mon espérance devenait fol espoir de retrouver en vie celui que j'aimais d'un si fol amour.

– Dame, avez-vous vu comme épaisse est la brume ? chuchota Herluin. C'est le brouillard montant de la rivière.

Il avait ouvert le volet de notre étroite fenêtre et s'étonnait de ce mur grisâtre, épais et glacé. La nuée s'accordait au silence profond, nous ensevelissant mieux que morts en leur linceul, car même les appels des sentinelles ne nous parvenaient plus. Je frissonnai : une brume épaisse a souvent pour moi accompagné mort ou malheur.

Le sire de Conteville s'était prestement déshabillé et, tout nu d'après ce que j'en aperçus, s'était glissé sous la couverte. Il s'attendait à une nuit de noces, cérémonie désirée par lui depuis des années et parfaitement méritée. Mais cette nuit, je n'étais guère d'humeur à batifoler. D'ailleurs, si Robert vivait, Herluin était-il mon époux ? Il me vint à l'idée d'employer pour me débarrasser de l'encombrant personnage un stratagème que je regrette aujourd'hui car cet homme était bon.

– Messire Herluin, lui déclarai-je sur le ton du reproche, à quoi pensez-vous ? Ignorez-vous que les jeunes époux doivent passer, avant de s'unir par la chair, trois nuits à prier ?

D'une voix tremblante, il évoqua l'ancienneté de notre mariage et notre âge, déjà avancé d'après lui : sans doute cette longue attente pouvait-elle nous dispenser de ce qu'il appelait « une pénitence anticipée » ?

Je m'assis sur le lit, le malheureux me faisait pitié. Et puis, fatiguée du voyage, je ne vis point venir la vague de sommeil qui soudain m'engloutit.

Le hurlement de Guillaume me dressa sur mes pieds, glacée d'épouvante. C'était lui, j'en étais sûre. J'étais presque nue et Herluin, complètement dévêtu, tenait en main les vêtements qu'il venait de m'ôter. J'enfilai ma cotte, pris en main le lumignon et me précipitai vers la chambre du sénéchal. Des archers accouraient, des cris retentissaient. Arrivée là, je dus écarter la foule des soldats et des serviteurs massés autour du lit, interdits.

Le sénéchal Osbern de Crépon avait été égorgé, le sang coulait encore par saccades de la large plaie de son cou. Mort, ses yeux ouverts demeuraient fixés sur quelque horreur. Son épée reposait près de lui. Debout dans la ruelle, sa chemise tachée de rouge, sa petite épée à la main, Guillaume, frémissant était prêt à frapper.

À ma vue, sa réserve disparut. Il se précipita vers moi et me prit dans ses bras. À travers ses hoquets et ses sanglots, il expliqua comment un grognement, ou un râle, du sénéchal l'avait réveillé. Montgomery achevait sa besogne, une main fermant la bouche d'Osbern, l'autre tenant le couteau enfoncé. L'assassin avait alors cherché à poignarder mon fils, mais Guillaume avait bondi hors du lit, mis l'arme à la main et hurlé. L'homme s'était enfui, sa retraite préparée de longue main car il demeura introuvable. Sans doute galopait-il déjà vers son repaire.

– Comment aurions-nous pu nous méfier de ce Montgomery ? grognait Barni, le prévôt du défunt sénéchal. Il paraissait bon homme et était proche de sire Osbern qui l'aimait. Sans doute était-il payé par l'archevêque.

Ce Barni, crocs pointus et museau allongé, m'apparut comme un véritable loup-garou sorti droit de la forêt où hurlaient ses congénères. Lorsque je l'entendis répéter sa volonté de venger son maître de sa propre main, je le crus. J'avais raison : plus tard, il pénétra seul, de nuit, dans la demeure de Montgomery et l'occit.

Avant que le corps ne fût enseveli, l'aumônier de sire Osbern administra, un peu tard, les derniers sacrements au défunt à la lueur de l'unique chandelle. Dans la pénombre aux ombres mouvantes, tous les soldats de la garnison, à genoux, manifestaient une piété et un chagrin d'une sincérité douteuse. Mais, pendant les psaumes de la pénitence aux versets repris par l'assistance, le prévôt réussit à murmurer à mon oreille :

– Tous ces hommes sont des mercenaires jusque-là payés par mon maître et maintenant démunis. L'archevêque Mauger serait généreux, ils le savent, à l'égard du meurtrier de notre jeune duc. Beaucoup sont tentés, certains sont sans doute complices de l'assassin. Je suis sûr de la loyauté de cinq ou six d'entre eux, pas plus. Il faut fuir, et maintenant.

J'avais, de fait, surpris quelques regards aiguisés jetés dans notre direction. Sans plus attendre, et au grand étonnement de l'assistance, je me levai, pris Guillaume encore couvert de sang par la main et descendis rapidement jusqu'à la cour d'honneur. Herluin et le prévôt, l'épée au poing, nous suivaient. Nous courûmes jusqu'à la poterne sur l'étroit sentier tracé à flanc de coteau. Par bonheur, les soldats du corps de garde avaient été rappelés à l'annonce de la mort du sénéchal. À force de rames, nous rejoignîmes l'autre rive où notre escorte nous attendait autour d'un feu.

– Partez vite ! s'exclama Barni. Je vais essayer de retenir les poursuivants.

Point de litière, de tentures ni de bagages. À la lueur des torches, nous partîmes au galop loin du Vaudreuil et de ses assassins. Je tenais mon fils serré contre moi. La brume se dissipa dès notre arrivée sur le plateau : le chemin traversait la forêt de Bord pour le moment débarrassée de ses loups et nous pouvions nous guider sur les étoiles. Mais le froid mordant me fit bientôt arrêter notre chevauchée. Guillaume claquait des dents.

– Monseigneur le duc est glacé, m'écriai-je, il n'a sur lui que cette chemise ensanglantée !

Dix manteaux me furent aussitôt tendus. Je pris le plus épais, celui de mon écuyer Aubin Grandgier. Herluin poussa alors sa monture près de la mienne :

– Dame, dit-il, vous n'êtes guère plus vêtue que monseigneur. Acceptez cette pelisse.

Je le remerciai, puis demandai si quelqu'un pouvait nous indiquer un lieu sûr où cacher monseigneur Guillaume. Plusieurs voix s'élevèrent dans la nuit. L'un suggéra de se rendre à Rouen, tout proche : les autres lui demandèrent s'il tenait à finir ses jours dans les geôles de l'archevêque. Un autre parla du château de Thury : il était le fief alors de Raoul Taisson, un des barons les plus vindicatifs. La place de Brionne, depuis le meurtre de Gilbert, ne nous était guère favorable. La Mésangère ne valait pas mieux. Partout, nous risquions de nous trouver aux mains de nos ennemis ou de personnages intéressés par l'or de l'archevêque.

– Je veux retourner au Vaudreuil, je veux abattre les méchants qui ont tué le bon Osbern ! s'exclamait Guillaume en agitant son épée et en montrant par là combien, malgré sa maturité, il manquait encore de bon sens.

Je me décidai. Enveloppée d'un chaud manteau, mon enfant serré contre moi, je fis signe de reprendre la route. S'il m'en souvient bien, je n'étais pas alors terrorisée comme la plupart des membres de l'escorte : la volonté farouche de sauver mon fils ne laissait pas place à la peur.

Trot, galop, trot de nouveau… l'épuisement m'importait peu à côté de la chaleur communiquée à Guillaume et de sa sécurité. Il nous fallut chevaucher une bonne partie de la nuit avant d'arriver au but. Matines sonnaient alors au clocher de La Bonneville, un village situé sur le plateau du Neubourg. Dans la nuit profonde, une lueur brillait à la fenêtre d'une vaste grange en mauvais état. Je mis pied à terre, pris l'enfant par la main et entrai.

Dans le silence et la pénombre, six moines demeuraient prosternés autour d'un autel. Je ne distinguai aucun objet de culte d'or ou d'argent : à la différence de beaucoup d'abbayes, la pauvreté ici tendait à la misère. L'un des religieux voyant entrer cet enfant couvert de sang et cette femme épuisée se dressa et vint à nous.

Tu sais, moine, que l'abbaye du Bec, élevée maintenant dans la vallée, a été fondée à quelques lieues de là, sur un austère plateau, par ce chevalier Hellouin qui se trouvait maintenant devant moi.

– Soyez les bienvenus dans ce monastère, dit-il. Le peu que nous avons vous appartient.

J'expliquai le péril où nous nous trouvions, les dangers dont nous étions entourés et ma méfiance de tout ce qui était comte ou baron : cette abbaye nous accueillerait-elle ? Jamais les assassins n'oseraient violer ce lieu.

Le moine nous avait reconnus.

– Dame, répliqua-t-il, nous recevons monseigneur le duc et sa mère de grand cœur dans ce refuge, hélas, précaire.

– Est-ce à dire que vous nous refusez votre aide ? m'exclamai-je, au bord des larmes.

– Il n'en est rien, je vous le répète, vous êtes ici chez vous. Mais s'ils trouvent votre trace, ces assassins ne tiendront compte ni de la sainteté du lieu ni du rempart de nos corps pour parvenir à leurs fins. Par bonheur, nous avons un peu de temps et vous pourrez vous reposer et vous nourrir dans la maison voisine qui appartient à ma mère. Je vais aviser de votre présence le Révérendissime Jean de Vienne enfin revenu et en visite dans une abbaye proche. Lui, saura que faire.

Avant midi, Jean de Vienne apparut dans la chaumière où nous avait reçu la mère d'Hellouin. Son regard, toujours empreint de gravité, demeurait abrité derrière la broussaille de ses formidables sourcils. Il s'assit face à moi.

– Dame, gronda-t-il avant que j'aie prononcé le moindre mot, il vous faut comprendre les signes venus du Ciel. La mort de monseigneur Robert, votre maladie, les tentatives de meurtre sur monseigneur Guillaume sont autant de manifestations de la colère divine. Votre faute est grande : hormis votre vie de fornication hors du mariage, par deux fois au moins vous avez fait mourir par le poison des créatures de Dieu. Le sang de monseigneur Richard et celui de la dame Papia crient vers vous.

Je fus foudroyée : l'opinion du Révérendissime à l'austère vertu sur ma vie hors du mariage m'indifférait, elle me portait même parfois à rire. Mais Robert l'avait informé d'affaires autrement plus graves. Maintenant, face à ce front de pierre et sous cette voix de tonnerre, les beaux arguments employés naguère pour me disculper fondaient.

– Il est grand temps pour vous de faire pénitence et d'accomplir au plus tôt le pèlerinage de Jérusalem. Au passage, vous irez prier sur la tombe de monseigneur le défunt duc, pieusement décédé et inhumé nous dit-on en cette ville de Nikaïa.

Je murmurai ma soumission à sa volonté, mais ne parlai point de mon intention déjà arrêtée de quêter la vérité, de mettre mes pas dans ceux de Robert et d'aller au-devant de lui car, j'en étais sûre, il vivait. Cependant, ajoutai-je, que deviendraient pendant mon absence mes enfants, monseigneur le duc et le duché ?

– Jusqu'à sa majorité, continua le moine, je parviendrai à conserver à monseigneur Guillaume sa couronne. Fils aîné du défunt duc, il est digne et juste que cette couronne lui soit gardée. L'humble origine de sa mère n'y change rien.

J'étais bien aise d'avoir l'appui d'un tel personnage.

– L'archevêque Mauger me craint, reprit-il : qu'il administre le duché avec sagesse, j'y veillerai. Mon influence sur l'un ou l'autre de ces seigneurs et leur hostilité l'un pour l'autre m'aideront à conserver entre eux un certain équilibre. En revanche…

Je voulus intervenir pour plaider la sécurité de mon fils.

– En revanche, dit-il en étendant la main et en fronçant les sourcils, je ne puis prévenir le geste d'un de ces assassins assoiffés d'or. Il convient donc de cacher monseigneur le duc et voici comment : je le mènerai en un endroit connu de moi seul. Nul ne sera informé du lieu de cette résidence, pas même sa mère, sans doute aussi bavarde et étourdie que les autres personnes de son sexe.

Une bouffée d'indignation me sauta au visage. La simple idée d'être de nouveau séparée de Guillaume me bouleversait. Que savait-il des femmes, ce clerc stupide, personnage s'obligeant à la continence au point de baisser les yeux au passage de la plus laide d'entre nous ? Pourquoi ce jugement sur celles qu'il méconnaissait tellement qu'il recommandait à ses moines de chasser de leur pensée la simple image de la femme ? Et comment cet homme pouvait-il être aussi ignorant de l'amour maternel, tout savant réformateur de l'ordre de Cluny qu'il fût ?

– J'accomplirai, je vous l'ai dit, ce pèlerinage au Saint Sépulcre, murmurai-je. J'ai l'intention de partir du monastère de Sainte-Geneviève, près de Paris, où je prononcerai mon vœu. Je me mêlerai aux nombreux pèlerins désireux d'aller se recueillir à Jérusalem. Par humilité, j'emprunterai un autre nom et je tairai le lieu d'où je viens.

Ces dispositions lui parurent judicieuses et il commença à me considérer d'un œil moins sourcilleux. Je lui demandai alors si je pouvais lui confier mes soucis à propos de l'éducation de Guillaume. Il m'y encouragea.

Je lui exposai combien la vie errante menée par mon fils depuis quelque temps avait été pernicieuse pour lui : enfant confié à des soudards, côtoyant des brutes militaires aux mœurs rudes, il était à l'âge où toute expérience fâcheuse demeure gravée dans la mémoire. Je suis pourvue d'une certaine facilité d'élocution et donnai libre cours à l'expression de mon souci : commencé à l'heure de sexte, mon discours durait encore quand sonna none.

Jean m'écouta avec attention sans m'interrompre. Je parlai alors du rôle incomparable des mères dans l'éducation des enfants, de l'importance de leur présence jusqu'à ce que pousse le premier duvet de leur future barbe.

– Le salut de mon fils profiterait lui aussi d'un pèlerinage à Jérusalem. De nombreux enfants de son âge ont accompagné un parent accomplissant ce voyage, tels les deux plus jeunes fils du duc Foulque d'Anjou, sanctifiés par les dévotions faites au Saint Sépulcre avec leur père. Mais comment réaliser ce pèlerinage si Guillaume est caché dans les caves d'un château ou d'un monastère ?

Un long silence s'ensuivit. Jean avait fermé les yeux et demeurait aussi immobile et massif que le donjon de Falaise. Un instant, je le crus endormi et certaines pensées impies me visitèrent malgré la gravité de l'heure je l'avoue : comment une femme, pensais-je, aurait-elle pu éprouver quelque plaisir au commerce de ce pesant et rugueux personnage ? Pourtant, mâle il était ! Enfin, il tressaillit, leva ses lourdes paupières et plongea son regard dans le mien.

– Dame, dit-il, ne me croyez pas convaincu par votre bavardage. Laisser monseigneur le duc accomplir ce pèlerinage avec vous est folie, même si l'un et l'autre vous modifiez votre nom et taisez votre origine…

Je voulus l'interrompre.

– Pourtant, tonna-t-il, cette folie même le protégera car nul ne l'imaginera cheminant ainsi par monts et par vaux tant chacun est persuadé qu'il se terre dans quelque château, entouré de gardes.

Un nouveau et long silence suivit.

– Un autre avantage présenté par ce voyage, reprit-il, est de ne point séparer le fils de sa mère car, à l'inverse de ce que vous croyez, je ne mésestime pas les sentiments mutuels que se portent ces deux êtres. Les conditions de ce voyage sont plus rudes que vous ne l'imaginez. Je mets pourtant une condition à ce pèlerinage : malgré les habitudes de votre sexe, vous n'irez en informer quiconque, vous ne vous répandrez pas en vains propos et en bavardages. Il y va de la vie de votre fils : même le sire Herluin, votre époux, doit tout ignorer. J'aurai là-dessus un entretien avec lui. Il veillera sur vos autres enfants que vous semblez oublier.

Il se leva, me dominant de toute sa taille.

– Je vous donnerai une lettre à remettre, si le besoin s'en faisait sentir, aux prieurs des nombreux monastères dépendant de l'ordre de Cluny se trouvant sur votre route. Vous la dissimulerez soigneusement. Cette nuit, à l'heure de matines, un chariot viendra vous chercher secrètement tous les deux. Ne faites point d'adieux.

4

– Le remords, expliquait le pèlerin, ressemble à cet oiseau rongeant le foie de je ne sais plus quel personnage d'autrefois. Cependant tu le verras, ma sœur, sa morsure devient moins pénible quand aux souffrances subies s'ajoute la repentance.

Sa voix chevrotante et les longs cheveux blancs dépassant du chapeau marqué de la coquille laissaient deviner son âge avancé. Du fait de sa petite taille, il se tenait bien droit et allait à grands pas, s'aidant de son bourdon en hochant la tête à chaque enjambée comme pour se persuader de la justesse de sa cause. Il m'avait confié s'appeler Alban Noirepel, avoir exercé la fonction de juge à Pontoise et aller à Jérusalem pour la rémission de son péché sans m'en dire plus.

Pour mon compte, je me serais passée des multiples épreuves imposées par la vie de pèlerin, souffrances que je n'avais pas soupçonnées. Car, si trois ou quatre de cette vingtaine d'ombres grises se reprochaient crimes et délits et imploraient le pardon de leur faute, si la plupart se rendaient à Jérusalem pour vénérer le Saint Sépulcre, il n'en allait pas de même pour moi. Moi, repentante peut-être, je courais surtout au-devant de l'amour de ma vie retenu au loin par un pouvoir ou des événements mystérieux. Et je voulais sauver mon fils des assassins.

Si donc je méritais une pénitence, je l'aurais souhaitée moins rigoureuse. La fatigue des dix à douze lieues parcourues chaque jour, la boue où nous pataugions depuis le départ de l'abbaye de Sainte-Geneviève, les pieds en sang, la faim mal apaisée par la soupe du soir et le pain du matin accordés dans les hôpitaux pour pèlerins, la promiscuité des dortoirs et la minceur de la couche de paille mise à notre disposition, tout cela m'était fort pénible. Et je voyais avec inquiétude Guillaume, monté sur une mule selon ma volonté, exposé lui aussi aux intempéries et au régime de famine, même si les friandises dont ma besace était garnie adoucissaient un peu sa pénitence.

– N'êtes-vous pas fatigué, mon fils ?

Il ne répondait pas, demeurant fier et réservé. Il avait un port de tête altier, seigneurial, l'allure d'un roi à la parade alors qu'il cheminait sur une médiocre monture, une mule pelée et rouquine du nom de Jézabel. Et il posait sur sa tête le chapeau délavé avec la dignité dont, souverain, il coifferait un jour sa couronne constellée de diamants.

– Le soleil se couche plus tard, fit Symphorose Collet, une grande et forte femme marchant maintenant à mon côté, bourdon en main. Nous arriverons à Montereau avant la nuit.

Sous l'épaisse capuche de bure, son regard brillant me dévisageait. Elle m'avait rejointe en haut de la côte et le juge Noirepel demeurait en arrière. Il en va ainsi : les pèlerins cheminent par groupes, les hommes partant les premiers chaque matin avant l'aube et les femmes, moins nombreuses, les suivant à quelque distance. En cours de route, chacun allant à son pas, les deux troupes se mêlent, les interlocuteurs changent, on fait connaissance.

– La fatigue ne pèse pas trop sur toi ni sur ton gamin, ma sœur ? continua Symphorose. C'est que, je le vois bien, vous n'êtes point faits pour marcher, vous autres, vous n'êtes pas comme nous gens du peuple.

Sans le savoir, elle avait touché du doigt la plaie. Ma vie de châtelaine m'avait déshabituée des rudes travaux et des chemins malaisés. Je peinais. Sans l'avouer, je regrettais le confort douillet de mon lit de Falaise, les mets et les vins de mon quotidien, la puissance et la rapidité de mes attelages. Pourtant, il ne fallait pas laisser deviner notre condition. Je suis rarement à court d'idées : avec les soupirs de la repentance, je contai donc la vie de la suivante d'une comtesse de la région de Fécamp dont j'avais entendu parler. Sous le nom d'Adeline, j'expliquai avoir dérobé dans la cassette de ma maîtresse un collier de perles et deux bagues d'un grand prix pour l'amour d'un beau berger des environs. J'avais été surprise et exposée au pilori.

– Ils t'ont flétrie, soupira Symphorose.

Oui, j'avais été battue de verges et marquée à l'épaule gauche selon la coutume.

Je continuai à conter, me laissant emporter par mon histoire. Pourtant, je dus m'interrompre : la pluie glacée redoublait dont les bouffées me cinglaient le visage malgré le capuchon de ma pèlerine. Alors s'éleva l'un de ces chants de pèlerinage entonnés par l'un ou par l'autre pour nous donner courage dans les moments difficiles et implorer l'aide du Ciel. Ces chants nous soutenaient et, toujours, avaient l'effet d'interrompre une averse, d'apaiser un vent trop violent ou de faire passer quelques nuages sur un soleil trop rigoureux. Nous ne comprenions rien aux paroles latines de ces hymnes, mais ils agissaient miraculeusement sur les éléments et sur nous. Je puis me souvenir de celui-ci :

Salve mira creatura
Ô Maria virgo pura
Stupet in te jam natura
Amisisse sua jura...

Une fois de plus, l'averse cessa et le vent tomba. Avec des soupirs et des larmes de reconnaissance, les pèlerins continuaient leur cheminement sous le ciel noir. Des nuées grisâtres glissaient, se déchiraient à l'horizon entrevu. Nous marchions dans le cloaque d'une plaine parsemée de mottes grasses et de pierres informes, où pourtant les pousses des futures récoltes apparaissaient.

– Ils ont permis à ton gamin de t'accompagner ? demanda Symphorose.

Avant que j'aie trouvé une réponse, elle avait commencé à me raconter sa vie. Sa patience à l'écoute de ma fable, je le compris, n'avait eu pour but que de susciter mon intérêt pour son récit : elle avait besoin de se confier. Mais une voix grave l'interrompit :

– Les dangers que nous encourons, les souffrances que nous endurons menacent notre faiblesse, mais sont peu de choses à côté de l'immensité de la miséricorde divine, prononça une voix grave.

La longue silhouette du prêcheur qui nous rejoignait était celle de Saturnin, un clerc de l'église Saint-Séverin de Paris ayant formulé le vœu de se rendre en Terre sainte en remerciement de sa guérison. Lépreux pendant sept ans, la santé lui avait été rendue après avoir prié saint Vincent l'Écorché, martyr. Tout au long de la route, il nous abreuvait de pieuses considérations et de propos lénifiants. Beaucoup l'admiraient et cherchaient à l'imiter. Pour moi, plus exaspérant qu'une mouche à miel par un soir d'été, il m'irritait au-delà de ce qu'on peut imaginer. Je ne cessais de penser : à chacun sa piété, la mienne est autre.

Son sermon se mua en une interminable homélie dont l'eau tiède, médiocre clystère, nous submergea et nous indisposa autrement plus que la pluie glacée. Symphorose ne disait mot, elle n'écoutait pas, perdue dans ses pensées. Après un temps, sentant monter en moi la colère et l'envie de caresser le dos du prêcheur avec mon bourdon de pèlerin, je finis par élever la voix :

– Si tu te taisais, frère Saturnin, quel repos ce serait pour nous !

Stupéfait d'être si peu apprécié, il ouvrit la bouche deux ou trois fois puis la ferma enfin.

Les nuages s'étaient enfin dispersés et le soleil couchant allongeait devant nous nos ombres courbes, harassées. Le temps changeait vite, dans ces contrées. Quelques cabanes, des masures, annonçaient l'approche de Montereau. Des chiens aboyaient ou grondaient en montrant les dents, les manants au regard compatissant nous voyant passer retenaient leurs bêtes et se signaient. Nous touchions au but de la journée.

Je me souviens du pont jeté sur un cours d'eau, à Montereau, un pont large et long enjambant la Seine ou l'Yonne, je ne me le rappelle plus. La soupe du soir vite avalée, la nuit s'était tôt passée dans l'abrutissement de la fatigue. Nous avons chanté matines à demi endormis. Et, sur ce pont, nous avons assisté à l'aube tout en marchant. Les étoiles d'abord s'éteignirent comme on souffle les chandelles à l'approche du jour. Il faisait plus froid. Puis, vers l'Orient, la nuit prit une tonalité moins sombre, d'un gris soutenu, puis plus clair, enfin teintée de rose tandis que l'horizon était souligné d'un trait d'argent…

– C'est à l'aube, une aube semblable à celle-ci, que nous avons été tourmentés, Romain et moi, murmura Symphorose, grelottant en marchant près de moi.

Quel supplice leur avait-il donc été infligé, quel était leur crime ? Elle pouvait tout me dire, dans l'ombre, on parle plus facilement. Par bonheur, Saturnin le prêcheur était loin. Elle reprit donc le récit qu'il avait interrompu la veille :

– Nous étions coupables d'adultère, mais aussi du meurtre de mon époux, expliqua-t-elle. Ils nous ont condamnés d'abord à la course. Tu ne sais pas ce que c'est ? Tous les deux, en chemise, pieds nus, nous étions attachés l'un à l'autre par une corde et nous devions courir par les rues, poursuivis par des valets qui nous fustigeaient. À chaque place, à chaque carrefour, il fallait nous agenouiller et recevoir chacun vingt coups de verge. Autour de nous, les gens ricanaient, nous moquaient, certains crachaient sur nous. Romain a été brave, il souriait sous les coups.

La confidence devenait difficile.

– Et puis, murmura-t-elle, ils l'ont pendu, là, devant moi. Il ne s'est presque pas débattu quand le bourreau a tiré sur la corde. Moi, ils m'ont attachée au pilori pendant sept jours, fustigée plus d'une fois, puis jetée sur la route pour expier ma faute. Surtout, ils m'ont arraché mes enfants.

Les enfants de Symphorose avaient été placés dans un orphelinat. Maintenant, elle brûlait du désir de raconter son crime. Mon silence attentif l'y encouragea.

Ses parents l'avaient mariée à l'âge de quinze ans à un cordonnier de La Croix-Faubin, un bourg situé à moins d'une lieue au nord de Paris. Dans son échoppe à l'enseigne de Saint-Crépinien, Évariste Collet réparait ceintures, harnais, attelages et buffleteries, même les bottes dont les savetiers ne voulaient pas. Il était le seul de sa profession dans le pays. Tous appréciaient son travail, mais peu l'aimaient : il était bossu, cagneux, mal embouché et teigneux au point que la pratique évitait d'avoir affaire à lui. On préférait l'entregent de sa femme, Symphorose, désireuse, elle, de satisfaire la clientèle, en tout bien tout honneur naturellement.

Avec elle, il était plus malfaisant encore, grossier l'insultant dès matines sonnées, avaricieux lui refusant le moindre ruban alors que ses affaires prospéraient, ivrogne ne dessoûlant pas de la journée du dimanche ou des jours chômés. Il la frappait rarement car, plus grande que lui et réputée avoir le sang chaud, elle empoignait un escabeau dès qu'il la menaçait, prête à se défendre. Et il était couard.

Il lui avait fait cinq enfants mais, depuis trois ans, ne pouvait plus parvenir à ses fins alors qu'auparavant il la prenait dans un coin ou sur la table dès que l'étal de l'échoppe était relevé. Les neuvaines et les cierges à saint Éloi, réputé guérir ces maladies-là, n'arrivaient à rien et il enrageait de son impuissance.

– Le mégissier du pays, soupira Symphorose, était réputé pour la qualité de son travail de peausserie et Évariste utilisait souvent le cuir souple provenant de son atelier. Romain, son fils de dix-huit ans nous livrait ses produits. Il était beau, Romain, avec des cheveux blonds lui tombant sur les épaules et un grand rire montrant ses dents. Il était gai comme la brise du mois de mai. Lorsqu'il venait livrer la marchandise, je l'accompagnais dans la remise donnant sur l'impasse. Il s'est vite aperçu de mon chagrin et j'avoue m'être plainte à lui de la méchanceté d'Évariste. Il m'écoutait, me plaignait. Un dimanche…

Elle demeura longtemps silencieuse et l'on n'entendait que le clapotis moutonnier des pas des pèlerins sur le chemin.

Le fils du mégissier avait donc réussi à ouvrir la porte de la remise et à s'y faufiler. Un dimanche, tandis que le cordonnier cuvait son vin et que les enfants jouaient dans la cour, Romain l'avait prévenue de sa présence dans le réduit. Elle, toute triste, occupée à ravauder des nippes, était descendue, étonnée d'abord de cette visite puis vite séduite par la beauté du garçon et l'insolite de l'aventure. Elle s'était donnée à lui, peu désireuse de défendre une vertu délaissée et bientôt ravie de la gaieté et de la vigueur de son jeune amant.

– Il est revenu chaque dimanche, gémit-elle et, chaque dimanche, c'était la fête, comprends-tu ? Mais un jour où nous étions occupés à nous aimer, Évariste est descendu. Il est apparu, l'écume à la bouche tant il était en rage, hurlant des insultes, le tranchet à la main. Il m'a menacée avec cet outil... alors Romain le lui a arraché et d'un seul geste, lui a fendu le crâne.

Elle pleurait maintenant à gros sanglots étouffés en continuant à marcher. Je me tus, la laissant revivre ce drame qui avait ruiné sa vie. Monté sur Jézabel, Guillaume n'avait pas perdu un mot de la confession de Symphorose : ne fallait-il pas que mon futur roi fût informé des malheurs et du désespoir de ses futurs sujets ? Pour lui, la route des pèlerins pouvait être une école.

– N'avez-vous pas faim, mon fils ? lui demandai-je.

Il se prétendit rassasié alors que, je l'avais vu, il n'avait pas touché au morceau de pain reçu au départ de Montereau. Et il allait, ferme et droit, indifférent à mon inquiétude.

– Un beau garçon, un vrai seigneur, commenta Abel de Saintré, un berger bouclé comme un petit saint Jean et marchant près d'Hermengarde sa femme dont la stérilité les désolait.

Peu après la sortie de la ville, nous retrouvâmes la sombre forêt de chênes, de hêtres et d'ormes où nous devions cheminer pendant presque toute la longueur de notre route. Ici ou là, des clairières avaient été défrichées et cultivées. Avant de nous enfoncer de nouveau sous le couvert, nous traversions les hameaux et les bourgs d'une campagne prospère. Parfois, serfs et vilains nous encourageaient, nous plaignaient, nous donnaient du pain, une écuelle de soupe, un pot de miel, un pâté. Perchés sur leur motte, les châteaux, eux, nous regardaient avec indifférence. Et je me le répétais, jamais plus je ne me détournerais quand passe une troupe de pèlerins.

Le soleil était déjà haut dans le ciel lorsque le petit juge, sortant d'une longue méditation, déclara :

– On ne le dit pas assez, la souffrance est bonne et salutaire. Je le sais, moi dont les verdicts étaient toujours sévères. J'ai souvent vu sur les condamnés l'effet bénéfique des verges ou des tourments. Un coupable buté, hostile, refusant d'avouer, devient tout autre lorsqu'il sort des mains des bourreaux : c'est alors un agneau doux et aimable, tout prêt à reconnaître ses fautes et à en demander pardon.

Il avait entendu le récit de Symphorose et parlait à son intention. Je le comprenais, car la fustigation et les tourments sont nécessaires même si, de nos jours, quelques-uns mettent en doute la qualité des aveux ainsi obtenus. Cependant, un peu de bonté aurait dû empêcher cet homme de pérorer ainsi près d'une des victimes des rigueurs de la loi.

Je le lui fis sèchement remarquer en lui demandant de faire preuve dorénavant d'un peu de charité. Le juge, d'un ton sentencieux, s'étonna d'une telle assurance chez une simple suivante. Surtout, le silence soudain et les regards obliques perçus m'indiquèrent de ne plus m'aventurer sur ce terrain. J'avais parlé selon mon simple bon sens, mais mes connaissances théologiques ou morales sont frustes. Or, ici et là fleurissent des hérésies dont les adeptes finissent dans les flammes des bûchers : on brûlait depuis longtemps magiciens et sorcières et je n'avais nulle envie de participer à l'holocauste sous prétexte de schisme ou d'idolâtrie.

Les querelles et même les batailles sont fréquentes entre les pèlerins : bien qu'ils favorisent parfois l'esprit communautaire, les moments pénibles vécus ensemble sont le plus souvent chez eux source d'aigreur. Nous en restâmes là. Néanmoins, le juge et le prêcheur continuèrent à me regarder avec méfiance et à me suspecter de je ne sais quelle errance métaphysique.

Nous étions parvenus au plus sombre de la forêt, rendue plus obscure encore par les épais nuages de pluie amassés sur nos têtes. Le grondement d'une troupe arrivant sur nous au galop nous inquiéta. Nous nous serrâmes les uns contre les autres, prêts à nous défendre de nos misérables bâtons.

– Ils ne peuvent pas nous vouloir de mal, nous n'avons rien ! s'exclama le juge bravement retranché au centre du groupe.

Les cavaliers furent vite sur nous et nous enveloppèrent.

C'étaient des archers à cheval portant casque et cotte de mailles. Celui qui les commandait mit pied à terre et s'avança vers nous.

– Bon pèlerins, s'écria-t-il, vous vous trouvez maintenant sur les terres du comte Roland. Des brigands infestent cette forêt, ils sont capables de vous attaquer malgré votre dénuement. Ne craignez donc rien de nous, nous sommes venus vous escorter jusqu'à la ville prochaine.

On voit de loin la butte sur laquelle est édifié le bourg de Vézelay. À l'époque, l'attrait exercé par la tombe de sainte Marie-Madeleine qu'on y vénère était considérable. Une foule compacte de pèlerins originaires de toute la chrétienté s'y pressait et l'on me dit que, de nos jours, ils sont plus nombreux encore. Un humble sanctuaire de bois est édifié sur la sépulture de la sainte, plusieurs fois incendié par l'ardeur des pèlerins dit-on, plus probablement par les milliers de cierges qui y brûlent. L'édification d'une basilique de pierre serait nécessaire et je promis alors de consacrer à sa construction une offrande importante si je revenais saine et sauve de mon voyage. Ce que j'ai fait.

Tandis que nous nous avancions vers la colline où convergeait la foule, mon regard fut attiré par une vieille petite femme courbée sur sa canne. Elle trottinait près de moi en hochant la tête, suivant avec peine la cadence rapide de nos pas. Elle me fit l'effet d'une souris sortant de son trou.

– D'où viens-tu, vieille mère ? lui demandai-je. Tu n'étais pas avec nous jusque-là ?

Elle tourna vers moi son petit visage parcheminé et je fus impressionnée de voir ce visage illuminé de joie, comme éclairé d'un feu intérieur.

– J'ai prononcé mon vœu au monastère de Sainte-Geneviève comme vous, répondit-elle tout essoufflée. J'accompagnais jusque-là l'autre groupe, devant, mais ils vont trop vite pour moi. Je n'ai pas pu suivre.

Son expression n'était pas celle d'une pénitente et je me demandai ce qui l'amenait parmi nous. Curieuse, j'allais la questionner lorsque Martin Tournebœuf, marchant derrière moi, me rattrapa. Comme d'autres, il était désireux de se confier car, je ne sais pourquoi, j'attire les confidences.

– Sans doute ne devrais-je pas te parler ainsi, ma sœur, dit-il, mais, si sainte Marie-Madeleine s'est repentie de ses fautes, toutes les femmes n'en font pas autant et c'est grand dommage. Car quelques foutues garces de ma connaissance devraient bien l'imiter.

Ce grand gros homme, sanguin et puissant, ne pouvait se contenter du régime de famine offert aux pèlerins. Il restait en arrière, je le savais, pour mendier ou acheter en douce des aliments plus substantiels : comme beaucoup et comme moi-même, il cachait une bourse pleine. Car, je dois l'avouer, je dissimulais sous mes cottes de bure, en plus de deux bourses de deniers d'argent, une troisième pleine de poivre, monnaie parfois utile, une autre enfin contenant plusieurs petits flacons où reposaient les préparations de ma marraine : l'escorte du duc de Normandie ne doit-elle pas être prête à toute éventualité ?

J'aidais donc parfois Martin à apaiser un peu sa faim, Guillaume ne profitant guère du contenu de ma besace. Je lui demandai de ne pas porter de jugements si sévères sur son prochain. Mais sa colère bouillonnait.

– Mon prochain ? grondait-il. Ces femmes-là ne sont pas mon prochain, ce sont des démons femelles, des salopes qui m'ont conduit à la potence ! Heureusement, le grand saint Martin, mon patron, veillait sur moi et m'a sauvé.

Martin Tournebœuf était bigame, crime dont il ne contestait pas la gravité. Éleveur de chevaux à Saint-Vrain, il allait de foire en marché proposer ses bêtes à une clientèle étendue de fidèles qu'il entendait ne pas décevoir. Son activité était importante, ses poulinières fécondes, ses étalons actifs, si bien qu'un jour il avait décidé de créer un second élevage à Étampes, à cinq lieues du premier.

– Je ne pouvais pas rentrer chaque soir à Saint-Vrain, expliqua-t-il, la route était trop longue, et dangereuse, avec ça, comprends-tu ? Je couchais donc souvent à Étampes, dans un coin d'écurie. Mais voilà qu'un jour, je me suis retrouvé dans le lit d'Euphrosyne qu'on appelait la Frasie, une grande fille qui servait à l'auberge de la Pomme de Pin. Je ne sais pas trop comment ça s'est fait, mais elle m'a plu. Il faut dire qu'avec elle, au lit, c'était plutôt gaillard. Je m'y suis habitué et, le temps venu, est arrivé un gros garçon que nous avons nommé André.

Il rassembla ses idées pendant un long moment. Nous entamions la montée. Là-bas, Vézelay sur sa colline brillait aux rayons du couchant comme un brasier tandis qu'un ciel de gloire étendait sur nous ses nappes écarlates et pourpres.

– La Frasie, reprit Martin, dès que l'enfant est né et a été baptisé, a exigé de m'épouser, m'est avis qu'elle avait déjà son idée. Par la suite, elle a toujours prétendu avoir ignoré mon précédent mariage à Saint-Vrain où, pour mon malheur, j'étais uni à Bertrade Lecacheur, une mégère qui m'avait déjà fait deux petits. Elle me criait dessus tant et tant qu'il fallait me retenir pour ne pas la taper. Moi, d'être marié deux fois, je ne croyais pas ça interdit et je trouvais ça plutôt farce : deux élevages, deux ménages ! Me voilà donc bigame.

La situation s'était compliquée lors de la découverte par Bertrade de ce second mariage. Elle s'était acoquinée avec Euphrosyne, âpre au gain et entichée d'un charpentier, pour accuser Martin de bigamie et partager avec elle, comme dénonciatrices, la totalité de ses biens. Ce forfait est très grave, la plainte commune des deux épouses est nécessaire pour que le crime soit établi et il est rare de voir deux femmes se liguer contre l'époux commun. Il est sévèrement puni car il s'attaque au sacrement du mariage : l'homme avait été condamné à la potence.

– Il n'y avait pas là de justice, s'exclama-t-il. On ne condamne pas un homme à mourir parce qu'il a trop aimé !

Je l'approuvai.

– C'est ce que je répétais à saint Martin, mon patron, dans ma prière, continua-t-il, alors qu'on me conduisait au gibet puis qu'on me passait la corde au cou. Là, grimpé sur l'échelle, je me voyais entouré de futurs camarades qui avaient triste mine. J'ai fermé les yeux et, lorsque le bourreau a tiré sur la corde, elle s'est cassée et j'ai roulé dans le fossé.

Tandis que les assistants criaient noël, Martin avait été gracié du fait de l'intervention miraculeuse de son saint patron et envoyé en pèlerinage à Jérusalem.

Il me crut sceptique et voulut me convaincre : ces accidents amenant la grâce des condamnés, affirmait-il, montrent combien les saints vivant autour de nous nous protègent. En effet, on ne compte plus les cordes rompues sous le poids du pécheur, les bassines d'eau bouillante dont sort indemne le faux-monnayeur et les bûchers du parjure éteints par une soudaine et forte averse. Qu'on ne vienne pas me parler, protestait-il, de vénalité du bourreau, prétendre que pour un peu d'argent, il organise une mascarade d'exécution : ces cas existent, mais ils sont rares. N'est-il pas fréquent, en revanche, de voir des brasiers traversés sans mal ou des fers rouges portés sans peine sur un long trajet au cours des jugements de Dieu, les ordalies ?

Martin prêchait une convertie : les miracles sont quotidiens, je le sais. Mais la côte était longue et dure pour parvenir au tombeau de sainte Marie-Madeleine. Je peinais, ma petite compagne plus encore. Malgré son souffle court et rauque, elle entendait ne pas ralentir son allure. Je lui demandai :

– Vieille mère, veux-tu que nous nous arrêtions un peu ?

Elle répondit d'une voix hachée que je comprenais à peine :

elle s'appelait Pélagie et allait à Rome, non pour expier comme le faisaient certains, mais pour remercier Dieu et tous les saints de sa vie heureuse et pleine de bienfaits. Et, comme elle était vieille et proche de la mort, elle n'avait pas le temps de s'arrêter.

J'étais touchée de sa détermination, mais inquiète de sa santé. Si cette simple côte la mettait dans un tel état, comment traverserait-elle les montagnes nous séparant du Piémont ? Ce fut alors que, d'un bond, Guillaume sauta en bas de sa mule. Il ôta son chapeau d'un geste ample, s'inclina devant la vieille et lui fit signe de bien vouloir monter à sa place sur Jézabel.

J'étais très fière du geste chevaleresque de mon fils : il serait un bon roi. Pélagie, elle, était partagée entre sa volonté de continuer l'ascension et son désir de ne pas décevoir l'enfant. Elle le remercia grandement et lui demanda de l'autoriser seulement à mettre la main sur l'arçon de la selle pour l'aider à grimper.

Nous arrivions en haut de la colline. Guillaume tenait la bride de la mule et Pélagie était accrochée à la selle. Dans les ruelles, la foule était grande : pèlerins affairés, clercs compassés, marchands aguichants. Là, je remarquai un fidèle vêtu de bure comme nous, un homme petit, trapu, dont les paupières à demi closes ne laissaient passer qu'à peine le regard pourtant insistant. Son visage ne m'était pas inconnu. Je lui demandai son nom : il s'appelait Willibrod, venait de Metz et se joignait à nous pour se rendre à Jérusalem. Je ne lui en demandai pas plus.

L'hôpital pour pèlerins se trouvait dans les bâtiments du monastère dont dépend l'église. Après y avoir mis la mule à l'écurie, alors que la nuit tombait, nous nous rendîmes dans la crypte pour vénérer la châsse contenant les restes de la sainte.

Il fallait attendre. Tout le jour et toute la nuit, les pèlerins priaient devant cette châsse à la lumière des cierges, dans cette cave étroite et étouffante. Des barrières interdisaient de toucher le magnifique vaisseau d'or incrusté de rubis et d'émeraudes où des émaux cloisonnés montraient l'image des douze apôtres et de Marie-Madeleine la pécheresse. Comme tant d'autres, je fus impressionnée par la présence de la sainte et pleurai abondamment. Guillaume me considérait avec une gravité plus grande encore que de coutume, ne me quittant pas des yeux.

Une certitude me réveilla et me fit dresser sur mon céans au milieu de la nuit dans le dortoir des femmes. Je réussis à étouffer le cri sortant de ma gorge. Comment pouvais-je avoir oublié ce clerc de la cathédrale de Rouen, proche sinon complice de l'archevêque Mauger ? Son nom n'était pas Willibrod mais Wilfrid Clot : un visage aussi laid, un regard aussi sournois ne pouvaient appartenir à nul autre.

Le peuple des pèlerins marchait. Il peinait, geignait, souffrait mais toujours, il marchait. Nous avions parcouru en deux jours, sous la pluie, les vingt-quatre lieues séparant Dijon de Besançon. Nous marchions dans la douleur, mais nous marchions. Si, à la longue, les blessures de mes pieds s'étaient cicatrisées et endurcies, toutes mes jointures maintenant criaient leur épuisement.

À la fatigue de la route s'ajoutait mon angoisse : ce Wilfrid Clot, disparu pour l'instant, se trouvait-il là par hasard ou était-il envoyé pour accomplir une sinistre besogne ? S'il m'avait reconnue, pourquoi me regarder avec une telle insistance ? Et s'il avait des intentions de meurtre, quel était son plan ?

J'étais stupéfaite de l'endurance de la vieille Pélagie. Sur les instances de Guillaume, elle demeurait accrochée à la selle de Jézabel et, trottinant menu et soufflant sans cesse, réussissait à ne pas se faire distancer. Mon fils, lui, continuait à cheminer en tenant la bride de la mule. Lorsque je lui demandais de se mettre en selle, ce qui n'aurait nullement gêné Pélagie, il me répondait sur un ton d'agacement hautain qu'il n'éprouvait nulle fatigue. Ce m'était un nouveau souci de voir un enfant de son âge s'infliger une si longue route mais, je commençais à le comprendre, nul ne réussira jamais à faire revenir Guillaume sur une décision.

Nous parvînmes à Besançon tout crottés de boue, à la nuit tombée. Il nous fallut faire ouvrir une poterne pour franchir les remparts sous l'œil méfiant de quelques archers. Lorsque nous fûmes entrés, le juge Noirepel, marchant à mes côtés, me demanda :

– N'est-ce pas avec le gardien d'une de ces portes que monseigneur Robert, le défunt duc de Normandie, a eu maille à partir ? J'ai ouï dire qu'un de ces manants lui avait refusé d'ouvrir, l'avait même gratifié de coups de bâton supportés par le duc avec patience… toi une Normande, ma sœur Adeline, n'as-tu pas été informée de cela ?

Ce fait m'avait été rapporté, mais je me demandais pourquoi ce juge tenait à me le rappeler tandis que son regard cherchait à percer l'ombre et tentait de deviner ma réaction. Informé de la disparition de mon fils, héritier du plus riche et du plus grand duché de la chrétienté, des soupçons sur l'origine de cet enfant de onze ans marchant devant nous étaient nés dans son esprit inquisiteur. Malgré mon émoi, j'invoquai mon ignorance de ce dont il parlait et répondis quelque banalité sur un ton d'une telle lassitude qu'il n'insista pas.

L'hôpital des pèlerins de la ville se trouve près de la Porte-Noire et de la cathédrale Saint-Jean. Le feu était éteint et la soupe froide lors de notre arrivée. Un groupe de voyageurs avait déjà pris possession des lieux et il fallut batailler pour trouver à chacun une place où s'allonger sur la mince couche de paille.

– Moi, je puis bien rester dehors, pour une nuit ! murmura Pélagie.

Elle radotait : la pluie glacée ne cessait pas et la pauvre vieille était épuisée. Je criai mon opposition à cette folie : je déteste, je l'ai déjà dit, la recherche de la souffrance ou même de l'inconfort, cette maladie de la mortification si funeste et si répandue dans notre siècle. Pélagie finit par se mettre à l'abri.

Le recteur de l'hôpital, trouvant Guillaume trop grand pour loger avec les femmes, voulut lui donner une place dans le dortoir des hommes et je ne pus m'y opposer : mon fils avait donné raison à ce personnage.

Au milieu de la nuit, l'inquiétude me tenaillait. La fatigue, protectrice du sommeil, empêche de dormir lorsqu'elle atteint un certain degré. Je me rendis aux latrines où trois femmes se trouvaient déjà. En revenant, je me saisis de la lanterne posée à terre dans le couloir séparant les deux pièces et entrai dans le dortoir des hommes. La puanteur de sueur, de sanies et d'excréments ainsi que le vacarme des ronflements y étaient bien plus marqués que dans celui des femmes. Sous la lumière tremblante, j'y découvris mon fils, assoupi entre deux colosses, aux pieds de Saturnin qui, soucieux à toute heure du salut de chacun, prêchait même en dormant. Guillaume souriait à son rêve, son visage charmant avait perdu son expression de gravité. J'allais me retirer lorsqu'il ouvrit les yeux.

– Mère, chuchota-t-il, allez vous reposer, il vous est interdit de venir ici. Soyez-en assurée, je ne cours aucun risque.

Il s'accouda à la paille.

– Mais nous pouvons parler, murmura-t-il, tout dort. N'allez pas vous angoisser pour ma vie : je suis armé, vigilant et, dans la salle d'armes du château, j'ai appris à me défendre.

Il ouvrit le col de sa cotte : maintenu sous son bras par une sangle se trouvait un poignard.

– Maintenant, approchez-vous de moi, je vous prie, dit-il. Il est un sujet dont je souhaite vous entretenir depuis longtemps.

Je rampai et m'allongeai près de lui.

– Je veux que ceci soit dit, chuchota-t-il, sa bouche collée à mon oreille, vous vous reprochez d'être coupable de la mort de ces deux personnes, le duc Richard mon oncle et la dame Papia sa marâtre. Vous vous mortifiez pour expier. Je ne suis pas assez instruit de ces événements pour savoir si vous êtes réellement fautive et connaître la peine dont vous êtes passible.

La main sur la bouche, j'étouffai le cri de détresse me venant aux lèvres.

– En revanche, je le sais, continua-t-il, ce que vous avez fait, c'est pour moi, pour sauver ma vie que vous l'avez accompli. Il me paraît juste de m'associer à votre pénitence et d'aller comme vous le faites sur le chemin du pèlerinage. Aussi, ne me poursuivez plus de ces perpétuelles et importunes demandes de me reposer. Je connais mes limites.

J'avais le souffle coupé d'une telle sagesse, d'une telle réflexion, d'une telle endurance aussi chez un enfant de cet âge. Il était bien un être d'exception.

– Allez dormir, maintenant, conclut-il sans que j'aie prononcé le moindre mot. Vous le méritez.

Je déposai un baiser sur son front et me redressai. Comment donc Guillaume savait-il ? Qui l'avait instruit ? Se pouvait-il qu'il eût tout deviné ? Il voulait s'associer à ma pénitence, mais moi, j'endurais les rigueurs du pèlerinage bien plus pour rejoindre Robert et cacher mon fils que par esprit de mortification.

J'avais reposé la lanterne et me disposais à rentrer dans le dortoir des femmes lorsque je devinai une présence derrière moi. J'avais été suivie. Une main écrasa ma bouche alors qu'un bras vigoureux me ceinturait, me poussant, me portant à demi tout au long du couloir. À l'entrée de l'hôpital, le gardien dormait. Dehors, la pluie avait cessé. Wilfrid Clot, le complice de l'archevêque Mauger, me retourna, me saisit par les deux bras et me plaqua contre un mur.

– Tu peux crier, dit-il, personne ne viendra. Ici, les meurtres d'imprudents sortis la nuit sont assez fréquents pour que les archers ne s'y aventurent pas.

Terrorisée, je réussis à grogner :

– Que me veux-tu, Wilfrid Clot ?

Il ricana :

– J'admire ta mémoire ! Toi, tu m'as reconnu quand je me demandais depuis trois jours si j'avais bien devant moi la dame Arlette, simple frilla de feu le duc Robert mais propre mère de monseigneur Guillaume, le jeune duc de Normandie qui repose derrière ce mur !

Il me serrait les bras et je devinais dans son regard, entre ses paupières mi-closes, l'amusement du chat jouant avec la souris. J'imaginais ce qu'il voulait : de l'argent, mon corps peut-être aussi malgré l'état de déchéance, de laideur et de saleté où je me trouvais. J'étais prête à tout pour sauver Guillaume, mais je tentai de négocier. Haletante, je lui demandai :

– Comment peux-tu, toi un clerc, toi un pèlerin, menacer une sœur dans le pèlerinage et son fils accomplissant comme toi le voyage du Saint Sépulcre ?

Il ricana :

– D'abord, Arlette ma sœur, je ne t'ai pas menacée, ou du moins pas encore. Et puis apprends que si j'accomplis ce pèlerinage, c'est que le comte Jean dont je dépends maintenant, se voyant reprocher quelques meurtres par l'évêque de Metz, a été condamné à se rendre en pèlerin au Saint Sépulcre. Il n'en avait ni le temps ni l'envie et m'a payé pour accomplir le voyage à sa place. Je ne me sens donc pas obligé à l'esprit de pénitence que j'admire, crois-le bien, chez vous tous. Et je pense que la vie de ton fils vaut une bonne récompense.

Je soupirai :

– Ne crois pas soutirer une fortune d'une voyageuse démunie. Ignorerais-tu que les pèlerins vivent de la charité ?

– Je ne l'ignore pas. J'imagine aussi que la mère de monseigneur le duc ne se déplace jamais sans un substantiel viatique caché sous sa cotte. Ne m'oblige pas à chercher où il se trouve. Mais ce ne sont là que babioles de peu d'intérêt.

Il parut réfléchir.

– Son Excellence l'archevêque Mauger donnerait deux cents deniers d'argent à qui lui rapporterait la tête de ton Guillaume dans un sac, je le sais. Convenons que, pour six marcs d'argent, je le laisserai continuer son voyage sans toucher à un de ses cheveux.

Je lui aurais arraché les yeux : la somme demandée, correspondant à trois livres d'argent sonnantes et trébuchantes, était fabuleuse. Je haussai les épaules en gémissant :

– Où trouverais-je pareille fortune ?

– Nous arriverons dans quelques jours à Lausonna, Lausanne pour certains. Je suis en relation, là, avec quelques banquiers lombards discrets et habiles en affaires. L'un d'entre eux a voyagé en Normandie et te connaît. Il sera heureux de t'avancer cette somme, elle lui sera remboursée sans discussion et avec un modeste intérêt par le Trésor ducal.

Il me faisait mal tant il me serrait les bras.

– Ne parle pas de notre petit accord, la tête de ton fils est en jeu. Et va, maintenant. Essaie de dormir comme te le demande ton Guillaume.

C'est dans la montagne proche de la ville de Pontarlier que le démon, Satan en personne, nous est apparu pour notre plus grande frayeur.

Nous grimpions sur un sentier tortueux. Wilfrid Clot, marchait derrière moi, ne me quittant pas des yeux, épiant mes paroles, m'enfermant dans une surveillance de tous les instants. Parfois, me voyant trébucher, il s'inquiétait à voix haute de ma fatigue, allant jusqu'à m'aider lors des moments difficiles, à me donner le bras au passage des ornières. Chacun s'émerveillait d'une telle prévenance fraternelle entre pèlerins inconnus jusque-là l'un à l'autre : en fait, ce méchant clerc veillait sur son trésor.

L'angoisse me poignait le cœur. S'ajoutant à l'épuisement, elle me plongeait dans une sorte de torpeur. L'image de ce scélérat s'acharnant à trancher de son poignard le col de Guillaume dans le sang giclé me poursuivait, elle m'ôtait toute faculté de réflexion, toute possibilité de réaction et, même, me rendait muette. La simple vue d'un sac ou d'une besace vides me mettait en émoi. Et lorsque Symphorose, marchant près de moi, m'adressait la parole, l'hébétude me plongeait dans une totale incapacité de l'entendre.

Pourtant, la rudesse du chemin nécessitait mon attention. Vrai sentier menant à l'enfer, la route étroite, raboteuse, sinueuse, montait dans une forêt aux frondaisons sévères, sombres, presque noires. Des conifères, parés de deuil par mon souci, avaient remplacé chênes et hêtres. Des averses, interrompues souvent grâce au chant des pèlerins, transformaient ce raidillon en une ravine où dévalaient pierraille et morceaux de roche. Et les torrents de la montagne ayant souvent emporté les ponts, nous devions traverser à gué, de l'eau jusqu'à la ceinture, en faisant la chaîne pour ne pas être enlevés par le courant.

– Te sens-tu plus mal, Simon ?

La question posée à chaque instant par Juste Kuypers à son fils ne recevait jamais de réponse et pour cause. Mon esprit engourdi s'était éveillé lorsque ce marchand de drap de Gand et sa famille avaient rejoint notre troupe au départ de Pontarlier. Lui, un bel homme d'âge mûr, elle Catherine, petite, replète et vive, accompagnaient leur fils à Rome

Simon cheminait assis, sanglé dans un siège porté par deux mules. C'était un garçon d'une douzaine d'années dont tout le corps était agité de mouvements amples et désordonnés. Son visage était animé d'incessantes grimaces, il bavait, ricanait et sa parole hachée, heurtée, demeurait incompréhensible. On ne pouvait l'approcher, le regarder sans un certain malaise. Pour certains, un esprit mauvais le possédait, ce qui était faux tant il avait été exorcisé sans succès. On aurait pu parler de mort convulsive si le regard vif, brillant, volontaire, n'avait témoigné chez Simon de la vie et d'un fol espoir de guérison

À chaque obstacle, coulée de graviers obstruant le chemin, torrent grondant en travers de la route, se posait au père la question du franchissement par l'attelage. Mais quand Juste hésitait, le regard impérieux de Simon l'empoignait et le contraignait à agir vite.

– Sais-tu que ces malheureux ont vendu leur commerce prospère de Louvain pour aller s'installer dans un modeste réduit, à Gand, au chevet de la cathédrale ? expliquait Symphorose, apitoyée. Saint Bavon qu'on y vénère a guéri des enfants atteints de ce dont souffre Simon et plus malades encore que lui. Mais sa santé n'a pas été améliorée malgré les visites de chaque jour à l'autel du grand saint et ses parents se sont enfin décidés à aller implorer saint Pierre, son patron, en sa basilique de Rome.

Cela, je l'avais compris malgré le nuage embuant mon cerveau. Je soupirai ce que l'on dit en pareil cas : on ne choisit pas le malheur prêt à s'abattre sur sa famille. Puis je retournai à l'isolement de mon angoisse, surveillant pourtant mes deux protégés, Pélagie bien essoufflée, accrochée à l'arçon de la selle de Jézabel, et Guillaume marchant bravement devant la mule.

Lorsque la pluie ne nous noyait pas de ses averses, la brume nous enveloppait de sa nuée. Nous avancions alors en file, accrochés à la ceinture de celui qui nous devançait, le pied hésitant, comme des aveugles, tandis que se produisaient des phénomènes terrifiants dus aux forces du mal, aux démons de la géhenne. Nous entendions d'étranges sons, bruits de trompe, bêlements, chevrotements, paroles aussi, incantations sans doute, marmottés dans une langue inconnue. Des paysans faisaient paître leurs troupeaux tout près de là, pensions-nous d'abord... mais nous ne rencontrions personne, nous ne traversions aucun village, aucun pâturage dans cette forêt ensorcelée.

La nuit tombait. Abel le berger, proche de la nature, disait ne jamais avoir rencontré un tel phénomène. D'après lui, les troupeaux de Lucifer, gardés par les valets de Satan, nous entouraient car ce pays, prétendait-il, peuplé de mauvais chrétiens hostiles aux pèlerins, constitue un vrai repaire de sorciers et de sorcières. Le diable y mène son sabbat, malheur à quiconque s'y aventurerait : il risquerait d'être entraîné dans l'une de ses orgies infernales et d'y trouver la mort.

– Mais où est le chemin ? Nous sommes perdus ! fit soudain une voix dans l'obscurité.

Égarés dans cette montagne hostile, nous nous trouvions loin de tout refuge, de tout hôpital pour pèlerins et de toute habitation. Dans l'ombre, nous devinions les gros flocons des nuages grisâtres rôdant autour de nous comme autant de spectres menaçants. Les voix s'étaient tues, mais de menus bruits, chuchotements, soupirs, craquements étouffés, nous faisaient comprendre que nous étions épiés. Je pus entrevoir le visage blême de mon fils : il serrait les dents, terrorisé. Alors, moi aussi, j'eus peur.

Nous n'avions pas de feu. Le mot passa de nous serrer les uns contre les autres, de manger le pain gardé par-devers nous et de le partager avec ceux qui n'en avaient pas, puis de dormir sur place si nous le pouvions. J'imaginai les facilités fournies par ces ténèbres à l'assassin de mon fils et demandai humblement à Guillaume s'il consentirait à se coucher tout contre moi.

– Je le ferai volontiers, mère, dit-il d'une voix tremblante. J'aurai ainsi la possibilité de veiller sur vous.

Wilfrid Clot s'était éloigné. Bien qu'affamée et terrorisée, mon épuisement me fit dormir profondément. Mes deux protégés demeuraient serrés contre moi, Guillaume à gauche sur mon cœur et la vieille Pélagie à droite. Malgré la proximité des puissances infernales, la cacophonie des nuits de sabbat nous fut épargnée : sorcières et démons ne se retrouvent que le samedi, et cette nuit-là se trouvait, je crois, un mardi.

Les grisailles ténues de la petite aube nous réveillèrent et, avec elles, la reprise des chevrotements et ricanements formulés par des voix humaines dans une langue inconnue. Une odeur étrange, irritante, une odeur de soufre se répandait sous le couvert. Les menaces redoublaient d'intensité. Trempés, nous grelottions de froid. La brume s'étant dissipée, nous commencions à discerner nos visages livides. L'un d'entre nous entonna un hymne, nous le reprîmes en chœur.

Notre troupe s'était regroupée sous les arbres et nous aperçûmes le chemin là, à un jet de pierre. Mais soudain se révéla à nos yeux le Malin, Satan en personne : immense, voûté, il était enveloppé d'un ample manteau noir dont la capuche baissée lui masquait entièrement le visage. Les pans de ce manteau traînaient à terre et cachaient ses pieds fourchus. Il allait à grands pas, s'aidant d'une haute canne dont le bois avait été tordu en spirales semblables à des volutes de fumée, telle que je n'en ai jamais vu.

– C'est Lucifer, le Chevrier maudit, emmenant paître les âmes des damnés ! gémit Saturnin. Il veut nous entraîner en enfer !

Le suivait un troupeau de chèvres noires, béguetant et chevrotant, bondissant et cabriolant à qui mieux mieux. Sur les talons du Maître couraient deux chiens, noirs eux aussi. Terrorisés, grelottant de peur bien plus que de froid, nous serrant les uns contre les autres, nous continuâmes notre hymne, chevrotant nous aussi, persuadés de voir bondir sur nous ces monstres si nous cessions notre imploration. Chevrier, chiens et chèvres passèrent devant nous sans paraître nous remarquer, puis ils disparurent : suivaient-ils leur route ou retournèrent-ils à leur infernal séjour. Nul ne peut le dire.

Alors retentit une espèce de gémissements grave qui résonna dans toute la montagne, appel lugubre, monocorde, interminable. Stupéfaits, la gorge nouée, nous restâmes la bouche ouverte sans pouvoir en tirer un son. Cet appel semblait provenir de tous les points de l'horizon, de tous les arbres de la forêt : aucune voix humaine n'aurait pu en produire un semblable.

– C'est la plainte des maudits, expliqua Saturnin. Ils souffrent de l'éternité de leur châtiment et nous supplient de les rejoindre. Chantons !

La lamentation cessa. Le jour se levait et, avec lui, une fois de plus, survint le miracle : quand les premiers rayons du soleil eurent balayé les dernières flaques d'ombre, nous nous trouvâmes transportés à l'orée de la forêt. Sous la nappe blanche du ciel déjà éblouissante, l'herbe vert tendre d'un pâturage descendait en pente douce vers la vallée. Alentour, les pans rocheux, déchiquetés de la montagne semblaient ouvrir pour nous vers la vie comme une gigantesque porte à deux battants.

– Miracle ! Noël ! criaient les pèlerins en brandissant leur bourdon.

Nous reprîmes la route.

Le peuple des pèlerins marchait toujours. Cependant, les longues étapes parcourues sans relâche, les privations, la rudesse et les terreurs de la montagne avaient éprouvé notre troupe : beaucoup boitaient, tous se traînaient, s'agrippant à leur bourdon comme des naufragés à leur épave. La vieille Pélagie trottinait à petit pas de souris, grignotait le chemin, mais haletait comme un soufflet. Avec une inquiétude renouvelée, j'avais vu Guillaume se remettre en selle, signe d'un épuisement qu'il ne maîtrisait plus. Il ne m'en avait rien dit et moi, trop souvent rembarrée, je n'avais pas osé l'interroger. Simon, le fils du drapier, avait perdu connaissance au fond de sa chaise plusieurs fois sous le regard affolé des siens. Pourtant, nous allions.

Nous avions traversé une campagne riche, des villages prospères, des herbages où paissaient des vaches et des bœufs gras. Cependant, nous avions été mal accueillis par des paysans méfiants ne comprenant rien aux différentes formes de la langue parlée par la plupart des pèlerins, lâchant parfois leurs chiens sur notre passage ou incitant leurs gamins à nous jeter des pierres.

Martin le bigame, affamé, s'était fait ouvrir offices et celliers par l'effet des pièces gardées dans sa ceinture.

– Ceci n'est pas contraire à notre vœu de pauvreté ! bougonnait-il en fourrant dans sa besace les victuailles de toutes sortes collectées ici ou là. Nous n'avons pas fait le vœu de mourir de faim !

Certains villageois auraient préféré aux deniers d'argent la monnaie d'or plus répandue dans ces régions, mais ils cédaient volontiers à ce pèlerin si peu regardant sur les prix. Il avait bon cœur et faisait profiter les autres de ses provisions. J'avoue avoir parfois agi comme lui.

Il nous fallut deux jours pour atteindre la ville de Lausanne, située sur les bords d'un grand lac dont j'ai oublié le nom, repaire de banquiers lombards aux tables de qui je devais racheter la vie de mon fils et la mienne. Il existe en cette cité, tout récemment reconstruite après un incendie, un hôpital pour pèlerins ouvert par des âmes charitables où des médecins donnent leurs soins aux éclopés et aux malades. Cet hôpital dédié à saint Maire, premier évêque de la ville, est édifié près de la grotte où vécut ce grand saint. Un repos d'une journée avait été décidé à cette étape.

– Où donc est passé Willibrod ? m'avait demandé le juge Noirepel sur un ton goguenard. Toi qu'il semble si bien connaître, ma sœur Adeline, t'a-t-il prévenue de son absence ?

Dès la nuit précédant notre arrivée, le clerc avait disparu : à n'en pas douter, il avait rejoint ses complices, les prévenant de notre présence et mettant au point les modalités de leur marché. J'avais trouvé une formule polie pour dire au juge de me laisser en paix.

Nous passâmes cette journée de repos à dormir, à ravauder ou à rapetasser souliers et bottes. Plongé dans la paille, Guillaume, lui, ne fit qu'un somme. Un médecin nous fut annoncé. C'était un jeune homme timide qui, à l'évidence, consacrait sa science aux bonnes œuvres faute d'avoir des patients fortunés. Soignant des pèlerins, il ne s'intéressait qu'à nos pieds et à nos jambes. Il prescrivait des remèdes simples et efficaces, puisés dans le coffret : le bienheureux baume dont il faisait enduire les plaies m'apparut n'être que de la graisse de lard et le soulagement des pieds était certain après que deux œufs eussent été cassés dans chaque botte.

Bien qu'elle ne demandât rien, il examina la vieille Pélagie dont les chevilles étaient fort enflées. Puis, se redressant, il lui signifia ses conclusions sur un ton irrité.

– Il te faut arrêter là ton pèlerinage, dit-il.

– Je te remercie de ton conseil, mais je vais à Rome, répliqua la vieille.

Le soir venant et avec lui l'ombre maussade, ma gorge de nouveau se serra. Si les banquiers lombards n'acceptaient pas de remettre à Clot ces six marcs d'argent, je devais m'attendre aux pires persécutions. Mais je n'avais aucune certitude d'être débarrassée de lui s'ils acceptaient. Avide, rien ne l'apaiserait. En d'autres temps, du fait de la protection d'Engrace et de l'efficacité de ses charmes, ceux qui s'étaient permis de menacer la vie de mon fils n'avaient pas eu le temps de le regretter. Ne pouvais-je pas imiter ma bonne marraine ? Mais, si je gardais toujours dissimulée sur moi cette bourse contenant plusieurs petits pots, je m'étais promis de ne plus attenter à la vie d'autrui. Pourtant, dans ce cas, n'était-ce pas pour le bien ?

À l'évidence, je ne serais débarrassée de ce méchant clerc qu'en le faisant mourir. Je n'étais pas à court d'idées pour y parvenir, mais avais-je le droit de lui donner la mort ? Ayant gardé une bonne conscience après avoir tué deux fois, étais-je autorisée à un autre meurtre ? Mon secret m'étouffait. Je me serais volontiers confiée à quelqu'un si l'aveu ne m'avait obligée à indiquer ma véritable qualité. Pourtant, je décidai d'en parler à Symphorose, point sotte et sans doute capable de garder un secret.

– Comprends-moi, ma sœur Adeline, soupira-t-elle à peine eus-je ouvert la bouche, la fatigue de la marche occupe une bonne partie de nos pensées. Et le chagrin d'être séparée de mes pauvres petits m'accable tant, depuis le matin de ce jour de repos, que je ne puis cesser de pleurer !

Son fardeau était suffisamment lourd pour ne pas le surcharger de mon souci. J'essayai de consoler un peu la malheureuse puis, la lanterne étant éteinte, décidai d'essayer de dormir. C'était impossible. Je passai la nuit à me morigéner de demeurer là, désespérée, sans trouver de réponse à la question qui m'obsédait.

– Robert, doux ami, pourquoi demeures-tu si éloigné de moi ? Pourquoi ne viens-tu pas à mon aide ? soupirais-je dans l'ombre.

J'étais donc allongée sur la mince couche de paille, les yeux grands ouverts, échafaudant des plans boiteux et angoissée comme on peut l'être lorsque le sommeil fuit. Soudain, le souffle rauque de la vieille Pélagie résonna à mon oreille :

– Écoute-moi, ma petite fille, murmurait-elle. Je sais que tu ne dors pas, je connais le poids qui t'accable. Mais, que veux-tu, le mal engendre le mal et le sang des pauvres âmes que tu as fait périr crie vers toi !

Je me mis sur mon céans, me demandant s'il existait dans la chrétienté une seule personne ignorant mes actes.

– Je sais cela, car, pendant la nuit, je vois en songe. Je vois ce qui trouble le sommeil de ceux qui m'entourent et, parfois, il m'est possible de leur apporter la paix. Ainsi, bien que n'étant pas présente alors, me sont apparus cette nuit ces quatre seigneurs couchés sur des tables, morts d'avoir bu du vin où un valet avait glissé le venin.

Je ne pus m'empêcher de gémir :

– Tais-toi, vieille, n'en dis pas plus !

Mais elle continuait à marmotter :

– J'ai vu aussi le corps de cette grosse femme, allongée sur son lit et tenant encore en main la petite boîte contenant l'électuaire maudit. Ni le médecin ni le valet ne sont les fautifs, je le sais.

Elle parlait tout près de mon visage, son souffle rauque à l'haleine empestée s'interrompit un instant.

– Écoute-moi, ma petite fille, reprit-elle, et ces mots revenaient dans sa bouche comme un refrain, je connais la cause de tes crimes : tu veux protéger ton fils, ceux que tu as envoyés à la mort menaçaient sa vie. Tu as tué par amour de lui et c'est par amour pour lui que tu continueras à le faire. Nul ne pourra te le reprocher et, grâce à toi, ton fils deviendra roi comme cela t'a été prédit…

Une quinte de toux lui coupa la parole.

– N'aie pas peur, garde confiance, murmura-t-elle enfin. Tu n'as rien à redouter, le miracle est quotidien, toi et ton fils vous êtes protégés.

Elle s'allongea de nouveau, semblant s'endormir. Mais peu après, elle chuchotait à mon oreille :

– Lorsque tout sera fini et que tu seras sortie de cette montagne, dirige-toi vers la mer, vers le port de Genova. Tu y trouveras un embarquement pour la Terre sainte sur un navire appelé le *Santa Cecilia.* Les États du Pape, qui n'est qu'un enfant de treize ans, vont être aux mains des cruels soldats de l'Empereur et, plus au sud, tes compatriotes normands font régner la terreur. Si tu empruntais la route terrestre, tu périrais comme périront beaucoup de ceux qui nous entourent, les pauvrets. Les survivants seront enlevés par les Sarrasins.

Elle eut un bref sanglot.

– Quant à ton Guillaume, reprit-elle, il est plus clairvoyant que toi, obéis-lui, laisse-le suivre sa destinée.

Elle haletait. Je lui demandai :

– Mais toi, vieille mère ?

Elle répondit dans un souffle :

– Moi, dans les trois jours, je rencontrerai un grand personnage…

Elle parlait encore lorsque résonna la clochette indiquant l'heure de matines. Embués d'un profond sommeil ou épuisés des efforts faits pour l'obtenir, nous dûmes chevroter ensemble les trois psaumes rituels. Avec le froid plus vif, les lividités du ciel faisaient présager l'aube. Dans la fin de la nuit sont prises les grandes décisions : croyant en les prédictions de la vieille et nantie maintenant d'une bonne conscience, j'avais décidé de faire justice de ce criminel.

Avant de quitter cette ville hospitalière, il convenait de passer par la grotte de saint Maire. Une source miraculeuse s'y trouve, le saint y a bu et chacun tire un grand bénéfice spirituel d'avaler un gobelet de son eau. Les pèlerins, démunis, sont autorisés à vénérer sans avoir à verser d'obole.

Alors que nous attendions pour pénétrer dans l'obscur réduit rocheux, Wilfrid Clot, sortant du dortoir des hommes, me rejoignit. Je l'avais prévu. Désireux en apparence de me protéger, il voulait me surveiller de près. Il se plaça derrière moi et me salua à voix assez haute pour être entendu de tous. Puis il me glissa à l'oreille :

– Pas de sottise, belle Arlette, ne t'éloigne pas de moi ! Sache que, malgré mon insistance, les banquiers de Lausanne n'ont rien voulu savoir. Ils jugent l'affaire trop dangereuse. Nous conclurons le marché à Genova, j'y ai des amis moins timorés que les financiers d'ici. Donc, tu n'es pas encore débarrassée de moi.

Je frissonnai de dégoût, il me semblait qu'il puait tant il était corrompu. Je sentis alors que le grand saint Maire me protégeait et me donnait la force d'agir. Il me donna le courage d'adresser à l'homme un pauvre sourire résigné en signe de soumission.

L'un après l'autre, nous devions entrer dans la grotte étroite et sombre. Chacun y demeurait le temps d'une courte prière et y buvait le contenu d'un plein gobelet puisé à la source. Puis il passait le récipient retenu par une chaînette à celui qui le suivait. La vieille Pélagie me précédait, elle me tendit le gobelet avec un sourire qui me parut complice. Je l'emplis, bus et nul ne me vit, dans l'ombre, y vider alors le contenu de la fiole préparée à l'avance. Je le remplis d'eau et le glissai dans l'ombre à Wilfrid Clot qui le vida d'un trait.

Le peuple des pèlerins marche toujours, ou plutôt, il grimpe.

Sortant de Lausanne, nous suivons les berges du lac, puis les rives du fleuve grondant et bondissant, torrent impétueux né des entrailles de la roche. Le ciel est clair et le temps frais, la belle humeur fait rire et chanter beaucoup d'entre nous. Personne ne manifeste de grande tristesse du fait de notre deuil.

L'efficacité du produit a été foudroyante. J'ai rincé copieusement le gobelet avant de m'affairer autour du mourant, passé de vie à trépas sans avoir compris comment. Nul ne m'a soupçonnée. Au contraire, on a prononcé pour moi des paroles de réconfort tant était grande l'amitié que me manifestait le défunt. Mais beaucoup ont maugréé que sans doute cet homme était un grand pécheur pour avoir si promptement été foudroyé en buvant à la source de saint Maire. Je me suis gardée de les en dissuader.

Guillaume va, vaillant, et la vieille Pélagie trotte derrière Jézabel. Elle me l'a confié un jour, le matin efface de son souvenir les songes de la nuit et il est inutile de la questionner là-dessus. Je demeure stupéfaite de la précision de ses révélations et des indications fournies par elle pour la suite de mon pèlerinage.

Peu avant d'arriver au dernier hôpital avant le col du Grand-Saint-Bernard, je réussis à me porter au niveau du juge Noirepel, à la fois modérateur et guide du fait de son instruction. Je lui demande sur le ton de l'innocence si la voie maritime ne serait pas préférable à la voie terrestre pour achever notre pèlerinage. Il se fâche.

– Quoi donc, s'écrie-t-il, nous embarquer dans l'une de ces naves destinées à faire naufrage sur les brisants ou à être capturées par les Barbaresques de la Sicile ? Certes non ! Nous prendrons passage, oui, mais après avoir vénéré le tombeau de saint Pierre à Rome ! Rendu visite aussi au sanctuaire de San Michele di Puglia, si proche par l'esprit de notre Mont-Saint-Michel et que vont visiter tous les pèlerins. Le port de Brindisi se trouve près de là. Le trajet maritime sera bien plus court et moins risqué qu'à partir de Genova, par exemple.

– Conviendrait-il de rencontrer le pape ?

– Une telle audience n'aurait guère d'intérêt. Vois-tu, ma sœur Adeline, le pape Benoît IX n'est qu'un enfant de treize ans, un enfant débauché, placé sur le trône de saint Pierre par sa famille, les comtes de Tusculum, et entièrement soumis à Conrad, l'empereur d'Allemagne. Pauvre Église ! En quel siècle vivons-nous !

– Cet empereur d'Allemagne est-il appuyé par de nombreuses troupes ?

– Mais l'empereur n'est pas à Rome et n'est pas près d'y venir ! Crois-le, ma sœur Adeline, notre chemin passe par la Ville éternelle seulement pour y vénérer les reliques de saint Pierre. On m'a d'ailleurs conté ceci que toi, une Normande, tu te plairas à vérifier : le duc Robert, le défunt duc de Normandie dont tu as sans doute entendu parler, visitant Rome au cours de son pèlerinage et admirant la statue d'un empereur d'autrefois, Marc Aurèle je crois, a déploré sa nudité et lui a fait confectionner un superbe manteau d'hermine et de vair… maintenant, l'histoire est-elle vraie ?

Connaissant le caractère plaisant de Robert, l'affaire me semble vraisemblable. Surtout, je suis impressionnée de la concordance existant entre les faits rapportés par le juge et les révélations nocturnes de Pélagie.

Le recteur, comme nous appelons le responsable de l'hôpital, s'adresse à nous dès notre arrivée :

– Bons pèlerins, vous devrez faire plusieurs étapes avant d'arriver au monastère construit là-haut, au col. Vous trouverez sur votre chemin des étables et des bergers qui sont bonnes gens : pendant l'alpage, les bêtes profitent de l'herbe grasse de la montagne. Néanmoins, je vous conseille une extrême vigilance : des éboulements se sont produits du fait de la fonte des neiges et nous n'avons pas pu tout déblayer. Les passages sont souvent difficiles, parfois même il faut s'écarter du chemin pour emprunter des sentiers de traverse et vous vous perdrez. Si vous le désirez, mon fils Clément peut se joindre à vous pour vous guider, il doit porter la nourriture là-haut.

La proposition paraît raisonnable. Pourtant le juge, s'avançant, explique que ce groupe de pèlerins, sous la protection du grand saint Martin, a déjà eu affaire aux démons de la montagne et s'en est fort bien arrangé : la présence d'un guide n'est pas nécessaire et il convient de laisser le jeune Clément à ses jeux. Le recteur n'insiste pas.

– Je connais la chanson, cet enfant nous réclamera un pont d'or dès que nous serons à dix toises d'ici ! ricane le juge en prenant la tête du groupe. Eh quoi ! nous sommes habitués à la montagne, nous en avons grimpé de pires !

La pénombre du soir venue, tôt comme toujours dans la montagne, nous sommes une fois de plus prisonniers d'un lacis de sentiers dont nous ne pouvons deviner ni d'où ils viennent ni où ils vont. D'étranges appels résonnent au loin : quelques longs hurlements paraissant provenir des entrailles de la montagne, puis une série de jappements impossibles à localiser mais semblant se rapprocher. Abel le berger, Juste le Flamand, Martin et moi, nous rejoignons le juge pour tenir conseil.

– Une troupe de loups, gronde Abel. Ils se dirigent vers nous. Je connais cette engeance : ils m'ont égorgé vingt bêtes l'an dernier.

– Il en existe chez nous, fais-je remarquer, mais ils ne s'attaquent qu'au bétail.

– Beaucoup sont de vrais fauves, réplique le berger. Ils chassent en bande et, la nuit venue, s'attaquent à l'homme. Près de chez moi, ils ont dévoré toute une famille, les Nizier. Le père, la mère et les quatre enfants s'étaient égarés dans la forêt…

– Il faut faire demi-tour ! s'exclame Juste, affolé à l'idée de voir son fils dévoré. Il faut retourner dans la vallée !

– C'est facile à dire, rétorque Abel. Nous ne savons ni d'où nous venons ni où nous allons ! Nous aurions dû accepter que cet enfant nous guide.

D'après le juge, fort inquiet, il faut suivre n'importe quel chemin pourvu qu'il descende. Je lui fais remarquer qu'un peu plus tôt, nous semblions progresser vers le col alors que la sente descendait. La nuit est maintenant complète. Le silence pèse, souligné seulement par les jappements de la meute répercutés par l'écho. Je ne sais pas si je dois attribuer le tremblement qui m'a saisie au froid devenu vif ou à la peur. Aux deux sans doute.

Nous nous trouvons alors sur une étroite corniche, une falaise d'un côté, un ravin, un gouffre peut-être d'où monte le fracas d'un torrent, de l'autre. Il convient d'attendre le jour et de remonter alors le cours de l'eau pour retrouver notre route. Mais les loups menacent, se rapprochent, et nous ne disposons d'aucun moyen pour nous défendre contre une meute affamée. Déjà les mules, nerveuses, poussent des braiments craintifs, ruent, cherchent à fuir.

– Je ne sais pas, je ne sais pas ! soupire le juge, indécis.

Je demande à Martin, qui entretient maintenant les braises d'un petit pot gardé sur lui, d'allumer une torche : ni le bois mort ni les herbes sèches ne manquent. Une bonne quantité de branchages réunie, j'en fais édifier deux brasiers, obstruant de part et d'autre le chemin et entre lesquels nous nous installons pour essayer de dormir jusqu'au matin.

Cette nuit reste l'un des souvenirs les plus cruels de mon voyage. J'ai instauré un tour de garde : pendant cette période, nous nous tenons près de l'un des deux feux, un bâton dérisoire à la main, sûrs d'être incapables d'assommer l'un de ces fauves s'il s'aventurait à bondir par-dessus les flammes. Nous nourrissons chacun des deux foyers, mais il convient d'être assez économe pour faire durer le combustible jusqu'au matin, assez efficace pour réaliser une barrière de feu infranchissable jusqu'à l'aube.

Tous les loups de cet immense massif montagneux se sont je crois donné rendez-vous pour nous exterminer. Et nous les voyons, ces fauves, souples silhouettes trottant et bondissant dans la clarté mouvante du brasier, masques immobiles aux yeux luisants, dents acérées exhibées dans des bâillements ou des claquements de mâchoires réclamant leur proie. Nous les entendons aussi, brefs jappements, courts grognements, hurlements surtout dans lesquels nous croyons discerner des cris de ralliement différents, propres à chaque meute sans doute.

– Espérons qu'ils se disperseront le matin venu ! soupire Abel que je dois relever. Je vais essayer de dormir, mais avec ces cris d'enfer…

Je lui explique mon souci : si j'ai décidé de monter la garde, je redoute de manquer de vigueur face à l'un de ces monstres. Mes forces ne sont pas au niveau de ma détermination. Tandis qu'il me soupèse du regard, une voix se fait entendre :

– Je resterai à vos côtés, mère, et, s'il le faut, j'agirai.

J'avais laissé Guillaume au milieu du groupe de dormeurs, persuadé qu'il ne m'avait pas vue me lever. Toujours décidé, il a pris en main son poignard et attend la charge des fauves. Cette réaction d'un enfant de onze ans peut te paraître incroyable, moine : je te répondrai que mon fils n'était pas un enfant ordinaire et que, toujours, je fus persuadée qu'il était digne d'être roi.

Abel comprend qu'il est inutile d'essayer de le dissuader.

– C'est bien, veille sur ta mère, dit-il.

Et il va s'allonger tout près de là, bien décidé à ne pas fermer l'œil et à intervenir au besoin.

Je le sus plus tard, parmi la vingtaine de pèlerins allongés là, nul ne put dormir un instant et ni le jappement des loups ni le braiment affolé des mules n'étaient en cause. Pour moi, attendant l'ennemi le gourdin à la main, veillant sur mon fils et partagée entre l'attendrissement et la terreur, je cherche à me rassurer en invoquant saint Irénée, martyr donné en pâture aux bêtes sauvages. Pourtant, une étrange idée me poursuit : parmi ces fauves prêts à nous dévorer, il existe des louves accompagnées de leur petit, le protégeant de toutes leurs forces et décidées à tout pour le nourrir. Que fais-je d'autre ? N'existe-t-il pas entre nous une sorte de fraternité ?

Les voiles de brume rougeoyant à la lueur des braises autour des troncs noirs commencent à blêmir lorsque jappements et hurlements cessent tout à coup. Je vois mes pèlerins bondir sur leurs pieds : comme moi, ils entendent des aboiements résonnant sous le couvert tandis que des lueurs fugaces teintent la nuée. Peu après, trois hommes, chacun portant une torche et retenant d'une main deux molosses, apparaissaient.

Ce sont les valets d'un seigneur dont le château est proche. Debout bien avant l'aube, ils ont été étonnés de l'intensité des cris des loups et aperçu les reflets de nos brasiers. Ils nous font signe de les suivre jusqu'à la demeure de leur maître. Tous, soulagés, se pressent derrière eux, sauf Simon, l'enfant malade, qui, maintenant immobile, recroquevillé, les yeux grands ouverts, garde une expression horrifiée sur le visage, mort de peur. Un peu plus loin, contre la roche, repose la vieille Pélagie. Elle est couchée sur le dos, les bras croisés sur la poitrine et a gardé ce sourire de béatitude que je lui ai vu dans la journée. Elle a rencontré « son grand personnage ».

Le comte Reinhardt nous reçut civilement et nous hébergea durant trois jours. C'était un homme à la bonté sévère, presque muet, un montagnard accroché à ses rochers comme l'était son burg qui dominait la vallée. Dès le premier jour, son fils Karl, âgé de onze ans comme Guillaume, s'attacha à lui : c'est l'âge des grandes amitiés. Simon et Pélagie furent enterrés le lendemain dans le cimetière du château. À l'issue d'une brève cérémonie, juste avant le départ, mon fils Guillaume me demanda un entretien. À vrai dire, il s'agissait plutôt d'un monologue au cours duquel il me tint ce langage :

– Mère, j'ai vécu avec vous une partie de ce pèlerinage, en

expiation pour les fautes que vous savez, dans le but aussi de me dissimuler à la vue des assassins. Mais je ne suis qu'un enfant et je me sens à bout de forces, je dois vous l'avouer. J'ai donc décidé de vous laisser continuer seule votre route pour aller au-devant de mon père ou pour apprendre les raisons de son silence. Suivez les conseils de Pélagie, embarquez-vous à Genova mais, parvenue au pays des Sarrasins, retrouvez les traces de monseigneur mon père, mettez vos pas dans les siens. Je vous attendrai ici où nul, sinon vous, n'aura l'idée de venir me chercher. Le comte et son fils avec qui je me suis entretenu de ce projet m'accueillent volontiers et tout le temps qu'il faudra jusqu'à votre retour.

Son regard impérieux m'interdisait toute objection, son front obstiné refusait toute discussion. Il se laissa embrasser par moi avec résignation, puis me tourna le dos et rentra au château.

Troisième acte

1

– Ils arrivent ! s'exclama Pantaleone en désignant la barcasse s'approchant du navire. Les gueux !

Les six rameurs peinaient à faire avancer l'embarcation. Assis à l'arrière, deux soldats de l'émir, des barbus au turban sale, sabre courbe au côté et long poignard à la ceinture riaient et jacassaient entre eux. Nous allions débarquer.

L'accueil des pèlerins dans le port de Jaffa n'est jamais chaleureux et souvent même hostile, nous avait-on prévenus. Du temps du calife el-Hakim du Caire, le bourreau qui fit raser le Saint Sépulcre et mettre à mort bon nombre de chrétiens, la vie des *roumis* était un enfer. Elle était devenue moins pénible sous el-Zahir, bien qu'ils fussent toujours considérés comme des ennemis ou comme du bétail. Rançonnés et souvent frappés, une longue patience et une grande résignation leur étaient nécessaires pour être autorisés à visiter les Lieux saints.

J'étais partagée entre des sentiments opposés : le chagrin immense d'être séparé de mon fils Guillaume, incapable de poursuivre son voyage et demeuré contre ma volonté dans ce massif montagneux, proche du col du Grand-Saint-Bernard ; la hâte de retrouver monseigneur Robert, blessé peut-être, captif sans doute, car je ne voulais pas croire à sa mort ; enfin, le désir de mettre pied sur la terre ferme et de quitter le *Santa Cecilia,* la grosse nave ronde qui se traînait depuis deux mois dans tous les ports de la Méditerranée avec son lot de marchandises déchargées et embarquées à chaque escale, ses commerçants et ses pèlerins.

– Dame, avait grasseyé le patron, Gucci, au port de Genova en empochant son argent, vous serez à mon bord comme châtelaine en son château.

N'en attendant pas tant, je n'avais pas été déçue. Ayant payé largement mon voyage à l'inverse de nombre de malheureux embarqués à bas prix, j'avais bénéficié d'un traitement de faveur, été gratifiée d'un grabat de varech sous le gaillard d'avant, à proximité des cases où ronflaient bien fort le patron, le navigateur et le barbier, élite de l'équipage. J'avais eu le droit de partager la soupe des hommes toute chaude sortie de la cambuse voisine, appoint appréciable aux provisions embarquées à chaque escale. Et je m'étais accoutumée à la proximité des poulaines, les latrines où chacun venait se soulager en un défilé cocasse. J'avais eu plus de mal à supporter les humeurs de la mer.

Nous nous étions dirigés vers le levant et les vents dominants nous portaient vers notre but… je te le dis, moine, si tu vas un jour en pèlerinage aux Lieux saints, ne reviens pas par voie maritime, tu ne saurais prévoir en quelle année tu arriverais au port. Donc, nous avions été portés par de bons vents et, favorisés par sainte Cécile et, j'en suis sûre, par ma bonne Pélagie, notre voyage avait été assez rapide. J'avais fini par m'amariner, par m'accoutumer au roulis et au tangage importants sur ces gros navires ronds. J'avais supporté sans mal quelques rudes coups de vent essuyés en cours de route. Mais nous avions dû avoir recours à la protection de Cécile et de Pélagie au large de l'île de Chypre où une effroyable tempête avait failli nous faire périr.

– Le temps va se gâter ! avait maugréé le patron en passant près de moi un soir, alors que le soleil se couchait dans des nuages sanglants.

Il avait fait amener les voiles et s'était tenu toute la nuit auprès des deux hommes maniant le double aviron de direction. Il avait vu juste : un peu avant l'heure de matines, un fracas épouvantable avait retenti dans le ciel, tel qu'aucun coup de tonnerre n'aurait pu en produire. Alors, quelque chose s'était abattu sur le navire avec une espèce de hurlement terrifiant. Le mât, dont les voiles avaient été heureusement serrées, était tombé, en feu, en travers du bâtiment. Et le vent, un vent forcené d'une inimaginable puissance, avait fondu sur nous, faisant rouler le navire bord sur bord. La mer était si haute que l'eau s'engouffrait dans les écoutilles après en avoir arraché les panneaux, s'accumulant dangereusement dans les cales. Aucun homme ne pouvait se tenir sur ses pieds sauf à être attaché. Tous pleuraient et criaient, persuadés de voir venu leur dernier moment.

– Si nous coulons, accroche-toi à ceci ! avait hurlé à mon oreille Pantaleone Molfetta, un pèlerin sicilien, en me mettant dans les mains un épais morceau de bois. Je m'occuperai de toi !

La tempête avait duré toute la journée du lendemain, se calmant enfin la nuit venue. Au jour, un mât de fortune avait pu être dressé, les cales où toute la marchandise était perdue, vidées. Par bonheur, nous avions reconnu la côte de Chypre peu après et avions pu nous abriter au port de Limassol.

J'avais acheté quelques cruches du célèbre vin de cette île. L'attitude de l'équipage comme celle des pèlerins ayant été remarquable pendant la tempête, je les en avais fait profiter. Nous avions bu une de ces cruches avec le patron, le navigateur, le barbier et le comite qui s'étaient eux aussi parfaitement comportés. Mais il convenait que cette cruche fût vide lors de l'arrivée dans un port appartenant aux Sarrasins, ceux-ci fouillant souvent les navires et infligeant des amendes à ceux qui transportaient du vin : je m'étais employée à l'assécher.

– Ah ! Ils ne montent pas à bord, nous devrons descendre ! ricana Pantaleone suivant les évolutions de la barcasse.

Nous étions à l'ancre dans l'avant-port de Jaffa, entre les deux promontoires rocheux faisant de cette baie un asile sûr. À quai, là-bas, pas moins de onze navires de différents tonnages, leurs mâts décorés de pavillons multicolores, chargeaient ou déchargeaient leurs marchandises. Et nous assistions de loin à l'incessant va-et-vient des portefaix, manège de fourmis courant avec, sur leur dos, d'énormes sacs, de lourdes outres ou d'imposants ballots.

Pantaleone restait là, accoudé à la lisse. Pèlerin lui aussi, embarqué à Trapani, c'était un homme petit, jeune, à la barbe et aux cheveux courts, à la carrure impressionnante et au verbiage étourdissant. Son visage précocement sillonné de rides disait les épreuves passées. Il voyageait dans le ventre de la nave, comme Jonas dans celui de la baleine, aimait-il à répéter. Et si les autres pèlerins hésitaient à monter jusqu'à mon gaillard d'avant et à adresser la parole à la riche passagère, lui ne se montrait pas intimidé par ma situation élevée.

– Ma sœur Adeline, la paix et la joie rayonnent tant de toi, aimait-il à répéter, que je ne puis m'empêcher de te rendre visite chaque jour.

Chaque jour, il était donc venu m'instruire sur cette Terre sainte visitée par lui pour la quatrième fois et m'initier au mélange d'arabe et de langue franque pratiqué sur la côte. Il m'avait fait rire par cent récits, mille anecdotes, souvent imaginaires sans doute mais bien racontées, recueillies au cours de ses voyages. À l'évidence, il aurait voulu voir nos entretiens déboucher sur des colloques nocturnes avec jeux du corps intimes interdits aux pèlerins. Moi, désireuse d'utiliser ses compétences, je l'encourageai de soupirs et d'œillades appuyées mais ne cédais en rien.

Nous étions quinze, pèlerine de bure sur le dos, bourdon en main et besace à l'épaule, à descendre dans la barcasse par une échelle de corde. En bas, il fallut s'accroupir sous la surveillance des deux soldats, le fouet haut. Ces hommes nous comptaient et recomptaient du doigt, contrariés par je ne savais quoi. Enfin, ils firent signe aux rameurs et l'embarcation s'éloigna de la nave.

Les murailles enserrant l'agglomération de Jaffa étaient dégradées : Pantaleone m'avait appris comment toute la région, actuellement au pouvoir des Égyptiens, passait sous le joug des Turcs au fil des guerres. Chacun démantelait les fortifications en abandonnant la ville à son vainqueur qui en construisait d'autres.

– La cave de cette grosse maison en ruine, à main gauche, murmurait Pantaleone, est considérée par les chrétiens vivant ici comme ayant appartenu à saint Pierre, qui serait venu pêcher dans ces abords. Et la cabane, à droite près du môle, aurait appartenu à saint Paul…

L'un des soldats poussa un beuglement en faisant claquer la mèche de cuir.

– Il faut se taire ! murmura Pantaleone. Qu'importe, nous aurons le temps de parler…

La grotte était peu profonde, éclairée par les miroitements du soleil sur la mer. Nous avions été entreposés là comme marchandise, avec moins de précautions pourtant et toujours sous la menace du fouet. Le soir était venu, la nuit se passait. Dans la chaleur lourde, nous avions faim et soif, mais il nous était impossible de nous procurer de quoi nous rassasier.

– Que vont-ils faire de nous ? murmurait dans la nuit la grosse Agata à la rude odeur, une Napolitaine embarquée à Tarente avec ses deux grands fils. Vont-ils nous jeter en prison ?

– Probablement pas, rétorqua sur le même ton Pantaleone qui savait tout et avait réponse à tout. Ils vont nous faire payer un droit de débarquement, une taxe. Je t'en ai prévenue, ma sœur Agata.

Elle grogna une réponse que nul n'entendit.

L'office de matines fut chanté tout bas. C'était l'heure où, du haut de sa tour, le prêtre des mécréants les appelle à la prière, ce qui me fit penser qu'il existait des concordances étranges entre les croyances des Sarrasins et la vraie religion.

– Comment peux-tu prétendre une chose pareille ? répliqua Agata lorsque je lui eus fait part de ma réflexion. Ce peuple est celui du démon, il pratique la religion de Satan !

– Pourtant, fit Benedetti, un clerc venant de Syracuse, la voix de cet homme, du haut de sa tour, rappelle les intonations de nos moines pendant certains offices... les Ténèbres du Saint Vendredi par exemple.

– C'est vrai, expliqua Pantaleone. D'ailleurs, d'après les chrétiens vivant en Orient, quand le chef des Sarrasins Mahomet a quitté la ville de La Mecque, il était entouré de douze conseillers païens et d'un vieux moine chrétien. Ces mauvais conseillers jalousaient le moine car celui-ci indiquait à Mahomet les préceptes et les rites de notre sainte religion pour fonder la sienne. Une nuit, après que Mahomet se fut couché, ivre d'avoir passé la journée dans les tavernes à boire du vin, les conseillers coupèrent la tête du bon moine avec le sabre du Prophète. Lorsque celui-ci se réveilla, ils prétendirent que c'était lui, Mahomet, qui avait décapité le moine dans son ivresse et, en guise de preuve, lui montrèrent sa lame encore couverte de sang. D'où une certaine concordance entre les pratiques des Sarrasins et les nôtres, ainsi que le précepte des musulmans qui interdit de boire du vin.

– Ce que tu dis là est pur blasphème, rien d'autre qu'un blasphème, s'écria Agata en se signant. Dieu te punira...

Elle parlait encore sur le mode passionné coutumier aux femmes de son pays lorsque trois soldats entrèrent, porteurs de couffins contenant de gros pains ronds, des pommes et ce que j'appris être des oranges et qui était fort bon. Un autre suivait, apportant une jarre et des gobelets qu'il distribua. L'eau était fraîche, les pains sortaient du four et notre premier festin à terre fut réconfortant. Pantaleone essaya d'engager la conversation avec l'un de ces hommes, mais il ne lui fut répondu que par un silence méprisant.

Au milieu du jour, alors que tous les clochers de la chrétienté carillonnent midi, apparut dans le silence de notre inquiétude un personnage sévère à la barbe noire fournie et à l'énorme turban de mousseline. Il était suivi d'un scribe portant tablette et encrier, d'un négrillon chargé de sièges pliants et d'une dizaine de soldats.

Il fit une déclaration que Pantaleone traduisit mot à mot. Il était le cadi de l'endroit, chargé de la justice et des pèlerins roumis. Il nous rappelait que Sa Grandeur le calife el-Zahir du Caire, commandeur des croyants, nous tolérait sur ses terres et que le désagrément causé par notre présence serait à peine compensé par la somme de deux besants d'or par personne qu'il exigeait pour nous autoriser à débarquer.

– Mais c'est du vol ! s'exclama Mattia, l'un des deux fils de la grosse Napolitaine. On nous a parlé d'une seule pièce !

Sur un signe du doigt du cadi, deux gardes massifs saisirent le jeune homme par les bras, le forcèrent à s'agenouiller tandis qu'un troisième retroussait sa cotte et, prenant son temps, lui administrait dix coups de verge. C'était une branche mince et souple, sifflant dans l'air et maniée avec assez de vigueur pour laisser des longues traces, d'abord livides puis sanglantes sur la peau bronzée du garçon. Il hurlait. Sa mère en fit autant et il fallut la poigne de deux autres soldats pour la maintenir. Moi, je pleurais. Le cadi prononça alors quelques mots.

– Que cette grosse femme se taise, traduisit Pantaleone, sinon elle recevra vingt coups. Quant au garçon, s'il recommence, je le prendrai comme esclave. J'aime briser les insoumis.

Le silence rétabli, je me glissai jusqu'à Agata penchée sur son fils supplicié qu'elle inondait de ses larmes et lui indiquai tout bas que, si elle acceptait, je paierais la somme demandée pour eux trois. Incapable de prononcer un mot, elle me regarda avec une expression de reconnaissance touchante.

Vint alors la remise de la rançon : l'un après l'autre, nous passâmes devant le scribe, sous l'œil du cadi. Il convenait d'abord de donner chacun les deux pièces exigées et je me félicitais d'avoir changé à Genova mes deniers d'argent contre des besants d'or, la monnaie de Byzance qui avait cours partout ici. Puis l'homme emplissait lentement un parchemin qui nous servirait de sauf-conduit. Enfin, il badigeonnait la paume de notre main gauche d'une sorte d'encre et l'appliquait sur le document, méthode d'identification que je n'ai vu pratiquer nulle part ailleurs.

Les pèlerins en Terre sainte ne jouissent d'aucune liberté. Sous le prétexte de nous guider et de nous éviter de mauvaises rencontres, le cadi de Jaffa fit escorter notre petit groupe par deux cavaliers. C'étaient deux archers au turban noir et aux fortes moustaches. L'un d'eux nous fit une démonstration de leur habileté en décochant en un clin d'œil trois flèches sur une branche d'olivier au plein galop de son cheval : nous étions prévenus de n'avoir pas à nous éloigner.

Après avoir traversé Ramleh, petite agglomération de maisonnettes blanches et sales endormie au soleil, nous atteignîmes Abou Gosh au soir d'une journée épuisante. Notre fatigue était grande et, dans le nuage de poussière et la lumière aveuglante, nous avancions, exténués, sans dire un mot. Là, existe un hôpital pour pèlerins tenu par des moines grecs. Nos gardiens nous comptèrent plusieurs fois alors que nous entrions dans le jardin de l'établissement, bénissant l'ombre des palmiers, la fraîcheur de l'eau de la source et la joliesse des fleurs d'hibiscus partout présentes.

Après un long entretien avec l'un des cavaliers et le supérieur de la communauté, Pantaleone s'expliqua :

– Je vous le rappelle, dit-il, ce village n'est autre que celui d'Emmaüs dont il est question dans l'Écriture. Les archers de notre escorte ont eu trop chaud pendant cette journée... mais pas plus que nous sans doute ! Ils ont donc décidé de notre départ en pleine nuit, à la fraîche. Il nous faudra atteindre Jérusalem avant midi.

La nuit fut donc brève et nous nous retrouvâmes à peine défatigués sur ce chemin en pente douce, dans la lumière éclatante d'un clair de lune faisant luire les feuilles argentées des oliviers bordant la route. Je marchai d'abord près de la grosse Agata, suivie de ses deux fils. Je fus surprise de la trouver silencieuse, hostile même : elle était de ces personnes ne supportant pas les bienfaits et dont l'aigreur tient lieu de reconnaissance.

Derrière, Benedetti, le clerc de Syracuse, parlait à voix basse avec Pantaleone. Ils s'exprimaient dans un patois si éloigné de notre langue que je n'y entendais goutte. Le clerc devant boucler sa sandale, je continuai aux côtés de Pantaleone. L'obscurité, les épreuves vécues en commun, une certaine complicité de tempérament aussi favorisent les confidences. Et puis, j'étais curieuse de savoir pourquoi cet homme avait déjà accompli par trois fois un tel voyage. Je n'eus pas à le questionner.

– Ma sœur Adeline, soupira-t-il, j'éprouve depuis longtemps le besoin de me confier à toi. Car si je viens pour la quatrième fois en Terre sainte sous cette pèlerine et avec ce bourdon, c'est que je dois grandement expier.

Il me raconta alors longuement son enfance dans les rues de Trapani avec des galopins habitués à boire du vin et à jouer, les vols qu'il avait commis jusqu'à celui d'un calice, forfait abominable, enfin la condamnation d'un vagabond pendu à sa place. Il multipliait les pèlerinages pour faire pénitence, expliquait-il, mais se demandait s'il ne devait pas se dénoncer à la justice lors de son retour.

Il se tut. Son récit me parut d'abord un peu hésitant, comme s'il eut été improvisé. Voulait-il m'apitoyer pour mieux parvenir à ses fins ? Je me reprochai cette réaction : la confiance de Pantaleone était touchante, il me sembla remplacer cette nuit-là sa mère absente. J'étais émue à l'idée qu'à son retour en Sicile, cet homme risquât de se balancer au bout d'une corde. Je lui posai donc quelques questions pour lui montrer mon intérêt, mais me gardai de le conseiller sur sa conduite.

– Je me permets de te demander ton aide, soupira-t-il, car tu souffres, je le sais, j'ai souvent entendu tes sanglots et tes soupirs pendant la traversée. Et, d'après ma brève expérience, si le bonheur est indifférent, le malheur est compatissant et de bon conseil. Mais nous pourrons en parler plus tard.

La nature paisible et la nuit douce étaient propices aux confidences. J'avais gardé le silence sur mon origine jusque-là, mais je n'avais plus à protéger Guillaume, demeuré en sûreté au-delà des mers. Mon secret devenait lourd à porter. Je commençai donc à expliquer la raison de mon chagrin : mon fils se trouvait au loin, dissimulé à des assassins, et je m'ennuyais de lui. Je tus mon désir d'expier mes fautes par ce pèlerinage mais, de fil en aiguille, dus avouer que ce fils était le jeune duc Guillaume de Normandie…

– … son père n'est donc autre que monseigneur le duc Robert, dont la venue à Jérusalem fit si grand bruit il y a quelque temps ! s'exclama Pantaleone.

Je ne m'étendis pas sur ma qualité de simple frilla, redoutant d'entendre Guillaume qualifié une fois de plus de « bâtard ». Il n'en fut rien et le jeune Sicilien me manifesta dès lors au contraire beaucoup de déférence. Le passage de monseigneur Robert à Jérusalem, m'expliqua-t-il, avait été remarqué par la générosité dont il avait fait preuve.

– Dame, dit-il, et je me laissai volontiers saluer par ce terme auquel j'avais droit, les Sarrasins oppriment et pressurent par tous les moyens les malheureux pèlerins. Vous avez vu l'accueil fait à notre groupe à Jaffa. Sachez qu'à l'entrée de Jérusalem, il faut aussi payer lorsque l'on vient vénérer le Saint Sépulcre : une pièce d'or, un besant, est perçue pour chacun d'entre nous. Lorsque donc monseigneur Robert est arrivé en vue de la ville, il a trouvé une foule de malheureux assis devant la porte de l'ouest, la porte de Jaffa qu'on appelle Bab al-Khalil : impécunieux au départ et dépouillés sur le chemin, ils n'avaient plus rien et ne pouvaient pas entrer. Sans les compter, il a fait comparaître le cadi et lui a jeté une bourse pleine de pièces d'or pour permettre à ces malheureux d'accomplir leur pèlerinage. Aussi, partout dans la ville garde-t-on mémoire de son passage avec une grande reconnaissance.

Je retrouvai là la munificence de Robert et son désir d'être remarqué... mais un si grand seigneur ne se devait-il pas de se montrer remarquable ?

– Ceux qui l'accompagnaient m'ont annoncé son décès en la ville de Nikaïa, près de la capitale de l'empereur des Grecs, soupirai-je. Pour moi, me fiant aux derniers mots qu'il m'a adressés, je n'ai jamais cru...

Suffoquée, je ne pus continuer. Pantaleone ne répondit pas, mais je le vis hocher la tête, compatissant à mon souci.

Le ciel commençait à blêmir et un coq chanta. D'autres coqs reprirent son appel enroué. L'un des archers de l'escorte, passant à cheval au flanc de notre troupeau, fit claquer la mèche de son fouet et hurla quelques mots.

– Il dit que la chaleur va venir et que nous sommes encore éloignés de la ville, traduisit le jeune Sicilien. Il dit qu'il faut aller plus vite.

Il fallut donc presser le pas. Notre fatigue était tempérée par le désir de contempler Jérusalem, Cité sainte, but de tous nos rêves, récompense de tous nos tourments. Après un long silence, Pantaleone murmura :

– Dame, je ne veux pas vous donner de fausse joie, mais sa générosité n'a pas été la seule cause de la popularité de monseigneur Robert. Les habitants ont gardé le souvenir de son émotion lors de la vénération du Saint Sépulcre, de son émerveillement à la visite des Lieux saints de la ville. Un bon nombre de grands personnages viennent finir leurs jours ici dans le secret. Des bruits concernant la présence de monseigneur Robert couraient lors de ma dernière visite… promettez-moi, dame, de ne pas laisser vagabonder vos pensées sur des chemins incertains. Je vous demande aussi de ne pas me questionner davantage. Mais, dès notre entrée, je me mettrai en quête de certain intermédiaire…

En me hissant jusqu'à l'étroite fenêtre à barreaux donnant sur la ruelle, je pouvais voir le spectacle donné par les passants. Dans cette venelle étouffante rendue obscure par les toiles tirées d'une terrasse à l'autre, plusieurs courants opposés se mêlaient, se croisaient, tourbillonnaient : femmes aux voiles blancs ou noirs montées sur des ânes, hommes au turban parfois monstrueux proportionnel à leur fortune, caravanier égaré avec son chameau, soldats égyptiens bardés de sabres et de poignards, juifs religieux portant longues boucles et chapeau, Arméniens à calotte, pèlerins vêtus de bure…

Nous nous trouvions à l'hôpital Saint-Polycarpe, un asile pour femmes tenu par des caloyères, nom donné aux religieuses grecques dont les multiples voiles noirs laissent à peine deviner le visage. Nous étions allés dès l'aube vénérer le Saint Sépulcre et, au milieu de pèlerins napolitains et siciliens à la dévotion exubérante et aux bruyants sanglots, j'avais été fort déçue : nous étions agenouillées devant un monceau de pierres et de briques ne ressemblant en rien à un édifice religieux.

– La basilique construite il y a cinq siècles sous l'empereur Justinien, Délice de l'Univers, avait expliqué Loukia, la jeune caloyère aux beaux yeux qui nous guidait, a été détruite sur l'ordre du calife el-Hakim il y a quarante ans. Ce calife haïssait tout ce qui était chrétien...

Elle avait baissé la voix :

– Il avait, dit-on, l'esprit dérangé. Mais méfions-nous, les oreilles des espions sont partout...

Elle avait repris :

– Grâce au Ciel, nos empereurs, les empereurs romains régnant à Byzance, ont entamé des négociations avec le calife el-Zahir du Caire. Notre petite mère l'impératrice Zoé a beaucoup insisté pour faire entreprendre rapidement les travaux. Elle s'est heurtée, hélas, à la lenteur de l'administration et aux prétentions du grand vizir demandant toujours plus d'or.

Elle s'était tue à la vue de passants s'arrêtant pour l'écouter. Un long temps nous avait été laissé pour manifester là notre piété, peuplé de sanglots déchirants, de hululements et de lamentations à la mode napolitaine. Pour moi, j'avais le cœur et les yeux secs, préoccupée du souci de Guillaume, inquiète aussi du retour de Pantaleone parti négocier avec ses intermédiaires, et n'osant pas espérer la présence en cette ville de Robert.

Je vis enfin le Sicilien, progressant avec peine dans la foule. Il devina ma présence derrière les barreaux et me fit de grands gestes.

– Bonnes nouvelles ! s'exclama-t-il alors que je le rejoignais au parloir. Les personnages vus ce matin me le confirment, nombre de saints hommes vivent dans des grottes situées dans les collines de Judée, tout autour de la ville. Ils sont retirés du monde, évitant de révéler leur origine, ne venant à Jérusalem qu'une fois l'an. Ce sont souvent de grands seigneurs ayant décidé de tout quitter et ayant fait courir dans leur pays le bruit de leur mort. Pourquoi monseigneur Robert ne serait-il pas parmi eux ?

Ces bonnes nouvelles, m'apparut-il, étaient minces et apportaient peu d'espoir. Pantaleone, lui, rayonnait et je compris combien il souhaitait me voir satisfaite, quelle récompense il attendait de moi. Je lui demandai s'il espérait recueillir d'autres renseignements : il devait, répondit-il, rencontrer plusieurs âniers ou porteurs d'eau dont la fonction les mettait en contact avec ces ermites-là : ils les voyaient tous les jours. Il me tiendrait informée de ces entretiens, il en attendait beaucoup.

Il voulut savoir si, dans les mois précédant son départ en pèlerinage, monseigneur Robert avait manifesté quelque attirance pour la vie érémitique. Je ne pouvais rien affirmer. Pourtant, il montrait depuis quelque temps beaucoup d'intérêt pour tout ce qui touchait la religion.

Je passai le reste de la journée dans l'angoisse. Je sentais germer et se développer en moi une attente, une espérance qui bientôt m'envahirait tout entière et dont je me défendais de toute la force de ma raison. Car si Robert était en vie dans l'une de ces cavernes, ce qui était possible sinon probable, il s'était retranché là volontairement et n'avait que faire de ma présence ni de mon amour, fallait-il même, dans ces conditions, chercher à le revoir ?

Lorsque nous suivîmes la via Dolorosa, le soir, nous mettant à genoux à chaque station au milieu d'une foule indifférente de mécréants affairés, je ne me sentais pas plus portée aux manifestations de piété que je ne l'étais le matin : mon souci occupait tout mon esprit et les simagrées des Napolitains m'exaspéraient. Si bien que, de retour à l'hôpital Saint-Polycarpe, Loukia, la jeune caloyère, me demanda pourquoi je semblais si insensible à tout ce que nous pouvions voir en Terre sainte.

– C'est que, me souffla mon imagination, la présence permanente des soldats sarrasins autour de nous m'indispose et m'empêche de me recueillir comme il conviendrait.

– Ils nous rendent pourtant service, répondit la religieuse. Sache que, s'ils ont peut-être pour rôle de nous espionner, ils doivent surtout nous protéger.

– Nous protéger ? Mais de qui ?

Elle soupira :

– Il existe en ville des mécréants hostiles aux chrétiens qui estiment faire une bonne action en les insultant, en les frappant ou en les tuant. Et puis nous, les femmes, nous représentons, avec les enfants, un gibier intéressant pour les trafiquants d'esclaves désireux d'aller nous vendre sur les marchés du Caire ou de Bagdad. Une femme jolie comme toi leur rapporterait sûrement une bonne somme !

– Les autorités n'agissent pas pour interdire ce trafic ?

– Le calife du Caire est indifférent au sort des *dimnis*, chrétiens et juifs. Les seigneurs locaux les écrasent d'impôts et s'occupent peu de leur sécurité. Quant aux marchands d'esclaves, ils savent à qui acheter leur impunité…

Cette religieuse me surprenait toujours par son enthousiasme à l'évocation de Byzance sa patrie, le centre du monde, d'après elle. Elle ne cessait d'en vanter les mérites et répétait qu'elle m'enviait de me rendre à « la Ville », comme elle disait, d'y admirer ses basiliques, ses palais et surtout les reliques exposées dans ses sanctuaires. Pour elle, ces objets sacrés avaient le formidable pouvoir de maintenir à l'Empire une prospérité et un bonheur inégalés.

Dans cet hôpital, nous étions pourvus de minuscules cellules individuelles. Cette nuit-là fut encore vêtue d'angoisse : éloignée de ceux que j'aimais, imagine, moine, les soucis venus m'assaillir comme un vol d'oiseaux de malheur. Je n'avais pas fermé l'œil lorsque j'entendis gratter à la porte de ma cellule. Je demandai qui était là. La réponse me parvint, chuchotée : c'était Pantaleone.

J'ouvre. À peine éclairé des lueurs fuligineuses d'une lanterne sourde, je le vois déguisé, déguenillé, sous un turban sale, le visage noirci. Contenant mal sa joie, il murmure :

– Je l'ai vu, je lui ai parlé !

Le souffle d'abord coupé, méfiante, je lui demande enfin en quel état il a trouvé Robert. Il va bien, quoi qu'il soit fort amaigri par le jeûne et les privations. Pantaleone lui a parlé de son épouse, Adeline. Robert a ri, lui a répondu qu'il s'agit d'Arlette, la mère de ses enfants : il l'aime tendrement, il sera heureux de la revoir. J'exulte. Il faut donc se hâter d'aller jusqu'à l'ermitage avant matines que Robert doit chanter avec la communauté du monastère proche.

Ainsi, la tendance mystique de monseigneur Robert en a fait un reclus, un dévot, pire, un ermite : serai-je capable de le ramener à son fils menacé, à son duché à l'abandon, à mon lit, surtout ? M'entendra-t-il ?

Pantaleone a soudoyé ou fait boire à la sœur tourière quelque breuvage qui affecte le sommeil. Il me gratifie d'un long voile noir, le dispose sur ma tête et mes épaules à la mauresque, me fait monter sur un âne.

– À cette heure, dame, les chrétiens et les juifs ne sont pas autorisés à aller par les rues. Moins encore les pèlerins. Vous ainsi parée, vous n'aurez pas de difficultés avec les gardes de l'émir.

La clarté de la lune toujours violente, implacable, chasse les ombres, glace les murs de cette cité morte. La senteur particulière à la ville, détectée par moi dès le premier jour, est plus âcre : fumée, purin et odeur végétale que je discerne mal. L'âne trotte de ruelle en venelle à la suite de mon guide qui court dans le claquement de ses babouches. L'hôpital Saint-Polycarpe est proche de cette porte Bab el-Khalil par où nous sommes entrés. Longs pourparlers de Pantaleone avec les soldats au turban noir de garde. Il me désigne, fait de grands gestes, s'exclame avec la sincérité, sans doute, d'un campagnard attardé en ville après le couvre-feu. Quelques piécettes font merveille. Nous franchissons la poterne.

– L'ermitage n'est plus éloigné, murmure Pantaleone.

Il continuer à courir sur le chemin poudreux. Je m'étonne de ne pas distinguer, dans la pleine clarté, les collines, les fameuses collines de Judée où sont les grottes. Non, c'est la route prise en venant de Jaffa, elle descend entre les bois d'oliviers. La pente s'accentue. En contrebas, un village dont un grand feu illumine la place. Entre les arbres, j'y devine plusieurs chameaux baraqués et, près d'eux, quelques silhouettes de femmes assises, voilées. Non, leur tête est dissimulée par un sac ! Elles sont entravées, les coudes liés l'un à l'autre… des esclaves ?

Sans un mot, je me laisse glisser de l'âne et roule dans le taillis bordant la route. Les épineux, nombreux en cet endroit, me déchirent, mais ils me sauvent. Je m'enfonce dans un roncier où nul ne viendra me chercher.

– Arlette ! Reviens tout de suite ! hurle Pantaleone sur un ton qu'il ne m'avait jamais fait entendre.

Le cœur battant, je reste cachée là. Le truand maugrée, bat les buissons avec son bâton. Il faut rester immobile. Je suis surprise de l'entendre lâcher prise après quelques instants. J'essaie de sortir de ma cachette mais, dans ma terreur, je me suis précipitée dans une espèce de cocon de longues épines plus acérées que des lames, s'enfonçant dans ma chair au moindre mouvement.

Pantaleone revient, accompagné de trois de ses semblables. Avec méthode, ils cherchent. Je les entends pousser des cris, des jurons sans doute dans leur langue. Mais qu'est-il, lui ? Faux

Sicilien ? Vrai Arabe ? Renégat ? La traque se poursuit, loin de moi heureusement car la souffrance causée par ces multiples dards m'arrache des gémissements. Parfois, écorchée vive, ruisselante de sang, à bout de douleur, j'ouvre la bouche pour les appeler, leur demander de me délivrer quitte à me retrouver dans quelques semaines à l'encan du marché aux esclaves du Caire. Mais je résiste.

Je suis demeurée durant plus d'un mois à l'hôpital Saint-Polycarpe. Les caloyères m'ont soignée avec dévouement : on connaît bien dans la région ces buissons d'épineux dont les piqûres douloureuses sont vite infectées par un poison générateur de gangrène. Et j'avais passé dans ce trou, sous leur aiguillon, le reste de la nuit.

Les soins administrés là me l'ont été d'abord en raison du dévouement de ces religieuses pour leurs malades. Et puis, le fait que je n'aie pas pu leur cacher mon chagrin d'être séparée de mon fils, le duc Guillaume, me donna pour elles un prestige considérable. J'appris à connaître plus tard la fascination pour les titres nobiliaires de tout ce qui compte dans ce monde grec de Byzance.

– *I doukissa*, la duchesse, murmuraient-elles avec des regards admiratifs.

Les caloyères furent donc bonnes, mais elles étaient bavardes, jacassant à tout instant. En peu de temps, la présence en leurs murs de la duchesse de Normandie fut connue de toute la ville et je reçus un grand nombre de visiteurs de tout poil.

Parmi eux, l'abbé d'un monastère chrétien me précisa que, depuis bien longtemps, les émirs de l'endroit avaient délogé les quelques ermites installés autrefois dans les grottes des monts de Jérusalem : il n'y en avait plus un seul. Il m'affirma que la visite de monseigneur Robert n'avait pas laissé un grand souvenir. Enfin, victime d'incessantes persécutions, il me demanda d'user de toute mon influence plus tard pour décider les barons chrétiens à venir protéger les pèlerins des Lieux saints.

– Ces « Croisés », dit-il, j'entends par là qu'ils combattraient au nom de la Croix, nous permettraient de pratiquer notre religion sans contrainte.

– Je le ferai, répondis-je, aussi étrange que me paraisse l'idée. En effet, sache-le, la voracité des barons normands est extrême, mon fils et moi nous avons eu assez à en pâtir. Ils sont trop intéressés par le désir de voler la terre de leur voisin pour consentir à s'éloigner ainsi de leur fief. Et s'ils accomplissaient ce voyage, ce serait pour se tailler royaumes et duchés dans les territoires des Infidèles plus que pour protéger les Lieux saints.

– Si les barons normands sont si cupides, rétorqua-t-il, les autres le sont peut-être moins ?

J'en doutais fort et lui rappelai que chez tous les seigneurs de la chrétienté, c'était la loi du plus fort qui prévalait. Il me quitta sceptique et mécontent.

Bien plus importante fut la visite d'un Turc, un loqueteux autorisé avec répugnance par les caloyères à me voir. C'était un grand homme maigre, voûté, ne portant pas de turban, signe de misère. Il s'assit à terre, les jambes croisées comme lorsqu'il quêtait à la sortie de la mosquée d'el-Aqsa. Il s'expliqua dans un langage mêlé d'arabe et de langue franque que je comprenais un peu.

Il était, disait-il, l'un des quatre hommes, « des quatre diables » ayant porté la litière de monseigneur Robert lors de sa maladie. Je l'arrêtai : s'il voulait me soutirer quelque aumône, j'allais la lui donner à condition qu'il cesse ses mensonges. Il posa alors sur moi un long regard triste et, je dus le reconnaître, au milieu de ce visage crasseux à la barbe hirsute, ses yeux étaient beaux et leur message paraissait sincère. Il tira de sa besace une statuette d'or haute comme le doigt représentant l'archange saint

Michel terrassant le dragon et cette statuette, je l'avais vue entre les mains de Robert.

– Je ne veux pas d'aumône, dit-il. Et si je n'avais pas éprouvé de vénération pour monseigneur le duc, j'aurais depuis longtemps vendu cette statuette qu'il m'a donnée en signe de gratitude.

Je me dressai, le souffle coupé. Il m'expliqua alors comment lui, Bektash, ayant entendu dire que je me trouvais là, avait tenu à me rendre visite pour témoigner de la bonté et de la grandeur d'âme du duc. Musulman, il restait musulman, mais l'exemple de Robert l'avait presque converti. Il était demeuré presque un mois près de lui, témoin de sa maladie et de ses derniers moments.

– Tu as assisté à la mort de monseigneur Robert ? m'écriai-je.

Il l'avait accompagné jusqu'à son inhumation dans la basilique de la Toute Sainte, la Panagia de Nikaïa.

Dans un souffle, je murmurai :

– Et tu sais de quoi il est mort ?

Le décès d'un baron proche de Robert et de cinq de ses serviteurs présentant les mêmes symptômes montrait qu'il s'agissait d'un poison.

– Mais qui, qui a administré ce poison ?

Les premiers signes de la maladie étaient apparus simultanément chez tous à leur retour d'une réception à la cour de Byzance.

2

J'ai quitté Jérusalem le 3 du mois de septembre de l'an du Seigneur 1040, fête de la Saint-Siméon, vêtue de la pèlerine de bure, la besace à l'épaule, le bourdon au poing et la rage au cœur.

Mon séjour y avait été bref et presque entièrement consacré à me soigner. À la différence des autres pèlerins, j'y ai accompli peu d'actes de piété : c'est que le but de mon voyage n'avait été ni la pénitence, ni la vénération des Lieux saints, mais la recherche de monseigneur Robert. J'y ai acquis la certitude de sa mort et j'en suis repartie décidée à punir ses meurtriers et sûre d'y parvenir.

Acre, Tyr, Sidon, Tripoli, le peuple des pèlerins marchait, marchait encore sous le rude soleil de l'été palestinien. Soulagés d'avoir accompli leur vœu, ils babillaient, chantaient, plaisantaient malgré les nombreux contrôles de soldats exigeant la présentation du sauf-conduit et souvent le versement d'un droit de passage et d'un bakchich. Moi, je restais à l'écart, décidée à ne pas rencontrer d'autre Pantaleone, remâchant mon chagrin de l'absence de Guillaume et ma volonté de vengeance.

À Jérusalem, en effet, je ne m'étais pas contentée du témoignage de Bektash, le mendiant turc. Sur les indications de celui-ci, j'avais rencontré un médecin arabe pratiquant autrefois son art en allant de ville en ville dans l'Empire byzantin. Cet homme, de passage à Nikaïa, avait été appelé auprès de monseigneur Robert peu avant son décès. Il nous avait confirmé le rôle évident d'un poison ayant entraîné sa mort, celle de Dreu, le comte du Vexin, ainsi que de cinq serviteurs. Il affirmait aussi que les troubles s'étaient manifestés au retour d'une réception à la cour de Byzance. Nikaïa étant peu éloignée de Byzance, il était impossible de déterminer en quel endroit le venin avait été administré. Mais devant l'aggravation rapide de l'état des patients, le médecin n'avait été d'aucun secours

– Pourtant, avais-je objecté au vieux Bektash, tu affirmes avoir aidé à porter la litière de monseigneur déjà malade et être resté près de lui pendant un mois avant sa mort : l'effet de ce venin n'était donc pas si foudroyant !

Monseigneur Robert avait d'abord été atteint de maux d'entrailles comme en subissent les voyageurs dans ces contrées. Il en avait été éprouvé au point de ne plus pouvoir se tenir à cheval et on avait craint pour sa vie. C'était alors qu'il avait rencontré le pèlerin de Pirou, Bektash s'en souvenait parfaitement. Il avait donc interrompu son voyage pendant quelque temps dans cette ville de Nikaïa et y avait recouvré la santé avant de succomber à cet empoisonnement.

Les formidables murailles de la ville d'Antioche, son étendue, ses jardins et le fleuve Oronte qui les irrigue furent incapables de m'arracher à mes pensées. Pourtant, nous fûmes accueillis fraternellement, soignés et réconfortés dans un bel hôpital qui bénéficie de la bienveillance des autorités du lieu, respectueuses de l'importante communauté de chrétiens qui y réside.

Dirai-je que, absorbée par mes soucis, je ne me souviens pas des bonnes âmes qui s'occupèrent de nous en cet endroit ? Je n'ai pas même prêté attention, lors de notre traversée du désert, à la rencontre d'un lion mis en fuite par les imprécations d'un homme qui marchait avec nous et n'était pourtant qu'un mécréant.

Le troisième témoignage recueilli à Jérusalem était le plus important. Il provenait de Joanina, une femme ayant été servante dans une taverne de cette ville de Nikaïa. Horrifiée par l'action abjecte qu'elle avait commise, elle était entrée dans les ordres et Bektash, connaissant tout le monde, l'avait retrouvée dans le couvent de religieuses grecques d'Haghia Sofia, à Jérusalem. Elle était persuadée que sa faute ne pouvait être absoute que par sa pénitence dans la Cité sainte. Le Turc me l'avait amenée.

Elle s'était précipitée à mes pieds avec sanglots et larmes et avait avoué : monseigneur Robert et les siens, pendant leur séjour à Nikaïa, se fournissaient en vin à cette taverne Kalorrizika. Les maîtres buvaient un excellent cru de la Cappadoce, les autres se contentaient d'une piquette commune. Un officier venu de la capitale avait donné à cette femme vingt *nomismata*, c'est le nom qu'elle donnait aux besants d'or, une grosse somme pour elle, pour lui laisser mettre dans la jarre de bon vin une petite quantité d'un liquide qu'il transportait avec précaution. Deux jours plus tard, le duc était mort.

Mise hors de moi par son récit, je m'étais précipitée sur la caloyère et, la prenant aux épaules, l'avais secouée en hurlant :

– Misérable ! C'est donc toi qui as empoisonné monseigneur Robert !

Elle s'était laissé faire, hoquetant et gémissant qu'elle avait seulement vu agir cet officier et accepté son or, qu'elle se repentait grandement et faisait pénitence depuis. Je m'étais ressaisie et lui avais demandé de me décrire l'homme. C'était un officier supérieur à en croire la richesse de sa tenue, avait-elle expliqué. La couleur verte du panache de son casque et des rubans de son collet faisait penser qu'il appartenait à un régiment de la garde, les Excubiteurs. Elle n'en savait pas plus.

Lorsque je l'avais questionnée sur Robert, elle avait été plus diserte. Elle avait vu en lui un seigneur magnifique, généreux, puissant et aimable. Oui, elle l'avait qualifié de puissant et, comme je lui demandai ce qu'elle entendait par là, elle avait rougi et s'était tue.

– En plus d'empoisonneuse, aurais-tu été ribaude en ton bordeau de Nikaïa ? avais-je ricané.

Elle n'avait pas répondu et je l'avais congédiée. Il n'était certes pas concevable qu'un homme comme Robert fût resté continent pendant une si longue période, mais j'éprouvais un peu de dépit à l'idée qu'il ne l'eût point été.

Après avoir entendu ces témoignages, j'avais donc décidé de quitter Jérusalem. Bektash m'avait proposé de m'accompagner, je l'en avais dissuadé et, malgré ses protestations, l'avais largement rétribué en le remerciant de l'aide fournie. Il m'avait indiqué un marchand juif se trouvant en relation avec certains banquiers lombards.

– Je n'ai rien à refuser à la duchesse de Normandie ! avait murmuré l'homme en remplissant d'or mes deux bourses.

Et, dans l'amertume, j'étais sortie de la ville par la porte Bab el-Khalil, franchie dans l'espoir si peu auparavant.

À deux journées de marche d'Antioche, à l'approche des montagnes, se trouve la frontière de l'Empire byzantin. Mes compagnons, sur qui je n'avais guère posé le regard jusque-là tant j'étais absorbée par mon cauchemar, étaient inquiets à l'idée de passer cette frontière car, là encore, il faudrait payer. Les chrétiens de Terre sainte sont généreux avec les pèlerins, en vue des droits, taxes et bakchich dont ils doivent s'acquitter lors de leur retour, mais déjà les bourses étaient plates. Je pus leur fournir le viatique nécessaire.

– Pas besoin ici de sauf-conduit, avait expliqué Renaud Mangelaine, un vieux qui accomplissait le pèlerinage pour la troisième fois. D'abord, il faut payer. Puis, il faut réciter en grec la formule : « Je parle grec, je vénère l'empereur et je pratique la religion orthodoxe. » On peut compléter par la récitation du Trisagyon : « Dieu saint, Saint fort, Saint éternel, aie pitié de nous » : ce sont les premiers mots enseignés aux enfants dans ce pays et c'est une de leurs prières. Alors, les fonctionnaires t'admettent comme un citoyen de l'Empire et tu passes.

– Et si tu ne récites pas la bonne formule ? fit une voix.

– Tu es considéré comme un étranger, c'est-à-dire comme un ennemi et un espion. Alors, les services de sécurité de l'Empire s'occupent de toi.

Tous aussitôt de répéter entre eux cette espèce de formule magique car la réputation de rigueur, de cruauté même des services de sécurité impériaux était grande. Pour moi, parlant assez de grec depuis mon séjour chez les caloyères pour être comprise, je me dispensai de l'apprendre.

Le chemin s'engageait dans une espèce de défilé, entre deux hauts talus élevés pour canaliser les voyageurs. Passant entre deux tables, il convenait de laisser une pièce dans une boîte, sous l'œil lassé d'un fonctionnaire barbu écrivant sur un parchemin le nom qui lui était indiqué. Nous arrivions ensuite à un autre barbu à l'air féroce et dominateur, au chaperon blanc, enveloppé dans un manteau bleu lamé d'or et entouré de quelques officiers empanachés. Il se prélassait dans les coussins d'un vaste fauteuil posé sur une estrade de telle façon que notre nez se trouvât au niveau de la semelle de ses bottes, et tenait à la main une espèce de longue canne.

– Arlette, fille de Foubert le Parmentier !

Le fonctionnaire à la table hurla mon nom ou du moins ce

qu'il en avait compris et en était fort éloigné. Aux pieds de l'autre, je devais réciter les formules me faisant admettre comme citoyenne de l'Empire byzantin et je m'en acquittai de mon mieux : être retenue à la frontière ou rejetée chez les Sarrasins n'aurait pas servi mes plans.

Il me regarda longuement du haut de son trône, sans prononcer le mot *anté* autorisant le passage et en posant l'extrémité de sa canne sur ma tête. L'homme de la table répéta une seconde, puis une troisième fois mon nom sans plus de succès : le regard de méfiante supériorité m'écrasait toujours. Trop vive comme à l'habitude, j'allais interpeller cet imbécile lorsque jaillit derrière lui un personnage imberbe, au visage rond et au teint cireux, un de ces eunuques dont est truffée l'administration impériale. Il parla longuement à l'oreille de l'homme au chaperon blanc qui finalement soupira, leva sa canne et prononça le mot fatidique.

Je pouvais entrer dans l'Empire dont j'étais devenue citoyenne.

Je n'accordai sur le moment aucune importance à cet incident, il ne me revint en mémoire que par la suite. La frontière franchie, mon attention fut absorbée par les difficultés de la route : de rudes pentes nous faisaient grimper sur des plateaux arides balayés par le vent et séparés par de profondes crevasses. Là encore, le peuple des pèlerins marchait dans la douleur. Par bonheur, l'administration impériale au contact si rude a prévu des auberges nombreuses et assez confortables servant de relais de poste, où pèlerins et voyageurs sont également reçus et où ne paient que ceux qui en ont les moyens.

Ce fut dans l'une de ces haltes, au misérable village du nom d'Haghios Loukas, que j'éprouvais une grande surprise :

– Abel de Saintré, le berger ! m'écriai-je.

Le pèlerin, accompagné de son épouse Hermengarde, se trouvait dans la vaste salle basse, voûtée, servant à la fois de réfectoire et de salle commune. Me distinguant de loin au milieu de la foule, ils vinrent s'asseoir à ma table, à la lumière d'un quinquet, devant un brouet. Ils avaient accompli leur pèlerinage dans l'espoir d'avoir une progéniture et avaient été exaucés : Hermengarde présentait les signes d'une grossesse débutante. Je l'en félicitai, constatant une fois de plus l'efficacité de ce pèlerinage s'il est accompli avec foi. Et je leur demandai ce qu'étaient devenus nos anciens compagnons.

– Je n'ai que de tristes nouvelles à t'apprendre, ma sœur Adeline, répondit Abel. Si notre passage à Rome s'est effectué sans encombre, la traversée des Pouilles a été dramatique. Les barons normands tes compatriotes, pardonne-moi de te le dire, y font régner la terreur et rançonnent les voyageurs, pèlerins ou non.

– Mais les pèlerins n'ont rien, fis-je observer.

– Ils ont fait vœu de pauvreté et mènent une vie misérable, répondit-il, mais ceux qui en ont les moyens transportent sur eux une ou plusieurs bourses pleines, tu le sais bien. Le juge Noirepel et Martin le bigame ont été abattus pour ne pas avoir voulu remettre la leur à l'un de ces seigneurs. Symphorose et Saturnin, le clerc, n'ont pas été inquiétés, mais la nave sur laquelle ils ont embarqué à Brindisi a été prise par les pirates sarrasins et ils sont maintenant esclaves dans quelque pays infidèle…

Il m'informa des drames vécus par plusieurs autres de nos compagnons. Je soupirai en vérifiant la véracité de la prédiction de ma vieille Pélagie. Puis il ajouta en souriant :

– Nous avons appris à Jérusalem ta mésaventure et le fait que tu sois une dame, une duchesse. Pardonne-nous de l'avoir ignoré jusque-là et de t'avoir considérée comme une servante.

Toute l'amertume accumulée en moi me vint aux lèvres dans

un élan de confiance, dans une volonté de confidence. Trop longtemps, j'avais remâché mon souci dans la solitude : sauf les électuaires de ma marraine, je leur racontai tout, ma condition de frilla, la mort de Robert en la ville de Nikaïa où nous devions passer sous peu, ma décision de cacher Guillaume parmi les pèlerins, la trahison de Pantaleone, puis les aveux de Bektash, ceux aussi de Joanina la caloyère de Jérusalem. Et, en sanglots, je terminai en exprimant ma volonté de venger monseigneur Robert quels que soient ses assassins.

Abel et son épouse essayèrent de me réconforter, ils ne le purent. Je leur demandai de me pardonner d'avoir attristé cette soirée de retrouvailles et allai me coucher.

Le lendemain, nous reprîmes la route. L'étape était longue, qui devait nous conduire à Iconium, capitale de la province, les Grecs disent du « thème », de Lycaonie. Nous traversions un plateau couvert de hautes herbes où d'immenses troupeaux de moutons et des hardes de chevaux paissaient sous la garde de bergers montés. Le vent du nord soufflait sans cesse, ses vagues fraîchissaient, elles blanchissaient la prairie. Ce souffle poussait devant lui un front de noirs nuages obstruant l'horizon comme une barrière ou comme une immense caverne prête à tous nous engloutir.

Abel et Hermengarde étaient d'agréables compagnons de route. Heureux d'avoir vu couronner le fruit de leurs efforts, ils auraient pu se réfugier dans leur bonheur en ignorant l'infortune des autres pèlerins. Au contraire, ils me faisaient parler de Guillaume, ne tarissant pas d'éloges sur son intelligence et sur une dignité, une maturité extraordinaires chez un enfant de son âge. Et puis, à l'inverse de tant de bonnes âmes s'évertuant à taire le souvenir, ils évoquaient la mémoire de monseigneur Robert et m'encourageaient à me rappeler les années heureuses.

Ce sympathique voisinage avait calmé mon angoisse. Persistait, cependant, un sentiment d'inquiétude, avivé par la lancinante chanson du vent, par le ciel de marbre dont le soleil avait disparu, par le passage incessant aussi de cavaliers, militaires enveloppés de manteaux gris et au casque sans plumet ni panache. Leur monture ignorait le pas et le trot : ils arrivaient au galop, soulevant un nuage de poussière et nous obligeant à nous garer sur le bord de la route, puis disparaissaient à l'horizon sans que nous ayons même aperçu leur visage.

– Un courrier portant des rapports à la Ville, disait-on. Ou en rapportant des ordres.

Car dans l'Empire, tout est enregistré et décidé par cette puissance mystérieuse et formidable que sont les bureaux de Byzance, de la Ville, dit-on. Cette redoutable machine connaît tout et rien ne s'effectue sans elle. Les fonctionnaires impériaux commandent et il est coutume de dire qu'entre Messine et le Caucase, une mouche n'a pas le droit de voler sans leur autorisation.

Le soir venu, nous nous trouvâmes enfin en vue d'Iconium, grosse ville vivant du travail et du commerce de la laine. Nous fûmes reçus à l'auberge avec une cordialité inhabituelle aux citoyens de l'Empire rencontrés jusque-là, et fort bien nourris.

Je fus réveillée à matines, en pleine nuit, par le son de la simandre, cette pièce de bois heurtée aux heures des offices qui remplace les cloches des Latins ou l'appel du muezzin des Sarrasins. Un vacarme résonnait dans l'auberge. J'eus à peine le temps de m'asseoir que trois hommes faisaient irruption dans la petite cellule qui m'avait été impartie. Ils me bâillonnèrent, me ligotèrent et me jetèrent dans une voiture fermée. Le fouet du cocher claqua et le cheval prit aussitôt le galop, escorté par deux cavaliers, d'après ce que je pus entendre.

3

Je suis restée près de trois mois enfermée au couvent du Christ Akataleptos, une des plus effroyables prisons pour femmes de Byzance.

Cet établissement comporte deux étages de cachots exigus. Dans chacune de ces cellules, l'ameublement consiste en un seau de toilette et une planche servant de lit, disposée un peu au-dessus du sol pour éviter aux détenues d'être dévorées par les rats. Pendant l'hiver, souvent rude, une couverture est laissée à chaque prisonnière pour la nuit. La lumière provient d'une petite fenêtre close d'un volet. Cinq fois par jour, ce volet est ouvert de l'extérieur et, à travers un grillage, la prisonnière ne peut se dispenser d'assister à l'office célébré pour les caloyères du couvent.

Ces femmes-là sont choisies pour leur puissance musculaire et leur mutisme : au début, j'étais persuadée qu'un bon nombre d'entre elles étaient sourdes et muettes, les autres idiotes. Elles distribuent le matin le broc d'eau et le pain pour la journée et le soir la soupe, en réussissant à ne pas prononcer un mot. J'aurais préféré les entendre quereller ou disputer que de devoir affronter ces pierres tombales.

J'ignorais les raisons de mon incarcération : le silence fut la réponse à mes questions, la menace du fouet m'incita à me taire.

J'examinai ma conduite depuis mon arrivée dans l'Empire et me demandai en quoi j'avais démérité. Certes, je n'avais pas caché ma volonté d'en savoir plus sur la mort de Robert, il m'était même arrivé d'évoquer mon désir de le venger, mais il n'y avait eu aucun début d'exécution. Et je ne pouvais imaginer d'être ainsi enfermée loin des miens au secret, sans doute jusqu'à ma mort, pour quelques paroles imprudentes.

Trois jours après mon entrée dans cette prison, pourtant, deux religieuses vinrent me chercher. Après m'avoir lié les poignets, elles me conduisirent dans une pièce peu éclairée, devant un personnage barbu à chaperon blanc et au visage revêtu de cette morgue méprisante observée chez son semblable de la frontière. Derrière une table, chacun à la lueur d'un lumignon, deux eunuques s'apprêtaient à prendre note de l'entretien.

On me laissa debout devant ce juge. Après m'avoir longuement écrasée du regard, il me demanda mon nom.

– Arlette, fille de Foubert le Parmentier, répondis-je. Mais je veux savoir…

– Tu n'es pas en position d'exiger ! tonna le magistrat. Contente-toi de répondre : pourquoi t'être parée d'un titre usurpé pendant ton séjour à Jérusalem ?

La colère me sauta au visage. J'avais encore un peu de vigueur malgré mon régime de famine et je m'entendis glapir :

– Je ne me suis parée d'aucun titre, seuls tes compatriotes imbéciles m'ont décerné celui de duchesse ! Je ne suis que la mère du jeune duc Guillaume et, en tant que telle, j'ai le droit d'être informée de ce qui m'est reproché !

À l'inverse de ce que j'attendais, ce mouvement d'humeur parut adoucir le magistrat : il appartenait à la race de ceux qui réservent leur arrogance aux faibles. Il reprit donc un ton plus bas :

– Tu ne revendiques donc pas un titre usurpé, un titre n'ayant pas été décerné par le Délice de l'Univers, notre empereur Michel ?

Je revendiquais seulement le droit de savoir de quel crime j'étais accusée pour être jetée dans un cachot répugnant et destinée à pourrir là, parmi les rats. Il ricana :

– Tu les connais, la raison de ta présence ici et l'horreur de ton crime ! Tu cherches seulement à égarer la justice impériale. Mais décline de nouveau tes nom et prénom.

À l'évidence, ni lui ni ses secrétaires n'étaient sourds. Je refusai donc de répondre et m'enfermai dans le silence. J'avais tort : ce silence fut considéré comme insultant et le juge me condamna à recevoir douze coups de fouet.

La sentence était immédiatement exécutoire. Je fus amenée à une pièce voisine et, attachée à un pilier, je reçus d'une caloyère mafflue et velue la correction imposée. Ce fouet comportait des lanières de cuir sans billes de plomb ni clous comme en portent certaines autres, mais la main du bourreau était lourde.

De retour à ma cellule, je fus l'objet d'une crise de désespoir. Ignorant ce qu'on me reprochait, je ne pourrais jamais me défendre ou détromper mes accusateurs. Et Guillaume avait besoin de moi malgré son apparente maturité, je le sentais. Je pensais à Robert qui me laissait seule, à mes autres enfants et au malheureux Herluin…

Ce fut alors que s'ouvrit le volet de ma fenêtre. Un office se déroulait sous mes yeux, j'entendais le chant des caloyères et, pour la première fois, j'accordai toute mon attention à l'envoûtante liturgie orthodoxe. Les voix ne prenaient pas cette tonalité criarde souvent entendue dans nos églises. Leurs inflexions évoquaient pour moi le vol d'oiseaux immenses et paisibles tournant dans la quiétude de l'air du soir. Et la voix de ces femmes me surprenait par sa douceur tant était grande leur rudesse de gardiennes.

Comprends-moi bien, moine : ces chants, cette liturgie ne

m'incitaient hélas pas à la prière ni à la méditation, moins encore à me résigner à ma condition. L'harmonie de la mélodie et la beauté de la cérémonie pénétraient en moi. Elles n'agissaient pas sur mon raisonnement qu'elles semblaient au contraire engourdir, mais sur mes sentiments dont elles adoucissaient les aspérités et même sur mes sensations : les brûlures du fouet s'atténuaient sous ce baume rafraîchissant, la morsure de la faim s'apaisait par cette nourriture spirituelle, la douleur même d'être séparée de mon fils devenait tolérable. Et je me souvenais de l'appréciation des envoyés du prince de Kiev sur les chœurs de Sainte-Sophie : « Ici est le Ciel sur la Terre, nous préférerons y demeurer que de rentrer dans notre pays. »

Mais alors se faisait jour en mon esprit l'idée que cette fenêtre ouverte sur la liturgie orthodoxe, divine liqueur, n'avait pour but que d'endormir la vigilance des prisonnières, de leur faire abandonner tout espoir de bonheur terrestre et tout désir de justification ou de révolte. Alors, de nouveau, je sentais monter en moi une vague de colère. Mais je m'endormis enfin dans une sérénité faite de résignation et presque d'indifférence.

Ainsi s'écoulaient les journées et les semaines, entrecoupées par les interrogatoires. Alors, sortie de ma cellule où j'étais parfois bercée par les anges, ma hargne reprenait le dessus. Je retrouvais en moi celle que ma mère traitait de rebelle. La porte franchie, j'étais prête à batailler, à pourfendre le juge et à tout faire pour connaître enfin mon prétendu crime : ce temps perdu contrariait mes recherches sur la mort de Robert et m'éloignait de l'heure où je retrouverais Guillaume.

– Quels sont tes nom et prénom ?

À la question posée vingt fois par séance, je répondais maintenant vingt fois par séance : la peau de mon dos me chauffait encore. Ceci enregistré, l'on en venait au principal et toutes sortes d'interrogations incongrues m'étaient posées sur ma vie antérieure : c'était à croire que ce juge préparait un traité sur le sort des femmes en pays latin.

– Comment ? tonnait-il en prenant une expression indignée. Tu cherches à me faire croire que, n'étant pas duchesse, tu es la mère de celui qui se fait appeler duc ? Peux-tu m'expliquer ce mystère ? Cet enfant aurait-il été conçu hors du mariage ?

J'avais appris qu'il ne servait à rien de perdre son calme et usais ma patience jusqu'à la corde. Et je reprenais pour la centième fois mes explications dans les termes exacts où je les avais déjà données.

– Quelles mœurs dépravées ! ricanait le magistrat. Et dans une famille prétendue noble !

Je me retenais de lui rappeler les hontes de la famille impériale sur laquelle j'étais renseignée, l'assassinat de son prédécesseur Michel III l'Ivrogne par Basile à la lame expéditive, ou bien les débauches de Constantin, ou encore les turpitudes de Romain. Mais, sur un ton vibrant de colère retenue, je demandais qu'on veuille bien m'apprendre enfin ce qu'on me reprochait. En vain.

Derrière le magistrat se trouvait un rideau qui parfois frémissait comme si quelqu'un se trouvait là. Il m'arriva de deviner une voix chuchotée semblant dicter sa conduite à l'interrogateur. Celui-ci, un jour, mécontent sans doute, répondit à voix haute :

– Puisque tu l'entends ainsi !

Mais ma curiosité ne fut satisfaite que plus tard.

Le temps passait et je redoutais de voir s'abattre de nouveau sur moi la mélancolie ressentie à la première annonce du décès de monseigneur Robert. Déjà, le chant des caloyères me lassait dans son uniformité monotone et les questions du juge commençaient à m'indifférer. Rien ne m'importait plus au fond du puits où l'on me maintenait. Ce fut le moment que choisit ce mauvais homme pour porter ce qu'il pensait être le coup de grâce. À la fin d'un interrogatoire, il me dit d'un ton brusque :

– Dénonce tes complices et tu seras libre.

Je lui représentai que, n'ayant point commis de crime, je n'avais pas de complices. Il s'emporta et me menaça de me faire crever les yeux si je persistais dans mon silence. Je parlai donc et répétais que je n'avais rien à avouer.

– Puisqu'il en est ainsi, s'écria-t-il, viens assister au châtiment de ceux qui osent braver la bonté de notre père l'empereur !

Deux caloyères me saisirent chacune par un bras et me traînèrent à la suite du magistrat au long d'un couloir puis dans un escalier. Au second étage, une fenêtre s'ouvrait sur la rue dont nous séparait un épais grillage.

Le spectacle était magnifique : l'arrière du couvent du Christ Akataleptos donne sur les remparts maritimes au niveau de la porte des Drongaires. Dominant les murailles, je pouvais voir la Corne d'Or où fourmillent des navires aux voiles multicolores et, de l'autre côté du golfe, les quartiers de Péra et de Galata. À mes pieds, dans la rue bordée par les fortifications, se tenait une foule animée, massée contre les murs. On attendait.

J'étais arrivée au bon moment. Apparut au bout de la rue un soldat tirant par la bride un âne, un bourricot pelé et galeux n'avançant qu'à contrecœur. Monté sur l'âne, mais tourné vers l'arrière, tenant la queue de l'animal, se tenait un homme voûté, la tête couverte d'ordures et rentrée entre les épaules comme s'il craignait d'être battu. Il avait les pieds nus, était vêtu d'une robe de bure, comme en portent les pèlerins, et cette robe, trouée, partait en lambeaux.

À son approche, la foule se déchaîna. Les spectateurs hurlaient, sifflaient, jetaient des immondices dont le malheureux cherchait à se protéger du coude. Sans doute était-il interdit de lancer des pierres pouvant occasionner des blessures rendant aléatoire la suite du supplice. Le soldat devait maintenir les spectateurs en délire à distance du supplicié à coups de manche de pique. Cheminant lentement au milieu de ces forcenés, ils approchaient et soudain, je reconnus ce visage blême, amaigri, dévoré de barbe…

– Abel ! Abel de Saintré !

Le hurlement que j'avais poussé en reconnaissant le berger, mon compagnon de route, fut assez perçant pour qu'il lève vers moi un visage hagard. Ne me voyant pas derrière ma grille, il baissa le nez et continua son chemin.

– Oui, Abel de Saintré ton complice, soupira le juge. Sa pénitence s'achève. Il ne sera pas mis à mort, mais, puisqu'il a refusé la lumière, on lui ôtera la vue, je veux dire qu'on lui crèvera les yeux. C'est le sort qui t'attend si tu continues à nier.

Là-bas, sur une petite place, au milieu du cercle de la foule, le soldat avait jeté à terre le malheureux. Un homme vêtu de rouge bondit et s'assit sur le torse du supplicié dont le soldat maintenait la tête en lui agrippant les cheveux. Le bourreau brandit un couteau de boucher…

La fureur me prit à la gorge. Avant que les caloyères aient pu me retenir, j'arrachai le stylet attaché à la ceinture du juge et lui en portai un rude coup à la poitrine.

Le cachot, sans lumière, enchaînée au mur. Tout autour de moi, la sarabande des rats. On gratte, on rogne, on grignote, on frotte, on criaille, on bataille et moi, je tremble. Les caloyères ne me donnent ni à boire ni à manger et, pourtant, j'ai encore assez de forces pour écarter d'un coup de pied ceux qui me mordent. Cependant, peut-on dormir debout ? Je ne demeurerai pas ainsi, mes jambes me trahiront, je tomberai au milieu de ce grouillement. Ce sera ma fin. Une fin que j'envisage maintenant avec sérénité : c'est trop souffrir. Je ne verrai plus mon Guillaume ni mes autres enfants, mais c'est une éventualité à laquelle je me prépare depuis des semaines. Je rejoindrai monseigneur

Robert. Et j'aurai au moins la satisfaction d'avoir fait justice de ce mauvais homme.

Suis-je- là depuis un jour, un an, un siècle ? Un vacarme retentit dans le silence de ce sépulcre. Des cris. Une clef tourne dans la serrure. Le grand jour m'éblouit. Est-ce un ange, qui se tient là, celui même qui délivra saint Pierre de son cachot ? Si c'est un homme, sa taille est démesurée. Il doit ôter son casque et se courber pour pénétrer dans ma geôle. Et une voix grave tonne en langue franque marquée d'un rude accent :

– Eh, ma cousine, n'êtes-vous pas encore dévorée ?

4

– Enfin, vous voilà lavée et moins semblable à un souillon ! s'exclama Harald.

En fait, j'étais livide et décharnée à faire peur. Pourtant, je sortais des bains de son palais où, tandis que je me réalimentais un peu, ses esclaves m'avaient lavée, frottée, parfumée, vêtue d'une robe lamée d'or et coiffée d'un voile de dentelle. Ces serviteurs m'avaient expliqué que le seigneur Harald Hardrada était maintenant le général commandant le régiment de la garde palatine composé de soldats vikings venus s'enrôler dans les armées de Byzance et qu'on appelait les Varanges.

Harald, débarrassé de sa cuirasse et de son casque au panache écarlate, m'attendait dans une vaste salle dallée de marbre et tendue de soie grège. La douce lumière des écrans d'albâtre des fenêtres était avivée par l'éclat de vingt lampes. Il était allongé près d'un bassin ou murmurait une fontaine, sur un de ces lits de repos qu'on appelle divan en Orient et qui semblait trop court et trop étroit pour lui.

– Par saint Olaf mon défunt frère, s'exclama-t-il, je ne m'attendais guère à retrouver ici celle qui m'a naguère si bien soigné !

Il s'exprimait d'une voix tonitruante, ponctuant son propos de hennissements en guise d'éclats de rire.

– Mais allongez-vous là, reprit-il, reposez-vous, restaurez-vous. Et expliquez-moi ce qui vous a amenée dans ce cul-de-basse-fosse.

On apportait une somptueuse collation, des pâtés de lièvre et de sanglier, des fromages valaques et anatoliques, toutes sortes de pains, du raisin, des poires, d'énormes gâteaux et, surtout, des cruches de vin, de Samos et de Chio. Je décidai d'être prudente dans la dégustation de ce nectar, moi qui y avais quelque penchant, mais suivais le régime des pèlerins depuis près d'un an. J'eus un peu de mal à tenir ma résolution. Harald, lui, buvait comme le trou sec dont parle l'Écriture.

Prudente, il me parut bon de rester sobre, aussi, sur les détails de mon voyage. D'ailleurs, Harald bâillait et ne m'écoutait qu'à moitié : la mort de monseigneur Robert, mon désir de me rendre en pèlerinage sur sa tombe, mon passage par Jérusalem et mon incarcération dans cette odieuse prison furent tôt racontés : ces détails le laissaient froid. Je m'étendis plus longuement sur le sentiment de mon innocence et mon indignation de me voir enfermée sans qu'aucun chef d'inculpation ne me soit notifié. Il hocha la tête.

– Ma cousine, déclara-t-il, n'en soyez pas étonnée. Nous vivons ici sous le règne d'un empereur et d'une impératrice, nous disons une *basilissa*, médiocres l'un et l'autre, mais surtout sous la domination des fonctionnaires impériaux, souvent des eunuques. Ces gens-là décident de tout entre eux, dans le secret. La Justice n'existe plus malgré les titres ronflants dont se parent certains. Elle est remplacée par une police toute-puissante agissant dans le secret sous les ordres de…

Il regarda autour de lui en prenant une expression faussement effrayée comme si des espions pouvaient l'entendre.

Sous les ordres de cette ordure d'Orphanotrophe, murmura-t-il.

– De quelle sorte d'ordure parlez-vous ? demandai-je, étonnée.

Il éclata de nouveau de rire et m'expliqua comment la Basilissa Zoé, héritière de l'Empire, s'était débarrassée sans mal de son vieil époux en le faisant noyer dans les bains du palais. Elle avait alors fait couronner son amant Michel, personnage quelconque exerçant la profession de changeur et victime de fréquentes crises d'épilepsie. Ce nouvel empereur s'intéressait peu aux affaires. Il avait relégué Zoé dans son gynécée en diminuant sérieusement son personnel sous prétexte d'économies. Et il laissait le pouvoir à son propre frère Jean, un tyran, moine eunuque officiellement chargé de la direction des orphelinats, autrement dit : l'« Orphanotrophe ».

Je l'observais pendant qu'il parlait. Il portait toujours son épaisse crinière rousse mais sa barbe était taillée avec soin. La maturité lui avait conféré de l'aisance et peut-être une certaine finesse.

– Ces gens-là sont des Paphlagoniens, originaires d'une lointaine province, là-bas, au bord de la mer Pontique, au pays de la pluie, expliquait-il. On répète dans la Ville que tous les Paphlagoniens sont des crapules pratiquant le crime organisé dans des sociétés secrètes.

– Et lui, cet… Orphanotrophe ? demandai-je.

– Lui, l'eunuque Jean, dirige tout dans le mystère et fait récompenser ou exécuter qui bon lui semble sans en rendre compte à personne. Il ne se déplace que de nuit, sur un âne, protégé par sa robe de moine sous laquelle il porte une cotte de mailles et malheur à qui le rencontre et le reconnaît ! Il aime assister aux interrogatoires et aux exécutions capitales dissimulé derrière un rideau…

Mes propres interrogatoires étaient parfois dirigés par un personnage caché à ma vue, peut-être cet eunuque Jean. Cependant, je ne comprenais pas par quel bonheur lui, Harald Hardrada, reçu et soigné par moi et prêt à demander asile au duc de Bretagne dix ans plus tôt, était venu me délivrer d'une mort imminente dans un cachot de Byzance.

– Il faut que vous sachiez deux choses, ma cousine, expliqua-t-il. D'abord, qu'il existe dans l'Empire un parti de braves cœurs incapables de supporter les crimes et les trafics de ces Paphlagoniens. Beaucoup de militaires et de nobles s'y retrouvent. Et moi, auréolé d'une certaine gloire après mes succès avec mes Varanges en Afrique et en Sicile, j'adhère à ce parti-là.

De nouveau, il éclata de rire, heureux de rappeler les raisons de sa popularité.

– La seconde chose dont vous devez être consciente, c'est de votre vigueur physique. Votre stylet vengeur a éliminé pour longtemps le juge Nikolaos Phrantzès, un scélérat à la botte de l'eunuque Jean. Il n'en est pas mort, mais a été admis à l'hôpital du Stoudion où l'on juge son état critique. Sachez qu'il n'est pas fréquent, ici, que des magistrats soient traités de cette façon.

« Sachez-le aussi, votre geste a été aussitôt connu et salué par tout ce qu'il y a de braves gens dans la ville, ainsi que le nom de l'héroïne ayant accompli cet exploit. Dès que j'en ai été informé, j'ai pensé à vous, estimé que nous vous devions beaucoup et décidé, aidé de quelques-uns de mes hommes à la bonne hache, de donner l'assaut à ce monastère du diable. Pour ne pas avoir trop d'ennuis, nous n'avons pas violé les caloyères mais, pour faire bonne mesure, j'ai libéré toutes les prisonnières.

Sa satisfaction du bon tour joué à ses adversaires faisait plaisir à voir. Mais j'ignorais toujours comment il se trouvait maintenant pourvu d'un titre et d'une fonction aussi importants dans la hiérarchie impériale : il m'avait appris, en effet, que le général commandant les Varanges de la garde occupe la cinquante et unième place lors des processions et défilés présidés par l'empereur, rang très honorable.

Il m'expliqua alors longuement et avec une grande satisfaction de lui-même sa carrière et les raisons de sa promotion : après la Bretagne, réfugié auprès du grand-duc de Kiev, puis engagé dans cette garde créée par l'empereur Basile le Second, il avait brillé lors d'expéditions en Afrique où il avait enlevé trois forteresses presque seul. Contre les Arabes, il avait emmené ses troupes jusqu'à Jérusalem. Enfin, sous Georges Maniakès, un général brillant, il venait de reconquérir une bonne partie de la Sicile, emportant Messine, place forte des Sarrasins tombée le 20 septembre précédent. Il conclut :

– Tout cela, je l'ai fait pour cet Empire byzantin dont vous constatez la déchéance et l'état de décomposition. Mais si je crois à la vie éternelle, ce n'est pas dans cet égout : j'ai, par saint Olaf mon défunt frère, des droits à la couronne royale de Norvège et j'entends bien un jour les faire respecter, j'en ai les moyens.

Il désignait dans un coin de la pièce la hache d'honneur aux fers incrustés d'or, signe de sa dignité, une arme énorme, à deux tranchants et au manche long de cinq pieds que je n'aurais pas même pu soulever.

– Voilà, avec la protection des saintes images, la véritable cause de mon succès ! rugit-il. Certains prétendent que, pour accéder à ce haut poste, j'aurais couché avec Zoé, l'impératrice. Que Dieu m'en préserve ! Ma *romphaïa* est autrement plus puissante et plus fidèle qu'elle !

J'étais heureuse de revivre, certes, mais cela ne m'apprenait pas les raisons de mon incarcération et de l'aveuglement du malheureux Abel. Tant que je les ignorerais et malgré la protection d'Harald, n'y avait-il pour moi aucun risque de me retrouver entre les mystérieuses griffes dont je venais d'être arrachée ?

Il se leva, déployant lentement sa haute stature.

– Cela est vrai, vous êtes en danger, dit-il de sa voix la plus grave. Nos ennemis ne sont pas prêts à se déclarer vaincus, j'en suis sûr et, après mon exploit de ce matin, ils vont se déchaîner, mais à leur manière et ils ne sont pas des assassins ordinaires. Moi, je ne vais pas me laisser faire et nous allons rire. Vous n'avez rien à craindre du personnel du palais, j'en réponds. Pour le reste, je vais vous faire protéger par un piquet de gardes installés dans le vestibule. Quant à ce qui vous a amenée dans cette prison…

Il soupira :

– Il est possible que vous n'en sachiez jamais rien. D'ailleurs, cela serait sans doute préférable. Maintenant, suivez-moi, je vais vous montrer par qui est assurée votre sécurité.

Le palais Carien où habitait Harald se dresse près des Manganes, énorme bâtiment sinistre, peuplé de milliers de fonctionnaires décidant, organisant, classant et recopiant en cinq exemplaires tout ce qui a trait à la direction de cette pesante machine administrative qu'est l'Empire. Face à lui se trouvent les casernements de la garde varange.

C'était l'heure de l'exercice. Sur le vaste terrain s'étendant derrière le bâtiment, les hommes de ce que Harald appelait sa *droujina*, sa bande, s'entraînaient sous la pluie fine au maniement de la hache, de cet instrument aussi haut que moi vu un peu plutôt chez leur chef. Ces colosses, au nombre de plusieurs centaines, mesurant tous au moins six pieds de haut, manipulaient leur arme effroyable avec dextérité.

– Des gaillards ! fit Harald alors que nous allions de groupe en groupe. Ils sont capables de couper une feuille en deux pendant qu'elle tombe ou de cueillir une pomme d'un coup du tranchant sans toucher la branche.

Les hommes paraissaient ne pas remarquer notre présence ou, tout au plus, saluaient-ils leur chef d'un bref mouvement de tête. Certains, jonglant avec cette *romphaïa*, la lançaient sur un poteau situé à dix toises où elle venait se ficher droit au but. D'autres, dans des simulacres de duel, réussissaient à utiliser leur arme avec une habileté et une rapidité telles qu'ils ne blessaient pas leur partenaire : le but du jeu étant de le désarmer. D'autres encore fracassaient des piles de vieux boucliers ou fendaient des troncs d'arbre avec des hurlements monstrueux.

En haut d'une butte, trois cavaliers accoudés au pommeau de leur selle surveillaient l'exercice sans manifester beaucoup d'intérêt.

– Mes trois capitaines, s'exclama Harald. Voici Snorri, Ottarr et Bjorni, je vous fais grâce du nom de leur père ce serait trop compliqué pour vous. Ils ne sont pas plus forts que les autres mais plus malins.

Dans la langue norroise dont je reconnus la rudesse, il me présenta aux trois hommes. Aucun d'eux ne prononça un mot. L'un poussa un soupir, le second m'adressa un clin d'œil et le troisième hocha la tête.

– Soyez sûre, ma cousine, que vous serez en sécurité sous leur protection, m'affirma Harald. En cas de danger, il vous suffira de claquer des mains pour que le régiment entier vole à votre secours et alors, vous l'avez vu, malheur à qui vous menacerait !

Il adressa de nouveau quelques mots aux trois hommes qui semblaient toujours plongés dans un profond ennui, puis nous retournâmes au palais. Il m'expliqua en chemin comment ses soldats devaient maintenant se préparer pour faire escorte à je ne sais quelle relique qui devait changer de résidence dans l'après-midi. Il y attachait une grande importance et baissait la voix respectueusement en en parlant.

Je m'étonnais de voir une brute militaire comme Harald manifester une telle ferveur mystique. Et j'étais impressionnée de constater que les reliques ont aux yeux de ce peuple une valeur plus importante encore que celle que nous leur accordons.

Mais nous étions enfin à l'abri de la pluie dans le palais. Il me désigna la chambre qu'il m'avait attribuée, me salua et se retira.

Je demeurai pendant de longues journées cloîtrée dans ce palais Carien.

Harald m'en avait prévenue, une réaction brutale n'était pas dans la manière de l'eunuque Jean ni de ses sbires. Lui comme moi, nous serions châtiés avec cruauté, mais au jour qu'il plairait au pouvoir et à l'heure où nous ne nous y attendrions le moins.

Lorsque donc les écrans d'albâtre de ses baies étaient glissés, je pouvais voir la masse inquiétante des Manganes dont les nombreuses petites fenêtres semblaient m'espionner, me surveiller. Alors, frissonnante d'inquiétude, je tirais l'écran et allais me terrer dans quelque coin.

Lui, n'apparaissait qu'à la nuit tombée : la trêve hivernale de la guerre nécessitait sa présence dans les bureaux pendant tout le jour. Là devaient être établis les rapports sur les opérations passées, les états et le budget prévisionnel des actions à venir. De plus, il se devait de paraître à sa place aux nombreuses cérémonies, processions et manifestations impériales. Aussi, lorsqu'au soir il arrivait enfin, il était fort nerveux. Il criait :

– Plutôt écraser cent Sarrasins que d'affronter un seul de ces bureaucrates ! Ou de défiler ainsi, comme un troupeau de vaches ! Un héros comme moi !

– Eh mais, mon cousin, votre présence lors de ces processions est-elle indispensable ? demandais-je.

– Hélas oui, répondait-il. À la première absence, c'en est fait de ma fonction, de mon titre… et surtout de ma pension.

Un long passage aux bains le détendait. Et le moment du souper venu, il avait retrouvé son aisance impétueuse. Il jouait de sa voix grave pour raconter et amuser car il savait être drôle, en particulier dans l'imitation des nombreux personnages qu'il détestait. Il chercha aussi à me conquérir mais, les premiers jours du moins, je le décourageai : j'étais trop inquiète et encore trop épuisée pour répondre à ses avances. D'ailleurs, sans doute devenu plus calme, il n'exigea rien au début et je lui en fus reconnaissante.

J'attendais ces moments d'intimité car les journées étaient longues : dans cet immense palais, j'étais seule avec quelques esclaves se méfiant de tout ce qui était latin. Malgré les assurances de Harald, je me gardais d'eux autant qu'ils se défiaient de moi : la mort par le venin ou par le lacet viendrait de ces gens-là plutôt que des ennemis extérieurs dont me protégeaient les formidables gardes varanges.

– Tu goûteras tous les mets qui me seront présentés, avais-je ordonné à Irina, l'une des chambrières du maître de maison, une esclave russe demeurée dans les brumes de la petite enfance.

Nous dînions en tête à tête et partagions chaque plat. Elle en était ravie et me fut dès lors toute dévouée. Cependant, malgré elle et malgré la somptuosité du gîte et du couvert, je ressentais de fréquentes angoisses. Ma séparation de Guillaume et l'absence de ses nouvelles étaient en cause, ainsi que la certitude de mon deuil et la menace suspendue au-dessus de ma tête. Cette existence me rappelait celle vécue au château de Rouen. Alors, le souffle court et le cœur battant, je me demandais si je n'étais pas condamnée à passer le reste de ma vie dans la terreur pour la rémission de mes péchés.

Par bonheur, quelques jours après mon arrivée dans ce palais, je découvris Dimitrios, le secrétaire particulier de Harald. C'était un jeune garçon portant encore sa première barbe et fier de montrer par elle qu'il n'était point eunuque. Sa voix était douce, ses cheveux bouclés lui descendaient sur le front en une noire cascade et le regard grave de ses grands yeux bruns semblait illuminé d'une lumière intérieure. Il n'était pas esclave mais, fils d'un pêcheur de thons vivant au nord du Bosphore, il avait été envoyé à la Ville pour y faire des études. Cet emploi de secrétaire d'un régiment de la garde payait son entretien et Dimitrios était fort utile à ce poste car la plupart de ces farouches guerriers étaient illettrés.

– Entre, maîtresse, viens voir mon domaine ! dit-il lorsque je découvris la petite pièce où il passait sa vie au milieu des rouleaux de parchemin et des almanachs poussiéreux.

Je m'assis sur son grabat et reçus ses confidences : haï des esclaves ne l'estimant pas pour l'un des leurs, méprisé des soldats voyant en lui un gringalet, il menait une existence solitaire égayée seulement par la dictée du courrier qu'il devait ensuite porter à destination. Harald, cependant, le visitait parfois et Dimitrios voyait le soir arriver avec appréhension car le général le soumettait alors à un traitement dont il n'éprouvait nul plaisir. Sans le montrer, j'étais horrifiée de ce qu'il rapportait là car ces pratiques, fréquentes en Orient, sont considérées en pays latin comme des crimes et, tu le sais, moine, sous l'inculpation de sodomie ou de fornication, punies souvent du bûcher.

– D'autres, pour se nourrir, doivent accomplir une besogne plus pénible ! soupirait-il en me répétant combien il aspirait au retour de la saison de l'activité militaire, car lui ne participait pas à la campagne.

Je lui rendis visite chaque jour et j'éprouvai vite pour lui un sentiment fait de pitié, d'un peu d'amour maternel, car il était bien jeune, et peut-être d'un attrait plus profond. Mais je me refusai à donner suite à mon inclination car si j'étais là, c'était pour trouver et punir les assassins de monseigneur Robert. Rien d'autre ne devait m'importer.

Sous ce ciel gris, par ce froid glacial, cette retraite fut donc une monotone et triste période de ma vie. Pourtant, un événement important se produisit pendant ce temps-là. J'en ai gardé un souvenir précis.

Une altercation survenue dans le vestibule me fait sortir de ma chambre. Un homme vêtu d'un manteau de fourrure de martre, la tête couverte d'un chaperon de renard, dispute avec mes Varanges. Je commence à tous les connaître, ceux-ci sont particulièrement rugueux. Ils caressent déjà le dos du visiteur du manche de leur hache. Dès qu'il me voit, l'homme me supplie de le recevoir. J'ordonne de le fouiller avec minutie et de le faire entrer dans une des salles de réception.

Il est jeune, parfumé de menthe poivrée, étale les signes de sa richesse : de grosses bagues, un collier d'or, des agrafes d'argent à ses bottes. Son regard fuyant et son expression doucereuse ne me plaisent pas : je sens ma main se crisper sur le manche du stylet glissé dans ma tunique. Il se nomme Jean Gagic, il est arménien et changeur, c'est-à-dire, à la Ville, prêteur, usurier, banquier parfois, comme sont les Lombards dans les pays latins ou les juifs chez les Sarrasins.

– Maîtresse, dit-il, je suis ici pour l'affaire que vous savez et à propos de laquelle vous avez effectué ce long voyage.

Ce préambule ne m'avance guère. Maintenant, il joue avec ses gants de daim et commence à parler d'abondance : il a appris qui je suis et m'explique comment, ne me voyant pas paraître en ses bureaux, il est venu à moi. Puis, à mi-voix, pour meubler le silence, il déplore le mauvais temps qu'il fait, se réjouit de l'approche de la Venue et s'attriste de l'augmentation générale des prix.

Je n'y comprends rien. Cet homme me confond avec une autre. Ou bien, envoyé par nos ennemis, il est venu reconnaître les lieux.

– Seigneur changeur, lui dis-je, ayez donc l'obligeance de me rappeler par le menu l'affaire à laquelle vous faites allusion.

Alors il se trouble, s'enflamme, rougit, s'exclame qu'il n'est pas dans ses habitudes d'avoir affaire à des personnes de mauvaise foi, qu'une créance demeure une créance et une parole une parole, ce qui est incontestable. Je le calme d'un geste :

– Seigneur Gagic, je n'ai jamais refusé d'honorer une dette. Mais comprenez-moi : je suis venue ici comme pèlerine, j'ai quitté le pays franc depuis près d'un an et j'en suis sans nouvelles. Ayez donc l'obligeance de m'éclairer.

J'ai souvent remarqué combien une sereine civilité calme les furieux. Mon homme, cette fois, pâlit. Il me demande d'une voix étranglée :

– N'êtes-vous pas l'épouse de monseigneur Robert, le défunt duc ?

Les choses peuvent être exprimées ainsi et ce changeur me paraît soudain présenter quelque intérêt lorsqu'il recommence à délirer sur l'importance de la somme due, la nécessité où il s'est trouvé d'emprunter lui-même pour la réunir et la férocité de ses propres créanciers. Il me faut épuiser mes piètres réserves de patience pour commencer à dévider l'écheveau de ses élucubrations. Je finis par comprendre ce dont il s'agit : peu avant sa mort, Robert a dû emprunter une grosse quantité d'or pour effectuer un important achat. Il s'est adressé à ce Gagic qui la lui a fournie contre sa parole d'un remboursement avant un an.

De quel achat s'agissait-il donc ?

Le changeur n'en sait rien, il estime seulement que, pour une telle somme, il ne peut pas s'agir d'une dette de jeu.

Mais quelle somme ?

– Mille livres d'or, c'est-à-dire soixante-douze mille deux cents nomismata constituent le principal. Soit avec les intérêts et les taxes, la somme de cent dix-huit mille trois cent douze nomismata à me régler au plus tôt.

Le salaire d'un ministre pendant toute une vie. Abasourdie, j'explique au bonhomme que, simple pèlerine bien qu'hébergée en ce palais, je suis démunie : s'il adresse sa créance à la chancellerie de Normandie, elle ne manquera pas de l'honorer. Et je me lève pour marquer la fin de l'entretien.

Son visage prend une teinte aubergine, ses yeux sont exorbités. Il balbutie que je veux sa mort, bafouille que ma dernière heure est venue, se lève, menaçant, s'avance sur moi. J'appelle. L'un des Varanges bondit, lève sa hache sur le changeur qui hurle. J'ordonne qu'on le jette dehors mais sans brutalité. Les gardes n'obéissent qu'à regret.

Le soir venu, je rapportai l'incident à Harald. Il me questionna assez rudement, à sa manière et, malgré la méfiance m'ayant incitée à la discrétion jusque-là, je finis par l'informer de tout ce que je savais de la mort de Robert et lui avouer ma volonté de vengeance.

– Je vous approuve, ma cousine, gronda-t-il. Un tel crime, dû sans aucun doute à ces Paphlagoniens, ne peut rester impuni. Il faut agir.

Puis, après un instant de réflexion et avec une douceur inattendue :

– Pourtant, soyez prudente.

Il me semblait, à moi, important de savoir quel était cet objet assez précieux pour mériter d'être payé mille livres d'or, et assez propre à attirer la convoitise pour avoir peut-être coûté la vie à monseigneur le duc. Je fus rapidement fixée.

Deux jours plus tard, mon Irina rentra tout excitée de son expédition quotidienne au marché. Encore coiffée du voile gris des esclaves, elle demanda à me parler en secret et, avec des mines effrayées, me conta son aventure. Un homme très parfumé l'avait abordée, lui avait demandé si elle était bien au service du général Hardrada. Il lui avait remis une pièce d'or, à elle qui n'en avait jamais vu, en la chargeant d'un message pour moi et avait exigé que, sous peine d'épouvantables malédictions, elle ne délivre ce message à personne d'autre qu'à moi. Et il lui avait fait répéter par trois fois :

« Si la maîtresse s'engage à rembourser plus tard la somme due, on lui révélera le nom de l'objet acheté. Il vaut largement le prix qu'on l'a payé. Qu'elle se trouve cette nuit quand résonnera la simandre de matines, seule, au chevet de la basilique des Saints-Apôtres. On l'y attendra. »

Elle fermait les yeux en redisant ces quelques mots avec une application touchante. Je les lui fis reprendre mille fois, elle n'y modifia rien.

Mon changeur voulait rentrer dans ses fonds. La révélation de la nature de l'objet acheté par Robert lui paraissait assez importante pour mériter le remboursement de cette fortune. Harald s'opposa à cette escapade, mais il m'apparut que l'affaire me concernait personnellement.

– Qui vous dit, ma cousine, qu'il ne s'agit pas d'un piège ? demanda-t-il.

Il fallait prendre le risque. Je décidai de me rendre au rendez-vous.

Une brume glacée s'est abattue sur la Ville, absorbant la lumière des torches et des lampes, assourdissant même l'appel rauque des deux cornes marines se répondant à l'entrée du port. Enveloppée du voile d'Irina, je m'en masque le visage : il n'est pas rare que des esclaves se rendent au marché bien avant matines et les soldats rencontrés ne risquent pas de me questionner. Je ne connais pas la ville mais me suis fait expliquer longuement la route.

Traverser l'Augustéon puis se glisser sous les portiques de la

Mésé, la longue avenue centrale, est simple : les torches y brûlent toute la nuit. Là, le brouillard est mon allié, il me dissimule à la vue des patrouilles militaires ou des fêtards attardés. Quelques-uns s'approchent pourtant de moi, mais les soldats n'insistent pas, tant il peut y avoir d'inconvénients pour un homme à commercer avec une esclave rencontrée avant l'aube : fugitives, elles sont recherchées par le maître, putains, elles contaminent le client.

Dans le lacis de ruelles où je dois m'engager après avoir dépassé le forum Amastrianum, je n'y vois goutte et l'opacité de la brume est telle que, parfois, je dois raser les murs pour suivre le chemin heureusement gravé dans ma mémoire. Là, point de passants mais des chiens muets et affamés, venus me renifler, me lécher, me mordiller et renâcler sans fin.

Soudain, la basilique surgit devant moi, énorme monument brillamment éclairé, semblable à un vaisseau apparu dans la nuée. Elle est flanquée de deux cénotaphes illuminés, scintillants de mosaïques et de pierres précieuses, gardés par des soldats, les tombeaux des empereurs. L'endroit est fréquenté des noctambules et de nombreuses tavernes sont encore éclairées à l'entour. J'atteins le chevet de l'édifice, monstrueuse croupe de pierre semblant prête à m'écraser. Des ivrognes sortent des cabarets, je cherche à me dissimuler à leur vue dans les anfractuosités de la construction.

Alors retentit la simandre annonçant l'office de matines. Le signal est donné par cette basilique des Saints-Apôtres et, l'appel retentissant dans toutes les églises de la ville, c'est comme une avalanche de bois mort qui semble s'abattre sur les toits. C'est le moment fixé par mon changeur. Rien ne se produit. J'attends. Il fait froid.

Il semble que ce soit la fermeture des tavernes. Cherchant à être vue sans trop m'exposer, je suis remarquée par deux soldats faisant leur tournée. Ils me demandent ce que je fais là. Les bras croisés, je leur réponds que j'attends mon homme avec une expression de colère si réaliste qu'ils s'éloignent en ricanant.

Ce sont maintenant six fêtards, portant des masques de chèvre ou de bouc comme le font tant d'autres et mis à la porte d'un cabaret qui s'approchent de moi. Plus saouls que saouls, ils chantent, crient, disputent, me reluquent, commencent à me tripoter. Je réussis à garder mon calme : pas d'esclandre. Ils s'éloignent.

L'un d'eux revient sur ses pas. Il porte un masque de bouc. Les autres appellent :

– Kosta ! Hé, Kosta ! Viens donc !

Il a soulevé son masque, c'est mon changeur. Il est blême, son visage est couvert de sueur malgré le froid. Il chuchote :

– Fais-tu le serment de me payer dès que tu le pourras ?

Je réponds que je m'y engage à condition que le renseignement soit valable.

Il hausse les épaules et ricane que je ne sais pas ce que je dis. Puis il se penche et murmure à mon oreille :

– J'étais présent, mais caché, lorsque le duc Robert a remis une charge de mille livres d'or à l'eunuque Jean contre la promesse qu'il lui livrerait l'objet. Et cet objet, c'est… l'Ampoule de Constantin, oui, l'Ampoule de Constantin ! Maintenant, ne me demande pas de répéter ce que je viens de te dire devant qui que ce soit : je tiens à la vie.

Il a déjà disparu.

La lumière de la lanterne creusait le front de Dimitrios des rides de la stupéfaction.

– Es-tu sûre, maîtresse, que cet homme a prononcé les mots : « l'Ampoule de Constantin ? » me demanda-t-il.

– Le changeur l'a dit et répété, monseigneur Robert a donné

mille livres d'or à l'eunuque Jean en échange de la promesse de la remise de « l'Ampoule de Constantin » !

– Si ce n'était toi qui le rapportes, je ne croirais pas un mot de ce que tu viens de dire, soupira-t-il. Car, comprends-le, cette relique est essentielle à la Ville, elle est son âme, en quelque sorte… et une âme n'est ni négociable ni vendable !

Une fois de plus, je lui avouai ma complète ignorance de ce qu'il voulait dire.

– Je te comprends, soupira-t-il. Je sais que beaucoup de Latins vivent encore dans les obscurités du monde barbare. C'est ainsi, mais j'espère que bientôt vous viendrez à la Lumière qui brille à l'orient. Sache donc, maîtresse, que peu après que l'empereur Constantin eut fondé cette ville, ou du moins l'eut érigée en capitale sous le nom provisoire de Constantinople, il y a sept cents ans, sa mère l'impératrice Hélène entreprit de faire fouiller la colline du Golgotha à Jérusalem où fut crucifié le Seigneur. Elle y trouva les restes de la vraie Croix à côté d'une petite ampoule de vermeil, haute comme le doigt, contenant du sang coagulé. Le tout était éclairé par une lumière surnaturelle. Un songe lui apprit qu'il s'agissait du sang du Sauveur recueilli par saint Jean, mais que si le bois de la Croix devait être rapporté à Rome, l'Ampoule devait rester dans la nouvelle capitale.

« Depuis, cette relique a été vénérée d'abord dans la basilique Sainte-Sophie, puis dans l'église des Blachernes où elle se trouve maintenant, accomplissant tous les jours de nouveaux miracles et représentant, beaucoup l'affirment, l'âme même de Byzance : elle garantit le pouvoir à qui la détient.

– D'où sa très grande valeur ?

– Il est vrai, soupira-t-il, que ces reliques ont un pouvoir si formidable qu'elles ont acquis une valeur considérable. Beaucoup sont prêts à les voler pour en faire commerce. Quoi qu'il en soit, cette ampoule de vermeil est présentée aux fidèles dans cette ville chaque jour depuis que l'impératrice Hélène l'a ramenée de Jérusalem, il y a sept siècles. Il en fut ainsi même sous les empereurs Iconoclastes, les destructeurs d'Images, qui n'osèrent pas s'y attaquer.

Je soupirai :

– Est-il juste que la plus sainte de ces reliques soit conservée dans une ville pourrie, une cité où, tu le dis toi-même, règnent la débauche et la corruption ?

Il répondit, les larmes aux yeux :

– Je t'avoue que je souhaite voir la relique appartenir à un prince juste et bon, et non à ces Paphlagoniens voleurs et intrigants…

Il gronda :

– Mais c'est impossible ! Il est impensable qu'une ordure comme cet eunuque Jean ait osé vendre ce trésor !

Je rétorquai :

– Il ne l'a pas vendue ! N'est-il pas capable d'avoir reçu les mille livres d'or sans contrepartie ? L'Ampoule est toujours exposée à la vénération du peuple, je suppose !

Elle l'était, m'assura le secrétaire. Mais je décidai d'aller moi-même examiner cette relique.

Dès la nuit suivante, la lumière se fit en moi : monseigneur Robert, mystérieusement informé de son formidable pouvoir, avait offert à l'eunuque Jean d'acheter l'Ampoule. Celui-ci avait feint d'accepter mais demandé que le prix lui en soit versé d'abord. Et lorsque Robert avait voulu entrer en possession de l'objet, l'eunuque l'avait fait assassiner et avait gardé l'or. Moi, supposée instruite des intentions de Robert, dénoncée par les caloyères de Jérusalem, j'étais considérée comme sa complice dans une tentative de vol de la relique la plus sacrée de l'Empire. Mais tout cela était une hypothèse et restait à prouver.

Cette puissance formidable garantissant le pouvoir à qui la détenait et la victoire à qui la possédait. Son achat n'était-il pas l'un des principaux buts du pèlerinage de Robert ?

Il m'apparut aussi qu'il me faudrait un jour désintéresser le changeur. Mais dès maintenant, je pouvais considérer l'Ampoule, achetée par monseigneur Robert à prix d'or, comme appartenant à son héritier, le jeune duc Guillaume, mon fils. Elle lui était due, et je saurais bien la lui rendre.

Je l'ai vue, cette Sainte Ampoule, exposée avec d'autres reliques à la vénération des fidèles et aux prières des malades en l'église des Blachernes. Pour ne pas être reconnue, j'avais revêtu la robe et le voile gris des esclaves empruntés à mon Irina. Et, partie de bon matin, je ne me trouvai pas avant la dixième heure du jour devant l'église des Blachernes tant la ville est étendue.

Là, la foule des estropiés, des béquilleux et des bancals attendait sur la place. J'attendis avec eux.

Enfin entrée, je fus impressionnée par le silence recueilli planant dans le sanctuaire. Des chœurs chantaient au loin dans la pénombre, et les ors de l'iconostase scintillaient dans les vapeurs de l'encens. Je ne venais qu'attirée par la curiosité, mais ressentis soudain une émotion sourde, profonde, inexplicable. La file des malheureux et des impotents qui me précédait avançait lentement. Les chœurs se turent. Un murmure deviné n'était parfois interrompu que par un cri ou le claquement d'une porte se répercutant longuement sous la coupole. Enfin, je fus face à Elle.

À peine éclairée par des buissons de cierges et rayonnant d'une douce lumière émise par la rutilance du vermeil, l'Ampoule de Constantin était devant moi. Il me sembla y distinguer, comme gravé sur le métal, un visage me regardant comme s'il ne connaissait que moi, mais connaissait tout de moi et m'attendait depuis longtemps. Il était à la fois triste et serein, patient et pressant. Lorsque je déplaçais la tête, il me suivait du regard. De cela, personne ne m'avait prévenue, mais je l'ai vu. Je poussai un cri et éclatai en sanglots puis je contemplai, déconcertée, conquise, sans me rendre compte du temps qui passait.

– Pose tes doigts ici et va, maintenant, fit enfin le clerc barbu dressé à côté de l'Ampoule. Dépose ton offrande dans le panier, là-bas.

Alors que, en pleurs, j'allai vers la sortie, un attroupement attira mon attention : au milieu d'un cercle admiratif, un homme se tenait debout, cherchant à marcher, ses béquilles sur le sol. Tous criaient au miracle. Moi, tout impressionnée de ce que je venais de voir, j'étais bouleversée. Ne pouvant maîtriser mes sanglots, j'errai longtemps dans le sanctuaire, convaincue maintenant de l'origine divine de la relique et persuadée de sa toute-puissance.

Lorsque je sortis enfin de la basilique des Blachernes, la nuit tombait. Éblouie par la révélation de la sainteté de l'Image, persuadée qu'elle donnait le pouvoir à qui la détenait, je me jurai de la rendre à son propriétaire, le duc Guillaume de Normandie.

Deux jours plus tard, c'était Noël, que les gens de Byzance appellent la Venue et le début de la fête des Douze Jours, une période de cérémonies, de réjouissances et de libations célébrée dans tout l'Empire. Moi, je passai la journée enfermée dans ce triste palais avec Irina, inquiète de tout bruit insolite, angoissée par tout nouveau visage.

Le soir venu, Harald demeura un long moment au bain entre les mains des esclaves : il devait participer à la réception donnée par l'empereur et par son épouse Zoé, exceptionnellement admise à sortir du gynécée où il l'avait fait enfermer. Étaient conviés dans la salle prestigieuse du Palais sacré appelée Triclinium des Dix-Neuf Lits les principaux fonctionnaires de l'État et les officiers généraux de l'armée ainsi que les ambassadeurs étrangers.

Il était très beau dans sa grande tenue, tunique et manteau écarlates, baudrier d'or roux d'une teinte assortie à sa longue chevelure, le haut casque à panache rouge au bras. Sur le point de me retirer pour prendre ma petite soupe, je lui fis compliment de son aspect. Il me répondit en affectant un air sévère :

– Et vous, ma cousine, pourquoi n'êtes-vous pas prête ? Ignoreriez-vous que vous faites partie du voyage ?

Puis, semblant se raviser :

– Eh, venez telle que vous êtes, la belle ! Mais enveloppez-vous de mon manteau, les nuits sont fraîches.

Il jeta donc son manteau sur mes épaules et avant que j'aie pu protester de mon impréparation ou demander où il m'emmenait, nous voilà à l'écurie. Là, il grimpa sur une haute jument blanche et, d'un geste ample, me saisit par la taille et m'assit devant lui, comme une enfant.

Le spectacle offert par la Ville pendant ces nuits de fête est grandiose. Des myriades de lampes et de flambeaux éclairent la moindre venelle autant que le grand jour. Le sol est jonché de brassées de branches de laurier, de myrte et d'aiguilles de pin amenées des montagnes de Bithynie. À chaque carrefour, des musiciens donnent jusqu'au matin des concerts bruyants et cacophoniques. Et des bandes de filles et de garçons, se tenant par la main en de joyeuses guirlandes et portant des torches, courent les rues, grimpent les escaliers et descendent les ruelles en chantant.

Nous devions contourner les Manganes et le Sénat, puis traverser la place de l'Augustéon avant de pénétrer dans le Palais. Mais il fallait s'enfoncer dans la foule, dense en cet endroit et point disposée à céder la place. Près de la statue de Justinien, une troupe d'hommes au visage de chèvre, de bouc ou de membre mâle nous barra la route avec de grands rires. Harald poussa un rugissement, dégaina son épée, une simple arme de parade. Alors les masques, rendus prudents sans doute par la vue de ce géant à la monstrueuse monture, se fondirent dans la foule.

– Doutez-vous encore du danger, ma cousine ? gronda-t-il en rengainant.

Nous parvînmes enfin à la Chalcé, le vestibule du palais, une immense galerie toute décorée de mosaïques aux teintes pourpre, azur et or. Le cheval laissé aux esclaves, nous nous enfonçâmes dans les bosquets de citronniers et d'orangers formant le parc du Palais sacré. Ce parc descend en pente douce jusqu'à la mer qui frissonnait alors sous les caresses de la lune. Ici et là luisait le toit d'or d'un pavillon. Tout près, une musique lancinante couverte par les éclats de voix, les rires et les chants d'une joyeuse compagnie. Harald m'entraîna dans l'ombre d'un buisson d'orangers.

– Écoutez-moi bien, chuchota-t-il en me serrant le bras comme à un enfant dont on veut captiver l'attention. Nous allons paraître au banquet des Dix-Neuf Lits. Pourtant, ni vous, une duchesse, ni moi, un général et un héros, n'y sommes invités. Chaque année j'y participe mais aujourd'hui, j'ai reçu l'ordre de l'empereur de rester chez moi : petite vengeance de l'eunuque Jean, son frère, avant des mesures plus sévères.

Inquiète, je lui représentai combien j'étais mal coiffée et peu apprêtée pour figurer à une telle cérémonie. Il me saisit la main :

– Comme vous voilà, vous êtes très belle, murmura-t-il. Comprenez-moi : il m'est impossible d'approcher l'empereur sauf au milieu de la foule, comme ce soir. Je ne puis admettre qu'une femme innocente et admirable comme vous l'êtes soit réduite au rôle de proscrite en attendant pire. Je vais donc lui demander votre grâce. Vous, vous ne risquez rien. Moi, en revanche…

Je ne voulais pas le voir courir le moindre risque pour moi. Il soupira :

– Ne vous souciez pas de moi. Je vous demande de m'imiter, c'est tout.

Il m'enveloppa dans l'immense manteau dont dépassaient seuls ma chevelure et mon regard. Puis, suivant le portique des Quarante-Saints, nous arrivâmes au Triclinium.

J'ai participé à de nombreux banquets en différents endroits de la chrétienté, mon rang m'y a obligée. J'y ai vu un luxe correspondant à l'orgueil souvent démesuré des grands, mais rien de comparable à ce que j'ai admiré dans cette immense salle. Chacun de ces dix-neuf lits est une petite estrade où sont allongés à la romaine douze convives. Devant les lits, de longues tables où étincellent verres de cristal, assiettes de porcelaine de la Chine, couverts d'argent dont cette petite fourche à manger que je voyais pour la première fois, le tout dans une profusion de fleurs et de fruits multicolores. Les hauts murs couverts de mosaïques racontant les exploits de la famille impériale ruissellent de la lumière de mille lampes portées par cent lustres d'or. Un ballet d'esclaves renouvelle sans fin les mets et les vins. Cette immense assemblée boit, bâfre, crie, chante, s'interpelle en un fracas de marché. Aussi les chœurs des factions bleue et verte s'époumonent-ils, l'orgue d'or s'essouffle-t-il sans qu'il soit possible de distinguer le moindre son de leurs hymnes.

Harald s'avance dans le tumulte. Je le suis comme son ombre, un peu rassurée par sa carrure et par les regards d'admiration accueillant le populaire vainqueur de Messine. Son entrée soudaine pourtant étonne, inquiète même car le silence s'installe. Je vois alors à l'extrémité de la salle l'empereur Michel et la Basilissa Zoé, couronnés l'un et l'autre d'un bandeau de pourpre, allongés chacun sur un lit d'apparat, regarder s'approcher l'officier tandis que les gardes Blancs, la main au pommeau de l'épée, entourent Leurs Majestés.

À dix pas des souverains, Harald s'effondre : il connaît les usages, il doit paraître foudroyé à la vue de l'empereur, son front touche le sol. Il m'a demandé de l'imiter, je m'exécute. Lors de l'adoration dans la Salle d'Or, le cérémonial doit être renouvelé trois fois. Ici, non. Il se redresse et avant que Michel ait ouvert la bouche, se permet de l'interpeller. Chacun frémit devant cette entorse à l'étiquette.

– Délice de l'Univers, Maître du Monde, s'exclame-t-il au milieu du silence épais, je te demande de me pardonner cette intervention contraire à l'usage. Après Messine, tu m'as récompensé et je t'en remercie : tu as montré par là, une fois de plus, combien tu es généreux et juste. Et c'est en tant que vainqueur de Messine que je viens te présenter une autre requête.

J'observe Michel, l'empereur. Il est assez bel homme malgré son profil en museau de rat. Il a des tics, comme en ont souvent ceux qui sont atteints du haut mal. Cherchant à paraître digne, mais peu à son aise sur son lit d'apparat, il écoute, sourcils froncés comme à l'énoncé d'un problème difficile.

– Vois cette femme, cette malheureuse, reprend Harald, en ôtant d'un geste le manteau où je suis ensevelie.

J'apparais, gracile, vêtue d'une légère et courte robe d'intérieur, sans fard, décoiffée et les yeux pleins de larmes. Mon aspect pitoyable, parmi ces dames rebondies au visage enduit de céruse, aux sourcils redessinés d'antimoine et aux lèvres peintes de vermillon, illustre mes malheurs. Dans mon pays, beaucoup me reconnaissent un certain charme, une joliesse capable de résister aux épreuves et peut-être au temps. Aussi, lorsque je fais face à l'assistance, ce sont cette fois des exclamations d'admiration qui jaillissent. Je me retourne : il faut éviter aux souverains faibles de sentir leurs décisions dictées par le peuple.

– Cette femme, continue Harald, a été détenue sans raison dans tes prisons, battue, torturée, elle a été la victime de plusieurs tentatives d'assassinat. Mais elle est l'épouse d'un des plus grands seigneurs de la chrétienté et elle est venue dans l'Empire dans le seul but d'y vénérer les Saintes Images. En fait, elle est la victime de la bassesse de ceux qui t'entourent, de ces Paphlagoniens voleurs, trafiquants et corrompus…

Il continue sa plaidoirie maladroite, l'empereur et son frère se trouvant au centre du système qu'il dénonce. Je suis atterrée tant de la forme que du fond de la requête. L'empereur pose sur moi un regard distrait, lointain. Il ne répond pas et je perçois une lourde inquiétude dans le silence pesant sur la salle. Jaillit alors d'une des premières places un eunuque grand, voûté, à l'épaisse tignasse crépue et au teint basané. Sa robe de moine contraste avec les uniformes chamarrés de tous ces seigneurs et son museau de rat, repoussant, lui, me fait penser qu'il s'agit du redoutable eunuque Jean.

Le moine parle longuement à l'oreille de son frère. Le souverain acquiesce, semble réfléchir puis se dresse :

– Général commandant les Varanges de ma garde ! gronde-t-il, comment oses-tu m'interpeller quand tu devrais attendre que l'empereur t'adresse la parole ? Comment oses-tu te tenir debout devant moi ? Quoi, après tous les bienfaits dont je t'ai comblé, tu dévastes l'un des monastères les plus respectés de la Ville, tu désobéis à mon ordre et, de plus, tu te permets de me demander la grâce d'une criminelle ?

Harald possède assez de sang-froid pour paraître foudroyé. Il baisse la tête et croise les bras devant sa poitrine, attitude obligée lorsque le Délice de l'Univers consent à parler en public. Je l'imite. Mais son apparente soumission ne désarme pas Michel :

– Tu protèges une criminelle, je le répète, coupable de s'être associée à une conspiration contre l'Empire. Elle mérite la prison qu'elle a endurée et bien plus encore que cette prison ! Toi, ma mansuétude m'interdit de te condamner le jour de la Venue. Retourne à ton palais et attends la sanction que je voudrai bien t'infliger. Quant à elle…

L'empereur tend vers moi un index vengeur. Je n'ai pas l'intention de me laisser faire par ce despote et par son eunuque.

Forte de mon innocence, de ma bonne foi et de mon ignorance des usages, je m'apprête à interpeller vertement le Délice de l'Univers lorsqu'une voix féminine s'élève :

– Je n'ai pas été informée de cette prétendue conspiration. Que cette femme et celui qui l'accompagne rentrent chez eux, ils sont sous ma protection.

La Basilissa Zoé s'est levée de son lit d'apparat. Petite, ronde, vêtue de soie pourpre, son visage outrageusement fardé rouge de fureur, elle foudroie du regard l'empereur et l'eunuque Jean.

– Qui donc, Michel, t'a fait ceindre la couronne ? s'écrie encore Zoé. Est-ce dans tes veines ou dans les miennes que coule le sang impérial ? Crois-tu donc me reléguer pour le restant de mes jours dans mon gynécée, enfermée par tes eunuques sous prétexte de protection ? J'entends dorénavant être informée de tout et participer en tout à la direction des affaires. Et pour commencer, je m'occuperai de ces deux personnages : qu'ils restent libres, mais à ma disposition.

Avec l'apparence de la plus abjecte soumission, l'eunuque Jean s'est prosterné, puis rampe jusqu'à sa place. La Basilissa, satisfaite, s'allonge de nouveau et indique au maître des cérémonies de faire continuer le banquet. Les orgues grondent, le maître des chœurs lève les deux mains... mais un hurlement retentit. Tout près de moi, l'empereur s'est écroulé sur l'estrade. Il est là, les membres raidis, exorbité, le souffle coupé, inconscient. Puis des secousses l'agitent, une mousse rougeâtre sort de ses lèvres en même temps que sa respiration rauque résonne.

– Un dieu s'est emparé de lui ! C'est le mal sacré ! s'écrie-t-on partout dans le Triclinium.

Ces gens-là, tout chrétiens qu'ils se prétendent, sont encore imprégnés de paganisme. Je sais bien, moi, que c'est le démon qui le possède, le jette à terre et le tourmente ainsi. Il conviendrait de l'exorciser. Les gardes Blancs, préposés à sa protection et ayant pour mission de dissimuler ses faiblesses, étendent autour de lui leur manteau pour le cacher à la vue du commun. Avec des gémissements et des cris de terreur, tous se précipitent vers les portes et nous n'éprouvons aucune difficulté à nous mêler à la foule pour sortir de la salle.

Allongé sur son divan, Harald exhalait son amertume.

– Nous ne sommes pas hors de danger, loin de là, soupirait-il. Je ne puis croire à l'efficacité de Zoé mais je connais celle de l'eunuque Jean. Et elle est redoutable.

Je me retins de lui reprocher l'imprudence de sa démarche car il avait agi pour me sauver. Je lui rappelai donc seulement l'évidente volonté de la Basilissa de reprendre les rênes du pouvoir.

– C'est la vingtième fois qu'elle le décide ! s'exclama-t-il. Mais elle n'est pas de force, face à la monstrueuse puissance des eunuques et au pouvoir sans mesure de ces Paphlagoniens. La Basilissa n'est qu'une mouche engluée dans le pot de miel de leurs manigances et, avant demain, cette ordure d'eunuque Jean et les siens auront triomphé. Il lui est facile de s'imposer au malheureux Michel, son frère, privé de toute volonté par sa maladie.

– Peut-être, cette fois, Zoé réagira-t-elle ?

– Je n'en crois rien. Il est faux qu'elle soit contrainte à rester dans le gynécée comme elle le prétend. En fait, elle se tient recluse dans des salles aménagées somptueusement et transformées par elle en institut de beauté.

– Dans le palais ?

– Mais oui ! Là, au milieu des fioles, des pots, des flacons multicolores contenant des onguents, des crèmes, des baumes et des teintures venus de tout le vaste monde, elle se fait enduire, masser, pétrir et peindre jour et nuit par une armée de suivantes et d'eunuques. Elle est bien trop attachée à ce petit univers qu'elle a créé et où elle est confite dans les soins de sa grasse personne pour pouvoir en sortir.

– Jean et ses complices ne doivent pas souhaiter qu'elle prenne le pouvoir ?

– Ils font tout pour l'en empêcher. Devinerez-vous, ma cousine, leur dernière manœuvre ? Le malheureux Michel n'a pas été capable de faire d'enfant à la Basilissa et, sa maladie s'aggravant, il est certain qu'il ne vivra plus longtemps, surtout s'il est aidé à rejoindre ses pères comme le fut son infortuné prédécesseur.

« Ils lui ont donc déjà trouvé un successeur, un joli garçon, un neveu de l'empereur appelé Michel lui aussi et exerçant la profession peu reluisante de calfat, oui, celui qui rend étanche les coques des navires. Rien dans la tête, mais du muscle : les beaux hommes et les parfums étant les deux passions de Zoé, elle en est devenue éperdument amoureuse. Est-ce l'odeur du goudron dont il est encore imprégné qui l'attire ?

Longtemps, Harald s'étendit sur les turpitudes de la famille régnante. Je le sentais inquiet de notre sort mais aussi découragé par la corruption d'un empire auquel il avait donné sans compter sa sueur et son sang. Comme l'avait fait Dimitrios, il m'expliqua combien il regrettait de voir une nation si vaste et si belle, prétendant justement à la domination du monde et remarquablement administrée jusque-là, sombrer dans la corruption.

– Je vous l'ai dit, affirma-t-il, il n'est pas dans mes intentions de demeurer longtemps encore au service de l'Empire : j'entends faire valoir mes droits à la couronne de Norvège et quitterai bientôt Byzance en secouant sur le seuil de ses portes la poussière de mes bottes !

Déçu de son échec, il me regardait avec une expression de détresse poignante. Il m'apparut qu'en cet instant, moi seule pouvais l'aider et qu'il m'en suppliait. Je m'approchai du divan où il reposait. Il me donna alors un furieux assaut, et je pus constater pendant une bonne partie de la nuit que ni les années ni la fréquentation des jeunes hommes ne lui avaient ôté la vigueur du tempérament et l'endurance dans l'effort.

Moi, j'essayai de me comporter comme une femme n'ayant pas été privée des choses de l'amour par une famine de dix-huit mois. Je pense y être parvenue car il ne s'écroula qu'à la petite aurore repu, recru de fatigue alors que moi, je dois l'avouer, conquise, revivifiée, je gémissais du plaisir retrouvé.

Tu me diras, moine, que ces rapports hors des liens du mariage ne sont pas autorisés par l'Église et qu'il y a eu là grande faute. Je te répondrai premièrement que, ne faisant tort à aucun époux trompé, ils créent un lien plus fort entre deux personnes éprouvant l'une pour l'autre de l'amitié. Et secondement, qu'ignorant ce dont il s'agit, tu ne peux ni le comprendre ni même l'imaginer.

5

Au matin, nous pûmes constater qu'un piquet de gardes, des Scholes aux parements bleus, se trouvait devant notre porte. Harald tenta de parlementer mais une féroce rivalité de corps oppose ces Scholes aux Varanges. Il fut fort mal reçu par l'officier commandant le détachement, un certain Cléophas, militaire aux idées aussi étroites que courtes ce qui est, hélas, souvent le cas chez ces hommes de guerre. Il lui fut signifié que, lui et moi, nous étions consignés dans ce palais à la suite des instructions de l'eunuque Jean mais qu'en revanche, selon son interprétation de l'ordre de la Basilissa, nous étions libres de sortir et de recevoir qui nous plaisait : comprenne qui pourra cette situation bien byzantine. Nous restâmes ainsi dans l'incertitude pendant plusieurs semaines.

– Crois-tu que Zoé va se manifester ? demandais-je chaque jour à Harald.

Il l'espérait, mais dans le cas contraire, nous avions à redouter l'assaut des gardes : dès qu'ils en auraient reçu l'ordre, ils nettoieraient le palais en égorgeant jusqu'à son dernier occupant avant d'y mettre feu. De telles actions s'étaient déjà produites, elles étaient pour le pouvoir un moyen éprouvé de juguler l'opposition. Ainsi avaient disparu, expliquait-il, le sénateur

Kédrénos et sa famille, le patrice Zonaras, Glykès et bien d'autres.

– Et si nous nous échappons ? demandais-je.

– Les gens de l'eunuque sont partout. Nous sommes épiés, écoutés et le moindre de nos gestes est rapporté. On aura tôt fait de nous rattraper et de nous exécuter.

Nous fûmes tenus informés des progrès de notre affaire par Snorri, Ottarr et Bjorni, les capitaines de Harald. Ils étaient attirés par l'amitié éprouvée pour leur chef mais aussi par le *patsas* de tripes que l'esclave cuisinier préparait divinement et qu'on arrosait d'un cappadoce corsé dont les cruches peuplaient nos caves. Il nous fut ainsi révélé que l'eunuque Jean, ayant subi devant l'empereur un affront impardonnable, affectait de se désintéresser de notre sort et laissait pourrir la situation. Et Ottarr inscrivait notre avenir dans le temps : avant Pâques, notre destin serait scellé.

– Quant à notre beau régiment, soupirait Bjorni, il est en passe d'être dissous. Nos hommes seraient alors reversés dans les unités varanges des armées des provinces. Quel gâchis !

Snorri racontait comment, les crises d'épilepsie du malheureux Michel devenant de plus en plus fréquentes, son remplacement par son neveu le calfat, le dernier amant de Zoé, était imminent. La Basilissa, après son intervention, s'était contentée de déclarer que le Varange était fort bel homme et fort appétissant, la prétendue duchesse insignifiante, et qu'elle se pencherait un jour sur cette affaire : pour le moment, elle était sans doute trop entichée de son calfat.

La nuit, ayant élu domicile dans mon lit, Harald faisait montre d'une activité sans limites. Je l'ai déjà dit, j'en tirais grande satisfaction. Heureuse de répondre à ses avances et même les provoquant, j'étais pourtant obsédée par la pensée de monseigneur Robert et, parfois, m'imaginais me trouver entre ses bras.

Lui, Robert, me traitait autrefois avec une délicatesse, une courtoisie bien éloignées de la sauvagerie de fauve affamé pratiquée par Harald, qui pourtant me convenait fort. J'éprouvais pour celui-ci une attirance de ventre, pour Robert une passion de cœur. Cela signifie-t-il que je ressentais de l'amour pour l'un comme pour l'autre ? Sans doute ce sentiment peut-il revêtir plusieurs aspects et les choses sont-elles plus complexes qu'il n'y paraît : l'attrait physique de Robert était lui aussi bien puissant et ma tendresse pour Harald bien vive.

Et tandis que celui-ci m'étreignait, me pétrissait, me labourait et m'ensemençait comme bonne terre, je pensais à mon amour défunt, criant de plaisir et sanglotant de regret tour à tour.

– Que t'arrive-t-il donc ? grondait-il.

– C'est le bonheur, murmurai-je. Ne t'inquiète pas, il en est souvent ainsi.

– Allez comprendre les femmes ! maugréait-il.

L'aube approchant, alors que je le pensais endormi, il grogna :

– Pourquoi faudrait-il que nous nous séparions un jour, ma cousine ? Rien ne nous empêche de rester unis. Cet Herluin s'occuperait de tes enfants, sauf de ton Guillaume. Avec mes Varanges, je me fais fort de renverser d'un revers de main Zoé, Michel et la bande des eunuques. Les changements de dynastie sont fréquents ici et, associé à moi, ce beau Guillaume ferait un grand empereur : ta prophétie ne l'a-t-elle pas prédit ?

Il me sembla alors entendre une sorte d'appel, un cri étouffé. C'était mon imagination sans doute qui créait ce fantasme mais, saisie d'un remords soudain, je m'assis sur le lit et m'exclamai :

– Ne me suis-je pas engagée à visiter la sépulture de monseigneur Robert ? J'irai dès le lever du jour.

Nikaïa se trouve à une soixantaine de milles à l'orient de Byzance, distance facile à parcourir en deux jours avec un bon cheval. J'avais emprunté le manteau à capuchon, les culottes, les bottes et le cheval de Dimitrios : ainsi déguisée, je pouvais passer pour un jeune eunuque si l'on n'y regardait pas de trop près. Désireux de me protéger, Harald avait poussé les hauts cris, me prévenant des dangers courus en m'éloignant du palais, me prédisant une mort immédiate par les archers et les séides de Jean, me conjurant enfin de ne pas compromettre une vie qui lui était chère.

– Puisque la mort nous est promise dans quelques jours, avais-je répliqué, pourquoi ne pas aller à la recherche d'une planche de salut, même au péril de ma vie ?

Je réfléchissais à cela sur le bac qui, au départ du port du Néorion, s'engage dans la Propontide pour franchir le Bosphore. En effet, engloutie dans mon immense capuchon, j'avais quitté le palais Carien sans difficulté et avais traversé sans encombre une ville encore mal réveillée.

La traversée se terminait. Les dix rameurs redoublaient d'efforts afin de dégager le bac du courant des eaux se déversant du Pont-Euxin quand une voix sonore retentit derrière moi :

– Alors l'ami, on voyage de bonne heure, ce matin !

La peur s'abattit sur moi. Nous étions peu nombreux sur l'embarcation et la lumière brumeuse d'un jour grisâtre me permettait mal de distinguer ce gaillard enveloppé d'un manteau noir, à la barbiche frisée et au sourire forcé montrant d'étranges dents pointues. Que me voulait-il ? Se trouvait-il là pour m'espionner ? Pour m'arrêter ?

– Serais-tu muet, par hasard ? Qui es-tu et où vas-tu ? aboya-t-il.

Il fallait parler. Essayant de contrefaire ma voix, je donnai un nom, Niképhoros, et indiquai que je portais un message à Nikomédia. Il essaya longuement de scruter l'ombre où se dissimulait mon visage puis se redressa, cracha par-dessus bord et maugréa :

– Encore un eunuque ! Ces gens-là me dégoûtent.

Il me tourna le dos, semblant s'absorber dans la contemplation de la rive qui approchait. Mais j'étais inquiète, tant Harald m'avait mise en garde contre les ruses des hommes de Jean, capables de feindre l'indifférence au lieu de m'arrêter pour mieux se renseigner sur mes intentions.

Sur le ponton de débarquement, j'enfourchai ma monture et, dans la brume glaciale, pris la route de l'orient. Là aussi, peu d'animation. Un chariot de paysans, un courrier impérial passaient, puis plus rien. Par bonheur, Arès le cheval était résistant, je lui faisais alterner le trot et le pas sans qu'il donne signe de fatigue. Nous arriverions à Nikomédia, première étape, avant la nuit. Cependant, alors que je venais de parcourir une longue ligne droite, je m'aperçus que l'homme au manteau noir me suivait de loin, ralentissant ou accélérant comme je le faisais pour éviter de me doubler ou de me perdre de vue. J'étais surveillée.

Dans le milieu du jour, quand les simandres des monastères indiquaient l'heure de sexte, je fis halte dans une auberge où l'on prit soin du cheval et où on le nourrit. Moi, me sentant entourée d'espions, j'avais la gorge trop serrée pour avaler la simple collation qu'on me proposait et, me sentant environnée d'ennemis, je me méfiais du poison. Je me contentai d'un peu de vin chaud. Mon persécuteur ne parut pas.

Mais en sortant de l'auberge, je m'engageai dans un chemin de traverse et, dissimulée dans un boqueteau, j'attendis. Je vis passer mon homme lancé au galop et bien décidé à me rattraper. Je repris la route et ne le revis pas.

L'après-midi fut long. Malgré mes encouragements, le cheval n'avançait plus. Il commença à boiter. Je mis pied à terre et marchai devant le malheureux animal. Nous longions alors les rives de la Propontide dans un paysage de collines boisées et désertes, terrain propice à l'action des brigands, nombreux dans la région, ou des hommes de main. Ou encore des bandes de Turcs récemment arrivées des profondeurs de l'Asie.

J'avais peur et j'avais froid. La terre gelée était dure, le ciel gris et glacé pesait aussi lourd sur mes épaules qu'une pierre tombale. J'avais perdu l'habitude de la marche prise avec les pèlerins et fus vite épuisée. À la nuit, rompue, à bout de souffle, j'arrivai enfin à Nikomédia, grosse ville ceinte de hauts remparts. On s'y préparait pour une fête. J'y trouvai unc auberge, une chambre où je pouvais dormir seule et m'effondrai dans le lit qui m'y fut préparé.

Le lendemain, par miracle, je me sentis plus reposée et vaillante que je ne l'avais jamais été. Le cheval Arès était devenu fringant et plein de fougue. Il me fut donc possible de couvrir dans la journée la distance me séparant encore de Nikaïa : j'arrivai dans cette ville alors que le soleil couchant teintait de fulgurantes traînées d'écarlate le lac qui baigne ses murailles.

À deux filles qui passaient, je demandai la basilique de la Dormition.

– Beau cavalier, me répondirent-elles, il vous faut traverser la ville jusqu'à sa porte méridionale et, avant de franchir l'enceinte, prendre à main gauche jusqu'à la citerne couverte reconnaissable à ses tuiles bleues.

Les sabots du cheval résonnaient sur les pavés, la cité semblait déserte. Elle me parut recueillie comme si elle faisait silence pour me recevoir après m'avoir trop longtemps attendue.

Près de la citerne se trouvent le monastère de la Dormition de la Toute-Sainte et son église que les Latins nomment la basilique Notre-Dame. La porte est grande ouverte et le cheval s'arrête, il sait que nous avons atteint le but. Le cœur battant comme lors de notre premier rendez-vous avec Robert, j'entre dans l'édifice désert, doré de la lumière du soir et de celle de milliers de cierges. Dorée aussi est l'iconostase où les prophètes et les saints m'accueillent avec gravité. Et sur une dalle, en belles majuscules grecques, est gravée l'inscription :

EMPLACEMENT DE ROBERT DUC DE NORMANDIE
IL EST ICI

Je m'effondre sur la pierre.

Pourquoi, mon bien-aimé, m'avoir laissée ainsi seule au milieu des hommes de fureur et de sang de ce siècle de fer ? Pourquoi avoir abandonné à leur rapacité les enfants que je t'ai donnés ? Là où tu es, le ciel est-il plus bleu, le soleil plus brillant, l'air plus doux que n'était doux le bonheur dont nous t'environnions ? Qu'es-tu venu chercher dans ces régions où la vie a si peu de prix, où l'amour a si peu de valeur ? N'ai-je pas tenté de détourner les fleuves, de déplacer les montagnes pour te dissuader d'entreprendre ce voyage, pourquoi ne m'as-tu pas écoutée ? Je brûle du désir de te rejoindre il est vrai car la vie sans toi est terne et maussade. Mais nos enfants devront-ils devenir orphelins ? Viens à mon secours car je péris.

Je me suis endormie sur la sépulture.

Une main se pose sur mon épaule. Robert ne m'est pas apparu en songe, mais je rêvais comme autrefois de l'arbre aux têtes couronnées trop souvent sanglantes, l'arbre prometteur d'un avenir royal à mon fils Guillaume. Je me dresse, effrayée. Devant moi, un homme petit, contrefait, assez âgé, couvert de guenilles, dont le visage de singe éclairé d'un sourire paisible m'est familier. Il s'incline profondément devant moi et murmure en langue franque :

– Je vous attendais, dame. Ne me reconnaissez-vous pas ?

Un cri de surprise sort de mes lèvres : c'est Godefroy, le barbier de monseigneur Robert, disparu lors du pèlerinage du duc et supposé mort en même temps que son maître. L'homme s'agenouille maintenant sur la dalle, joint les mains, se recueille pendant un long moment. Puis il m'invite à le suivre.

La nuit est profonde. Tout près du porche de la basilique se trouve une cabane édifiée entre deux constructions. Dans un poêle brûle un maigre feu, seul éclairage du minuscule logis. J'accepte l'écuelle de brouet que Godefroy me propose, il se sert à son tour.

Tout le reste de la nuit, il parle. Il raconte d'abord comment il a lui aussi présenté les signes de l'empoisonnement dont le duc a été victime. Comme les quatre autres serviteurs, il avait consommé le vin réservé aux maîtres, mais les autres sont morts en quelques heures, comme monseigneur Robert et Dreu, comte du Vexin. Lui, moins atteint, a pu quitter le camp installé aux portes de Nikaïa et aller chercher de l'aide en ville mais, entre la vie et la mort, il y a été hospitalisé et bien soigné par les médecins de l'endroit.

– On m'a rapporté, fait-il, la hâte des survivants à lever le camp et à s'enfuir dès l'inhumation de monseigneur Robert. C'est que, si l'empoisonnement était évident pour beaucoup, certains tenaient pour sûr qu'il s'agissait de quelque fièvre maligne contagieuse et tous avaient peur. C'était la panique. D'où leur précipitation à s'enfuir sans même s'assurer de mon sort.

Godefroy s'est donc trouvé seul et sans ressources dans cette ville inconnue. Il a été recueilli par des personnes compatissantes qui lui ont proposé, pour un maigre salaire, de s'occuper de l'entretien de la basilique où son maître a été inhumé. Et son attachement pour le duc est tel qu'il a accepté, pour pouvoir veiller sur sa sépulture et s'y recueillir autant qu'il le veut.

– Je suis décidé, fait-il, à ne pas retourner en pays latin. Je finirai mes jours ici pour rester près de lui et rien, jamais, ne me contraindra à l'abandonner.

Touchée de ce dévouement, j'embrasse le fidèle serviteur. Et je lui demande ce qu'il sait du meurtre de monseigneur Robert : est-il sûr qu'il ait succombé au poison ? Il me regarde, comme étonné de mon ignorance.

– Pour tous, ici, c'est un émissaire de l'eunuque Jean, le frère de celui qui règne à Byzance, qui a versé le poison dans la cruche de vin des maîtres, affirme-t-il. Une des servantes de l'auberge l'a même vu faire et n'a rien osé dire.

J'ai interrogé moi-même cette femme, elle m'a tout avoué. Pourtant elle n'a été que le témoin de ce geste : qui peut donc avoir voulu la mort d'un si noble et si généreux seigneur ?

Godefroy soupire :

– J'ai rasé monseigneur Robert quelques jours avant sa mort. Il se confiait volontiers à moi tandis que j'exerçais mon art. Ce jour-là, il était fort irrité et m'a expliqué qu'il allait rendre visite à cet eunuque Jean, au palais des Manganes, pour que lui soit enfin remis le précieux objet payé par lui mille livres d'or et qu'on tardait à lui livrer. Il était tellement en colère qu'il s'est fait habiller en guerre, casque, cotte de mailles et épée au côté, ainsi que Dreu, le comte du Vexin qui l'accompagnait. Lorsqu'il est revenu, je l'ai rasé de nouveau et il m'a affirmé que Jean lui avait promis de lui remettre l'objet dans les trois jours. Mais le lendemain, il était mort.

– Et cet objet, tu sais ce qu'il était ?

Godefroy me regarde comme si j'étais une simple d'esprit.

– Mais c'est l'Ampoule de Constantin, la relique la plus sacrée des Grecs ! Il ne se peut que vous en ignoriez la formidable propriété. Dans tout l'Empire, chacun sait que son possesseur est assuré de conquérir et de garder le pouvoir...

– De telle sorte qu'elle est réellement l'âme de l'Empire, je le sais. Mais dis-moi, Godefroy, que deviendrait d'après toi cet Empire byzantin s'il se produisait que quelqu'un lui arrache son âme, s'approprie cette précieuse ampoule ?

Le vieil homme pose sa main sur la mienne et, sans hésiter :

– Dame, je tiens pour sûr qu'il en mourrait.

Il fait plus froid encore, l'aube va poindre. Godefroy attise son maigre feu et revient s'asseoir face à moi. Je l'engage à me parler encore de Robert. Il me raconte mille anecdotes éclairant la personne du duc d'un jour nouveau pour moi.

Ainsi, alors qu'il était fort pudique dans l'expression de ses sentiments pour moi ou pour nos enfants, il ne se passait pas de jour où il ne confie à Godefroy l'amour qu'il nous portait et le souci qu'il se faisait pour nous.

– Il était particulièrement attaché à votre fils Guillaume, son aîné, son futur roi, comme il disait, explique-t-il. Ainsi, vous n'ignorez pas que le but principal de ce pèlerinage était, bien avant de se faire pardonner ses fautes, de lui rapporter cette relique dont de nombreux pèlerins et voyageurs lui avaient vanté les mérites…

Je rapporterai à Guillaume l'Ampoule de Constantin, sa propriété : elle en fera un roi.

6

– As-tu trouvé ce que tu cherchais ? ricana Harald au soir de mon retour.

Il était vautré sur un divan, une coupe renversée près de lui. Il n'avait pas cessé de boire du vin pendant mon absence. Furieuse, je martelai :

– Durant ce voyage, j'ai compris que toi, Harald Hardrada, tu ne seras jamais empereur de Byzance ni roi de Norvège ! Il faudrait pour y parvenir qu'un sang autrement généreux que le tien coule dans tes veines et que ta cervelle soit un peu plus agile !

Je pleurai de rage tout au long de la route qui revient de Nikaïa, et d'abord de rage contre moi-même, capable d'avoir passé dans le lit du Varange tout ce temps promis à la vengeance de Robert. La fureur me brûlait tandis que je remâchais ma certitude du meurtre et ma conviction que seule la vénalité criminelle de l'eunuque Jean était en cause. Le duc avait donc été assassiné pour mille livres d'or quand les caves de son trésor regorgeaient de richesses, alors que la bourse de ses sujets était prête à lui fournir dix fois cette somme ! Et moi, j'osais dormir et m'accoupler avec Harald au lieu de châtier les coupables !

Heurté, il se dressa, pâle, le souffle coupé, les idées soudain plus claires. Je reconnus avoir été injuste et, me calmant un peu, lui racontai mon voyage et mon long entretien avec le vieux Godefroy. Il frémit lorsque je lui apportai la preuve du meurtre de Robert et la certitude de la culpabilité de l'eunuque Jean. Il poussa un grondement d'approbation quand je lui expliquai ma volonté de tirer vengeance de Byzance. Enfin, quand je lui eus fait part de la nécessité où j'étais de le quitter pour aller rejoindre mon fils et veiller sur le duché, il poussa un cri :

– Ainsi, tu n'as pas d'amour pour moi !

Je passai une partie de la nuit à affirmer la force de mon sentiment pour lui et le déchirement éprouvé à l'idée de notre séparation, mais aussi la contrainte imposée par mon devoir de mère, et de mère d'un futur roi. Il hochait la tête et fouillait sa barbe, peu convaincu par mes arguments.

– Pourtant, grogna-t-il, ne semblais-tu pas favorable à mon idée de m'emparer de la couronne impériale et de la partager avec ton fils ?

Il me fallut encore prêcher longuement pour lui faire toucher du doigt son irréalisme : les prétendants à la couronne impériale par l'assassinat ont été nombreux tout au long de l'histoire de l'Empire, peu sont parvenus au but ; la force représentée par les Varanges était redoutable, mais la ruse des eunuques de Jean l'était plus encore ; enfin, il me fallait rejoindre mon mari, mes enfants et m'assurer de la bonne gouvernance du duché.

– Et puis, n'as-tu pas le désir et le devoir de devenir roi de Norvège, comme l'a été ton défunt frère saint Olaf ? lui demandai-je. Vois comme cette couronne est brillante et séduisante !

Et je lui représentai combien les seigneurs de l'endroit attendaient son arrivée parmi eux, je lui décrivis les trésors accumulés dans ce pays et dont il m'avait souvent entretenue, je lui fis imaginer toutes les conquêtes possibles à partir d'une contrée penchée sur les autres royaumes chrétiens comme un ours prêt à les dévorer. Il soupirait, à demi convaincu seulement.

– Enfin, puis-je conclure, si les événements se déroulent selon mon plan, il te sera impossible de demeurer plus longtemps dans cette ville.

Et je lui exposai mes intentions.

– Dimitrios, demandai-je au secrétaire, ne m'as-tu pas dit que tu souhaitais voir un jour l'Ampoule de Constantin apporter ses bienfaits à un prince juste et sage ? Penses-tu qu'il soit bon de la voir demeurer aux mains des voleurs et des meurtriers qui s'en sont emparés ?

Je lui racontai l'assassinat de mon époux et lui expliquai comment la relique était devenue par achat et héritage la propriété de mon fils, le jeune duc de Normandie. Et je lui demandai s'il était décidé à m'aider à rendre l'Ampoule à celui qui l'avait si chèrement acquise.

Il me posa alors la question du sacrilège qu'il y aurait à effectuer cet acte. Je lui représentai que je ne voulais en aucun cas, bien au contraire, agir contre la relique mais contre ceux qui la détenaient par le vol et la violence. Son enthousiasme fit alors écho au mien. J'en fus heureuse, mais dus le prévenir d'avoir à donner tout son temps et à employer tout son dévouement pour assurer la réussite de cette entreprise.

Le grand incendie qui dévasta la quatorzième région de Byzance dans la nuit du 6 février de l'an 1041, veille du carême, est demeuré dans la mémoire de tous. Certes, au soir de ces jours de fête, les illuminations de la Ville comme l'intempérance et la négligence de ses habitants rendent les sinistres fréquents : les gardes du feu s'y attendent et restent prêts à intervenir.

Cette année-là pourtant, l'embrasement de tout le quartier fut si soudain et d'emblée si étendu que les malheureux vigiles furent vite débordés. On fit appel aux militaires des casernes voisines mais nombre d'entre eux étaient absents, fêtant en famille ou avec des amis. L'Éparque, premier magistrat de la ville, apparu sur les lieux, chercha à organiser lui-même la lutte contre le fléau mais on manquait d'eau et surtout de bras.

– Il est surprenant, s'exclama-t-il, que cette quatorzième région se soit embrasée ainsi, tout à coup ! Tout se passe comme si une bande de criminels avaient mis le feu en plusieurs endroits à la fois !

Comme pour lui donner raison, on lui amena une vieille criant son indignation d'avoir vu plusieurs hommes jeter des torches enflammées sur les granges ou les cabanes de ce quartier, déjà proche de la campagne, où l'on voyait beaucoup de bicoques et de jardins. Mais la vieille semblait un peu fêlée et l'on ne pouvait pas imaginer l'existence d'un groupe d'incendiaires volontaires tant, dans toute la ville, chaque habitant redoutait le feu.

Le vent, un vent soufflant du ponant par bourrasques, avive les foyers et rabat les flammes vers la muraille maritime et la Corne d'Or, mais surtout vers la basilique des Blachernes où sont déposées les reliques. Comme toujours, on doit alors se résigner malgré les supplications des habitants à faire la part du feu et à abattre à la hache et à la masse les habitations par lesquelles l'incendie risque de se propager encore.

C'est la sixième heure de la nuit et le vent ne faiblit pas. Au milieu des clameurs de terreur, du bruit sourd des coups abattant les murs, des flammes et des gerbes d'étincelles nous arrivons, Harald et moi, dans cette quatorzième région. Je frémis encore au souvenir du feu ayant détruit une partie de la ville de Falaise, quinze ans plus tôt. Nous avons quitté le palais Carien en force, bousculant les gardes et escortés d'un peloton de Varanges ne portant aucun signe distinctif et au visage noirci de suie. D'autres, aussi méconnaissables, viennent de s'éclipser après avoir achevé le travail d'incendiaire qui leur était ordonné. Des hurlements strient les ronflements du feu, des poutres ou des pans de mur s'écroulent dans la rue devant nous dans un climat d'enfer, faisant se cabrer les chevaux.

– Ici, devant ! s'écrie Harald.

Dans la fumée épaisse, les dômes d'or de la basilique scintillent aux reflets du brasier. Nous poussons nos montures mais la nuée est si dense, si étouffante, que nous avons des difficultés à nous guider. Nous atteignons enfin la place située devant la basilique. Pour le moment, le feu est arrêté par cet espace découvert.

– Vite ! s'exclame Snorri. Les gardes du Patriarcat et les clercs ne vont pas tarder à venir vider le sanctuaire pour le cas où il serait atteint par l'incendie !

Derrière la vaste église, entre elle et les remparts, se trouve une ruelle où se réfugient d'habitude vagabonds et mendiants. Elle est, cette nuit, obscure et déserte. Les soldats allument des torches. Nous voici devant une porte basse.

– Harald ? gronde Snorri.

Il est convenu que Harald doit intervenir à ce moment. Cependant, il a mis pied à terre, pris sa hache en main et nous regarde d'un air égaré. Il tremble, terrorisé, paralysé par ce qui touche au surnaturel. Il bredouille qu'il n'a jamais rien éprouvé de semblable, même seul devant l'armée de l'émir. Je lui crie de se comporter en roi qu'il est mais il reste interdit, sans réaction.

Je le remplacerais si seulement j'étais capable de soulever l'énorme hache, la redoutable *romphaïa*. Snorri me prévient. Il bondit à terre, arrache l'arme des mains de Harald et, en trois coups vigoureux, fracasse le petit portail. Le bruit se perd dans le tumulte de hurlements, de coups de masse et d'écroulements de murs dont résonne le quartier.

Il pose sa hache et n'entre pas. Aucun de ces hommes courageux n'ose mettre le pied dans le sanctuaire. Moi, selon ce qui est prévu, je passe par l'étroite ouverture. La forte odeur d'encens me confirme que j'ai pénétré dans la sacristie, selon le plan fourni la veille. Avançant à tâtons dans l'ombre, je trouve le couloir aboutissant à l'église. Je suis maintenant derrière l'autel et l'iconostase. Je soulève un rideau qu'on appelle « Porte royale ». Je me trouve au cœur de la basilique illuminée de la flamme de mille cierges, de mille lampes brûlant là jour et nuit et des lueurs de l'incendie faisant rougeoyer l'albâtre des baies.

La clarté est celle du grand jour, je puis distinguer tous les détails du vaste bâtiment désert et silencieux dans le scintillement des mosaïques. Quelqu'un est là, je le devine, je le perçois. Le cœur battant, je scrute les moindres coins d'ombre et ne décèle aucun mouvement. Je comprends enfin : je me trouve près de l'Ampoule exposée à la vénération des fidèles.

Il est difficile de savoir si la lueur qui l'auréole provient du reflet du vermeil ou des flammes du buisson de cierges placé derrière elle. Elle me permet de contempler de nouveau ce visage qui me regarde, moi, et de nouveau j'en suis bouleversée. Un sanglot me soulève la poitrine et je me prosterne, front contre terre. Je ne sais combien de temps je suis restée là avant d'oser porter la main sur la relique. Je me relève enfin. L'Ampoule est miraculeusement légère. Je m'en empare et me précipite vers la sacristie et le peloton de cavaliers qui m'attendent dans la ruelle.

Deux corps gisent au sol, le crâne fracassé. L'un de nos hommes, essuyant le fer de son arme, explique avec calme que ce sont là deux clercs logeant tout près et accourus. Je rappelle mon exigence qu'il n'y ait pas de sang versé.

– Le moyen de faire autrement ? s'exclame Harald. Maintenant, en route !

Je m'avance vers lui, tenant la relique devant moi. Il est entendu que nous allons nous séparer, lui courant à la conquête de la couronne de Norvège, moi retournant près des miens. Pendant quelques instants, nos regards se fondent l'un dans l'autre. Je perçois chez lui une espèce d'adoration désespérée et je ressens, moi, tendresse et pitié pour cet ours affamé si semblable à un petit enfant. Nous demeurons longtemps ainsi dans le tumulte, ne percevant pas le temps qui passe, n'entendant pas l'impatience de sa troupe. Enfin, je le vois mettre le genou à terre, prendre le bas de ma robe et le baiser.

– Oui, en route ! hurle Snorri. Les gens du Patriarcat approchent !

Harald grimpe en selle et part au galop avec toute la troupe. Il ne se retourne pas. À peine ont-ils disparu qu'arrive Dimitrios dissimulé jusque-là derrière la basilique. À cheval, il tire par la bride une jument sur laquelle je monte. Le brasier semble impossible à franchir mais nous y parvenons. Toute proche, la porte des Blachernes est grande ouverte : on attend des secours extérieurs pour combattre l'incendie. Nous partons au galop vers le nord.

Nous avons parcouru environ un mille sous la voûte des nuages luisant des couleurs changeantes du feu lorsque je me retourne pour jouir de la dévastation de cette ville, meurtrière de celui que j'aimais. Il n'est pas dans mon tempérament de me complaire dans la vengeance ni de hurler des anathèmes, mais j'ai plaisir à voir ce que je vois tant les princes qui gouvernent l'Empire m'ont fait souffrir. Dimitrios alors pousse son cheval à côté de ma jument.

– Maîtresse, s'écrie-t-il, il faut partir ! Peut-être avons-nous été vus par les guetteurs ! Le seigneur Harald a bien pris la route de la Bulgarie, nous n'avons plus rien à faire ici !

Je ne puis détacher mes yeux du spectacle de la ville en flammes : le feu maintenant s'est propagé à d'autres quartiers sous le vent têtu. Les créneaux des fortifications se détachent sur le rougeoiement de ce décor, évoquant à ma mémoire la cité des damnés peinte sur les murs de notre chapelle de Falaise. Dimitrios reprend à mi-voix :

– Oui, la ville brûle. Mais ceux que tu hais n'en pâtiront pas, ils se trouvent bien loin de ce quartier et ne manquent de rien. En revanche, combien de petits, de malheureux ont payé ta vengeance de leur vie ?

La justesse de ses vues m'agace. Je fouette ma jument : nous avons deux heures de route à couvrir pour atteindre Kylios, un port de pêche situé à l'extrémité du Bosphore. Là, le père de Dimitrios, patron pêcheur d'un thonier, doit m'embarquer. Il lui faut partir avant l'aube, cap au nord, pour me permettre de m'éloigner au plus vite des côtes de l'Empire et de me réfugier, après une journée et une nuit de navigation, dans des régions plus hospitalières.

Avant le lever du jour, le thonier propulsé par six rameurs musclés et poussé par un vent qui ne mollissait pas avait quitté le port de Kylios, son fanal éteint. J'étais à son bord, serrant contre moi l'Ampoule, l'âme de Byzance enveloppée dans un sac de soie et d'or.

Mais au matin, le vent avait sauté au ponant, puis au septentrion, contrariant la progression de l'embarcation. Un froid mortel me pénétrait jusqu'aux os sous les embruns d'eau glacée et nulle possibilité de s'abriter n'existait sur cette grosse barque non pontée. La houle était forte, on avait amené la toile et les rameurs prenaient la cadence de haute mer : quatre d'entre eux souquaient en permanence, tandis que deux se reposaient.

– Tu en as, de la chance ! s'exclama à mon intention Panaïotis, le patron. Voilà encore une embarcation des douanes impériales que nous croisons au loin et ils ne nous ont pas fait signe de mettre en panne pour vérifier notre rôle. Avec un vent portant comme celui-ci, ils sont pressés de rentrer chez eux. S'ils approchaient, nous ne pourrions pas te garder sans risquer notre peau. Alors tu irais causer avec les poissons…

Il eut une espèce de rire gras repris comme en chœur par

l'équipage. Je me contentai de sourire : je ne courais aucun risque avec ces pêcheurs, je le savais, mais je devais m'habituer à leur rude langage, si différent de la façon de s'exprimer de Dimitrios, resté à terre. D'ailleurs, la relique me protégeait.

Le patron n'avait fait aucune difficulté pour me prendre à son bord, affirmant à son fils qu'il était prêt à tout pour aider ses amis en difficulté, surtout s'ils avaient eu à pâtir du pouvoir des eunuques. Il était pourtant bien entendu, avait-il rappelé, qu'il devait payer ses matelots, son embarcation, sa place au quai, deux journées de pêche et ses impôts. Il avait des frais et moi, j'avais été fouillée et dépouillée de tout, même des électuaires de ma marraine, lors de mon incarcération.

J'avais donc proposé à Dimitrios de lui faire tenir une livre d'or par la chancellerie du duché dès que je serais rentrée chez moi, somme dérisoire à côté de celle due au changeur, mais qui lui avait paru considérable. J'avais donné ma parole et l'affaire avait été ainsi conclue.

Il me sembla soudain distinguer dans la grisaille un navire lancé à notre poursuite. Le patron toujours accroché à son aviron de direction m'assura que ce n'était qu'une épave. Inquiète de ce que je trouverais en abordant, je lui demandai alors s'il n'avait aucun doute sur l'accueil qui me serait fait. Là-dessus, il était tranquille :

– Le port de Varna, sur la côte bulgare, me rappela-t-il, a été occupé par nos troupes à la suite des campagnes de Basile. Mais il y a quelque temps, les nôtres ont dû laisser la place aux Hongrois du roi Étienne. Ceux-ci ne s'y maintiendront pas car ils sont trop éloignés de leur pays. Mais ils y sont encore installés. J'ai eu l'occasion de les fréquenter, ils sont accueillants. Surtout avec une personne de qualité leur demandant asile et fuyant un régime avec lequel ils sont en guerre !

Je n'avais nulle intention de demander asile au roi Étienne qu'on disait d'ailleurs gravement malade : j'avais appris à me méfier du commerce des princes et y préférais l'anonymat des pèlerins. À cet effet, je m'étais procuré la robe de bure, le bourdon et le chapeau, signes distinctifs de cette engeance que j'avais déjà tant fréquentée. Dans une besace contenant quelques hardes, j'avais préparé une cache propre à dissimuler l'Ampoule dans son sac de soie. Et je comptais prendre la route empruntée par beaucoup au retour de Jérusalem, le trajet maritime étant beaucoup plus aléatoire tant étaient contraires les vents dominants.

Un peu plus tard, commençant à me sentir mal comme jadis sur le *Santa Cecilia,* je m'allongeai dans le fond de l'embarcation. Malade, effondrée sur les membrures avec ma vomissure, recroquevillée sur moi-même, j'étais cependant habitée d'un étrange bonheur, d'une joie indicible. Car à la douce tiédeur émanant de la relique s'ajoutait la sensation très puissante de la présence près de moi de monseigneur Robert, mon amour perdu : il avait donné sa vie pour obtenir ce précieux objet et c'était un peu de lui-même qu'il me semblait serrer contre moi.

Quatrième acte

1

Je me sens fatiguée, moine, aussi faible presque qu'après ces longs mois passés à l'hôpital pour pèlerins de Pest, au royaume de Hongrie : là, chacun me tenait pour morte et je ne dus la vie qu'à l'Ampoule dissimulée dans ma besace...

– La Normandie est à feu et à sang, les barons s'y entre-tuent, les princes des pays voisins se font la guerre pour s'en emparer !

Les rumeurs et les nouvelles vraies ou fausses courent vite parmi les pèlerins. Cependant, la concordance de ces bruits m'inquiétait tandis que nous approchions de Falaise. D'ailleurs, depuis que nous avions franchi l'Eure et quitté le domaine du roi de France, la désolation était partout : en cet aimable printemps, l'on ne voyait que villages détruits et brûlés, châteaux ou mottes seigneuriales abattus, bétail abandonné ou crevé, fuyards faméliques demandant l'aumône aux pèlerins démunis que nous étions. Mais mon angoisse était surtout nourrie par la disparition de Guillaume.

Lorsque, guérie depuis peu, je m'étais présentée chez le comte Reinhardt, à proximité du col du Grand-Saint-Bernard, il m'avait appris le départ de mon fils près d'un an plus tôt. Une troupe, commandée par un certain comte de Gacé accompagné de deux jeunes gens un peu plus âgés que Guillaume, était venue le chercher. Il avait accepté de partir. Trouvant ce seigneur de bonne mine, le montagnard ne s'était pas opposé à son départ et tout ce monde avait repris la chevauchée vers la Normandie.

Or, je connaissais ce Raoul de Gacé pour le fils du défunt archevêque Robert, l'odieux prélat qui m'avait toujours manifesté de la haine, et pour un proche de l'archevêque Mauger qui avait mis à prix la tête de Guillaume : toutes les craintes m'étaient permises.

– Vois, vois, ma sœur Adeline !

De la butte où nous nous trouvions, nous distinguions une partie du bocage normand où alternent les cultures, les prés et des espaces de forêt. Ici et là, comme ailleurs, de la fumée s'élevait d'un village supplicié. Mais à l'horizon, une épaisse colonne montait vers le ciel : une fois de plus, Falaise brûlait. Malgré mon épuisement, je me pris à courir, distançant mes compagnons, dévalant la colline puis filant à travers champs, escaladant les barrières et traversant les ruisseaux, en relevant mes cottes. Si Guillaume, pensais-je, se trouve dans les prisons de l'archevêque et si mes autres enfants ont péri lors d'un assaut donné à la ville, je mourrai.

Je courus longtemps avant d'arriver dans le faubourg, j'y parvins à bout de souffle, pleurant et hoquetant. Malgré ma peur du feu, je m'avançai dans les ruines fumantes et frappai à l'huis d'une maisonnette épargnée. Une vieille entrouvrit le battant supérieur de la porte, passant dans l'entrebâillement son museau de fouine. Quand elle m'eut reconnue, saisie, elle ouvrit tout grand et me fit entrer.

– Arlette, murmurait-elle, notre Arlette revenue d'entre les morts ! Mais dans quel état !

Elle me fit asseoir et, avant que j'aie pu poser une seule

question, entreprit de m'expliquer à grands renforts de gémissements que la ville avait été mise à sac par un certain Turstin Goz dont les soldats avaient tué son mari et son fils. Puis elle m'apprit comment, sur la nouvelle de mon décès survenu dans l'Empire, on avait célébré pour moi l'office des défunts et récité des neuvaines pour mon salut. Elle appela alors ses voisines pour leur permettre de s'assurer de ma présence en chair et en os. Enfin seulement, elle consentit à m'apprendre que Herluin mon époux et mes trois plus jeunes enfants étaient prisonniers dans le château.

– Ce mauvais homme, expliqua-t-elle, ce Turstin Goz, a été chargé de la défense de Falaise par le conseil qui est à Rouen. Or, jeudi de l'autre semaine, il a décidé de se révolter contre ce conseil et celui qui le dirige, le comte de Gacé. Ses hommes ont tué un grand nombre des nôtres qui s'opposaient à lui, brûlé une partie de la ville et ils se sont barricadés dans la forteresse en gardant en otages ton époux et trois de tes enfants. Puis ce Goz a signifié sa rébellion au comte de Gacé et il attend.

– Mais qu'attend-il ?

– Beaucoup dans la ville prétendent qu'il attend Henri, le roi de France qui a bien envie de s'emparer de Falaise pour agrandir son propre domaine. D'ailleurs, les soldats qui sont avec lui sont tous des Français !

Le chœur des matrones réuni autour d'elle approuva totalement la version des faits donnée par la vieille. Elles m'apprirent comment Raoul de Gacé avait réuni quelques chevaliers et une modeste troupe de piétons, dressé son camp devant la ville et tenté de donner deux fois en vain l'assaut au château. Chacun pensait que les Français n'étaient pas loin et viendraient sous peu prendre possession de Falaise au nom de leur roi en mettant en fuite les troupes du duché.

Accablée, je demandai si le comte de Gacé, au moins, maintenait le siège. J'appris que depuis l'échec de sa seconde tentative, lui et ses hommes s'étaient retirés dans leur camp. Ils attendaient des renforts, à ce qu'on disait. Je demandai alors à être conduite jusqu'à ce camp, édifié à l'orient de la ville pour la protéger de l'arrivée des Français.

De Raoul de Gacé je n'avais pas oublié la trogne et le nez écrasé, les lèvres épaisses et son expression dédaigneuse héritée du défunt évêque Robert. Il évoquait pour moi l'un de ces mauvais chiens saxons rencontrés parfois dans nos contrées et l'on s'étonnait presque de ne pas l'entendre aboyer et montrer les dents. Mais l'homme était un faible, un velléitaire. Tout ce que j'en savais me prévenait contre lui, et lui avait de moi une opinion détestable. Cependant, touché de mes larmes et de ma tenue de pèlerine sans doute, il congédia son secrétaire, se leva, m'invita à m'asseoir dans le fauteuil qu'il quitta et vint prendre place sur un tabouret près de moi.

L'émotion m'empêchait de prononcer un mot. Il parla donc d'une voix brève, mais qu'il cherchait à adoucir.

– Dame, dit-il, c'est grande surprise de vous voir ici revenue alors que chacun croyait à votre trépas et à votre sépulture là où gît monseigneur le duc Robert de pieuse mémoire. La fatigue et la faim vous ont épuisée : une collation va vous être apportée et je vais faire préparer une tente où vous pourrez vous reposer. Mais vous voulez d'abord des nouvelles de messire Herluin et de vos enfants : ils vivent, soyez-en sûre. Ils sont captifs de ce Turstin Goz à qui a été donné le comté d'Hiémois et Falaise pour qu'il les défende, alors qu'il voudrait les livrer traîtreusement à Henri, le roi de France.

– Comment les savez-vous en vie ? puis-je murmurer. Sont-ils en bonne santé et bien traités ?

– Nous avons des intelligences dans la place, nous y faisons pénétrer des soldats déguisés en serviteurs. Ils ont pris contact avec eux, ils vont bien. Goz s'est gardé de nuire à ses otages car c'est un traître mais point un sot : il serait pendu si ces quatre personnes avaient à se plaindre de lui quand nous reprendrons le château, il ne l'ignore pas.

J'éclatai en sanglots :

– Vous ne le reprendrez jamais ! Les Français approchent, me dit-on, et vous êtes en nombre très insuffisant pour vous opposer aux troupes du roi Henri jointes à celles qui occupent le château !

Il soupira.

– Les Français ne sont qu'à dix jours de marche d'ici, ce qui nous laisse un peu de répit, mais pour le reste, vous dites vrai. Je multiplie les courriers vers Rouen pour que me soit envoyé le renfort nécessaire. On a là-bas, me dit-on, de grosses difficultés pour lever des troupes supplémentaires, les soldats exigent d'être payés à l'avance et, les impôts ne rentrant pas, le Trésor n'est pas riche. Mais, croyez-le, nous nous ferons massacrer jusqu'au dernier pour protéger la famille de monseigneur le duc si nos ennemis font leur jonction et nous attaquent !

Je fus suffoquée d'indignation en l'entendant : comment osait-il parler de protéger notre famille quand lui, le prétendu tuteur, détenait mon fils Guillaume dans quelque prison, sans doute dans les geôles du château de Rouen ? Il se leva d'un bond et se planta devant moi :

– Monseigneur le duc n'est pas prisonnier ! Qui peut vous avoir enseigné pareilles sornettes ?

Je lui expliquai mon entretien récent avec le comte Reinhardt.

– Et ma proximité avec l'archevêque Mauger vous a fait croire à mes mauvaises intentions ! Sachez, dame, que si je fréquente cette pourriture d'archevêque qui se trouve être mon cousin, si j'accompagne même parfois ses débauches, c'est pour le surveiller et pour limiter autant que je le puis ses crimes et ses pillages ! J'ai appris ainsi qu'il savait où se cachait monseigneur Guillaume et avait déjà donné des instructions pour faire égorger et saigner votre fils comme un porc. J'ai donc décidé d'agir au plus vite et mis sur pied cette expédition qui fut couronnée de succès.

– Si bien que Guillaume se trouve…

– En lieu sûr. Vous vous souvenez de l'acquisition par monseigneur Robert du petit château de Valognes, dans le Cotentin, et du don qu'il en a fait à son fils Guillaume. Monseigneur le duc est là-bas, accompagné de deux amis, Guillaume Fils-Osbern, l'enfant de son malheureux sénéchal assassiné sous vos yeux, et le jeune Guy de Brionne, un lointain cousin, vous le savez. Ils prennent du bon temps car les forêts d'alentour sont giboyeuses. Et j'ai fait masser autour d'eux un escadron entier de ma garde personnelle : ils ne risquent rien, croyez-moi !

J'étais soulagée, car rien ne me permettait de mettre en doute la parole du comte. Je lui demandai alors de me parler de Guillaume dont j'étais sans nouvelles depuis près de trois ans. Dans sa quinzième année, il était devenu un gaillard décidé, volontaire et même têtu, entraîné aux armes et pratiquant avec passion la chasse dans sa forêt de Valognes. Il aimait la compagnie des soldats et surtout celle de ses amis : tous trois, entraînés par un certain Goles, jadis le fou de la Cour, polissonnaient à plaisir dans les villages des alentours. Mais, concluait Gacé, ne fallait-il pas que jeunesse se passe ?

Il me parla alors des nombreuses épreuves traversées par le duché pendant mon absence. Une des plus redoutables avait été l'invasion du duc Alain, parvenu avec ses féroces Bretons devant Lisieux en l'année 1040. Il réclamait la couronne de Normandie au nom de sa lointaine parenté avec monseigneur Richard le Second.

– Un jour, aussitôt après avoir consommé certain électuaire contre les maux d'entrailles, racontait Gacé qui aimait conter, il fut pris de délire et d'une soif inextinguible. Peu après, il s'écroulait, raide mort. Les circonstances du trépas évoquant celles où monseigneur Richard le Troisième avait perdu la vie, son médecin, un nommé Bernardet autrefois praticien vivant à la cour de nos ducs, fut arrêté et tourmenté. Il mourut étrangement dès le début de l'interrogatoire. On ne sut donc pas qui avait payé ce médecin pour accomplir son forfait, mais beaucoup murmurèrent un nom…

Il me regardait fixement, n'osant préciser.

– Eh bien, dites ce nom, messire comte !

Il demeurait muet.

– Je vais donc vous le dire, moi, ce nom. C'est Arlette et c'est le mien. Il a été prononcé avec raison. Oui, avant de partir en pèlerinage, instruite des intentions criminelles de cet Alain, j'ai donné des ordres pour que le médecin Bernardet soit incité à abréger les jours du duc de Bretagne, payé et mis en possession du venin nécessaire dès que possible.

Muet, il était stupéfait de mon audace autant que de mon aveu. Redevenue moi-même, je me dressai. Mon interlocuteur, surpris, se leva lui aussi, me faisant face.

– Comte de Gacé, lui signifiai-je, ce que j'ai fait là, vous en eussiez été incapable. Vous vous complaisez dans la médiocrité : les affaires du duché vont mal et mon fils Guillaume s'amuse tandis que sa famille est en danger et que son apanage est dépecé par des larrons. Je ne vous complimente pas de l'avoir laissé croupir dans la paresse et les turpitudes.

Il voulut m'interrompre, je ne lui en laissai pas le temps.

– Vous lui ferez savoir qu'il ait à se présenter à moi demain, ici même, avant le coucher du soleil. J'occuperai dorénavant cette tente, trouvez-moi deux femmes point trop niaises pour être mes suivantes. Et soyez ici demain dès l'heure de matines, nous causerons.

La conférence que je tins avec Gacé le lendemain n'eut pour effet que de me convaincre de la médiocrité dont je l'accusais.

Énumérant nos ennemis, nous allions en venir au roi de France lorsqu'un appel de trompette retentit. Je bondis hors de la tente. Un cavalier entrait au galop dans le camp, faisait se cabrer son cheval, puis sautait à terre. Mon cœur bondit dans ma poitrine : en trois ans, Guillaume était devenu un homme et un homme dont l'aspect séduisant me bouleversait. Il mit un genou à terre devant moi et demeura ainsi, la tête baissée.

Enfant, je l'aurais vite relevé et tenu longtemps embrassé. Mais je le compris, Guillaume adolescent entendait être traité en homme, il refuserait dorénavant l'affection ostensible, les manifestations visibles de l'amour maternel, les conseils de prudence ou de raison. Surtout, il lui déplairait d'être dirigé, commandé, corrigé par une femme. Mais il était trop jeune pour que je lui donne le plaisir de lui céder : je devais attendre de lui voir apparaître un peu plus de barbe et de maturité tandis que je reprendrais en main le duché. Ensuite reviendraient la tendresse et la confiance.

– Relevez-vous, mon fils, dis-je d'une voix affermie. Je suis heureuse de voir en vous l'homme accompli que vous êtes aujourd'hui devenu. Pourtant, je m'étonne d'apprendre que vous gaspillez votre temps en jeux enfantins tandis que vos frères et sœur sont captifs et votre duché mis à l'encan. Le chevalier que vous êtes… mais qu'est ceci ?

Un petit homme gros et contrefait, grimpé sur un bidet épuisé, faisait son entrée dans le camp. Il descendit de sa monture et faillit s'étaler au milieu des ricanements, puis prit comiquement la même position que Guillaume.

– Je te reconnais, Goles le bouffon, m'écriai-je, mais le moment n'est pas à la bouffonnerie. Va-t'en, si tu ne veux pas tâter du bâton !

Et me tournant de nouveau vers Guillaume :

– Le chevalier que vous êtes, dis-je, ne saurait tolérer davantage les dommages causés à sa famille et à ses biens, il aurait à cœur de défendre son honneur. Qu'avez-vous à répondre à cela ?

Buté, les sourcils froncés mon fils maugréa :

– Personne ne m'a fait chevalier !

Quelle voix il avait ! Et quelle allure de chien battu, il se donnait ! Il n'était point chevalier, je le savais, mais je jouai l'étonnement et, me tournant vers Raoul de Gacé :

– Cela est-il vrai, messire comte ? Est-il possible qu'à son âge, le fils de monseigneur Robert soit encore traité en enfant ?

Le comte écarta les bras, ne sachant que dire. Je conclus :

– Si vous le voulez bien, messire, vous sacrerez chevalier Guillaume, duc de Normandie, dès demain et avant l'heure de tierce. Alors seulement, il sera un homme et nous pourrons aviser.

Guillaume, lavé au baquet, vêtu d'une longue chemise blanche et de chausses neuves, rasé, tondu et confessé, passa la nuit sous une tente, en prière devant l'Ampoule de Constantin et en pieux entretiens avec le moine Tiercelin. Je lui rendis souvent des visites muettes pendant cette nuit-là, priant pour qu'un peu de maturité lui soit vite accordée.

Au matin, après l'office, la milice entière se rassembla. Il fut revêtu devant tous de la cotte de mailles, chaussé de fer et casqué d'acier. Il ploya le genou devant Raoul de Gacé. Majestueux, le comte procéda alors à l'adoubement, frappant du plat de l'épée l'épaule droite, la gauche puis de nouveau la droite de celui qui n'était encore qu'un enfant. Je frémis de crainte et d'indignation lorsque le rude soufflet asséné par la main gantée de fer fit chanceler mon fils, puis me ressaisis : il devait apprendre à souffrir pour défendre son honneur et secourir les malheureux. Enfin, le comte releva le chevalier et, au milieu des acclamations de tous, lui donna une fraternelle accolade.

Le comte réunit alors les capitaines de sa milice, troupe décidée mais bien chétive pour donner l'assaut à une telle forteresse.

Tandis que les archers criblent de leurs traits les défenseurs massés aux créneaux, des sergents, à l'abri de leur bouclier, apportent à grand effort une énorme poutre préparée la veille et protégée par des peaux de mouton mouillées. J'ai insisté sur ceci : l'enceinte doit être attaquée près de la tour des Foulons, à l'endroit où la muraille présente un point faible, mal consolidé autrefois. Au bruit des hurlements des attaquants et des défenseurs s'ajoutent donc maintenant les chocs sourds du bélier cherchant à ébranler le mur.

– Monseigneur Guillaume a demandé de prendre la tête de la troupe de diversion, prononce Gacé. Souhaitez-vous assister à leur mouvement ?

Je frémis : cette troupe doit accomplir une action hautement dangereuse. Mais j'acquiesce. À cheval, nous contournons la ville pour arriver au ravin au fond duquel coule la rivière Anthe. Sur l'autre rive se dresse le donjon, la tour dominant tout le pays.

Nos gens sont déjà à l'œuvre. Agrippé à la glycine poussant là, puis se collant à la muraille et s'aidant de tous ses interstices pour progresser, l'un des nôtres s'élève lentement : j'ai prévu que tous les défenseurs se précipiteraient vers les assaillants et j'ai pensé qu'une troupe pourrait alors s'introduire dans le château en passant par une des hautes fenêtres. Petit, trapu, l'homme a ôté casque, cotte de mailles et bottes de fer et, vêtu de ses seuls chausses, grimpe avec une agilité et une détermination fascinantes. C'est lui, c'est Guillaume. Je me mords les lèvres pour ne pas crier, car cent fois je le vois tomber au fond de l'abîme…

– Monseigneur Guillaume est fort adroit aux exercices du corps, commente le comte. Mais son astuce en fera également un négociateur habile.

Peut-être pour me rassurer et sans doute pour me flatter, il continue à faire l'apologie de mon fils tout en laissant entendre combien sa jeunesse et son inexpérience rendent nécessaire la présence à ses côtés d'un conseiller d'âge mûr. Je ne l'écoute guère, le cœur battant, réfrénant à chaque instant un cri d'encouragement, un appel à la prudence. Son épée et un fort rouleau de cordes pendent derrière lui et il continue à s'élever avec ce mélange d'audace et de prudente sagacité dont il a toujours fait preuve...

Un appel de trompe résonne et un étendard blanc apparaît au sommet du donjon : Turstin Goz, étonné de notre détermination et inquiet de la rapide dégradation de son enceinte, a décidé de capituler. Nous nous précipitons vers le pont-levis dont l'abattant est abaissé avec fracas.

Dans la cour d'honneur se tient le vaincu, gros homme blafard aux bajoues flasques et à l'air hagard, les bras écartés dans l'attitude de l'homme qui se rend. Je ne lui jette pas même un regard, me précipite dans l'édifice, visite les salles d'honneur, grimpe à l'étage. Un soldat terrorisé m'ouvre la porte fermée à clef de la chambre des dames : ils sont là tous trois, grands adolescents maintenant, groupés autour du bon Herluin. La jolie Adélaïde, le gros Odon et le remuant Robert hésitent un peu avant de venir m'embrasser, se serrer contre moi. Je me reproche de les avoir négligés pour trop me consacrer à l'avenir de mon aîné, de mon futur roi.

– Dame, combien vous nous avez manqué ! soupire Herluin qui regarde avec envie ces retrouvailles émouvantes.

Je lui donne la main et me promets de partager avec lui dès ce soir le lit conjugal.

Les nôtres, pendant ce temps, ont pris possession du château. L'un après l'autre, les soldats du roi Henri ont déposé les armes et se tiennent comme un troupeau frileux dans le fond de la cour. Au pied du perron, à cheval, Guillaume, revêtu de fer, et Gacé reçoivent la reddition de Turstin Goz.

– Seigneurs, bredouille celui-ci, considérez que si je me suis révolté en m'emparant de cette place, je n'ai nui ni aux personnes ni aux bien que j'y ai trouvés. Maintenant, à qui dois-je rendre mon épée ?

Sans hésiter, avant que le comte ait ouvert la bouche, Guillaume répond :

– À moi. Je suis le duc de Normandie.

Il lui convient maintenant de signifier au vaincu la sanction dont il est passible. Il hésite. Entier comme le sont les adolescents, il est tenté de faire pendre sur l'heure celui qui a trahi. Le gros homme tremble de peur. Guillaume ne se tourne pas vers moi pour me demander conseil, il ne demande pas non plus l'avis de Gacé, son tuteur. Enfin, sa voix rendue encore mal assurée par la mue s'élève :

– Turstin Goz, tu as trahi la confiance mise en toi, tu as cherché à livrer notre terre à nos ennemis. Je te fais grâce de la vie car tu as respecté la vie de ceux que tu as trouvés en ce château. Mais tu es banni de ce duché et tes biens sont confisqués. Quant aux soldats envoyés vers toi par le roi Henri de France, ils seront nos prisonniers.

– Quant à vous, dame, sanctifiée par ce pèlerinage, vivez maintenant en bonne épouse et en bonne mère, vous occupant de l'éducation de vos enfants et mettant au monde tous ceux que la Providence vous enverra tant que votre âge vous y autorisera, m'avait asséné l'abbé Jean de Vienne

Cette destinée ne me séduisait guère. Je dus pourtant m'y résigner et, de retour à Falaise, essayer de me conformer à ses prescriptions : je devais être plus proche de ma famille et éviter de trop m'immiscer dans les affaires du duché sous le prétexte d'aider Guillaume.

– Dame, ne dois-je pas maintenant vous protéger et ne me devez-vous pas obéissance comme il sied à des époux ? me demandait souvent Herluin.

Je dois exprimer ma surprise à la découverte de la vraie nature de mon mari. J'en avais vu jusque-là l'aspect terne, presque inexistant, celui de l'éternel amoureux éternellement éconduit et résigné à l'être : sans doute la personnalité de monseigneur Robert l'éclipsait-elle comme le soleil rend la lune peu visible en plein jour. Là, je découvrais un homme passionné, un amant plein de fougue et pourtant capable d'une grande tendresse. Notre entente au lit, condition utile à l'harmonie dans le couple, n'était pas aussi parfaite qu'elle l'avait été entre monseigneur le duc et moi, mais elle suffisait à notre bonheur.

Dans les actes de la vie courante, Herluin était clairvoyant, prévoyant, plein d'astuce. Il manifestait à mes enfants beaucoup d'affection et les élevait avec une attention aussi vigilante que s'il en avait été le père. Je dois révéler pourtant sa froideur envers Guillaume, qui ne l'aimait pas. Et je me souviens de ses discrets gestes d'agacement lorsque j'évoquais devant lui l'avenir royal de mon aîné : ce n'étaient que haussements d'épaules et froncements de sourcils. Je m'exclamai alors :

– Je l'ai rêvé et le rêve encore, tout comme l'a fait le prophète Jessé ! Ce ne peut pas être faux ! Surtout sous la protection de l'Ampoule !

– Qu'il nous montre d'abord ce dont il est capable, maugréait Herluin.

Je sais les hommes moins sensibles que les femmes aux manifestations du surnaturel, rêves, présages et prophéties, et je pensai qu'en l'occurrence, il faisait preuve d'aveuglement.

L'avenir de mes autres enfants le préoccupait davantage. Adélaïde était fière de sa poitrine naissante et commençait à manifester de l'intérêt pour les jeunes garçons ainsi qu'une coquetterie précoce, me dérobant souvent crèmes et parfums. La question de son mariage se poserait bientôt et, le soir au coin du feu, nous faisions le tour des partis possibles. Par bonheur, l'humble origine de sa mère ne jouerait pas dans son avenir un rôle défavorable : les épousailles des filles ne présentent pas ces difficultés. Mais cela, moine, tu le sais. Mes garçons étaient toujours qualifiés de bâtards du fait de la profession nauséabonde de mon père et de sa basse extraction, ce que je ne supportais pas.

Odon, Eude disaient les Français, était gros et gras et ne pensait qu'à manger.

– Nous en ferons un chanoine, estima Herluin dès qu'il eut quatorze ans. Et un évêque de Bayeux si le siège épiscopal de cette ville demeure vacant.

Quant à Robert, il était toujours querelleur et batailleur malgré les remontrances et les punitions. Il avait, à l'évidence, la vocation de soldat mais nous ne détections pas chez lui l'ébauche de cette magnanimité et de cette courtoisie dont sont faits les vrais chevaliers. Il était brouillon et sans cervelle. Il éprouvait une admiration sans bornes pour Guillaume : plus tard, répétait-il, il le suivrait partout, ce qui s'est avéré. Guillaume, hélas, n'en a pas fait un homme paisible ni une grande intelligence.

Guillaume, lui, n'avait pas soudain été transformé en personnage démonstratif ni en joyeux drille par le fait d'avoir été armé chevalier. Il ne s'était pas non plus rapproché de moi et me manifestait toujours une froideur dont je me désolais en secret. Je m'en consolais en me répétant que son tempérament revêche n'était pas seulement en cause mais aussi son âge : comme les autres, plus tard, il changerait. Il avait décidé de vivre dans sa gentilhommière de Valognes où il passait son temps à faire des armes et à chasser avec ses amis. Il s'astreignait à participer au conseil local, chaque semaine, à Rouen, d'où beaucoup de déplacements inutiles. J'appris que, durant ces réunions, il demeurait maussade et passif, mais qu'en cette ville il passait volontiers ses soirées en tavernes et en bordeaux. J'en fus fort marrie.

J'espérais qu'au moins sa vie n'était plus en danger, l'archevêque Mauger semblant avoir fait la paix. Pour en avoir le cœur net, je réussis à pactiser avec Goles, son bouffon familier. Ce personnage n'était plus contrefait ni débile en ma présence : alors, il se redressait, cessait ses grimaces et se montrait fort sensé.

– C'est pour gagner mon pain, dame, que je joue les sots ! soupirait-il.

Je le payais donc pour espionner mon fils et pour le protéger le cas échéant.

2

Quatre ans se passèrent ainsi. Les affaires du duché allaient à vau-l'eau : les barons ne cessaient de s'entre-tuer pour se voler terres et châteaux et les voraces princes nos voisins, le roi de France lui-même, s'intéressaient trop à la malheureuse Normandie. Je m'étais promis de ne plus y mettre le nez pour me consacrer à ma famille, mais le bruit des combats et la fumée des incendies parvenaient souvent jusqu'à moi malgré l'épaisseur des murs du château. Et l'action de la Sainte Ampoule, déposée dans la chapelle, ne se faisait pas encore sentir.

Un jour avant l'aube, dès matines sonnées car c'était son heure, Goles le bouffon se présenta au château. Les soldats de garde, prévenus, le firent entrer dans la cuisine où déjà un grand feu brûlait et une de mes chambrières vint m'avertir de sa visite.

– Dame, fit l'homme en s'inclinant profondément devant moi, je dois vous apprendre deux nouvelles, mais il fait grand froid et je suis gelé jusqu'aux os.

Une écuelle de bonne soupe au pain trempé apparut vite devant lui.

– Sachez, dit-il tout en bâfrant, que depuis deux mois l'amitié qui unissait monseigneur le duc et le jeune Guy de Brionne s'est fort détériorée. Ce seigneur a beaucoup changé depuis quelques mois : agréable compère auparavant, il est devenu ombrageux, querelleur, agressif même, à un point tel que je me suis demandé si quelque mauvais conseiller ne venait pas répandre de vilaines idées dans sa cervelle. Il y a deux jours, une querelle a éclaté. Le jeune Guy faisait état de ses ancêtres, il est disait-il le petit-fils du duc Richard le Second…

– Mais ce Richard a eu tant de maîtresses qu'on pourrait faire une armée de ses descendants ! m'écriai-je.

– Certes, reprit le bouffon. C'est un peu ce que monseigneur le duc lui a répondu, mais en termes plus vifs : il a parlé de vérole et de catins, ce qui ne plaît jamais. Le ton a monté, ils en sont venus aux mains et la situation aurait pu dégénérer si je n'avais pas, par mes sottises, calmé nos deux braves. Là-dessus, le jeune Guy a pris son cheval et a quitté le château, pour toujours à ce qu'il a dit.

Je connaissais bien ce jeune comte, il avait passé une partie de son enfance au château de Falaise et je le tenais alors pour un garçon aimable et enjoué. Toujours inquiète, je me demandai s'il n'y avait pas quelque danger à le laisser rompre avec mon fils, son suzerain, et aller s'enfermer avec ses hommes d'armes dans sa redoutable forteresse de Brionne, construite sur une île de la Risle.

– Monseigneur le comte n'a pas semblé affecté de l'incident, continua le bouffon. Mais je crains que l'autre affaire ne soit plus grave. Voici les faits : vous savez qu'hier mardi était le jour du conseil ducal à Rouen. J'y ai accompagné monseigneur Guillaume. À sa sortie, votre fils paraissait plus maussade encore qu'à l'habitude et à l'habitude, il avoue s'être ennuyé ferme…

– Abrège, bouffon, abrège.

– Il a passé la soirée en joyeuse compagnie au *Cygne de la Croix*, une taverne du quartier Saint-Vivien. Moi, de la rue, je veillais sur lui selon vos instructions. À sa sortie, une dizaine de malandrins, venus je ne sais d'où, se sont précipités sur lui. Il a dégainé, le jeune Guillaume Fils-Osbern qui l'accompagnait aussi. Je me suis joint à eux. La bataille a duré longtemps. Votre fils et son ami savent y faire, je me défends moi aussi. Trois des agresseurs sur le carreau, les autres ont pris enfin la fuite...

Horrifiée, je murmurai :

– Et Guillaume ? Il est blessé ?

– Seulement quelques estafilades.

– Donc, tu ignores d'où venaient ces malfrats ?

– Tous avaient abaissé leur capuchon, ce qui laisse supposer qu'ils redoutaient d'être reconnus. Mais leur nombre et le fait qu'ils se soient abattus sur le duc dès sa sortie de la taverne, comme au signal d'un guetteur, fait penser à une embuscade.

– Et le guet ? Le guet n'est pas intervenu au cours de cette longue bataille ?

– Aucun sergent, aucun soldat ne s'est montré. Pourtant, dame, vous savez combien cette ville de Rouen est surveillée jour et nuit.

Longtemps, nous avons réfléchi à l'origine possible de l'incident, mais une seule explication était vraisemblable : le coup avait été organisé par les autorités locales avec la bénédiction de l'archevêque Mauger qui reprenait l'offensive.

Je ne fis part à personne de la visite du bouffon, ni du mortel danger planant de nouveau sur Guillaume. Herluin lui-même, en qui je me fiais maintenant comme s'il avait été un vieil époux, fut tenu à l'écart de ma décision tant je souhaitais lui éviter angoisses et représailles. Et deux jours plus tard, à l'heure de sexte, ma litière pénétrait dans la cour d'honneur de l'archevêché de Rouen.

On ne me fit point attendre : j'avais signifié ma volonté d'être reçue à l'instant, sans antichambre ni bavardages. Le petit homme au chaperon de pourpre assis sur son trône et enseveli dans les flots de sa cape violette me surprit d'abord par la bénignité de son aspect : un aimable sourire donnait à son visage coloré une expression paterne et son obésité replète invitait à la confiance. Le regard fixe et brillant de méchanceté de deux petits yeux vrillés au fond des orbites me détrompa vite : l'avidité et le désir de nuire du personnage étaient à la hauteur de ceux de sa mère la défunte dame Papia. Les chiens n'enfantent point des chats et l'archevêque était un fauve.

Une profonde révérence me permit d'éviter de baiser l'anneau épiscopal dont je me méfiais. D'une voix douce, il m'invita à m'asseoir en m'appelant sa fille et me demanda l'objet d'une visite si urgente. Je lui contai alors l'agression dont avait été victime le jeune duc Guillaume, mon fils. Et je ne lui cachai pas ma certitude : le nombre et la détermination des malandrins comme l'absence des soldats du guet montraient qu'il s'agissait d'une embuscade organisée et non d'une simple rixe.

– Où donc cet incident s'est-il produit ? me demanda-t-il en prenant une mine inquiète.

J'indiquai le *Cygne de la Croix* et la rue des Charrettes.

– Dame, dit-il en levant sa main potelée, comme je vous comprends ! Je suis moi-même désespéré de voir notre belle jeunesse exposer sa vie dans ces bas quartiers où s'étalent le vice, l'ivrognerie et la prostitution : certains adolescents qui me sont proches m'occasionnent bien des soucis à ce sujet. Les mesures prises par l'échevin n'y changent rien et je ne puis que vous conseiller d'engager monseigneur le duc, pour qui j'éprouve autant de vénération que d'amitié, à éviter ces lieux de perdition dont j'ignorais d'ailleurs qu'il fût familier.

Son audace me coupa le souffle. Je sentis monter à ma gorge une vague de fureur, mauvaise conseillère, mais réussis à me contenir.

– Excellence, murmurai-je avec une humilité affectée, je ne suis pas persuadée d'obtenir de monseigneur le duc une conduite l'éloignant définitivement de ces mauvais lieux : vous connaissez comme moi, me dites-vous, les errements et les entêtements de la jeunesse. Aussi suis-je venue vous demander si un terrain d'entente ne pourrait pas être trouvé entre nous pour éviter la répétition de ces… accidents.

– D'abord, ma fille, répliqua-t-il d'un ton sévère, nous allons convoquer notre échevin pour exiger de lui une prompte enquête et le châtiment des coupables : il faut que justice soit rendue. Et je veux que cette affaire soit diligentée avec une sévérité d'autant plus grande que monseigneur le duc en personne aurait pu, si je comprends bien, perdre la vie au cours de cette agression.

Son hypocrisie suscitait chez moi une stupéfaction sans bornes incluant, je l'avoue, une once d'admiration : si ce prélat n'avait été une telle pourriture, il aurait rendu au duché de grands services dans les ambassades.

– Mais, continua-t-il, si votre générosité vous incite à effectuer quelque don à notre mère la Sainte Église, elle ne saurait le refuser : les aumônes faites aux malheureux et la construction de trois sanctuaires ont épuisé nos ressources.

Il omettait d'évoquer le pillage éhonté du trésor du diocèse auquel il se livrait. Pourtant, je voyais ses yeux briller de convoitise à l'évocation d'une rançon versée contre la vie de Guillaume : j'avais visé juste, il serait possible d'acheter la neutralité de l'archevêque. À cet effet, je m'étais renseignée auprès d'Herluin, intendant méticuleux et défenseur farouche des biens propres de monseigneur le duc : la caisse personnelle de Guillaume était bien garnie. J'avançai pour commencer la somme de mille livres d'or, prix qu'une expérience récente m'avait montré fasciner les truands de toute espèce.

Il poussa un profond soupir :

– Hélas, dame, les besoins de l'Église sont tels qu'une somme dix fois supérieure n'y suffirait pas. Et quand bien même seraient joints à cette offre certains biens immobiliers, nous serions loin du compte.

J'avais insinué que deux ou trois châteaux en plus d'une abbaye constitueraient un complément substantiel à la rançon : Mauger s'intéressait, je le savais, à la vallée de l'Andelle où il s'était constitué un fief hautement rentable. Ne sachant où il voulait en venir et ignorant la limite de son ambition, au bord des larmes, je lui demandai enfin clairement ce qu'il exigerait de moi pour épargner la vie de mon fils. Il demeura silencieux un long moment, toujours souriant et frottant pensivement l'une contre l'autre ses courtes mains. Enfin, il osa prononcer :

– Son abdication.

J'étais atterrée, incapable de dire un mot.

– L'abdication est sa seule chance de survie, reprit-il. Comprenez moi, dame : voilà un enfant que j'observe depuis plusieurs années. À l'évidence, il n'a aucune aptitude aux affaires et ignore les principes premiers du gouvernement d'un duché. À chacune de mes tentatives d'instruction, à chacun de nos conseils, il manifeste un ennui profond et n'a qu'une hâte, celle de retourner à la chasse ou, j'ai peine à le dire, dans des lieux que la morale réprouve. Or l'état du duché réclame un prince fort, capable de calmer les querelles des barons et de décourager les princes qui menacent nos frontières. Ne nous étonnons donc pas que certains osent attenter à la vie de monseigneur Guillaume dans le but de le voir remplacé par un vrai duc, conscient de ses devoirs et capable de faire respecter sa couronne.

– Guillaume a été proposé comme successeur par son père aux barons réunis en assemblée à Fécamp et acclamé par eux !

– C'est vrai. Seules donc son abdication ou sa mort peuvent laisser le champ libre à un successeur. Ayant abdiqué, sa vie ne présentera plus d'intérêt.

Je m'écriai :

– Mais qui, qui pourrait remplacer Guillaume ?

Après une courte méditation, l'archevêque m'expliqua la nécessité de trouver d'abord un candidat dans la famille du grand Rollon le Marcheur, le premier duc, fondateur de la dynastie. Ils étaient nombreux, les plus proches étant sans aucun doute les descendants de Richard le Second de pieuse mémoire. Je me rappelai alors avec horreur le fait que l'archevêque était le fils de ce Richard et de l'abominable Papia, d'où la suite d'attentats dont avait été marquée l'enfance de Guillaume. Lui continuait son exposé en m'expliquant la possibilité de cumuler une haute dignité ecclésiastique avec une couronne ducale ou princière : il n'en voulait pour exemple que les princes évêques de Trèves ou de Salzbourg.

Je tenais enfin la preuve de ce que je soupçonnais depuis longtemps : l'homme voulait tout bonnement assassiner Guillaume pour prendre sa place. Mais fallait-il qu'il soit sûr de lui pour avoir l'audace de m'exposer son plan à moi, la mère de la future victime ! Je frémissais autant de colère que de peur. Je lui demandai :

– Et pourquoi avoir laissé Guillaume en paix pendant ces quatre années ?

– Pendant quatre ans, j'ai espéré qu'il s'amenderait. Je n'y compte plus.

Alors, la fureur me submergea d'une vague enflammée. Je me dressai face à lui et m'écriai :

– Si tu touches à mon fils, Dieu te punira, archevêque ! Il te fera brûler en enfer !

– Vous vous oubliez, dame ! Quant à Dieu, je me confie en Sa miséricorde et suis assez proche de Lui pour obtenir Son pardon.

– Je te dénoncerai au pape comme concubinaire et vendeur de charges ecclésiastiques, il te déposera et te livrera au bras séculier ! Tu seras supplicié en place publique !

– J'ai suffisamment d'appuis et d'amis auprès du Saint Père pour ne rien redouter de ce côté-là.

– Mais tu as suffisamment d'ennemis pour craindre de voir abréger tes jours dans un proche avenir !

L'archevêque se leva et me fit face :

– Dame, l'égarement vous fait délirer. On ne menace pas ainsi un prince de l'Église. Sachez donc d'abord que, redoutant le sort de ma mère l'infortunée dame Papia que vous avez si bien connue, je fais goûter tout ce que je dois consommer et ai habitué mon corps à la plupart des venins employés par les criminels. Et puis, j'ai une totale confiance dans les gardes qui m'accompagnent partout.

Son regard fixe était aigu comme un poignard.

– Quant aux confidences que vous seriez tentée de faire sur notre entretien ou à une tentative de meurtre sur ma personne, sachez ceci : j'ai conservé les minutes du procès d'Engrace la meunière, cette sorcière que vous appelez votre marraine. Son interrogatoire vous compromet grandement, vous le savez. Trois de mes fidèles sont prêts à diffuser ces documents dans toute la chrétienté au moindre doute.

Il agita une clochette.

– Reconduisez cette personne ! ordonna-t-il aux deux gardes maillés de fer surgis aussitôt. Je la dispense de ma bénédiction.

– Mais pourquoi, dame, avoir voulu rencontrer cette ordure d'archevêque ? Vous le savez pourtant, ce n'est pas en fouillant la crotte qu'on trouve des perles !

Depuis que nous menions vie commune, Herluin n'hésitait pas à me morigéner. Là, depuis trois jours et presque trois nuits, il ne décolérait pas, m'accusant d'avoir été provoquer Mauger et d'avoir réveillé ses instincts meurtriers. Je lui répondais âprement qu'au contraire cet entretien avait clarifié la situation et avait amené l'archevêque à dévoiler ses mauvaises intentions.

– Mais maintenant, que faire ? me demandait Herluin.

Nos débats arrivaient toujours à la même conclusion : entourés d'ennemis, privés de conseils et d'assistance, nous étions désarmés devant ce coquin de prélat, précautionneux à l'extrême, hélas, quant aux confitures ou électuaires que je brûlais de lui fournir.

Espérant trouver Guillaume dans de meilleures dispositions, j'avais envoyé un chevaucheur à Valognes pour lui demander de nous rejoindre au plus vite. Nous l'attendions au seuil de cette nouvelle journée. Un froid vif, pénétrant et implacable figeait les choses et les gens en ce février de l'an du Seigneur 1047 et le gros soleil rougeâtre semblait lui-même frissonner en s'aventurant dans le ciel pâle au sortir de sa nuit.

Malgré le feu clair bondissant dans la cheminée et les fourrures dont nous nous protégions, nous grelottions en nous faisant lire l'office, Adélaïde et moi, dans la chambre des dames. Ce fut alors que le bon Herluin vint nous avertir qu'un guetteur avait aperçu un cavalier approchant du château à bride abattue : c'était Guillaume.

Je me précipite au-devant de lui. Dans la cour d'honneur, son cheval s'abat et mon fils doit sauter pour se dégager. Son visage est en sang, il n'est vêtu malgré le froid que de ses chausses et d'une espèce de cape. Et là, là il tombe dans mes bras en sanglotant, fait qui, je crois, ne s'est jamais produit.

Bien vite, trop vite, il se redresse, se contrôlant de nouveau. Mais il doit aller s'asseoir dans une cathèdre de la grande salle pour nous expliquer d'une voix étouffée son aventure. Il a passé la soirée seul au château de Valognes, son ami Guillaume Fils-Osbern ayant dû s'absenter. La solitude n'est pas pour lui déplaire et, ayant chassé tout le jour, il a décidé de se mettre au lit de bonne heure. À son étonnement, les gardes mis en place par Raoul de Gacé ont été relevés sans être remplacés : il a prévu de s'enquérir dès le lendemain des raisons de cette défection.

Dans la nuit, il a été réveillé en sursaut par les hurlements de Goles le bouffon, courant dans les couloirs et frappant aux portes en criant :

– Debout ! Debout ! Où es-tu, Guillaume ? Pourquoi dors-tu ? Lève-toi et fuis, les hommes du comte de Cotentin sont après toi ! Si tu ne fuis pas tu ne verras pas le jour !

Des bruits de course, un dernier hurlement du fou qui a payé son dévouement de sa vie. À peine vêtu, Guillaume a pu sauter par la fenêtre. Le parc était plein de soldats portant la livrée de Néel de Saint-Sauveur, le vicomte du Cotentin, surnommé Tête de Faucon, dont le château était tout proche, à quatre lieues de là. Pourtant, le vicomte n'avait manifesté jusque-là aucune velléité de révolte contre l'autorité ducale, il semblait, au contraire, constituer un soutien au pouvoir de mon fils qu'il recevait souvent.

Guillaume est tombé dans un buisson, d'où les plaies de son visage et de ses mains. Il a réussi à gagner l'écurie sans être vu tandis que les hommes fouillaient le château, puis à s'enfuir à travers bois, poursuivi croit-il par des hordes de soldats.

Il doit cesser son récit, à bout de souffle.

– Le sac de la maison de son ennemi pendant la nuit avec extermination de tous ceux qu'elle abrite ! gronde Herluin. C'est l'*hamfara,* une tradition de ces sauvages hommes du Nord introduite chez nous par les Vikings et dont nous espérions bien être débarrassés.

– Mais mon fils, dis-je à Guillaume quand il a repris son souffle, Néel n'est peut-être pas le seul à en vouloir à votre vie ! Comment avez-vous pu vous glisser entre ces ennemis ?

– J'y ai pensé, mère. J'ai évité les abords du Mont-Saint-Michel dont je suspecte l'abbé de chercher à se rapprocher du duc de Bretagne : il aurait été capable de me livrer. Et je ne suis pas entré dans Bayeux, fief de Renouf de Briquessart dont vous n'ignorez pas qu'il a toujours eu la tête dans le même bonnet que Néel. Je suis arrivé à Ryes, un petit bourg. Là, Hubert, le seigneur du lieu, m'a donné un cheval frais et ses fils m'ont servi de guide pour retrouver par des sentiers la vallée de l'Orne et le chemin de Falaise. Alors que nous partions, mes poursuivants arrivaient, accompagnés d'autres cavaliers... je ne sais comment Hubert a pu s'en débarrasser, mais j'ai toute foi en lui.

Ainsi, les menaces de l'archevêque n'étaient pas vaines. Les détails de la conjuration étaient arrêtés, son calendrier fixé alors que je venais demander à ce Mauger d'épargner la vie de mon fils. Mais qui appartenait à ce complot ?

– Je crains, intervint Herluin, de connaître la réponse à cette question. J'ai reçu hier soir un clerc de la cathédrale de Bayeux, un demi-débile dont la fonction principale est de moucher les cierges. Ce qu'il m'a raconté m'a paru être d'une totale invraisemblance, une de ces visions dont est hantée sa pauvre tête, c'est pourquoi je n'ai pas voulu vous en inquiéter.

« D'après lui, dans le courant du mois dernier, se seraient réunis en secret dans la crypte de cette église une dizaine des principaux barons du duché : en plus du vicomte du Cotentin et de Renouf leur hôte se trouvaient là Raoul Taisson, seigneur de Cinglais et Grimout du Plessis aux immenses domaines, Hamon le Dentu, peut-être aussi le jeune Guy de Brionne, l'ancien ami de Guillaume, et plusieurs autres qu'il ne connaissait pas. Sans se méfier de lui qui porte son idiotie sur son visage, ils auraient fait le serment de *férir*, de frapper Guillaume à mort, pour le remplacer...

– Tout l'ouest du duché est donc concerné, murmurai-je, et l'archevêque Mauger était sans nul doute informé de la conjuration. Avec l'accord du duc de Bretagne et celui du roi de

France qui n'attendent qu'un signe pour dépecer votre apanage, mon fils. Votre tâche va être rude ! …

Guillaume était livide. Il posa sur moi un regard transformé d'où avaient disparu cette hostilité et cette morgue qui me glaçaient. Bouleversée, j'y lisais maintenant en plus de sa détresse une confiance totale et même un éclair de tendresse. Puis, dans un élan du cœur comme en trouvent les tout-petits, il me baisa la main.

– Mon fils, lui dis-je lorsque ma voix se fut raffermie, je vous propose d'abord de dormir : nous disposons d'un peu de temps avant que nos ennemis n'aient fait leur jonction et n'apparaissent sous nos murs si cela est conforme à leur plan. Profitons-en, nous, pour mettre ce château en état de défense et prévenir nos proches. Pour lors, je vais faire porter un message au roi Henri de France lui enjoignant d'accorder l'aide et la protection promises par lui à son vassal Guillaume de Normandie. En tant que votre suzerain, il n'osera pas se dérober à son devoir.

3

Durant toute la fin de l'hiver et le début d'un radieux printemps, le calme régna sur le duché. Calme précaire, car chacun savait combien menaçait l'orage meurtrier dont on voyait les nuages monter à l'horizon. Mais avec la ténacité et la patience habituelles à notre race, nos manants binaient, hersaient, pratiquaient leurs semailles tardives, confiants en la Providence et protégés maintenant par un climat favorable.

Nos ennemis eux aussi ménageaient leurs forces, rameutant autour du jeune Guy de Brionne, pour qui nous avions eu tant de bontés, tout ce qu'il y avait de comtes, de vicomtes et d'évêques, bref tous les vassaux de Guillaume possédant des terres à l'occident du fleuve Orne. Ils s'étaient alliés aux ducs de Bretagne, d'Anjou, de Bourgogne même : les remuants voisins convoitent leur part du gâteau. L'abbé du Mont-Saint-Michel avait béni leurs armes dans le hurlement des ovations, montrant par là combien ce prélat espérait voir une moitié du duché annexée par la Bretagne. Il s'agissait donc d'une révolte hautement dangereuse où l'amputation d'une large partie de notre territoire risquait d'amener la fin de l'indépendance de la Normandie et la mort de notre dynastie.

Conscient de ce danger, Guillaume cherchait à réunir autour de lui le plus grand nombre de ses vassaux infidèles ou encore hésitants sur le parti à prendre. Infatigable, il courait de ville en château de part et d'autre de la Seine, déployant toutes ses possibilités de séduction, promettant beaucoup, menaçant un peu, faisant, pour la bonne cause, de larges brèches dans le trésor amassé en son nom par le bon Herluin.

Je le voyais peu, occupé lors de ses rares passages à Falaise à recevoir ou à visiter nos voisins. Surtout, il employait une grande partie du temps qu'il nous donnait à s'entraîner à la lance ou à l'épée dans la salle d'armes du château et dans les champs voisins avec des partenaires vite épuisés par sa vigueur et sa connaissance du maniement des armes. Et le fracas du choc des lames sur les écus, les hurlements dont s'accompagnaient tous ces exercices me terrorisaient.

– Mon fils, lui demandai-je, faut-il vraiment que vous risquiez male mort, le corps percé par vos ennemis, pour faire reconnaître la justesse de votre cause ?

– Ma mère, ce sera là jugement de Dieu : seule la bataille permettra de faire admettre de quel côté se trouve le bon droit.

La nuit de mai est douce et calme. Nous nous trouvons tous deux, à la veille de cette rencontre si attendue mais si pleine de périls, sur la terrasse du château. Cent fois, nous avons échangé ces propos. J'en conviens, il ne sera possible d'éteindre l'incendie allumé par les barons révoltés que par la force des armes. J'en suis sûre, Dieu combattra à nos côtés, Sa justice comme toujours se manifestera au soir d'un affrontement où le Bien triomphera du Mal : n'en est-il pas ainsi au cours du duel judiciaire où toujours Il se manifeste ? Mais quelle est la mère capable de voir sans frémir son fils présenter sa poitrine au fer des lances et au tranchant des épées même si, comme le dit Guillaume, il est sûr de son droit ? Autrefois, celles de Sparte avaient cette force d'âme, dit-on, qui invitaient leur enfant à revenir de la guerre vainqueur ou mort, derrière leur bouclier ou exposé dessus. Moi, non.

Je lui demande :

– Êtes-vous persuadé, au moins, de la solidité des mailles de fer de votre haubert, de la résistance de l'acier de votre casque, de l'épaisseur des cuirs couvrant votre bouclier ?

Avec le grand rire insouciant de ses vingt ans, il essaie de me convaincre de l'absence de danger tant ses armes sont solides et son entraînement rigoureux. Ne pouvant retenir mes larmes, j'abrège l'entretien et me retire. Mais plutôt que de me morfondre en sombres pensées et en visions angoissées au fond de cette demeure, je décide d'assister à la rencontre.

Me voici donc au seuil de la chapelle du village de Billy en ce matin de mai de l'an du Seigneur 1047. Sis au sommet d'une élévation de terrain, l'édifice domine une vaste plaine bordée par une petite rivière, la Muance. Cet endroit, le Val-ès-Dune, a été choisi par les deux armées comme lieu du combat et j'ai disposé l'Ampoule sur l'autel de la petite église pour obtenir l'aide de sa toute-puissance.

De mes enfants, j'ai admis près de moi la présence du seul Odon dont nous avons convenu de faire un archevêque et qui, pourtant, brûle du désir de porter un jour les armes.

– La victoire nous est déjà acquise, répète mon fils : à lui seul, Guillaume est capable de vaincre une armée. Je l'ai souvent vu s'entraîner : il manie la lance avec une adresse étonnante, mais surtout, son épée est redoutable : il est capable de couper en deux un adversaire d'un seul revers de son arme !

Ses dix-sept ans ne rêvent que gloire, plaies et bosses quand moi, je ne pense qu'agonie, sang versé et désespoir. Pourtant, ce matin est calme, le pinson et la bergeronnette chantent dans les buissons, le soleil est déjà chaud et le souffle du vent fait blanchir les hautes herbes de la prairie. Martine et Bérengère, deux de mes suivantes assises dans l'herbe derrière ma cathèdre chuchotent, bavardent et rient à petits bruits, ce qui m'exaspère : des hommes, ici, vont mourir et une élémentaire pudeur incite au recueillement.

Mais voici qu'un grondement se fait entendre : le pas des hommes et des chevaux venus de France ébranle le sol. Ils apparaissent, immense armée réunie sous l'étendard de Normandie et sous la bannière du roi qui n'a pas pu se dérober : les deux troupes on fait leur jonction ce matin même. Aux contingents venus de France se sont donc joints maints seigneurs du pays de Caux, du pays de Bray, du Roumois et du Vexin rameutés par Guillaume. Les cottes de mailles, l'acier des casques et des épées scintillent au soleil. Chaque chevalier est entouré de cinq ou six piétons protégés d'une broigne de cuir, armés d'arcs et de gourdins. Guillaume, trapu, puissant, chevauche derrière son porte-étendard aux côtés du roi Henri qui semble, lui, bien frêle.

Alors apparaît face à eux l'armée des rebelles, au moins aussi nombreuse : aux barons révoltés se sont jointes les troupes arrivant de Bretagne, d'Anjou et de Bourgogne. Du haut de cette colline, je ne distingue pas les visages protégés par les casques à nasal. Mais je devine l'allure si particulière de Néel de Saint-Sauveur, Tête de Faucon dont les mouvements saccadés du cou le rendent semblable à une poule toujours à la recherche de grain à marauder, la difformité de Renouf, le nabot malfaisant… tous ceux que je hais depuis le premier jour sont là pour participer à la curée. Face à moi, sur une butte élevée de l'autre côté de la rivière, une tente écarlate est dressée : l'archevêque Mauger est venu assister au triomphe des siens.

Chaque armée, séparée encore de l'ennemi par un quart de lieue, demeure l'arme au pied. Henri, puis Guillaume, et face à eux Guy de Brionne, haranguent leur troupe. Le vent contraire m'empêche de distinguer les mots mais, de part et d'autre, ces discours soulèvent l'enthousiasme. Ils sont suivis par la bénédiction et l'absolution des évêques... quand se produit un étrange phénomène.

Une forte troupe, une centaine d'hommes, sort d'un bois. À sa tête chevauche Raoul Taisson, seigneur de Cinglais, l'un des comploteurs qui ont fait serment de « férir », de frapper à mort Guillaume. De la main, il indique à ses hommes de demeurer et, au petit trot, se dirige vers l'armée ducale. Je crois, j'espère deviner ce qui va advenir : deux jours plus tôt, j'ai rendu visite à Maurielle, son épouse, en son château de Thury, voisin de Falaise. Je la tiens pour une inquiète, une angoissée effrayée par son ombre. Pendant toute la vesprée, je lui ai représenté le danger pour un seigneur de se révolter contre son suzerain et les sanctions effroyables prévues par le duc Guillaume contre ses vassaux mutinés, en cas de victoire et même en cas de défaite. Je connais son influence sur son époux... mais ai-je semé dans la bonne terre ?

Parvenu près de Guillaume, Raoul ôte son gant, en frappe légèrement l'épaule du duc, dit quelques mots, salue et fait demi-tour. Accompagné de ses hommes il disparaît sous le couvert. J'apprendrai plus tard qu'il a dit à mon fils avant de se retirer :

– Duc, j'ai fait serment de te frapper. Me voilà quitte de mon vœu, je ne suis pas parjure. Ne m'en veuille pas !

Des huées s'élèvent des rangs des révoltés dont l'effectif important n'est pourtant guère diminué par cette défection tandis que, dans l'armée de Guillaume, on ne cache pas sa satisfaction. Pendant un temps assez long, les deux troupes s'observent et je ne sais si je dois souhaiter qu'on en finisse vite ou que cette période s'éternise. Odon va et vient en grondant :

– Mais qu'attendent-ils ?

Quelques flèches volent, mais les troupes sont trop éloignées pour qu'elles constituent un danger. Enfin, des rangs des révoltés, un chevalier inconnu de moi s'élance au galop, follement, bouclier baissé et lance pointée. Des piétons se portent vers lui, l'entourent, s'accrochent à lui, le mettent à bas puis l'assomment, l'écrasent à coups de gourdin, à coups de talon jusqu'à ce qu'il ne soit plus qu'une masse de chair informe. Mais tout le front ennemi s'est ébranlé, venant à sa rescousse.

L'armée ducale, lances en bataille, se porte au-devant de l'ennemi. Le grondement de la charge est souligné par les cris de guerre : aux *Montjoie !* et *Deus Aïe !* des Français et des Normands répondent les *Saint-Sauveur !* et les *Saint-Sever !* des révoltés. Le choc des deux troupes lancées au galop est effroyable. Le fracas des cris et du heurt des armes contre les boucliers, les casques et les hauberts est terrifiant. Dès ce début plusieurs cavaliers ont vidé les étriers, beaucoup sont à terre, agonisants ou morts, piétinés, massacrés par la piétaille, quelques-unes réussissent à se mettre debout et errent entre les jambes des chevaux, hagards...

Un nuage de poussière, de mottes de terre et de sang m'empêche vite de distinguer les combattants. Je m'écrie :

– Guillaume ! Où est Guillaume ?

– Ici, mère ! s'exclame Odon tout frémissant. Ne le voyez-vous pas ? Il fait merveille !

Il est là, devant moi, exposé aux coups de tous, signalé par l'étendard de Normandie, frappant, taillant, tranchant de sa lourde épée à la lame rouge de sang. Des vagues de combattants viennent se briser sur lui comme sur une falaise, des meutes de piétons s'agrippent à ses bottes, à son haubert, à sa selle, il les secoue comme le sanglier se libère des chiens. L'avouerai-je ? Pour moi qui n'ai jamais assisté à une vraie bataille, celle-ci m'horrifie comme le ferait la lutte à mort de deux hommes, au couteau. D'ailleurs, qu'est-ce d'autre ? Je me répète qu'il s'agit du combat du Bien contre le Mal et que je vois mon fils exterminer nos ennemis. Cela devrait me réjouir alors que je suis dans l'angoisse : il s'agit là du jugement de Dieu, mais les modalités de son exécution sont redoutables.

Un nouvel épisode éloigne Guillaume de ma vue. La mêlée devient confuse. Partout, on frappe les casques et les crânes, on perce les cottes de mailles, on tranche les membres, on égorge, on piétine, on achève, des entrailles noirâtres s'échappent du ventre des hommes et des chevaux, des giclées de sang sortent des corps inanimés.

C'est maintenant le roi, entouré des siens, qui se trouve là. Beaucoup moins vigoureux que mon fils, il doit se défendre contre des ennemis déterminés. Je vois un maigre chevalier, démonté, s'approcher vivement de lui et, cherchant à frapper son cheval, trancher la sangle de sa selle. Le roi bascule, il est à terre. L'autre lève son épée mais avant qu'il ait pu l'abattre, il est transpercé par la lance d'un écuyer. Le souverain n'a pas été atteint, il peut continuer le combat. On lui amène un autre cheval sur lequel on l'installe…

Malgré la nuée rougeâtre où se démènent les adversaires, la chute du roi est remarquée dans la troupe des nôtres. Le fléchissement des chevaliers de France est visible, leur armée recule sous les coups des barons révoltés, les Normands ne peuvent résister seuls à l'assaut de l'ennemi. Mais Guillaume rallie son monde près de céder. Je le vois se précipiter sur Hamon le Dentu, le seigneur de Creully à l'horrible visage et, d'un coup d'estoc, lui faire vider les étriers et l'étendre raide mort.

– Attention, Guillaume ! hurle Odon. Derrière toi !

Oui, derrière mon fils s'est avancé un mastodonte nommé Hardrez, une brute appartenant à la garde de Renouf renommé pour sa férocité et sa force surhumaine. Il est vêtu d'une peau d'ours et monte un gigantesque cheval mais, malgré la taille de la monture, ses pieds traînent à terre. Guillaume a-t-il entendu l'appel d'Odon à travers le tumulte ? Se retournant soudain, d'un revers de son épée, il tranche la gorge de ce Goliath…

Le combat a duré de l'heure de tierce à celle de sexte, trois longues heures d'angoisse et d'horreur pour moi. Bien souvent, ne pouvant faire face à ce déchaînement de férocité, j'ai baissé les yeux, détourné la tête. Enfin, le tumulte s'apaise. L'un après l'autre, les révoltés se sentant perdus hésitent, puis tournent casaque et s'enfuient avec les leurs, pensant trouver refuge dans leur château fort. Les pluies des jours précédents ont gonflé la rivière et beaucoup, l'épée dans les reins, voulant traverser à gué mais alourdis par leur cotte de mailles, leur bouclier et leurs armes, se noient.

La verte prairie est maintenant couverte de corps enchevêtrés, d'armes sanglantes et de cadavres de chevaux aux jambes déjà raides. Des piétons dépouillent les morts, ce sera leur salaire. Cette victoire me laisse un goût amer : un jour, Guillaume sera roi, certes, mais après combien de ces massacres ? Combien faudra-t-il de mères pleurant sur le corps de leur fils pour qu'enfin il puisse ceindre la couronne ? Et d'abord, quelle couronne ?

Un peu plus tard, il s'avance vers moi, radieux, fier d'avoir fait triompher le bon droit. Il s'est lavé à la petite fontaine qui coule là, en contrebas, mais il a ôté son casque, hors d'usage, et son écu est percé. Il est blessé à la main, au visage. Il énumère les victimes de son triomphe : Hamon tué, Guy de Brionne en fuite vers son château, Renouf, Néel, Grimout du Plessis prisonniers…

Je ne lui ménage ni les félicitations ni les témoignages d'admiration : il a été le guerrier le plus valeureux, le combattant le plus brillant, méritant bien par sa conduite la couronne ducale qui ne lui sera plus contestée. Mais sans doute un tremblement dans ma voix, un ton moins triomphal qu'il l'aurait souhaité l'étonnent. Il me demande les raisons de mon mécontentement.

– Je n'éprouve nul mécontentement, mon fils. Seulement, je ne suis qu'une faible femme et la rudesse, la sauvagerie de ces combats, pour nécessaire qu'elle soit, me bouleverse. Je suis heureuse, radieuse de vous voir sain et sauf et fort de votre bon droit grâce à la protection de la Sainte Ampoule, mais je soupire en constatant que c'est au prix de bien du sang versé…

Ma remarque l'irrite. Il fronce les sourcils pour répondre sèchement :

– Il est vrai, mère, que nos armes sont différentes : les vôtres, aussi efficaces, sont moins violentes et laissent moins de traces.

Je ne sais que répondre et baisse la tête. Il reprend plus doucement :

– Mais vous êtes dans le vrai et je souhaite, moi aussi, que cesse toute cette barbarie. C'est un long travail qui ne sera pas achevé de sitôt. J'accorderai mon pardon aux révoltés prisonniers qui me le demanderont. Et puis, il me semble bon de convoquer à Caen un concile, oui, une réunion d'évêques, d'abbés et de barons où serait décrétée, sous l'égide du pape, une trêve générale qui pourrait être appelée la Trêve de Dieu : il sera interdit aux barons de s'entre-déchirer lors de certaines périodes de l'année où seuls le roi et le duc pourront intervenir pour maintenir l'ordre. Plus tard, ces périodes pourraient être plus étendues et l'on peut en espérer une longue ère de paix… encore faudrait-il que nos vassaux consentent à faire effort pour calmer leur esprit turbulent et pillard !

Comme toujours, la victoire militaire ne fut qu'un début, un pas franchi vers la pacification complète du duché. Sans doute trop ambitieuse, la Trêve de Dieu promulguée par le concile de Caen dans le but d'apaiser la turbulence des barons n'eut guère d'effet. Guillaume, ayant prouvé son bon droit, confia l'administration de son apanage à des ministres sûrs. Lui dut guerroyer contre de petits potentats persuadés de l'invincibilité de leurs armes et de la sûreté de la motte seigneuriale, le fort château où se retranchait leur insolence.

Le plus souvent, ces personnages tiraient argument d'une prestigieuse ascendance pour lever l'étendard de la révolte : il faut dire que tant Richard le Premier que Richard le Second, les saints ducs portés sur les autels, furent si prolifiques et si paillards que leurs descendants mâles étaient légion – sans prendre les filles en compte. Seul, Guillaume Longue-Épée semble avoir gardé une conduite vertueuse et une chasteté digne d'éloges, mais il fut assassiné bien jeune. Aussi, les revendications à l'héritage des ducs et surtout à leur couronne étaient-elles nombreuses. De surcroît, plusieurs, persuadés de la culpabilité de monseigneur Robert dans le décès de son frère Richard le Troisième, prétendaient venger ce dernier en déclarant illégitime la naissance de Guillaume, surnommé par eux « le Bâtard » car sa mère, comme chacun sait, était de basse extraction et nauséabonde. On réunit tous ces lâches et perfides ambitieux sous le nom de « Richardides ».

Et, après chaque soulèvement, à l'origine de tous les complots était retrouvée l'influence néfaste du plus perfide d'entre eux : l'archevêque Mauger.

4

Pendant cette période de consolidation du pouvoir est survenue une étrange aventure. Je la relate dans cette confession sans en rien changer. À ce propos, as-tu remarqué, moine, combien il est fréquent de fournir des efforts pour cueillir un beau fruit, hélas hors de portée, et de le voir un jour tomber dans son tablier, mûr, sans avoir à tendre le bras ? Il faut voir là le lent travail de la Providence, informée de nos réels besoins et travaillant toujours à notre bien. Moi, je me désespérais de ne pas trouver de couronne royale dont ceindre le front de mon fils, quand un jour…

C'était par un clair matin de septembre où un soleil tardif illuminait l'or et la pourpre du parc. Je surveillais ma fille Adélaïde à ses leçons, données par le moine Renouf, un personnage fort savant mais malheureusement dépourvu des qualités de pédagogie qui font les bons enseignants : c'était à un point tel que je devais assister le saint homme tout au long de ces entretiens. Et je vois soudain par ma fenêtre arriver un léger chariot de chêne luisant de cire, capote fermée, tiré par deux beaux chevaux et escorté de quatre cavaliers portant haubert, casque et épée.

Un cinquième homme, vêtu lui aussi de fer, est introduit et

met galamment un genou à terre devant moi, hommage inhabituel… mais ne suis-je pas la mère de monseigneur le duc ? Il n'est pas jeune, porte une longue moustache pendante et les boucles de ses cheveux gris tombent sur ses épaules. Il me tend un rouleau de parchemin dont je romps le sceau : il ne contient que quelques mots écrits en langue franque :

« Ma nièce, suivez dès maintenant jusqu'à moi celui qui vous remettra ce message. Faites vite. Vous ne le regretterez pas. »

Un chiffre, une initiale que je ne connais pas, signe la missive. Le sceau rompu n'est pas lisible. Je questionne le personnage agenouillé : un large sourire se répand sur son visage rubicond : il ne comprend pas et le dit dans sa langue.

– C'est la langue des Saxons d'Angleterre, dit le moine, polyglotte. La langue du diable.

Je demande au religieux de traduire mes questions : qui a écrit cette lettre ? Est-ce bien à moi qu'elle est adressée ? Où doit-il m'emmener ? Et dans quel but ? Un long échange s'ensuit, aucun des deux interlocuteurs ne semblant mettre une once de bonne volonté à comprendre l'autre. Le moine déclare enfin que la missive émane de Sa Majesté Emma, reine mère du royaume d'Angleterre, et que le messager, un militaire plus qu'à demi idiot, n'en sait pas plus ou a ordre de n'en pas dire plus. L'homme s'est relevé, il frise sa moustache d'un air sévère. Je jurerais qu'il comprend parfaitement notre langue : ainsi sont ces insulaires entêtés de leur damné langage. L'interprète que je fais venir ne m'apprend rien d'autre.

Emma. Une femme de tête, la sœur du duc de Normandie Richard le Second, donc la propre tante de monseigneur Robert. La veuve du défunt roi d'Angleterre Ethelred et la mère du roi

Édouard que j'ai connu autrefois à Fécamp adolescent alors qu'il n'était que prétendant au trône. Que convient-il de faire ? Monseigneur Guillaume guerroie au loin, le bon Herluin me conjurera de ne pas tomber dans quelque piège… j'irai, et vêtue comme je suis, malgré le faste dont s'entoure la Majesté que je dois rencontrer.

Le chariot est confortable et c'est heureux, car les chevaux sont rapides et les routes détestables. Deux servantes ne comprenant, elles non plus, pas un mot de la langue franque, sont là, à mes petits soins, et je suis étonnée de leur mine effrayée, de leurs gestes de se protéger la tête dès que je hausse le ton. Des relais sont prévus sans que nous ayons à attendre.

Je soupe et dors, seule, dans un château situé j'imagine sur les terres du comte de Boulogne, mais dont le seigneur est absent ou invisible. Une nef nous attend au port de Calais, elle prend le large dès que nous sommes à bord. La traversée se déroule sans encombre. À Douvres, une escorte de vingt chevaliers au verbe sonore, mais incompréhensible, nous attend. Nous cheminons par des sentiers tortueux entre des enclos de pierre, puis dans une épaisse forêt de hêtres. Et nous arrivons en fin de journée dans une petite ville où se dresse un vaste, un redoutable château de pierre.

Je suis accueillie dans la cour d'honneur par plusieurs officiers chamarrés. À mon étonnement, les nombreux soldats montant la garde sont des géants armés de la redoutable *romphaïa*, l'énorme hache de guerre que j'ai pu contempler dans la troupe de Harald, à Byzance. J'apprendrai plus tard qu'il s'agit là des *housecarles*, ces gigantesques soldats d'élite norvégiens, danois ou saxons formant le noyau de l'armée anglaise.

Longues courtines, sombres escaliers, étroits couloirs. Nous descendons enfin jusqu'à une sorte de cave aux soupiraux protégés d'épais barreaux. Là, je suis admise en présence d'une petite femme vieille et maigre, aux cheveux rares surmontés d'une minuscule couronne, enveloppée d'une houppelande écarlate bordée de fourrure de lynx, assise dans un fauteuil où ont été fixées deux roues de bois comme à un chariot. Elle me scrute du regard pénétrant de ses yeux d'un vert profond comme la mer. Adossés au mur, six géants moustachus, chemisés et casqués de fer, veillent.

J'ai l'impression de me trouver face au serpent de la légende lové sur un trésor et j'apprendrai que cette impression n'est pas tout à fait fausse. À tout hasard, je fais une profonde révérence.

– Tu es donc Arlette, la mère du duc Guillaume ? me demande la vieille reine en langue franque. Je t'imaginais plus jolie.

La réponse me vient aux lèvres aussitôt :

– En son temps, Majesté, j'étais assez jolie pour que monseigneur Robert me fasse quatre beaux enfants. Mais, quand les années s'écoulent, nul n'échappe à la laideur.

Une espèce de sourire, ou de grimace, passe sur ses lèvres. Puis je l'entends murmurer :

– De l'à-propos et de l'impertinence, c'est bien ce qui m'a été dit de toi. Mais est-il vrai que ton père était un simple tanneur ?

– Ma foi, dame, tanneurs, pirates, esclaves, on trouve de tout chez mes ancêtres comme chez les vôtres !

Cette fois, l'allusion désobligeante à sa propre famille la met en joie. Elle opine, tousse longuement, la respiration courte, puis explique :

– Tu me plais, Arlette, mère de Guillaume... car je suis lasse de tout ce cérémonial, de toutes ces courbettes... de toutes ces flatteries derrière lesquelles je devine la grimace de ceux qui pensent sans oser le dire : « Quant va-t-elle enfin crever, la vieille ? » Seuls, quelques-uns de mes sujets, je veux dire des sujets de mon fils Édouard, ne sont pas d'ignobles reptiles, rampant devant moi car ils ne peuvent me mordre... la flagornerie des autres n'est pas dans leur tempérament comme elle n'est pas dans le tien ! Comme toi, ces personnages sont originaires de Normandie… je veux parler de Raoul, sottement surnommé « le Timide » par certains, le fils du comte de Vexin, mon gendre… et d'hommes comme Robert Champart, l'archevêque de Cantorbéry ou Ulf, dont nous avons fait un évêque de Rochester… tous venus en Angleterre avec mon fils.

Elle doit reprendre son souffle à chaque instant. Puis, sans me quitter des yeux, elle entame une longue diatribe contre les Saxons qui peuplent l'Angleterre : pour elle, ils sont fourbes, menteurs, ivrognes, paresseux et couards. Ils n'ont aucun respect pour la parole donnée et demeurent païens au fond de leur cœur. Je me crois autorisée à l'interrompre d'une objection :

– Pourtant, dame, du sang saxon ne coule-t-il pas dans les veines de votre fils, Sa Majesté le roi Édouard ?

Elle ne supporte pas la contradiction et la violence de son coup d'œil m'invite à ne pas m'aventurer sur ce terrain. Le défunt roi Ethelred son époux, m'apprend-elle, était certes un pur Saxon et il lui a fallu à elle, Emma, beaucoup de vertu pour supporter les vices et les tares inhérents à sa race : elle préfère ne pas me décrire les turpitudes dont elle a été le témoin, les horreurs qu'elle a dû endurer. Je ne peux pas même les imaginer. Mais le sang normand apporté par elle et une éducation bien conçue ont fait d'Alfred et d'Édouard ses fils des preux, de vaillants chevaliers craignant Dieu et bien préparés à l'exercice du pouvoir.

Alfred, le prince supplicié ! Tandis que la reine Emma continue à accuser ses sujets saxons de tous les vices, je me remémore la triste aventure de ce frère de l'actuel roi Édouard, drame dont toute la chrétienté s'est émue. À l'époque, les deux jeunes gens vivaient sur le continent, simples prétendants au trône d'Angleterre. De faux renseignements avaient fait croire à cet Alfred que la couronne était à la portée de sa main. Attendu par des soudards lors de son débarquement, il avait dû assister à l'exécution capitale de ses compagnons. Lui-même, aveuglé, châtré, mutilé, avait dû attendre la mort dans une abbaye proche de Londres. Et derrière ce massacre se cachait semble-t-il certains nobles saxons...

– Godwine, le comte de Wessex ! s'exclame la vieille reine. Un homme qui nous nargue car il possède la plus grande partie du royaume ! Une crapule sans foi ni pudeur, une brute sanguinaire résumant en lui-même tous les vices des maudits Saxons ! Non content d'avoir assassiné mon puîné Alfred...

– Il serait le coupable de cet horrible meurtre ? demandai-je, horrifiée.

– Ne m'interromps pas ! Certes oui, il est coupable du meurtre d'Alfred et, de plus, il s'est mis en tête de régenter le royaume en lieu et place de mon aîné, Édouard ! Il a réussi à placer partout des hommes à sa dévotion et, avec son fils Harold, multiplie les conspirations et les complots ! Et il a eu l'audace de faire épouser sa fille Édith au roi, mon enfant !

Au comble de l'indignation, elle balbutie, s'étouffe. Sur un signe, l'un des gardes fait rouler le fauteuil. Trépignant et éructant encore sa colère, la vieille reine disparaît derrière un rideau. Je demeure seule, ou presque : les six brutes pétrifiées restées dans la salle ne peuvent prétendre à la qualité d'êtres humains. Pourtant, à l'instant où je me lève, la main de fer de l'un de ces êtres s'abat sur mon épaule. Il gronde :

– Reste assise. Attends.

À l'évidence, ils sont parfaitement capables de me clouer à mon siège d'un coup d'épée. Capables aussi de comprendre la langue franque : le monologue de la vieille reine sera rapporté sans qu'en soit changé un mot au nommé Godwine. J'attends un long moment avant de voir réapparaître la reine Emma soulagée, un peu calmée, mais encore congestionnée d'indignation. Elle me fait signe d'approcher mon oreille de sa bouche et articule, assez fort me semble-t-il pour que puisse l'entendre chacun des hommes de pierre :

– Quoi qu'il en soit, j'aurai le dernier mot ! Le Trésor de la Couronne se trouve ici, dans ce château de Winchester, je m'en suis déclarée la gardienne et je ne suis pas près de me le laisser arracher !

J'apprendrai plus tard qu'Emma a réussi à s'attacher la petite armée de soldats gardiens du Trésor et qu'ainsi, comptable du royaume, décidant recettes et dépenses, elle essaie de contrebalancer l'influence de Godwine, d'Harold et des siens sur le faible Édouard son fils. Mais elle continue à fustiger tout ce qui n'est pas normand en Angleterre :

– Moi, je hais les Saxons, profère-t-elle. Sais-tu que ces gens-là se croient chez eux dans ce pays et répètent à qui veut les entendre avoir pour eux le droit du sol, habiter l'Angleterre depuis que les fils de Noé se sont répandus sur la surface de la Terre ? C'est faux ! Et je hais les Saxons, ces imposteurs, car il n'y a guère plus de deux à trois cents ans que ces pouilleux, originaires des bords du Rhin ou du Danube je ne sais, chassés par plus pouilleux qu'eux encore, ont débarqué dans ce pays, un beau pays bien qu'un peu pluvieux ! Oui, je hais les Saxons car les peuples vivant ici se plaçaient sous l'autorité du roi Arthur ou des siens, de preux chevaliers et de vaillants guerriers : ils ont été écrasés, exterminés, refoulés par ces maudits barbares vers le pays de Galles ou la Cornouaille. Je hais les Saxons envahisseurs de cette terre et tout ce qu'ils représentent, leurs chants rauques, l'appel lugubre de leurs trompes, leurs interminables beuveries, leur mode de cheveux longs et de moustaches grasses, les étables qui leur servent de demeure, leur langage incohérent, leur haleine chargée, leur forte odeur, leurs rots et leurs pets ! Et comme je hais les Saxons, je prétends, moi, Normande, avoir autant de droits qu'eux à vivre ici et à peupler cette contrée !

Comme la pluie d'orage se calme quand se sont vidés les nuages, l'indignation de la reine mère s'apaise après avoir été exprimée sur ce mode passionné. Elle est exténuée. Mais le plus gros de la confidence reste à venir. Emma se concentre avant de murmurer dans un sifflement de haine :

– Godwine et Harold son fils sont des assassins, de vulgaires brigands vivant de rapines, c'est vrai. Mais ce sont des agneaux à côté d'Édith, ma bru. Elle, la fille de ce Godwine, l'épouse de mon pauvre Édouard, c'est le démon, Satan en personne. Je suis assurée qu'elle a passé un pacte avec lui, qu'elle commerce avec le Malin et je le prouverai : on la fera alors brûler sur le bûcher comme une sorcière qu'elle est ! C'est de lui, le Diable, qu'elle tient cette prétendue beauté qui fait tourner la tête des hommes ! Et c'est lui qui l'empêche d'avoir une progéniture, de mettre au monde des fils capables de régner un jour sur ce pays ! Les voilà mari et femme depuis plus de cinq ans et le linge d'Édith est toujours taché à chaque mois lunaire à ce que me rapportent les femmes que j'ai placées près d'elle !

Je me garde de tout commentaire et, surtout, de toute contradiction, laissant courir sur mon visage un sourire paisible propre à attirer la confidence. Cependant, dans la chrétienté, beaucoup prétendent la stérilité du couple occasionnée, plus que par les capacités de la dame, par les difficultés de l'époux, occupé de patenôtres et confit en dévotions. On chuchote même que la belle Édith aurait précédemment accouché en secret d'une fille dont le père serait un seigneur saxon de haut rang.

– Je sais ce que tu penses, continue la reine. Tu te dis : mieux vaut pas de descendance que des enfants saxons, vicieux dès la naissance et appelés à devenir des gibiers de potence comme leur oncle ou leur grand-père. Et tu n'as pas tort. Mais je dois me préoccuper de la succession de mon fils Édouard dont la santé est, hélas, bien fragile.

Elle chuchote maintenant :

– Dans ce pays, la succession des rois se fait de père en fils. Ou bien par le vote de l'assemblée des prétendus nobles. Or Édouard n'aura pas de fils et je préférerais périr à l'instant que de voir cette assemblée choisir, à la mort du souverain, l'un de ces brigands saxons. D'autant plus qu'il est également possible de voir le roi désigner son successeur.

Après une pause, elle conclut :

– C'est la raison de ta convocation ici. Ton fils Guillaume, mon petit-neveu, est le cousin du roi. Un proche. C'est un vrai Normand, un fier combattant, sa conduite lors de la récente bataille a prouvé que Dieu était avec lui. Apprends-lui qu'au cours d'un voyage à Londres, le roi Édouard le reconnaîtra pour son héritier et successeur. Oui, son successeur, comprends-tu ? Nous nous passerons de l'assentiment de l'assemblée. Car c'est ma volonté et nul n'y peut rien changer.

Abasourdie de cette nouvelle, stupéfiée de voir cet héritage inattendu tomber dans notre escarcelle, je pense devoir me retirer. Je me lève et fais une révérence. Mais la reine s'écrie :

– Attends un peu, bécasse ! Il demeure que ton Guillaume n'aura la possibilité de ceindre la couronne d'Angleterre qu'après le dernier soupir de mon fils, plus résistant qu'il ne le paraît. Donc, c'est bien entendu, pas de ces morts rapides, de ces décès inexpliqués, de ces miraculeux bouillons qui vous font passer de vie à trépas en un clin d'œil ! Toi, tu y es experte, me dit-on. D'ailleurs, j'y veillerai.

Je ne puis m'empêcher de rougir : ces meurtres qui me sont attribués me collent à la peau. Dieu est pourtant témoin de mon innocence ! Mais soudain retentit le son tout proche d'une trompe. Suit une proclamation hurlée en langue saxonne que la vieille reine écoute avec gravité.

– Presque chaque jour, conclut-elle, je reçois cette « invitation à déguerpir » par laquelle Godwine, le père de cette Édith, l'insolent, exige que je lui cède la place. Son héraut pousse sa chanson là-haut, au milieu de la foule, chaque jour depuis bientôt un mois. Mais il n'est pas question de me voir lui obéir, moi, Emma de Normandie !

Alors que je renouvelle ma révérence, Emma s'écrie :

– Cesse donc ces courbettes et écoute : ces Saxons représentent une force redoutable et il nous est indispensable d'établir de solides alliances pour nous opposer à eux. Ton Guillaume a vingt ans, qu'attends-tu pour le marier ? Mathilde, la fille du duc de Flandres chez qui j'ai vécu, est un beau parti, elle semble constituée pour enfanter toute une dynastie de bons rois normands. Et puis, Angleterre, Normandie et Flandres formeraient un trépied, un solide pavois pour y élever un puissant souverain. Songes-y.

Une quinte de toux la saisit.

– Maintenant, va-t'en ! fait elle d'un geste.

Je suis l'officier qui m'a amenée jusqu'à la reine dans les longs couloirs et les sombres courtines. Au passage, je m'arrête devant une meurtrière et vois : au milieu d'une foule goguenarde, le héraut a de nouveau embouché sa trompe dont il tire un effroyable beuglement, puis il proclame l'invitation à déguerpir faite à la vieille reine. Derrière lui, un groupe de seigneurs saxons, à cheval, paraît s'amuser fort.

Le plus grand d'entre eux, un colosse tout vêtu d'écarlate, porte des cheveux gris qui s'étalent sur ses épaules, une longue moustache rousse, un lourd collier d'or. Lui ne rit pas : un rictus haineux déforme son visage congestionné, il montre les dents en regardant fixement la porte de la forteresse. Soudain, il crache en direction de cette porte. Je demande qui il est.

Le seigneur Godwine. L'ennemi.

– Eh bien, ma mère, on me dit qu'en mon absence vous vous êtes livrée à une escapade ?

L'imperturbable gravité de mon fils me glace. Lors de ces moments de sévérité, il ne rit pas, ne plaisante pas, parle peu comme s'il était irrité contre le monde entier. Les soucis du pouvoir sont en cause, je le sais, mais je les partagerais volontiers avec lui s'il l'acceptait.

Là, au retour d'une de ses campagnes, il est passé aux étuves, a revêtu sa cotte de bure, le vieux surcot gris qu'il affectionne, et siège en sa cathèdre, seul, dans la salle haute de notre château de Falaise. Il a croisé les bras et, face au grand feu d'âtre, il médite. À moi, il ne dira mot de son expédition : faible femme, ces choses ne me regardent pas. Mais, m'ayant convoquée, il me laisse debout devant lui et attend mes explications : gardien de l'ordre et de la morale, il veut tout savoir de tous ses sujets. Même de sa mère.

Dieu merci, j'ai pris mon parti de sa froideur, elle ne m'impressionne plus. J'aimerais connaître le nom de celui qui m'a espionnée et a rapporté je ne sais quel commérage au duc mais j'ai mieux à faire que de m'en enquérir. Sans lui demander son avis, je commande qu'on m'aille chercher un escabeau. On l'installe près de Guillaume et j'entame à son oreille le récit de mon aventure.

Dès les premiers mots, il m'interrompt, mécontent :

– Vous eussiez dû attendre mon retour ! La mère du seigneur duc n'a pas à courir les routes à la poursuite de je ne sais quelle chimère !

La chimère a pour nom Emma, la reine mère du royaume d'Angleterre, sa propre tante qui lui destine la Couronne à la mort du roi Édouard.

Si monseigneur le duc est impressionné, il n'en montre rien. Pendant tout mon récit, il garde son expression maussade, hausse souvent les épaules, paraissant accorder peu d'importance aux détails que je multiplie car je veux qu'il sache tout. Pourtant, je discerne chez mon fils un certain intérêt pour le Trésor royal des Anglais, une attention plus vive à l'annonce de la haine de la vieille souveraine pour Godwine, son fils Harold, sa fille Édith et tout ce qui est saxon.

– Cette vieille, ma tante, a donc bien changé depuis le temps où elle bêlait après ce vaurien d'Ethelred et implorait de lui des enfants ! gronde Guillaume. Alors, tout ce qui venait des Saxons d'Angleterre était bel et bon. Mais les temps sont différents et la malheureuse a traversé de rudes épreuves…

Mon fils ressentait de l'amitié pour le prince supplicié, Alfred, réfugié un temps avec sa mère sur le continent. Il réfléchit longuement. Alors, il m'en souvient, on n'entendait plus que les hurlements du vent dans la cheminée et le cri de veille des sentinelles. Il tourna enfin vers moi un visage impassible :

– Mais qui me dit que ce pauvre Édouard, débile comme il l'est, suivra l'avis de sa mère ? prononce-t-il. Il est un peu saxon, lui, et prêtera plutôt l'oreille aux conseils de ce Godwine !

J'explique que, d'après moi, le poids moral de la reine mère est trop considérable pour que son fils puisse s'opposer à ses avis malgré ses velléités de révolte. D'ailleurs, il est connu que l'entourage saxon du roi lui a fait subir bien des avanies : il verra avec plaisir la possibilité d'une revanche. Mais sans doute faut-il agir vite car la santé d'Édouard est chancelante, et les Saxons, animés d'une faim de pouvoir dévorante, seraient capables de débarrasser prestement de la vie la reine Emma et son royal fils.

– N'ai-je pas assez à faire avec mes barons en continuelle révolte ? s'écrie alors Guillaume. Si Édouard rendait demain son âme à Dieu, il me faudrait d'après vous laisser le désordre s'installer ici et tenter d'écraser avec ma petite troupe la puissante armée des Saxons, leurs milices, leur noblesse, les Scots, sans oublier les Celtes qui vivent en pays de Galles ? Tous ces gens-là s'opposeraient à moi, ils n'ont cure de la volonté d'un roi gâteux ni de celle de sa mère ! Je maintiens qu'il s'agit là d'une chimère !

Il frappe du poing l'accoudoir de sa cathèdre.

– J'apprends aujourd'hui encore la révolte de Guillaume d'Arques qui prétend, comme les autres, avoir droit à la couronne ducale en tant que fils de Richard le Second alors que je ne suis que son petit-fils et, ne cesse-t-on de me répéter, un bâtard ! Et qui pousse à la sédition tout ce beau monde ?

– L'archevêque Mauger ?

– Parfaitement, Mauger le propre frère de ce Guillaume d'Arques, un fils de la dame Papia que vous avez si bien connue ! Comment voulez-vous que je mate tout ce monde et qu'en plus je m'en aille conquérir l'Angleterre ?

J'explique que, si sa santé est fragile, le souverain anglais peut vivre encore des années. Ceci laissera à Guillaume le temps de châtier les derniers barons insurgés, de réunir des troupes, de trouver des alliés, de fourbir ses armes, en bref, de s'y préparer. Mais monseigneur le duc n'est pas conquis par l'idée.

– Je vous ferai connaître ma décision, mère, murmure-t-il, les yeux mi-clos en reprenant sa réflexion.

Je n'en ai pas fini avec lui : l'idée émise par Emma d'un rapprochement avec les Flandres sous la forme d'un mariage avec la princesse Mathilde, la fille du comte Baudouin, ne mérite-t-elle pas qu'on s'y arrête ? Guillaume soupire :

– Cette suggestion me semble plus pertinente car, c'est vrai, une union de nos deux familles assiérait mon autorité. La pacification du duché en serait mieux assurée et mes éventuelles prétentions au trône d'Angleterre auraient plus de poids. De plus, cette femme est la nièce d'Henri, le roi de France, ce sot qui ne sait jamais s'il doit nous accorder son aide ou grappiller nos terres : ces noces pourraient favoriser notre alliance..

– On dit d'ailleurs qu'elle est fort jolie, très fine et d'esprit brillant…

Guillaume me jette un regard froid :

– Que m'importe ce qu'elle est, ma mère ? C'est une puissante famille que j'épouserais et non point quelque fille ! Grosse ou maigre, blonde ou brune, grande ou petite, que m'importe ? Le tout est qu'elle ne se mêle pas de politique, ne m'assomme pas de ses bavardages et soit capable de me faire des enfants qui me ressemblent !

Voilà donc ma bru déjà réduite à un rôle de génitrice bâillonnée. Je ne m'en plains pas. Ravie de ces heureuses dispositions, je me retire en saluant profondément mon fils, de nouveau plongé dans ses pensées. Mon fils Guillaume, le futur roi d'Angleterre.

Il m'est apparu alors que les jours de l'archevêque Mauger étaient comptés.

Cette certitude m'est venue pendant la nuit, une de ces nuits sans rêves où se prennent d'elles-mêmes les grandes décisions, quand les nuits de veille sont souvent semées de doutes hésitants et de regrets stériles. Elle m'est devenue évidence alors que je m'aventurais à cheval, au petit jour, seule, dans la forêt de Gouffern. L'ombre ne cédait qu'à regret aux premiers rayons d'or fusant entre les troncs noirs et des brumes voilaient encore le secret des sous-bois recelant mes trésors. Je ne percevais aucun autre bruit, que le craquement des branches sous les sabots de ma monture : pourtant je me savais épiée par tout un monde d'êtres visibles ou invisibles curieux de ma démarche.

Mauger devait cesser de nous nuire. Je n'avais pas à juger son immoralité, à condamner ses débauches et sa rapacité, à m'indigner de la fortune acquise par la vente de dignités ecclésiastiques : d'autres s'en chargeaient, comme le pape Léon qui l'avait condamné au concile de Reims où l'archevêque s'était prudemment dispensé d'assister. Toutefois, je ne pouvais plus tolérer les incessantes révoltes et les innombrables complots dont il était l'âme, menaces pour la vie de Guillaume et de toute sa famille, obstacles aussi à l'accomplissement de la prophétie et à l'accession de mon fils à la couronne d'Angleterre. J'avais jusque-là usé de trop de patience et ma charité devenait lâcheté. Mon devoir était d'agir.

Je devais m'enfoncer dans la hêtraie, le dos au soleil levant, pour atteindre le bosquet d'ormeaux où je trouverais ce que je cherchais : l'enseignement de ma marraine consigné dans ma mémoire était formel. L'heure, la saison, les pluies récentes étaient propices. Et je répétais les invocations à saint Loup devant accompagner ma quête : ce grand saint a fait reculer Attila, le roi des païens, il l'a terrassé par sa seule prière.

Des obstacles se dressaient sur mon chemin. D'abord, le fait que je me sois promis de ne plus attenter à la vie d'autrui, même pour une cause juste. Que ce soit grand crime, aussi, d'occire un clerc, plus encore s'il a reçu l'onction épiscopale. J'avais donc décidé d'avoir recours à des drogues ne pouvant pas donner la mort, sauf accident, mais capables d'altérer la raison, de troubler les sens, si elles sont consommées à la dose efficace : tu le vois, moine, je ne suis en rien coupable de meurtre sur la personne de l'archevêque. J'éprouvais pour lui, certes, de la haine mêlée de mépris, mais qui peut commander à ses sentiments ?

Un autre obstacle résidait dans le fait que Mauger fît goûter tous ses plats et s'estimât immunisé contre tous les venins existant. Cette immunité prétendue m'amuse, tant les produits dont ma mémoire me donne le nom sont nombreux et variés : bien malin celui qui saurait se défendre contre eux tous. Un peu d'astuce devait me permettre de vaincre les précautions invoquées par l'archevêque.

Il faudrait d'abord faire sécher ces végétaux à la fumée de bois d'orme puis les réduire en poudre fine sans oublier les invocations, enfin les mêler à un peu de cardamome : ce serait tôt fait. Et puis, incorporer avec discrétion la quantité utile de ce produit au petit fût du vin de Jumièges que se faisait chaque mois livrer l'archevêque pour son usage personnel et unique. Ceci serait facile : les moines de l'abbaye voisine étaient à ma dévotion et ils avaient eux aussi de bonnes raisons de détester Mauger.

J'arrive enfin au but de ma recherche, un bois de jeunes ormes au feuillage dentelé non encore jauni, îlot de clarté dans la sombre forêt. Je mets pied à terre, écarte les fougères ruisselantes de rosée, rien. Plus loin, rien encore. Je m'avance davantage, répétant l'invocation à saint Loup et je suis exaucée : ils sont là, les bouquets de rougeauds bien décrits par ma marraine avec leur chapeau aplati grenat parsemé de flocons blancs et leur pied grêle, ils n'attendent que moi. J'ai appris que les savants les appellent « fausse oronge » et qu'ils sont estimés fort vénéneux, ce qui est vrai dans un certain sens. Moi, je saurai les employer à bon escient.

Il faut agir avec soin, couper le pied pour permettre à la plante de se reproduire en vue d'une autre utilisation, user des gants qu'on jettera ainsi que le couteau pour éviter les accidents, et ne pas cesser les invocations. J'en obtiens vite « une bonne cuisine » comme le répétait Engrace avec son rire bienveillant qui résonne encore à mon oreille.

J'en remercie sa mémoire.

Plusieurs mois se passèrent après mon retour de Winchester. Durant ce temps, monseigneur le duc combattit la sédition de Guillaume d'Arques appuyé par quelques autres Richardides et soutenu comme on pouvait s'y attendre par le roi de France. Suivant ma suggestion, il entreprit aussi, je le sus par mes gens, des pourparlers avec le comte de Flandres dans le but d'épouser sa fille. Mais, durant cette longue période, il ne mit pas les pieds à Falaise où nous résidions, ses frères et sœur, le bon Herluin et moi. Il demeurait à Rouen ou à Fécamp.

– Nous lui faisons honte, répétait mon époux qui ne l'aimait pas. Il se refuse à nous présenter à sa future belle-famille sous le prétexte de la profession de votre père.

Je poussais les hauts cris en l'entendant mais pensais qu'il disait vrai : je le savais, mon humble origine lui valait partout le sobriquet de « Bâtard ».

Enfin, par un soir de l'an du Seigneur 1051, il se présenta au château de Falaise sous petite escorte et sans se faire annoncer. Il soupa avec nous et j'enrageai de voir qu'il arborait toujours la même humeur morose, même tête basse et même visage chagrin. Après le repas, les enfants ayant été envoyés au lit, n'y tenant plus, je l'attaquai rudement. Je m'écriai :

– Est-il donc vrai, mon fils, que vous ayez honte de nous qui avons tant fait pour vous ? Estimez-vous la puanteur de la tannerie de mon père tellement attachée à ma personne que vous jugiez bon de me cacher dans ce château ? Votre future belle-famille est-elle tellement huppée que, à la veille de votre mariage, vous vous refusiez à lui présenter votre mère ?

Il leva enfin la tête et planta son regard dans le mien.

– Vous avez raison, aboya-t-il, je ne puis me résoudre à vous sortir de votre retraite pour vous montrer à la cour de Baudouin. Il est vrai que votre humble origine s'accommoderait mal des fastes de cette cour, trop somptueuse d'ailleurs. Mais plus que de l'odeur pénible dont ma mère s'est heureusement débarrassée, c'est de sa réputation d'empoisonneuse dont on y parle trop.

C'était une accusation et ce n'était pas la première fois que Guillaume me reprochait mes potions et électuaires. Les larmes aux yeux, je lui rappelai que c'était pour lui que j'avais fait ce que j'avais fait ; je ne lui avais pas seulement donné la vie, cette vie, je l'avais sauvée à maintes reprises au risque d'être estimée pour une criminelle. Je l'avais élevé seule et dans de rudes conditions où la présence d'un père eût été indispensable. Enfin, ne pouvant plus y tenir, j'éclatai en sanglots.

Les larmes des femmes attendrissent les hommes ou les irritent davantage. Herluin soupira, Guillaume, agacé, s'écria :

– Eh quoi, essayez donc de comprendre ! Suis-je un marmot que vous me poursuiviez de vos perpétuels conseils qui ne sont d'ailleurs que des ordres déguisés ! Suis-je encore à la mamelle que vous m'indiquiez à chaque instant ce qui est bon ou mauvais pour moi ? Une fois pour toutes, sachez que je suis sorti de l'enfance et, par la grâce de Dieu, le seigneur de ce duché !

Ce reproche était profondément injuste, mais je voulais reconquérir mon fils et la querelle n'était pas le moyen d'y parvenir : je devais lui laisser la maîtrise du champ de bataille. Je baissai la tête et me tus.

Monseigneur le duc alors haussa les épaules puis reprit la parole sur un ton moins rude. Il nous expliqua sa situation : les difficultés rencontrées dans la réalisation d'une union avec Mathilde ne tenaient pas seulement à la tannerie de mon père, bien qu'une ascendance moins populaire eût été désirable. Plusieurs évêques s'étaient avisés de ce que Guillaume et la future épousée étaient cousins à la cinquième génération, Rome ne tolérant la consanguinité qu'à partir de la septième. Le pape Léon, un homme fort rigoureux et très irrité contre les Normands qui s'opposaient à lui dans leurs royaumes d'Italie, avait menacé d'excommunication ceux qui passeraient outre à cette loi.

– Que ferez-vous donc ? demandai-je

– J'épouserai la fille de Baudouin, je l'ai décidé ! s'exclama Guillaume. Nous verrons bien si, placé devant le fait accompli, le pape mettra ses menaces à exécution. Dans ce cas, il sera toujours possible de faire lever cette mesure en fondant et en dotant une abbaye, un hôpital… ou en accomplissant une autre pénitence, sauf un pèlerinage à Jérusalem ! conclut-il avec un grand rire.

Enfin détendu, il nous précisa alors que le mariage aurait lieu le dimanche suivant en l'église Sainte-Marie de la ville d'Eu. Nous étions invités à y assister.

– Est-il vrai que cette petite Mathilde aurait d'abord refusé de vous épouser en prétendant « ne pas vouloir s'unir à un bâtard » et que vous ayez dû la violenter pour obtenir son consentement ? hasardai-je.

– Il n'en est rien et les légendes vont bon train, répondit Guillaume. Comme n'importe quelle autre, cette fille obéit à son père sans oser discuter ses ordres. Et il en sera de même avec l'époux que celui-ci voudra bien lui donner.

La fin de la soirée fut agréable, Guillaume ayant perdu son aspect chagrin et son ton arrogant. Dieu sait combien il peut être aimable s'il s'en donne la peine ! Il nous expliqua le siège du fort château de Guillaume d'Arques, coupé de toute possibilité de ravitaillement et de tout secours possible de la part du roi de France : les révoltés y mouraient de faim. Et il revint à cette menace d'excommunication qui avait tant perturbé son rapprochement avec la cour de Flandres.

– Nombreux sont ceux qui se sont déclarés défavorables à ce mariage, expliqua-t-il. Même Lanfranc, l'abbé du Bec avec qui je nourris de bonnes relations, ne veut pas en entendre parler. Le lièvre a été soulevé par l'archevêque Mauger, toujours désireux de nous nuire, au temps où il pouvait s'exprimer…

– Il ne le peut plus ? demanda Herluin.

– Vous l'ignoriez ? répondit Guillaume. Depuis quelque temps, Mauger est victime de troubles mentaux. Il présente des hallucinations, conversant avec un petit démon qu'il dit pouvoir faire apparaître et disparaître à sa convenance mais que personne ne voit. Il l'appelle Toret. Il a voulu marcher sur les eaux de la Seine et a bien failli s'y noyer. Il hurle à la vue de la femme qui vivait jusque-là avec lui et lui a donné trois enfants, une certaine Gisla, en prétendant qu'elle est une sorcière ou une possédée, ce en quoi, d'ailleurs, il a peut-être raison. Il présente des épisodes de prostration profonde suivis de périodes d'excitation où il délire et alors, on doit l'attacher. Il serait bon qu'un concile demande au pape de lui ôter sa dignité et sa fonction d'archevêque de Rouen.

Il posa sur moi son regard grave.

– J'ai pensé un temps qu'il y avait là-dessous quelque diablerie, dit-il. J'espère qu'il n'en est rien.

Ce furent d'étranges noces auxquelles nous assistâmes presque seuls, Baudouin, Adèle son épouse, Herluin et moi : la menace d'excommunication et la rigueur employée par Guillaume pour châtier sa propre famille avaient découragé les invités. Le comte et la comtesse nous manifestèrent une politesse glacée et la petite épousée me parut parfaitement insignifiante.

5

Guillaume avait suivi mon conseil et, moins d'un mois après son mariage, nous partions pour l'Angleterre – mais je m'étais bien gardée de triompher. Il m'avait demandé de lui confirmer les intentions du roi Édouard : lui, le duc, serait-il bien désigné pour son successeur par le souverain ? Ne risquait-il pas d'être ridiculisé par un refus lorsqu'il serait mis en sa présence ?

– Faites-lui donc tenir un message l'interrogeant sur ses intentions ! avais-je suggéré avec prudence.

La réponse était parvenue, sans équivoque : au jour dit, le roi ferait connaître devant tous son choix de Guillaume, duc de Normandie, comme son héritier au trône d'Angleterre dès qu'il aurait poussé le dernier soupir. Cette disposition s'entendait faute de descendance mâle.

Il conviendrait donc de s'assurer de l'impossibilité d'Édouard de concevoir un fils. Je m'étais munie de produits propres à supprimer toute tentative de procréation : ma marraine m'en avait laissé plusieurs recettes, j'avais choisi la plus active et la moins nocive : l'association de saponaire et de ciguë noire.

Il me faudra corrompre un auxiliaire capable de faire prendre quotidiennement au roi ce produit, pensais-je. Et sans qu'Emma puisse rien soupçonner, ce qui ne sera pas aisé. Comme il ne sera pas simple d'éviter qu'Édith, la femme du roi, ne se fasse engrosser par un quelconque de ses Saxons en prétendant que l'enfant est celui d'Édouard !

Pendant que je me livrais à ces réflexions et à ces doutes, la nef ducale portant le grand pavois de Normandie remontait la Tamise, escortée de navires anglais. Parés de leurs plus riches atours, Robert de Beaumont, Hugues de Grandmesnil, Guillaume Fils-Osbern, douze des barons les plus prestigieux de Guillaume l'entouraient, ainsi que mon fils Odon nouvel évêque de Bayeux et les prélats de Lisieux, d'Évreux, de Sées et de Coutances. Une foule enthousiaste se pressait sur les rives, acclamant le duc autant et plus qu'elle n'aurait fêté le monarque régnant.

– Voilà un accueil qui ne doit guère plaire à ce Godwine et à ses Saxons ! m'écriai-je.

– S'ils ont le moindre sens de la politique, répondit Guillaume, ils savent que demain, n'importe quel Saxon peut soulever le même enthousiasme. Le peuple versatile est toujours prêt à adorer ce qu'il a brûlé et à brûler ce qu'il a adoré.

J'admirai une fois de plus la sagacité de mon fils. Le Ciel était avec nous : un gai soleil dorait la campagne anglaise, il égayait même les sombres fortifications et les toits de la ville. Un grondement de cloches sonnant à toute volée flottait sur la cité dans le claquement des oriflammes. Le roi, entouré d'une cour réduite, nous attendait sur un quai où je me souviens d'avoir remarqué le nombre extraordinaire de tonneaux et de barriques entassés. Je ne vis là aucun moustachu aux cheveux longs : les Saxons avaient jugé bon de ne pas figurer à la cérémonie.

– Le seigneur Godwine a décidé de chasser aujourd'hui sur ses terres, crut devoir expliquer le roi à Guillaume. Nous nous passerons de lui.

Le roi Édouard n'avait pas alors dépassé la quarantaine, mais les souffrances endurées pendant sa jeunesse, ainsi que les mortifications et la vie ascétique qu'il s'imposait, en avaient fait un vieillard : certains lui prêtaient l'habitude de porter à même la peau un cilice de crin, pour d'autres, il se faisait administrer chaque soir par les moines de son entourage « la discipline », un fouet de lanières de cerf garni de billes de plomb. On le surnommait « le Confesseur » car il répétait sa volonté de confesser en tout temps son appartenance à la Sainte Église.

Il apparaissait chenu, le cheveu rare et précocement blanchi, courbé en avant comme s'il contemplait déjà la terre prête à recevoir son corps. Et, bien qu'il n'en eût rien dit, j'imaginais les pensées de Guillaume se félicitant de voir le roi prévoir avec sagesse sa succession tandis qu'il en était encore temps. Moi, je me répétais qu'il n'existait aucun risque de voir la belle Édith se faire engrosser par un si triste sire… mais par un autre, peut-être ?

– La fameuse reine Édith n'a pas daigné paraître ! murmura Guillaume.

Comme son père, Édith ne parut point et nous ne sûmes pas si sa réputation de beauté, diabolique d'après la reine mère, était réelle ou usurpée. La vieille reine Emma, indisposée, était absente, ce que je regrettai.

Édouard accola fraternellement Guillaume puis le prit par la main et le conduisit jusqu'à l'abbaye de Westminster au milieu de la foule en délire. Un trône était installé dans le chœur, le roi y prit place. Après avoir ouï la messe, le souverain lut un long manifeste tout à la gloire de mon fils, rappelant ses hauts faits, proclamant sa vaillance et la sagesse de son gouvernement. J'étais aux anges. Puis, à la surprise de tous, il annonça qu'il avait fait vœu de continence totale, renoncé à toute descendance mâle ou femelle et décidé de faire enfermer la reine Édith dans un couvent : toute possibilité de machination de la part des Saxons était écartée et le chemin de Guillaume dégagé.

Les rites faisant de mon fils le successeur désigné d'Édouard rappelaient ceux de l'adoption. Ils furent célébrés avec les bénédictions de Robert Champart, l'archevêque normand de Londres si apprécié de la vieille reine Emma. Et la cathédrale résonna des acclamations de tous les dignitaires réunis sous ses voûtes.

– Ainsi, tout s'est déroulé comme je le souhaitais, constatait Emma, ces brigands saxons n'ont pas troublé la fête et nous pouvons rendre grâce à Dieu d'avoir protégé notre entreprise.

Je m'étais fait conduire à Winchester et avais demandé à la reine de bien vouloir me recevoir à l'heure du banquet clôturant la cérémonie : mère du duc mais d'humble origine, je ne souhaitais m'y trouver aux côtés ni d'un potentat m'écrasant de son mépris, ni d'un humble sire me témoignant sa solidarité. Elle, petite personne recroquevillée sous les fourrures couvrant son vaste lit, était plus oppressée encore que durant ma précédente visite. La lumière des six chandelles du candélabre ravinait le visage livide de la vieille reine, à demi englouti sous son immense bonnet de nuit dont l'ombre monstrueuse tressautait étrangement aux tremblements de sa tête.

– Comment Édouard s'est-il comporté ? demanda-t-elle.

J'assurai à Emma que son fils était gaillard et le mieux portant du monde. Il avait la voix forte, le verbe haut, il était de belle humeur, point fatigué ni malade, d'aspect du moins. Il avait prononcé les paroles de l'adoption avec une détermination faisant plaisir à entendre et le peuple était plein d'admiration et de dévotion pour son souverain.

Elle réussit à émettre un ricanement :

– Tout ce que tu me dis est faux, bien sûr. Tu as pitié d'une vieille femme à moitié morte. C'est bien. Je ne te posais cette question que pour savoir comment tu réagirais car je sais à quoi m'en tenir sur le roi, mes agents me renseignent. En fait, ton Guillaume peut se préparer à ceindre la couronne car, sans être au point où j'en suis, Édouard est…

Elle employa alors un terme saxon pouvant signifier, je l'appris par la suite : « faible, débile, infirme ou : sans volonté ».

– J'oublie même la langue de mon enfance, dit-elle, tellement ces Saxons nous envahissent et cherchent à supplanter notre culture par leur barbarie ! Mais quoi, encore eux ?

La trompe et la proclamation exigeant le déguerpissement de la vieille reine résonnaient là, tout près. Elle jaillit alors de son lit, se campa devant moi, revigorée, les poings aux hanches. Puis elle s'écria d'une voix rauque et avec une vigueur insoupçonnée :

– Non, je ne partirai pas ! Sais-tu ce qu'ils nous ont encore fait ? Ils veulent nommer archevêque de Cantorbéry un de leurs moines idiots inféodé à ce Godwine, quand j'y ai placé, moi, le bon Robert Champart, actuellement pourvu du siège de Londres ! Partout, ils poussent leurs manants à refuser de travailler pour édifier le château des quelques seigneurs normands qui m'ont accompagnée ici et, à se rebeller contre leur maître. À Douvres, il y a quelques jours…

L'échauffourée survenue dans ce port où, à la suite d'une querelle, Eustache de Boulogne avait perdu plusieurs de ses compagnons, mais tué autant de Saxons, était transformée par Emma en un effroyable guet-apens, une hécatombe préméditée. Dans sa bouche, cette affaire assez banale prenait une allure épique et elle égorgeait, transperçait ou éventrait devant moi avec l'entrain, la verve de ses vingt ans. Portée par sa haine, elle m'énuméra encore quelques-uns de ses griefs contre les Saxons avant de s'effondrer dans son lit.

– Je n'en puis plus, gémit-elle, mais ils nous font tant de mal ! Maintenant, écoute…

Il me fallut approcher l'oreille de sa bouche, puis jurer sur la tête de mes enfants de ne répéter à quiconque et pas même à Guillaume, ce qu'elle allait me confier.

– Le roi, chuchota-t-elle, a convoqué ce Godwine et ses fils à comparaître devant le Conseil royal réuni à Londres, sous le prétexte de faire table rase du passé et de sceller avec eux une paix de Dieu, une paix définitive. C'est une idée pieuse et sainte, à l'image d'Édouard. Mais il ne peut y avoir d'entente ni d'accord avec ces crapules, ces menteurs parjures...

Godwine avait accepté de se rendre à Londres devant le Conseil pour parler de paix, mais à condition d'être couvert par un sauf-conduit, accompagné de ses gardes et d'obtenir que cinq otages lui soient livrés en garantie de sa sécurité.

– Édouard, continua la reine sur le même ton, temporise avec sagesse. Il obtiendra que le stupide Saxon et ses fils viennent seuls à cette réunion. Mais moi, j'ai convoqué Siward, qui tient les comtés du Nord, avec son armée. Ils seront dissimulés tout autour du palais. Dès que ces traîtres auront pénétré dans la salle du Conseil, ils se saisiront d'eux. Et si les Saxons cherchent à se défendre, nos hommes auront mission de ne pas les épargner...

De retour dans le duché, j'appris comment Édouard avait jugé inacceptables les conditions posées par Godwine et exigé qu'il comparût avec ses fils, sans escorte et sans détenir d'otages. Et comment, flairant le danger, Godwine avait préféré s'embarquer pour le continent avec femme et enfants à l'exception de Harold, réfugié en Irlande. Le seigneur saxon avait trouvé asile chez Baudouin de Flandres, le père de Mathilde.

J'avais mal jugé cette dernière. C'était, il est vrai, une petite personne en ce sens que sa taille n'était point élevée, mais je fus vite fixée sur ce que j'avais pris pour une insignifiance de tempérament. Elle avait en fait une parole abondante, nette et incisive, des connaissances dont elle aimait faire état bien qu'elles fussent fort limitées. La langue franque dont elle usait avec un détestable accent était semée de termes flamands barbares et dépourvus de sens. Portant haut le menton, elle jugeait, tranchait, décidait de tout sans prendre opinion de quiconque et ses avis demeuraient sans appel : elle était toujours et en tout persuadée de détenir la vérité et la raison. Exigeante avec suivantes et pages, dure avec servantes et valets, elle ignorait la mansuétude pratiquée par ceux qui ont connu le travail et la faim.

Il est étrange que Guillaume et elle aient constitué un ménage uni, lui si ombrageux de son pouvoir, elle si imbue de sa personne. De fréquents orages ont cependant assombri le ciel de leur union : c'est à la suite des embellies de leurs réconciliations sans doute que leur a été donnée leur si nombreuse progéniture.

– Ma mère, m'avait-elle précisé dès le premier jour, je résiderai pour le moment à Rouen. Je ne manquerai pas de vous inviter à m'y rendre visite, mais plus tard !

Je lui avais répondu qu'elle serait toujours la bienvenue à Falaise, quoique la place y fût trop limitée pour accueillir sa nombreuse suite. En fait, j'avais compris que mon origine populaire était un obstacle majeur à une harmonieuse entente. Donc, chacun resta chez soi et nous vécûmes en paix.

Je la surveillais, pourtant, par l'intermédiaire de certaines personnes dévouées à mes intérêts et proches du couple ducal. On me renseigna sur leurs amours, leurs querelles dues le plus souvent au fait que Mathilde, prodigue, se plaignait de voir sa cassette vide quand Guillaume, économe, tenait les cordons de la bourse serrés. Je fus prévenue d'un début de grossesse, puis d'une fausse couche. Un retard des menstruations se produisit ensuite. J'exigeai de ces confidentes d'être informée au jour le jour d'événements de la plus haute importance pour l'avenir de la dynastie et du duché, quand durant une nuit…

Ces soucis et bien d'autres m'obsèdent tandis qu'une tempête s'est abattue sur Falaise. Les sifflements et ricanements du vent qui rôde autour du château et vient tout à coup me huer dans la cheminée me tiennent éveillée et m'angoissent. Pourtant, malgré le vacarme, j'entends corner, corner de nouveau, corner encore là-bas, devant la poterne. Nous n'attendons personne, surtout à cette heure et par ce temps.

– Qui est-ce ? me demande Herluin ébahi, rencontré dans le couloir, en chemise lui aussi et porteur d'une chandelle. Matines ne sont pas près d'être sonnées !

Des lumières se répandent dans le bâtiment, j'entends des cris, le claquement de lourdes portes, un bruit de course. J'entre dans la grande salle en même temps que le capitaine de mes gardes précédé de deux hommes porteurs de torches.

– Dame, cet homme dit avoir pour mission de vous remettre personnellement une missive quelle que soit l'heure !

Il n'a pas fini que pénètre dans la pièce l'Anglais muet venu me rendre visite un an plus tôt. Ployant le genou devant moi, il me tend un petit rouleau de parchemin cacheté aux armes d'Angleterre. La missive ne contient que deux mots tracés d'une écriture tremblée :

« Viens maintenant. »

Cherchant à être comprise, je choisis alors mes termes pour demander à l'officier ce qui motive une visite si urgente. J'ai la surprise de l'entendre me répondre :

– Dame, mon nom est Ralph, fils de Sharp, et je suis le majordome de notre souveraine. J'ai appris à maîtriser votre langue. Si Sa Majesté la reine mère vous a demandé de venir rapidement, c'est qu'elle est réellement mourante. J'en suis vraiment désolé. Le secret qu'elle veut vous confier l'étouffe, elle m'a autorisé à vous le dire.

Il semble sincèrement peiné. J'essaie de parlementer mais il a retrouvé son mutisme et son attitude m'indique qu'il me faut faire vite si je veux voir Emma en vie. Malgré les objurgations du pauvre Herluin, je m'enveloppe de fourrures, chausse des bottes et me précipite dans la charrette.

Mes souvenirs de la fin de cette nuit et des longues heures qui suivirent sont abominables : je suis seule dans la voiture, sans servante et munie pour survivre de quelques pâtés, de pain et d'une gourde d'eau ; le cocher crève ses bêtes à coups de fouet, l'on ne s'arrête aux relais que le temps de changer d'attelage ; je suis secouée affreusement par les cahots d'une mauvaise route et je crois bien que nous passons plus d'une fois à travers champs au risque de rompre les roues ; sur notre chemin, en pleine nuit, la tempête fait tomber un arbre et l'escorte réussit à le dégager sous les trombes de pluie ; à la lueur des torches, je ne fais qu'entrevoir des feuillages convulsés, des toitures arrachées, des visages horrifiés ; dans le fracas des roues, je perçois le déluge qui fouette la voiture, les hennissements de douleur des chevaux, les ordres hurlés…

Nous n'arrivons à Calais qu'au matin du second jour. La tempête est telle que le capitaine refuse de prendre la mer et Ralph doit le menacer pour qu'il consente à nous embarquer. Mais la traversée est effroyable, nous démâtons en vue de Douvres, on doit nous prendre en remorque. Nous parvenons à Winchester dans la soirée, malades, épuisés et affamés. L'imposant château où gisent Emma et le Trésor sont plus sinistres encore dans la pénombre, alors que des nuages couleur de suie galopent au-dessus des remparts.

Un officier s'avance au-devant de l'escorte. Ralph vient me répéter la nouvelle :

– Dame, nous arrivons trop tard, Sa Majesté la reine Emma est au plus mal, elle ne nous reconnaît plus.

Ralph, le majordome, me précède jusqu'à la chambre de Sa Majesté. Devant moi, tout le monde s'incline. Quelques officiers sont groupés dans le fond de la pièce obscure. Un médecin, debout près du lit, me regarde avec une moue résignée. La vieille reine a perdu connaissance, son bras livide pend hors du lit, un râle s'élève de sa bouche grande ouverte.

Je m'agenouille, prends dans ma main celle, glacée, d'Emma. Aussitôt, ses doigts se crispent sur les miens. Le râle cesse, la bouche se ferme. Puis elle mâchonne :

– Dehors, tous !

Habitués à obéir sans questionner, officiers et médecin sortent, la tête basse, me jetant des regards méfiants. La main d'Emma s'anime de nouveau. Elle grogne :

– Tu as pris tout ton temps et moi, avant que ne sonnent matines, je serai morte ! Mais écoute : je sais que, après mon décès, Godwine le maudit reviendra. Il est déjà là !

À son contact, il me semble comprendre plus de choses que par ses paroles. Je l'ai appris moi aussi, de son refuge de Bruges le Saxon prépare sa vengeance, son retour se déroulera dans le sang. Une vague de persécutions contre tout ce qui est normand engloutira l'Angleterre et les nôtres n'auront à choisir qu'entre l'exil et la mort. Je vois la hache du bourreau s'abattre sur la nuque de ces seigneurs, de ces évêques dont les seuls torts sont de ne pas être saxons et de ne pas avoir fui. Et Godwine ne s'en tiendra pas là, il n'aura de cesse qu'il n'ait éliminé par le fer les autres prétendants à la Couronne, même au-delà de la mer.

– Je ne délire pas, mes espions l'affirment tous, gémit la voix.

Et Édouard, le roi mon fils, aura le même sort que mon bel Alfred !

La main de la vieille frémit dans la mienne et la vision insoutenable du supplice de ses fils s'impose à moi.

Les mourants sont l'objet d'étranges révélations et je sais qu'elle pense, qu'elle dit vrai. Pourtant, pourquoi ces confidences de la mère d'un roi à moi qui ne suis rien ?

– Il faut écraser la tête du serpent ! continue-t-elle. Mais le traître se méfie, il est entouré de ses hommes de main, il fait goûter aliments et boissons…

Et c'est soudain dans une sorte de hideux ricanement qu'elle chuchote :

– Réfléchis donc : pourquoi crois-tu que je t'aie fait venir l'an passé ?

Non, je ne veux pas comprendre. Sa main emprisonne la mienne avec force, maintenant. Malheureuse mouche prise à la toile, je me débats : je suis venue l'entendre exprimer sa volonté de voir Guillaume devenir roi d'Angleterre après Édouard. Rien d'autre, il n'y avait aucun sous-entendu dans son long monologue. Mais son étreinte s'impose à moi, elle veut vaincre ma résistance et dit dans un souffle :

– Seule tu sais y faire, seule, tu possèdes le talent et les moyens, seule tu peux sauver tous ces malheureux et même ton Guillaume. De toi, il ne se méfiera pas. Il n'y a pas de péché à supprimer une bête malfaisante et s'il y en avait un, moi Emma, à la dernière extrémité, je le prends sur moi.

Elle réussit enfin, au prix de grands efforts, à s'appuyer sur un de ses coudes pour me faire face. Elle tend la main vers moi, me désigne d'un doigt tremblant et crache plutôt qu'elle ne dit avec un terrible regard :

– Toi, Arlette, si tu ne donnes pas la mort à ce Godwine, sois maudite pour l'Éternité !

La vieille femme était folle.

Si certains mourants perçoivent l'avenir en une miraculeuse clairvoyance, d'autres ont l'esprit dérangé par l'approche du trépas : Emma était du nombre et ce qu'elle exigeait de moi me semblait insensé.

D'abord, je n'avais aucune raison, moi, mère du duc de Normandie, d'aller occire ce seigneur saxon dont je n'étais pas l'ennemie, que je ne connaissais même pas. Ou si peu. Et puis, même si j'avais hélas une certaine pratique des plantes vénéneuses, je ne me voyais guère faisant ingurgiter à ce Godwine l'une de mes potions.

S'ajoutait à ces considérations une idée qui me désespérait : fallait-il que ma réputation de meurtrière soit bien assise pour que la vieille souveraine, du plus profond de ses brumes anglaises, m'envoie chercher à Falaise dans l'intention de me faire empoisonner celui qu'elle haïssait ? Entendait-elle donc me ravaler au rang des tueurs, des Judas capables de trahir leur prochain pour trente deniers ? Je suis bonne chrétienne et ce que j'ai fait, je l'ai fait pour sauver les miens : je n'en éprouve nul remords. En revanche, ce qu'elle exigeait de moi était un crime qui me conduirait aux flammes de l'enfer. Mais quoi ! N'existait-il pas assez de drogues en Angleterre, qu'Emma se soit crue obligée d'avoir recours aux venins de Normandie ?

– Dame, votre chagrin du décès de cette vieille reine est démesuré, il vous ôte tout appétit. Vous devez vous ressaisir !

Pas plus que mes enfants, Herluin n'avait été informé des raisons exactes de mon voyage. Il me considérait avec inquiétude tandis que je boudais le plat de porc aux choux qui fumait sur la table, obsédée par une autre crainte : ne risquais-je pas, si je n'exécutais pas l'ordre d'Emma, d'encourir sa malédiction et d'être condamnée au châtiment éternel ? Meurtrière ou non, n'étais-je donc pas destinée à brûler pour l'Éternité ? Et elle, morte et enterrée, n'allait-elle pas me hanter, me persécuter jusqu'à l'accomplissement de la tâche qu'elle m'avait impartie ? L'angoisse me reprit. Je quittai la table, courus à ma chambre et me jetai sur mon lit. Là, après quelques sanglots, je pus m'endormir et retrouver un sommeil qui depuis plusieurs nuits me fuyait.

Pendant les jours suivants se succédèrent des courriers provenant de nos amis établis en Angleterre lors du sacre d'Édouard ou des hommes disposés par nous là-bas pour nous renseigner. Ils étaient destinés à monseigneur le duc, mais parvenaient souvent à Falaise et non à Rouen où résidait Guillaume – comme s'ils avaient été écrits à mon intention. Ils nous apprirent que Godwine, à la tête d'une flotte considérable, avait fait jonction avec Harold, son fils revenant d'Irlande, ravagé la côte du comté de Kent en massacrant les populations suspectes de sympathies normandes. Le Saxon avait ensuite remonté la Tamise et mis le siège devant Londres où le malheureux Édouard n'avait pu réunir que de rares vaisseaux et quelques troupes.

Godwine et ses mercenaires avaient encerclé la flotte du roi et commencé à exterminer tout ce qui était normand dans la ville lorsque le nouvel évêque de Winchester, Stigand, un Saxon pourtant, s'était interposé et avait proposé de s'en remettre à une assemblée de sages. Édouard, privé des conseils maternels, avait accepté avec empressement. Godwine avait bien voulu y consentir.

Les choses en étaient là lorsqu'un soir apparut à Falaise un étrange équipage : le vieux chariot aux roues rafistolées était tiré par deux bidets étiques, la bâche était percée en maints endroits et le cocher semblait avoir cent ans. Les gardes refusèrent l'entrée à ces vagabonds et il fallut que le passager se nomme et fasse preuve d'autorité pour que soit ouverte la porte. C'était l'ancien archevêque normand de Cantorbéry, Robert Champart en personne, si apprécié par la reine Emma et maintenant dépouillé et chassé comme tant d'autres par les Saxons. Il me demanda humblement une hospitalité que je lui accordai volontiers. Et il demeura quelque temps avec nous, déplorant les malheurs de ses compatriotes et se réconfortant enfin dans une ambiance favorable.

Robert Champart était naturellement pourvu d'un visage avenant et coloré. Pieux sans être vraiment un saint homme, il aimait la bonne chère et le bon vin, son double menton et les rondeurs de sa personne replète en attestaient. Servi par une excellente mémoire, il racontait avec talent quantité d'anecdotes souvent véridiques sur les personnages rencontrés au cours de sa carrière. Assez bavard, mais méritant plutôt le qualificatif de brillant causeur, il savait tenir en haleine toute une tablée pendant des heures. Mais là, amaigri, le teint émacié, il restait le plus souvent muet, comme absent, le regard fixé sur les horreurs qu'il venait de vivre.

– Pour beaucoup des nôtres, expliquait-il lors de ses confidences, le salut fut la fuite sur le continent. Parfois du fait d'une mesure d'exil, le plus souvent pour sauver leur vie.

– J'avais cru comprendre, demanda Herluin, que l'assemblée des sages convoquée avec l'accord du roi Édouard et de ce Godwine avait réussi à apaiser les esprits ?

– Pure comédie ! répliqua l'archevêque. Le Saxon avait accepté le jugement de cette assemblée de *witan*, comme ils disent, avec la certitude qu'elle serait constituée de ses proches, de ses amis ou, au moins, d'hommes qui lui seraient favorables. Les prétendus sages ont obligé le malheureux Édouard à rétablir Godwine et les siens dans leurs possessions et leurs dignités antérieures, à accepter sa tutelle et à reprendre Édith tirée de son couvent. Le roi est maintenant pieds et poings liés entre les mains des Saxons qui ont commencé par détruire toutes les traces écrites de la désignation comme successeur de votre fils par le souverain. Et la chasse aux Normands par les mercenaires de Godwine continue.

Il donna alors le nom d'un certain nombre de malheureux, suppliciés, victimes de la fureur des Saxons.

– Quelques-uns ont pu demeurer en Angleterre, ajouta-t-il, en se réfugiant dans des forteresses tenues par des Normands à la frontière galloise ou à proximité du royaume d'Écosse, ainsi chez Robert Fils-Wimarch. Ou chez Siward, le comte de la Northumbrie. Dieu récompensera ces bonnes âmes, il vous récompensera aussi, dame, d'avoir bien voulu accueillir chez vous un malheureux proscrit.

Je répliquai que c'était de grand cœur que je l'accueillais.

– Mais cette charité envers nos pauvres compatriotes, à quoi sert-elle ? continua-t-il. N'est-elle pas stérile tant que persiste la menace ? Tant que ce Godwine va et vient sur ce malheureux pays la hache à la main, cherchant de nouvelles victimes à offrir à ses mercenaires ? Tant que nous ne serons pas débarrassés de cet assassin, de ce fauve dénué de la moindre pitié, la paix ne reviendra pas en Angleterre et les Normands y trembleront.

– Je doute, répliquai-je, que le seul fait de donner la mort à Godwine suffise à rétablir la paix : n'a-t-il pas trois fils qu'on prétend aussi féroces que leur père ?

L'archevêque se récria :

– Point, dame, point ! Je puis vous dire, après m'être souvent entretenu avec eux, que Sven, Harold et Tosti sont tous trois d'honnêtes et raisonnables seigneurs. Ils sont accessibles à des paroles de bon sens et de paix. Pis, ils redoutent l'espèce de folie meurtrière de leur père et nous avons évoqué, eux et moi, la façon d'y mettre fin. Mais ce sont des fils respectueux et soumis, pour rien au monde ils ne toucheraient à un cheveu de ce Godwine !

Puis, avec un profond soupir :

– Qui donc nous délivrera de ce monstre ?

Cette nuit-là, la défunte reine Emma vint me rendre visite. Elle était toute vêtue de blanc, ne portait ni voile ni bonnet et sa pâleur verdâtre accentuait l'expression dramatique de son visage. Elle se tint longuement debout à côté de mon lit sans mot dire quand moi, terrorisée, j'étais incapable du moindre mouvement. Elle ne manifestait pas cette violence impérieuse dont elle était coutumière, mais plutôt les signes d'un profond désespoir. Enfin, elle se pencha vers moi :

– Arlette, chuchota-t-elle, et son souffle évoquait le murmure du vent dans le feuillage, Arlette, n'es-tu pas toi aussi née dans ce duché ? Ne vois-tu pas tes compatriotes, barons et clerc normands, tes frères, persécutés, massacrés par ces meurtriers ? N'entends-tu pas leurs gémissements et leurs cris de souffrance, leur sang ne crie-t-il pas vers toi ? Toi seule, te l'ai-je assez répété, toi seule peux leur venir en aide ! Qu'attends-tu ? Ne crains-tu donc pas les effets de ma malédiction ?

Puis, sur un ton sarcastique :

– Il faudrait que la mère de ce Bâtard soit un peu plus hardie à préparer les voies de son fils s'il veut un jour accéder à la couronne d'Angleterre !

Elle leva alors sa main brûlante et la posa sur mon front. Moi, comme au contact d'un fer rouge, je poussai un hurlement. Aude, la suivante qui couchait là, accourut et me secoua le bras comme pour me réveiller.

– Vous avez fait quelque mauvais rêve, dame ! s'exclama-t-elle.

Je ne dormais pas : la rougeur apparue sur mon front en était la preuve.

La grossesse de ma bru se déroulait sans encombre et, future grand-mère, je ne laissai à nulle autre le soin de filer la laine et de tisser les langes destinés à l'enfant. Mathilde ne me considérait pas en ennemie, mais elle m'ignorait. Sachant que Guillaume ne tolérerait pas d'être choisi comme arbitre dans des querelles entre elle et moi, je demeurai à Falaise et m'en trouvai bien.

Mais durant cette époque, et pendant des mois, l'archevêque et les siens, morts ou vivants, se liguèrent pour me convaincre d'agir contre ce Godwine, persécuteur attitré des Normands vivant en Angleterre. Pitié, solidarité, risque du feu éternel, tout fut évoqué pour venir à bout de ma résistance. Toutefois, l'impossibilité matérielle où j'étais d'accomplir ce meurtre me dispensait d'en peser mobiles et motifs : je ne voyais aucun moyen d'aller verser mes potions dans le gobelet du Saxon pour l'amener au trépas. Ainsi, je n'avais pas à réfléchir sur l'opportunité du geste.

Or un soir où, assise dans ma cathèdre, j'entendais pour la centième fois Robert Champart me répéter que Godwine était un mauvais chrétien et qu'il n'y avait pas de faute à retrancher de tels êtres de la communauté des croyants, un porteur de message fut annoncé. C'était Ralph, le majordome d'Emma, légué par elle au roi Édouard.

Comme toujours, il mit un genou à terre en me présentant la missive et je pus alors mesurer combien ces quelques mois avaient pesé sur ce bon serviteur : il s'était voûté, ses cheveux avaient blanchi et des rides profondes creusaient son visage. Il ne portait plus de haubert mais un méchant manteau sur une tunique usée.

– Dame, dit-il lorsque je l'eus invité à se relever, pardonnez cette tenue indigne de Sa Majesté le roi Édouard que je sers. Mais j'ai dû quitter l'Angleterre en secret pour venir jusqu'à vous et, d'ailleurs, seule mon origine saxonne m'a permis de rester en vie : arrêté plusieurs fois, il m'a fallu inventer des fables et dissimuler ce document avant de pouvoir embarquer.

Je rompis le sceau royal. Il y avait là le pathétique appel d'un souverain prisonnier, d'un roi menacé de mort. Édouard y décrivait les tortures morales qu'il endurait, les privations dont il était l'objet et les insultes dont on l'abreuvait. Tous ses amis et ses serviteurs normands avaient été éliminés et remplacés par des espions de Godwine à l'exception de Ralph, seul Saxon à lui être dévoué. Persuadé que la vieille reine Emma avait été assassinée, il s'attendait à subir le même sort dans un proche avenir. Et, comme sa mère lui avait laissé espérer mon aide sans en préciser les modalités, il m'implorait de venir à son secours en des termes qui m'arrachèrent des larmes.

– Mais, m'écriai-je, que puis-je pour ce malheureux souverain quand nous sommes séparés par la mer et par une armée de gardes féroces ?

L'homme tira longuement sur sa moustache en jetant autour de lui un regard circonspect.

– Dame, dit-il à mi-voix, nous pouvons sauver Sa Majesté. Dans dix jours, à l'occasion des fêtes de Pâques, le seigneur Godwine a exigé d'être reçu à dîner par le roi en son château de Winchester. Mon maître a d'abord refusé en arguant de son état de prisonnier impécunieux. Mais Godwine tient à ce que les apparences d'une bonne entente entre eux soit sauve. Sa Majesté n'a plus ni bouteiller ni échanson, c'est moi qui dois verser le vin des cruches dans les coupes bien que ce ne soit pas ma fonction. Ces coupes attendent sur une crédence située dans la salle des banquets : si le produit destiné au seigneur Godwine…

Il soupira et hocha la tête avant de continuer :

– Je veux dire, si cette sorte de chose n'est ni trop abondante ni trop rebutante et en tenant compte des coutumes en usage chez les Saxons lorsqu'ils boivent, je dois être capable de l'utiliser, avec l'aide de Dieu.

Et dans un murmure à peine audible :

– Ce sont les instructions de ma défunte souveraine.

La décision se trouva prise d'elle-même. Je conservais dans ma cave en prévision de quelque événement important près d'une livre d'amandes amères. Ces amandes, cueillies sur l'amandier bulbeux avec mille précautions et seulement à la pleine lune, fournissent, sous la pression, quelques gouttes d'une huile qu'il convient de concentrer pour en obtenir l'efficacité en invoquant saint Laurent martyr. Le vin pur étant souvent allongé de sirop d'orgeat, le goût si particulier de ces graines en est masqué, mais leur efficacité reste entière.

Le 12 avril de l'an du Seigneur 1053, c'était le lundi de Pâques, le roi Édouard tint à montrer l'harmonieuse entente existant entre lui et ses sujets saxons en conviant à sa table, à Winchester, le seigneur Godwine et ses trois fils.

Dès le début du dîner, le roi proposa à ses invités de boire à la paix. Tous approuvèrent dans l'allégresse. Mais le seigneur Godwine, selon la coutume en usage chez les Saxons lorsqu'ils boivent, tint à ce que les coupes fussent échangées entre le roi et lui avant que la moindre goutte en eût été bue. Puis, toujours avide, il vida cette coupe d'un trait avant que les autres convives aient seulement trempé les lèvres dans la leur.

Aussitôt, il s'écroula, râlant, sans connaissance, victime à n'en pas douter d'une attaque d'apoplexie. Il fut transporté dans les appartements du souverain dont les larmes d'affliction faisaient peine à voir. Il remit enfin son âme à Dieu, entouré des siens, trois jours plus tard.

Un jour de décembre de cette année-là, j'eus l'heureuse surprise d'être appelée auprès de ma bru dont les couches étaient imminentes : elle souhaitait ma présence et je lui sus gré de cette marque de confiance. Je me fis donc conduire en toute hâte au vieux château de Rouen et fus dès mon arrivée introduite près d'elle.

Là, je réalisai une fois de plus combien nous devons nous méfier des jugements hâtifs. La femme altière et méprisante n'était plus qu'une enfant effrayée, terrorisée même par les abominables douleurs qui lui étaient promises et les interminables souffrances dont elle serait l'objet. Je pus la rassurer en lui racontant comment mes propres accouchements, pénibles certes, s'étaient cependant déroulés dans la joie et le bonheur de mettre au monde un petit être à chérir. Je lui expliquai les différents stades de cette période de gésine, moins difficile à aborder si l'on en est informée : or les matrones pressenties pour l'accompagner s'étaient contentées de l'épouvanter en la laissant dans l'ignorance.

Mathilde souffrait de l'attitude de Guillaume pendant sa grossesse : rude avec elle à l'habitude, il avait disparu de sa vue dès l'annonce de sa paternité comme s'il était irrité contre sa femme. Ma bru se demandait en quoi elle avait démérité pour ne plus même entrevoir son époux. Désireuse de me rendre utile en favorisant la paix du ménage, je demandai aussitôt à Guillaume de me recevoir.

Dès que je fus introduite près de lui, je le devinai dans un de ses moments difficiles. Godefroy, son chambellan, un de mes fidèles, m'en avait dit un mot :

– Monseigneur n'est pas à prendre avec des pinces ! m'avait-il glissé.

Je me confectionnai donc une mine enjouée en l'abordant mais il semblait plus bourru que jamais. À mes félicitations de sa future paternité, il ne répondit pas un mot. Et lorsque je lui indiquai combien serait souhaitable sa présence auprès de Mathilde, même pour de courtes visites, il grogna :

– Je déteste la grossesse. Elle déforme la femme et rebute l'homme.

Je me permis d'insinuer que lui, Guillaume, avait joué un rôle sans doute important dans l'origine de l'état de Mathilde. Et je lui affirmai qu'à coup sûr l'enfant serait un garçon, ce qui aurait dû avoir un heureux effet sur l'humeur du futur père. Il ne se dérida pas pour autant et murmura :

– Laissons cela, mère, j'aviserai.

L'héritier de la couronne du futur roi d'Angleterre vit le jour le lendemain, aux petites heures. Je dois reconnaître du courage à ma bru, capable de passer cette rude nuit sans un cri ni un pleur : il faut pourtant rappeler que moi, j'étais là, lui donnant la main et la guidant de mes conseils, tandis que les stupides matrones nous assommaient de leurs caquetages et de leurs braiments.

C'était un garçon, comme je l'avais prévu. Bien qu'il fût chair de ma chair, je ne le trouvai pas beau : sans être nain, il était de petite taille du fait des jambes qu'il avait courtes – si bien que l'on pouvait se demander si le père était bien le duc Guillaume, lui si parfaitement proportionné. J'évitai de faire part de ces réflexions à Mathilde dont les yeux de mère voyaient l'enfant charmant : la guenon ne trouve-t-elle pas son petit ravissant ? Son visage était fort fripé et les vagissements vigoureux habituels aux nouveau-nés étaient remplacés chez lui par des gémissements plaintifs. Le tenant par les pieds, je le fessai vigoureusement, selon la coutume en usage dans le Bocage et en obtins enfin les hurlements que j'attendais.

– Cessez, ma mère, vous lui faites mal ! s'exclama Mathilde en me voyant pratiquer.

Je me retins de lui répondre que si sa mère avait été là au lieu de se pavaner dans son château de Bruges, nous l'aurions vue à l'œuvre. En son absence, il fallait me faire confiance.

À ce moment, le père de l'enfant passa la tête dans l'entrebâillement de la porte. Son visage revêtit une expression dégoûtée et, au lieu de féliciter et de mignoter sa jeune épouse avec émotion comme ils le font tous, il se contenta de demander à la vue du petit être :

– Vivra-t-il ?

Il ne se serait pas exprimé autrement s'il avait souhaité être tôt débarrassé de sa progéniture. Et je dois dire que, par la suite, Guillaume ne manifesta aucune tendresse et guère d'affection à son aîné. Pourtant, il avait décidé de lui donner le nom de Robert en souvenir de mon époux pour qui il éprouvait l'admiration coutumière des enfants pour un père disparu pendant leur plus jeune âge. Hélas, de cette méconnaissance et de cette hostilité mutuelle devaient naître de grands malheurs pour le royaume d'Angleterre.

Cinquième acte

1

Ma faiblesse est grande, moine, et ma vue ne distingue plus les flamboiements de l'automne de l'embrasement du ciel au couchant. Pourtant mes vieux os profitent encore de la tiédeur des derniers rayons du soleil. Ma confession n'est pas achevée mais, tu le vois, tous mes actes ont été dictés par ma volonté de protéger ceux dont Dieu m'a confié la garde. En disant ces mots, je pense particulièrement à l'infortuné roi Édouard que le Seigneur m'a ordonné de sauver de ses persécuteurs…

Onze ans ! Onze longues années durant lesquelles le souverain a traîné sa triste existence comme un sac trop lourd à porter par un corps débile et souffrant. Je m'étonnais chaque jour d'apprendre qu'il survivait. Et vois-tu comme chacun de nous peut être habité de sentiments contraires ? Je priais pour qu'il reste de longues années parmi nous mais regrettais de voir Guillaume tant attendre la couronne promise…

Les fils de Godwine, paix à son âme scélérate, étaient dépourvus de cette hargne brutale, de cette méchanceté profonde dont témoignait leur père. Sven l'aîné était décédé au cours d'un pèlerinage en Terre sainte entrepris sans doute car il avait à se repentir de quelque vilenie : peut-être avait-il participé au meurtre de son père. Ce fut Harold qui reçut en héritage le comté de Wessex, un territoire recouvrant presque toute l'Angleterre du Centre et du Sud.

J'ai bien connu ce beau seigneur, brillant, habile aux armes et brave dans la bataille, mais faux et dissimulé autant qu'on peut l'être. Il eut le bon esprit de respecter Édouard et de suspendre les mesures humiliantes prises par son père. Et la reine Édith reprit sa place aux côtés du souverain, plus édifiée de sa sainteté qu'admirative de ses capacités d'époux et se repentant de son âcreté comme de sa mauvaise conduite d'antan.

La santé du roi pourtant déclinait. Une nuit, c'était je crois le 30 septembre de cette année 1065, un cri retentit dans le palais :

– Sa Majesté se meurt !

Édouard s'était levé, mais une effroyable douleur lui avait fait perdre connaissance. Il gisait à terre, livide, les yeux exorbités, couvert de sueur, étouffant, la main crispée sur sa gorge. Les médecins accourus parlèrent de fluxion de poitrine et prescrivirent des enveloppements froids, une saignée et la prise de thériaque. Le traitement fut efficace : le malade reprit conscience et la douleur s'atténua puis disparut. Mais il demeurait très faible et son souffle bien court.

Pourtant, trois jours plus tard, il faisait comparaître devant lui Harold, fils de Godwine, le nouveau comte de Wessex. Le souverain avait souhaité donner à cette entrevue une grande solennité : il siégeait sur son trône, le front ceint de la couronne, entouré des officiers et des dignitaires de sa cour. Dans un effort de volonté, il se tenait droit, mais la coloration violacée de son teint et ses paupières gonflées disaient assez à quel point sa santé était chancelante.

Harold s'avança jusqu'à lui et ploya le genou. Le roi ne prononça que quelques mots, mais il le fit d'une voix si faible que seul un petit nombre des assistants put les entendre. Il dit :

– Harold, comte de Wessex, c'est toi que j'ai choisi pour aller informer Guillaume, le duc de Normandie, de ma fin prochaine. Dis-lui qu'il se tienne prêt à ceindre la couronne promise jadis car, dans quelques jours, je ne serai plus…

Il ne put continuer tant il était épuisé. Autour de lui, ce n'étaient que soupirs angoissés et larmes abondantes. Toutefois, point n'était besoin d'éclaircissements : Édouard demandait à Harold d'être son messager en Normandie pour faire admettre au Saxon sa volonté de voir lui succéder au trône d'Angleterre le duc Guillaume et nul autre.

Ces paroles, je ne les ai point entendues mais des témoins dignes de foi me les ont répétées. Pourtant, profitant de l'état du souverain dont seul un murmure sortait des lèvres, le fourbe ne délivra pas le message lorsqu'il fut mis en présence de mon fils.

Le défunt Godwine avait légué à Harold un joli château à Bosham, près de l'île de Wight, sur la côte du Sussex. C'est un petit port où le comte aimait réunir ses amis pour de joyeuses parties de chasse ou de pêche. Il se retira là pendant quelques jours, se distrayant en aimable compagnie et espérant que le décès imminent du roi le délivrerait de cette déplaisante ambassade. Mais l'état du souverain s'améliorant et les messages d'Édouard le pressant d'accomplir sa mission, force lui fut de prendre la mer.

Escorté d'un bon nombre d'amis et de quelques sergents, Harold s'embarqua donc sur l'un de ses vaisseaux à trente rameurs. Habile navigateur, il était assisté de deux pilotes chevronnés. Cependant, le Seigneur voulut le châtier d'avoir tergiversé et de méditer des paroles trompeuses : un fort vent du ponant se leva qui devint tempête comme on en voit souvent en ces époques de grandes marées et le navire, poussé par les éléments, vint s'échouer malgré les efforts de l'équipage sur les bancs de sable de la baie de la Somme.

La marée descendait. Harold commanda d'attendre la haute mer pour décharger le navire qui serait alors désensablé et déséchoué par le flot. Cependant, alors que le soir tombait, une nuée de bateaux à fond plat apparut où était embarquée une armée de soldats. Le comte voulut se faire connaître et parlementer mais rien n'y fit : entravé ainsi que les siens, il fut incarcéré dans la forteresse de Beaurain. Et il lui fut signifié que Guy de Ponthieu le seigneur du lieu, un médiocre sire, un rapace aux doigts crochus, ne le délivrerait qu'après le versement d'une rançon de cent livres d'or.

Heureusement pour lui, l'un de ses compagnons, c'était Wyclif, réussit à s'échapper au milieu de la nuit suivante, à voler un cheval et à courir jusqu'à Rouen où se tenait monseigneur Guillaume. Aussitôt, le duc envoya un message au seigneur de Ponthieu lui intimant l'ordre de libérer les Saxons qu'il viendrait accueillir à la frontière du duché.

Quelques jours plus tard, je fus convoquée par mon fils. Il me demanda, dès que je fus mise en sa présence :

– Avez-vous été informée de la santé du roi Édouard ?

Je restai évasive, évitant de lui révéler que les rapports lui arrivant m'étaient aussitôt transmis par mes gens restés près de lui. Il me rappela donc à sa manière, brève et rude, que le souverain anglais avait eu un grave malaise et se trouvait aux portes de la mort, les messages reçus d'hommes de confiance convergeaient dans ce sens.

– Seul, s'étonna-t-il, ce Harold, le comte de Wessex que j'ai recueilli chez Guy de Ponthieu, vient m'affirmer que le roi ne se porte pas plus mal, qu'il continue à vaquer à ses occupations et vivra encore des années. Quel intérêt a-t-il à mentir ainsi ?

Je l'ignorais. Mais j'étais curieuse de connaître la teneur de la lettre apportée sans doute à Guillaume par le second personnage d'Angleterre. Monseigneur le duc rugit :

– Un message ? Il n'y a point de message ! Installez-vous derrière cette tapisserie, il m'a annoncé sa visite et ne saurait tarder. Vous serez vite fixée.

Assise sur un tabouret dans un recoin, je dus attendre un long moment avant d'entendre annoncer le comte de Wessex. Par un interstice des tentures, je pus voir ce bel homme à qui de longs cheveux blonds et une forte moustache noire donnaient une étrange physionomie. Il s'exprimait dans notre langue avec aisance et sans aucun accent.

Il commença par exprimer à Guillaume sa joie d'aller combattre à ses côtés comme mon fils le lui proposait : il était question d'une expédition contre Conan, le duc de Bretagne et Harold était curieux d'assister à une guerre menée par le duc de Normandie. Un instant, je tremblai de le voir profiter de cette expédition pour frapper Guillaume à l'occasion d'une bataille, mais il avait une rassurante expression d'évidente sincérité et même de bonhomie.

Le duc lui demanda :

– Vous sentez-vous suffisamment remis de votre naufrage pour que nous puissions entrer en campagne dans trois jours ?

Harold se récria : il n'avait guère souffert de cette aventure et se sentait prêt à partir le jour même.

– Pourtant, repartit Guillaume, selon vos dires, vous n'étiez pas équipé pour traverser la mer ! Vous avez durement peiné !

– C'est vrai, répondit l'autre. La partie de pêche dont je vous ai parlé ne devant pas nous entraîner à plus de trois ou quatre milles de la côte, notre barque n'était qu'une frêle embarcation. Lorsque nous avons quitté le port de Bosham, le soleil brillait, le temps était beau et la mer calme. Le vent s'est levé tout à coup, il est devenu vent fort, puis tempête, nous arrachant à la protection de la terre, nous ballottant sans fin et nous drossant enfin au rivage du Ponthieu.

– Ainsi, dans le naufrage, la missive du roi…

– Quelle missive ? Des documents au cours d'une partie de pêche prévue pour durer la journée ? Allons donc !

Guillaume tourna et retourna la question pour s'entendre faire toujours la même réponse. Enfin, il demanda tout à coup :

– Si Sa Majesté ne vous a confié aucun message écrit, sans doute Édouard vous a-t-il demandé de me transmettre oralement ses intentions ou ses volontés ?

Harold éclata d'un rire insouciant :

– Sa Majesté, répondit-il, est occupée par d'importantes affaires. Moi, je dois me contenter de la chasse et de la pêche !

Monseigneur Guillaume entreprit donc de châtier le jeune Conan de Bretagne qui s'était permis de revendiquer la Normandie en contestant à mon fils ses droits à la couronne ducale et en le traitant, comme tant d'autres, de bâtard. Harold l'accompagna dans cette expédition et se montra un compagnon agréable, gai, courageux, capable de sauver des sables mouvants de la baie du Mont-Saint-Michel plusieurs de nos hommes qui s'y enlisaient. Il n'eut cependant pas à faire preuve de courage au combat car le duc Conan rendit la ville de Dol et dut capituler. Magnanime et surtout habile, Guillaume pardonna.

– Eh bien, mon fils, ce Saxon vous a-t-il de nouveau affirmé n'être porteur d'aucun message du roi Édouard ?

J'avais demandé audience à Guillaume dès son retour car l'attitude de ce Harold me souciait. Bien plus, j'étais irritée contre lui et remâchais ma colère pendant des nuits entières : en fait, il était aussi menteur et mauvais homme que l'était Godwine son père. Le traître s'apprêtait, j'en étais sûre, à détourner l'héritage du roi et à frustrer mon fils de la couronne promise.

– Je n'ai pas coutume, mère, de laisser dans l'ombre des questions où mon honneur est en jeu. Dix fois, j'ai demandé à Harold si la véritable cause de son voyage n'était bien qu'une partie de pêche et s'il n'était pas plutôt l'ambassadeur du roi Édouard auprès de moi. Dix fois, il m'a répondu qu'il n'était porteur d'aucun message et que seuls les caprices du vent l'avaient poussé jusqu'à nos rivages. Comme il s'est conduit pendant toute la campagne en bon compagnon et en féal chevalier, j'ai décidé de lui faire confiance et de cesser de l'importuner.

La fureur me suffoqua. Je m'exclamai :

– Lui, un féal chevalier ? Mais il ne l'est point, n'a jamais été adoubé ! D'ailleurs, au pays des Saxons où il n'y a guère de chevaliers, tromperie et faux témoignage sont monnaie courante ! Tous se gaussent de la naïveté des personnes comme le duc de Normandie qui se laissent prendre à leurs grimaces comme alouettes au gluau !

Guillaume fronça les sourcils : il lui déplaisait d'être compté au nombre des naïfs. Je décidai de profiter de mon avantage.

– Comprenez donc, mon fils, qu'on se rit de vous ! Comprenez que, si vous n'agissez pas, vous ne serez jamais roi d'Angleterre, ni d'aucun autre territoire de la chrétienté ! Comprenez enfin que toutes nos souffrances, tous nos efforts pour que soit réalisée la prophétie seront vains et que ce Harold va vous supplanter, vous voler votre couronne comme un vulgaire détrousseur qu'il est !

Je le sentais moins assuré sur ses positions. Il gronda :

– Les femmes n'entendent rien à toutes ces choses malgré leur prétendue sagacité !

Je répliquai :

– Mais vous, votre sagacité ne vous a-t-elle pas amené à vous demander pourquoi avoir embarqué sur un vaisseau de trente rameurs ces amis et ces soldats pour une simple partie de pêche ?

Il ne répondit pas.

– Eh bien, je vais vous le dire, moi. Il ne s'agissait pas d'une promenade en mer mais bien d'une ambassade du roi Édouard. Le souverain a chargé ce Harold de porter un message oral, lui, le second personnage du royaume. Pour quelle raison persiste-t-il à mentir ? Parce que la teneur de cette ambassade lui déplaît. Que peut dire d'autre le roi Édouard à l'article de la mort que : « Toi, duc Guillaume, mon successeur désigné, tiens-toi prêt à ceindre cette couronne qui m'échappe » ? Et qu'y a-t-il de plus pénible pour un grand seigneur que d'avoir à reconnaître devant un autre : « Tu seras roi et pas moi » ?

Guillaume grogna :

– Ainsi, vous pensez qu'à la mort d'Édouard, Harold se fera élire roi par les Saxons contrairement à la volonté clairement formulée du souverain ?

– J'en suis sûre.

Son orgueil de mâle lui rendait pénible d'admettre qu'il se faisait berner. Après un long moment et quelques grondements, il me demanda comment j'envisageais de me débarrasser de l'homme et de sa trahison. Je frémis en imaginant qu'il faisait allusion aux drogues de ma marraine mais, malgré sa rudesse, il était trop fin politique pour préconiser de telles mesures : ce crime commis sous son toit aurait été contraire à l'hospitalité, et surtout, il l'aurait désigné aux yeux de tous comme son auteur. Je pus répondre :

– Proposez-lui de l'adouber, d'en faire un chevalier selon notre coutume. Le devoir de droiture et d'honneur de la chevalerie est tel que, peut-être, il n'osera pas persister dans le mensonge. Que la cérémonie se déroule dans trois jours, fête de saint Michel archange, patron du duché. Mieux : profitez de cette circonstance solennelle pour exiger qu'il prête devant tous le serment de ne pas briguer la couronne d'Angleterre.

Je ne pus m'empêcher de soupirer en ajoutant :

– L'homme, il est vrai, n'en est pas à son premier faux témoignage : il reniera la parole donnée.

– Sauf s'il s'est engagé sur des reliques ! répliqua mon fils maintenant convaincu. Il commettrait alors un crime abominable s'il venait à se parjurer. Mais je pense que, sans en venir à de telles extrémités, si déjà il formule sa promesse en posant la main sur le livre des Écritures, le serment sera assez contraignant.

Devinant le tempérament du Saxon, je ne partageais pas l'opinion de Guillaume. Je lui indiquai qu'à mon avis, un serment sur l'Écriture n'engagerait en rien Harold. Il n'en irait pas de même si on pouvait lui demander de jurer sur de véritables et vénérables reliques. Mais dans ce cas, quelque ruse ne lui permettrait-elle pas de se dérober ? Je suggérai donc à Guillaume les mesures à prendre.

Je me souviens avec émotion de cette célébration de la Saint-Michel. Monseigneur Guillaume avait voulu passer cette fête en son château de Bonneville, tout nouvellement construit. Peut-être, moine, connais-tu cet édifice de pierre aux cinq tours élancées dominant la Touques, calme rivière et, plus loin, la mer. La blancheur de ses murs était soulignée en ce bel automne par la blondeur des frondaisons et les étendards de Normandie y claquaient sous la brise du large.

La cérémonie se déroula pendant la nuit, quand la cloche eut sonné matines. Selon la coutume, Harold était resté agenouillé dans la chapelle depuis le coucher du soleil, censé prier Dieu de le rendre digne d'être adoubé. Rencognée dans l'ombre au fond de l'édifice, je surveillais le traître, me demandant jusqu'où il oserait s'engager. Mathilde, ma bru, demeurait à Rouen avec ses marmots et je ne m'en plaignais pas : elle gardait son attitude arrogante et m'assommait de son épuisant verbiage. Je demeurais donc le plus souvent chez moi, mais Guillaume m'avait demandé d'être présente lors de cet événement capital.

Vers la minuit, le murmure du vent s'était soudain changé en hurlements de tempête. Au sein de la tourmente, je discernais les appels des démons encourageant le Saxon à persister dans le Mal. L'homme ne bougea pas d'un pouce et je le devinais obstiné dans son péché. Les soupirs réguliers du bon Maurille, le successeur de l'indigne Mauger assis dans une stalle près de l'impétrant, montraient d'ailleurs combien il regrettait lui aussi cette persévérance dans la faute.

Aussitôt donc que la cloche eut sonné matines entrèrent dans l'église monseigneur le duc suivi de tout ce que le duché comptait de grands et d'évêques. Guillaume avait souhaité que fussent présents les plus hauts personnages de Normandie dans leurs plus somptueux atours : il importait qu'un jour, de nombreux témoignages puissent éventuellement être réunis. Ses vassaux emplissaient la chapelle. Se trouvaient donc là parmi d'autres mon troisième fils Robert, comte de Mortain, sénéchal de monseigneur le duc, Raoul de Tosny son porte-enseigne, Hugues d'Ivry son échanson, Guillaume de Varenne, Roger de Montbray, Hugues de Grandmesnil, Guillaume Fils-Osbern, Richard comte d'Évreux, ainsi que les prélats crossés et mitrés, outre Maurille archevêque de Rouen, Odon mon second fils, évêque de Bayeux, les évêques de Coutances, d'Avranches et de Sées. Je connaissais beaucoup de ces beaux seigneurs pour les fils ou les descendants des odieux scélérats qui nous avaient tant fait souffrir dans le sang et dans les larmes et que Guillaume avait enfin mis au pas.

Dans la pénombre de la chapelle, à la lueur tremblante de la flamme de quatre cierges, on chanta matines et on entendit la messe. Puis le duc mon fils prononça quelques mots fort bienvenus sur l'obligation de droiture et de franchise à laquelle sont soumis les chevaliers. Harold ne broncha pas. Guillaume alors procéda dans la pénombre à l'adoubement, imposant l'épée et le casque, puis administrant un soufflet dont je regrettai qu'il ne fût pas plus puissant. Enfin les deux hommes s'approchèrent de l'autel où était ouvert le livre des Écritures.

Aurait-il l'audace d'aller au bout de sa démarche ? Soudain, alors, la tempête cessa et les esprits mauvais s'enfuirent au loin sans que je puisse m'expliquer ce prodige. Dans le plus grand silence et sous le regard attentif des saints, des anges du Ciel et des seigneurs présents, le Saxon posa la main sur le livre et osa répéter d'une voix forte les mots que prononçait Guillaume sur son ton le plus grave :

– Moi, Harold fils de Godwine, comte de Wessex, je m'engage et jure de faire tout ce qui est en mon pouvoir…

Il faisait serment de favoriser par tous les moyens dont il disposerait après la mort du roi Édouard l'accession du duc Guillaume de Normandie au trône d'Angleterre ; de remettre à ce seigneur la place forte de Douvres et d'y laisser installer une garnison normande ; de laisser construire par le duc plusieurs autres places fortes en Angleterre et d'en ravitailler les garnisons ; de servir et d'aider par la suite monseigneur Guillaume de Normandie comme son vassal, ce pour quoi il était prêt à lui rendre hommage.

La voix de Harold parut faiblir lors de ce dernier engagement mais il se ressaisit et chacun put entendre de nouveau cette voix vibrante d'une apparente bonne foi. Pour plus de précision, il convenait maintenant que l'hommage fût rendu à Guillaume comme celui d'un vassal à son suzerain. Le duc s'assit donc sur une cathèdre, le comte de Wessex, à genoux, plaça ses mains entre les siennes et répéta la formule consacrée.

Pour moi, à l'évidence, tout cela n'était que farce. J'étais atterrée d'une telle ignominie alors qu'une explosion de vivats saluait la fin de la cérémonie. Les deux seigneurs se relevèrent et se donnèrent l'accolade au milieu des acclamations. Cependant l'archevêque Maurille se dirigea à son tour vers l'autel et s'adressa au Saxon d'une voix grave :

– Tu peux maintenant vénérer ce sur quoi tu t'es engagé, seigneur comte. Vois.

Il écarta la nappe d'autel sous laquelle est aménagée dans la pierre une cavité où se trouvent parfois les restes des saints. Là, sous le livre, avait été placée par mes soins une ampoule d'or pas plus haute que le doigt.

– C'est la Sainte Ampoule de Constantin, continua l'archevêque, elle contient le précieux sang de Notre Seigneur. Il n'est pas dans la chrétienté de relique plus sacrée.

Malgré la foule, je pus apercevoir le visage de Harold, soudain livide. Son expression épouvantée disait combien il était stupéfait d'avoir été ainsi joué. Mais c'était trop tard.

2

Édouard mourut le 6 janvier 1066 et, ce même jour, Harold le parjure se fit couronner roi d'Angleterre dans l'abbaye de Westminster.

De bons esprits ont prétendu qu'en ses derniers instants, le roi aurait désigné le Saxon pour successeur, ce qui est faux. La reine Édith, qui réchauffait les pieds de l'agonisant dans son sein, m'a affirmé plus tard que le souverain l'avait confiée, elle, à son frère Harold, puis qu'il avait déliré quelque temps avant de pousser le dernier soupir. Mais comme l'évêque Stigand lui aussi présent, elle n'a rien entendu pouvant faire penser à un changement dans les volontés du défunt. Certains ont affirmé qu'Édith détestait son frère et encourageait la candidature de Guillaume. Son sentiment aurait influé sur son récit des derniers moments du roi. Pour moi, je tiens Édith pour une honnête femme et je laisse ces calomniateurs à leurs stupides errements.

De même, on a répandu le bruit que le Saxon aurait été élu roi par ce que ces gens-là appellent le *witenagemot*, une espèce d'assemblée de sages venus des quatre coins du pays. J'ai questionné des Anglais : tous répètent qu'une telle assemblée n'a existé que dans les esprits. Ils disent que s'il y a bien eu parfois des réunions de seigneurs consultés sur quelque grave question, ces réunions n'ont jamais eu de pouvoir électif mais tout juste la possibilité d'émettre un avis. Je sais que bon nombre de dignitaires du nord du pays détestaient le fils de Godwine et, s'ils avaient été questionnés, se seraient opposés à son accession au trône. Enfin, je serais heureuse de savoir par quel moyen ces prétendus sages seraient accourus assez vite de tout le pays pour inviter Harold à ceindre la couronne le jour même du décès du roi Édouard !

Non, je le répète, ce Harold s'est fait couronner de son propre chef, contrairement aux volontés du souverain précédent et en violation des serments les plus sacrés.

Mathilde, ma bru, n'avait pas une forte santé et éprouvait parfois le besoin d'aller se soigner chez sa mère, dans les lointaines Flandres, laissant ses petits aux nourrices et aux suivantes. Mais quoi, n'existait-il pas de bons médecins ou de personnes pratiquant la bonne magie hors de Bruges ? Pour mon bonheur, Guillaume exigeait alors que je fusse présente et j'accourais.

Les trois enfants m'accueillaient avec joie, surtout l'aîné, Robert, pour qui je ne pouvais me défendre d'éprouver plus de tendresse encore que pour les autres : très sensible, un peu disgracieux, pourvu de ces jambes trop courtes remarquées dès la naissance, souffrant de l'indifférence de son père, je m'y attachais. Trop peut-être. Mais un jour, ma bru réapparaissait, imbue d'autorité et nimbée de verbiage. Je devais m'effacer.

Ce fut pendant une de ces absences, alors que le duc résidait à Lillebonne, que j'appris la nouvelle de la mort du roi Édouard par mes informateurs. Quelques jours plus tard, curieuse d'en savoir plus, je descendis à la salle d'honneur du château. J'y trouvai monseigneur seul, assis dans sa cathèdre, les pieds au feu, le visage grave. Me composant une expression enjouée comme à l'habitude en ces circonstances, je lui demandai ce qui l'inquiétait.

– Mère, répondit-il, apprenez que le roi Édouard a remis son âme à Dieu il y a huit jours et que le soir même de ce décès, Harold s'est fait couronner roi d'Angleterre à Westminster.

Il me fallait paraître surprise, mais non triompher de voir ma prévision se réaliser.

– Quelle terrible nouvelle ! soupirai-je. Mais d'où vous vient cette expression de dépit ?

– Mon dépit vient de la mort d'Édouard et du tort que m'a fait Harold.

– Eh bien, mon fils, ne vous courroucez pas d'un malheur auquel il existe un remède : si nul ne peut plus rien pour le défunt, vous pouvez réagir au tort que vous a fait Harold. À vous est le bon droit : vous avez de bons chevaliers, entreprenez hardiment, chose bien entreprise est à demi faite.

– C'est l'avis que beaucoup me donnent.

Il me montra une copie du message envoyé au traître quelques jours plus tôt. Le duc rappelait alors à Harold « le serment qu'il avait juré de sa bouche et de sa main sur de bonnes et saintes reliques ».

Il venait de recevoir la réponse : le Saxon ne niait pas d'avoir fait ce serment à Guillaume. Mais il estimait l'avoir fait « se trouvant sous la force » et « avoir promis ce qui ne lui appartenait pas car sa royauté n'était pas à lui et il ne saurait s'en démettre sans l'aveu du pays ».

– J'ai donc convoqué le grand conseil, continua Guillaume, sombre. Tous seront dans cette salle à l'heure de sexte. Et, ajouta-t-il avec un mince sourire, je vous autorise, mère pleine de sagacité, à y assister depuis votre observatoire habituel, derrière une tapisserie.

À l'heure dite, je me trouvai donc à mon poste, prête à tout entendre quoique, à mon grand regret, réduite au silence. Étaient présents autour de la grande table les plus hauts seigneurs et les évêques du duché. Mais le protocole imposé par

Guillaume lors de ces conseils était tel que je faillis m'endormir lors des préliminaires, bercée par la monotonie obligée de la voix des intervenants.

Je fus réveillée par les cris de réprobation jaillissant à l'annonce du parjure du Saxon et par l'enthousiasme des participants à la question posée du débarquement en Angleterre. Lorsque ce bel élan se fut calmé, le vieux Roger de Beaumont, l'un des plus écoutés et des plus sages, demanda la parole :

– Monseigneur, déclara-t-il de sa voix chevrotante, je ne voudrais pas exprimer de doute sur les capacités de vos braves chevaliers et moins encore sur votre talent de stratège. J'attire néanmoins votre attention sur le fait que Harold le parjure se trouve à la tête d'une formidable armée de Saxons et de Danois invaincue et, je le crains, invincible. Informé de vos intentions par ses espions qui sont partout, Harold mobilisera ces légions de redoutables guerriers assistés de tout un petit peuple qui lui est favorable. Ils attendront les nôtres, moins nombreux et moins aguerris, sur les plages de l'Angleterre et les détruiront un à un lors de leur débarquement. Car c'est fort beau de vouloir conquérir une couronne à laquelle on a droit, encore faut-il le pouvoir, j'entends avoir des hommes et des moyens de transport. Hélas, je constate que vous n'avez ni les uns ni les autres.

Seul son grand âge l'autorisait à s'exprimer avec une telle franchise car nul autre ne l'aurait osé. Un silence glacial se posa sur la salle car les plus anciens barons et les moins téméraires, muets jusque-là, pensaient comme Roger.

Guillaume, décidé à balayer tous les obstacles, finit par répliquer qu'il ferait construire par tous les chantiers de Normandie quantité d'embarcations de type *knörr,* à voile carrée et à trente ou quarante rameurs, semblables à ceux dont usaient autrefois les Vikings ses ancêtres. D'ailleurs, il existait encore dans nos ports une flotte créée par le duc Richard le Second son grand-père et utilisée par le duc Robert son père, sans compter les nombreuses embarcations de grande pêche qu'il réquisitionnerait. Aux questions du vieil homme sur l'impossibilité de réunir tous ces bateaux avant l'hiver suivant, il répondit :

– Je me fais fort de concentrer avant l'été à Dives six cents navires prêts à appareiller. Tu me diras que nous manquons de bois pour fabriquer bordages, membrures et mâts. Je te répondrai que les inépuisables forêts du duché en fourniront, car nos charpentiers sont parfaitement capables de travailler le bois vert d'arbres fraîchement abattus. Je demanderai à tous mes vassaux, et d'abord à chacun d'entre vous, de fournir un nombre d'embarcations et de troupes correspondant à l'importance de son apanage. Comprenez-le, vos futures possessions en Angleterre seront proportionnelles à votre engagement. Dès maintenant, que peut promettre chacun d'entre vous ?

Au cours de l'échange vif et prolongé qui s'ensuivit, mon fils Odon, l'évêque de Bayeux, promit cent vaisseaux. Robert, mon autre fils le comte de Mortain, ne voulant pas être de reste, cent vingt. Le plus grand nombre et le vieux Roger lui-même s'engagèrent pour cinquante ou soixante nefs avec cent chevaliers accompagnés de trois ou quatre piétons et de chevaux.

– Es-tu convaincu, maintenant ? demanda mon fils à Roger.

– Presque, monseigneur, soupira le comte. Je comprends que ce Harold aura affaire à forte partie et que sa redoutable armée sera opposée à une troupe nombreuse et vaillante. Mais n'est-il pas possible que le Saxon appelle à la rescousse les amis et les alliés dont il ne manque pas pour nous submerger ?

Je frémis. Depuis le début du conseil je commençais à comprendre le danger représenté par la terrifiante armée des Saxons. Ils étaient innombrables, invincibles. Mon ambition poussait depuis son enfance Guillaume à conquérir cette couronne mais mon amour maternel me criait maintenant de l'empêcher d'affronter un ennemi aussi redoutable.

Je me souvenais de l'horreur de la bataille du Val-ès-Dune,

des visages mutilés, des crânes fracassés, des entrailles répandues et des cris d'agonie. N'étais-je pas coupable de m'obstiner à nantir mon fils d'un royaume si c'était pour devoir un jour chercher son cadavre parmi d'autres dans la boue et le sang ?

Ce fut l'archevêque de Rouen, le bon Maurille, qui représenta à Roger la nécessité de s'assurer des princes de la chrétienté si l'on voulait isoler le Saxon. Lui, se faisait fort d'obtenir l'approbation du pape Alexandre, toujours enclin à punir le parjure : il enverrait à Rome un certain Gislebert, clerc de Lisieux à l'habileté éprouvée. Le Saint Père, pour qui monseigneur le duc était le modèle du prince chrétien, convaincrait rois et ducs du bon droit de Guillaume, il enverrait un signe marquant son approbation de la conquête.

Certains parlèrent alors de la participation de seigneurs bretons dont le duc Conan était maintenant dans les meilleurs termes avec Guillaume. Les Flamands du comte Baudouin, le beau-père du duc, viendraient. À défaut des Français dont le roi Philippe était encore enfant, il serait possible de faire participer à l'expédition les chevaliers de l'empereur d'Allemagne, hostile aux Saxons. Le roi du Danemark enverrait des troupes.

– Il n'est pas jusqu'à Tosti, le frère détesté de ce Harold, expliqua Guillaume, qui n'ait décidé de se joindre à nous pour combattre son aîné. Je viens de recevoir son message, il est à la cour des Flandres et doit me rendre visite. Êtes-vous convaincus ?

Chacun approuvant le dessein de monseigneur le duc, Guillaume pouvait se lancer à la conquête de la couronne d'Angleterre. Moi, derrière la tapisserie je pleurais d'angoisse et de remords en regrettant ma funeste obstination.

Le soir venu, semblant sortir de mes appartements, je me heurtai à Roger de Beaumont, le conseiller qui avait osé tenir tête à Guillaume. Je le questionnai sur l'armée des Saxons et je compris vite qu'il était à la fois bien renseigné et fort inquiet de voir mon fils s'engager dans cette aventure. Pour lui, il n'était pas dans la chrétienté de troupes plus nombreuses, mieux armées et plus féroces que celles de Harold. Nul ne pourrait leur résister et elles écraseraient les Normands.

Partout, on avait ouvert des chantiers, on abattait, on débitait, on assemblait sous la surveillance des maîtres charpentiers. Moi, je pleurais en assistant aux préparatifs de la campagne : combien de ces jeunes hommes pleins d'entrain et de courage reviendraient sur la terre normande ?

Il fallait faire vite : on comptait trois mois pour lancer un navire et l'équiper alors qu'un travail de six mois représentait le temps habituel. Déjà, la flotte de *knörr* à quinze ou vingt paires de rames, à la proue et à la poupe relevées, à la voile carrée carguée, se réunissait dans le large estuaire de la Dives. Et puis arrivaient là chevaliers et piétons de tous pays et de toutes langues : les souverains de la chrétienté avaient accepté de joindre leurs troupes à celle du duc de Normandie pour aller châtier le parjure. Commençaient à s'accumuler aussi les sacs de blé et d'avoine, les tonneaux de vin, la viande salée, le poisson séché, tout le nécessaire pour nourrir cette armée. Mais je savais que, de l'autre côté de la mer, les préparatifs de Harold étaient au moins aussi avancés : il avait déjà réuni ses innombrables *houscarles*, les bûcherons de la mort à l'immense hache, et tout un peuple se groupait sur le rivage pour en interdire l'accès aux Normands.

Fin avril et pendant près d'une semaine, une étrange étoile chevelue se déplaça dans le ciel. Pour beaucoup, elle indiquait la direction du septentrion où se dirigerait la flotte, c'était l'étoile ayant indiqué aux Mages leur chemin. Pour moi au contraire, c'était un présage funeste n'indiquant que ruine et trépas : n'est-il pas dit dans l'Écriture qu'aux derniers temps les étoiles tomberont du ciel ? Du haut des remparts du château de Falaise, je la contemplais avec amertume lorsque me furent annoncés monseigneur Guillaume et son escorte.

Stupéfaite de le voir arriver ainsi en dépit d'obligations si nombreuses, je le reçus dans la cour d'honneur. Je l'avais rarement vu d'humeur si aimable et si gaie. Je me trouvais seule au logis, Herluin étant en visite chez nos métayers et nos enfants vivant maintenant chez eux. Il me demanda de lui faire servir à souper dans ma chambre, il mourait de faim. Et là, près du feu car les soirées étaient encore fraîches, il m'apprit une étonnante nouvelle.

Dévorant la soupe aux choux et aux fèves, puis le saumon et le gigot vite sortis du saloir, il commença par s'étonner des me rencontrer si rarement à Bonneville. Il me trouvait triste mine. Je répondis que les larmes font rarement un visage aimable.

– Pourquoi ces pleurs, mère ? N'avez-vous pas l'époux et les enfants les meilleurs dont vous puissiez rêver ?

Un sanglot me prit à la gorge :

– Qu'importe, soupirai-je, si la hache de ces bûcherons saxons doit abattre mes trois fils, le meilleur de moi-même ? Si les tueurs de Harold vous égorgent, vous Guillaume, Odon et Robert ? Si, rejetés à la mer, vous devez être privés même d'une sépulture où je puisse me recueillir ? Alors, disent les bonnes gens, il ne me restera que mes larmes pour pleurer.

Il posa sa main sur la mienne avec une tendresse rare chez lui.

– Ne vous morfondez pas dans d'aussi lugubres pensées et soyez persuadée que nous sommes assurés de la victoire. D'abord parce que, sur le *Mora*, le vaisseau dont m'a fait don Mathilde votre bru, nous serons protégés par toutes les saintes reliques qu'il vous plaira d'y installer. Il n'est pas jusqu'au Saint Père qui n'ait envoyé une bannière pontificale et même une bague dans laquelle est enchâssée une dent de saint Pierre ! Cela ne vous suffit-il pas ?

J'avais une grande foi dans les reliques, mais que pourraient-elles si Guillaume allait affronter les légions de l'Enfer ?

– Eh, ma mère, notre combat n'est-il pas juste et messire Dieu ne doit-il pas nous faire triompher ? Je me souviens de vos doutes avant la bataille du Val : vous voyez qu'Il a horreur du parjure, du mensonge et se trouve de notre côté, celui du bon droit !

Je ne doutais pas de la légitimité de son combat mais ses frères et lui pourraient fort bien périr alors que leurs troupes vaincraient, triste sort de nombreux capitaines. Il se mit à rire :

– Mes frères et moi aurons toutes les prudences soyez-en persuadée, et, d'ailleurs, nos alliés sont si nombreux que nous sommes sûrs de l'emporter, vous dis-je. Voyez, arrivent de tous côtés chevaliers et piétons décidés à se joindre à nous. Il n'est pas jusqu'à…

Par jeu, il entreprit alors de ronger l'os du gigot, semblant tout occupé à cette besogne tandis que je me morfondais dans la quête d'un peu de réconfort. Enfin, il parla.

Sans insister sur sa volonté de devenir roi d'Angleterre, il avait appelé à se joindre à lui dans ce combat pour châtier le parjure tous les princes de la chrétienté, même les plus lointains tels ceux de Kiev ou de Palerme. Nul ne restait indifférent, tous réprouvaient un acte aussi odieux : certains envoyaient des troupes, mais d'autres arguaient de leur éloignement ou de difficultés momentanées pour s'excuser. La réponse la plus étonnante lui était parvenue la veille du roi de Norvège, un certain Harald Hardrada, ce qui signifie, rappelait-il, Harald l'Impitoyable, un guerrier redoutable au passé prestigieux.

– Peut-être vous souvenez-vous de lui, fit Guillaume en ne me quittant pas des yeux. Mon père racontait que ce géant, cet ours, encore adolescent, se trouvait au château de Falaise lors de votre présentation à sa famille.

Il en savait plus qu'il ne voulait l'avouer alors que je n'avais dit mot de notre aventure à Byzance. Moi, stupéfaite, j'étais bouleversée d'une réapparition si soudaine de Harald.

– Ainsi, il va venir se joindre à vous ? trouvai-je la force de demander. Commandera-t-il lui-même ses troupes ?

– Non, vous n'aurez pas le plaisir de le revoir, expliqua Guillaume qui s'amusait. Il se présente en compétiteur, en prétendant lui aussi à la couronne d'Angleterre : il tire argument d'une parenté avec les anciens rois du pays. Et d'un cousinage avec la famille régnant aux îles Orcades. Il dit avoir rassemblé une immense flotte bientôt prête à envahir l'Angleterre pour faire valoir ses droits.

Il conclut en riant franchement :

– Mais sans doute est-il possible de s'entendre avec lui : c'est je crois un homme ouvert et qui apprécie fort notre famille.

Sérieux maintenant, il m'expliqua comment l'important était de favoriser le débarquement rapide du roi Harald, associé à toutes les troupes qu'il pourrait recruter en Écosse ou dans le nord de l'Angleterre : le fait d'attirer vers lui l'armée des Saxons permettrait aux forces de Normandie de s'installer durablement dans le pays et, peut-être, d'y pénétrer davantage. Il était question de prendre pied dans l'île de Wight, mais ceci ne serait possible que si les troupes anglaises étaient occupées ailleurs.

Tandis qu'il parlait, une folle espérance germait en moi : Harald ne pourrait-il pas attirer sur lui la fureur des Saxons ? Puisque mes fils étaient si déterminés à se battre, n'avais-je pas, moi, la possibilité de détourner d'eux le danger ?

– J'ai donc décidé, conclut Guillaume, d'envoyer près du roi de Norvège une mission dirigée par Guillaume Malet, le seigneur de Graville, un fin renard. Il voyagera comme les envoyés du roi Harald, sur un de ces *tolforingers,* ces coureurs des mers, embarcations rapides à douze rameurs et à forte voilure. Il lui faudra sans doute parlementer avec ce souverain pour obtenir un second front, le convaincre, surtout, de débarquer le premier : qu'il soit vainqueur ou non, je n'aurai plus ensuite à affronter qu'une armée saxonne diminuée.

Je questionnai Guillaume sur les modalités d'un accord éventuel : j'avais entendu dire que Harald avait partagé sa couronne pendant quelque temps avec Magnus, son prédécesseur : fallait-il envisager la même mesure ? Ou bien proposer au Norvégien une division du pays conquis sans toutefois s'engager trop, pour pouvoir contester le moment venu ?

– Tout dépendra du négociateur, me fut-il répondu. Mes instructions à Malet sont claires : je ne veux aucun accord formel, mais j'entends que le roi Harald s'oppose à l'armée des Saxons par le nord avant que je ne l'attaque par le midi.

C'était bien ainsi que je voyais la situation. Et, sans avoir eu le temps de réfléchir, je m'entendis dire à mon fils :

– Je suis sûre que nul mieux que moi ne saura défendre nos intérêts dans la négociation avec Harald, le roi de Norvège.

3

Il nous fallut douze jours pour atteindre la Norvège. Pourtant, Simon le patron, fort habile à louvoyer selon la brise, avait décidé de voyager de nuit comme de jour dès que l'état de la mer l'autoriserait. Et puis, le *Ouistreham* était un fin voilier à douze rames taillé pour courir sur la lame et servi par des matelots aguerris. Enfin, l'étendard de Normandie désignant la haute qualité de l'ambassadeur nous ouvrait tous les mouillages où nous abriter par gros temps. Mais le navire me semblait se traîner. Sans lui donner de précisions, je fis souvent part à ce Simon de l'urgence de ma démarche mais, en bon Honfleurais, il se contentait de cracher par-dessus bord sans plus de réponse.

– À votre âge, mère, vous n'y pensez pas ! s'était exclamé Guillaume à l'annonce de ma décision. Les vieilles personnes ne doivent pas entreprendre de tels voyages !

Je l'avais remercié du qualificatif, mais loin de demander à être pardonné il n'avait fait que rire de son insolence. Âgée de cinquante-six printemps, vieille je l'étais, mais encore opiniâtre. Décidée à aller rendre visite à Harald pour le bien de mon fils et du duché, j'irais. Et j'y fus.

J'y fus, mais je peux te le dire, moine, je m'en suis souvent repentie en secret. Protégée des intempéries par une légère toile tendue à l'arrière, ballottée d'un bord à l'autre dès l'apparition d'un peu de houle au grand dam de mon dos douloureux, nourrie de pain rassis, de poisson séché et d'eau croupie, j'ai passé là de mauvais moments. Par bonheur, Guillaume Malet, le sire de Graville qui m'avait été adjoint, était un agréable compagnon. Vif et gai, petit, chauve malgré son jeune âge, il était pourvu d'une bouche toujours fendue d'un large sourire. Pratiquant les différents idiomes dont est constituée la langue franque, il connaissait aussi le saxon et les parlers propres aux peuples du Nord.

– Mangez, dame ! avait-il coutume de répéter en me voyant chipoter sur ma triste pitance. Si vous ne mangez pas de poisson, ce sont les poissons qui vous mangeront !

Il ne m'avait pas posé de questions sur les raisons de mon embarquement et j'avoue que je n'aurais pas su quoi lui répondre s'il m'avait interrogée, sinon que nul n'était aussi acharné que moi à réussir. Mais mon aventure byzantine était plus connue que je ne l'imaginais d'où sans doute la rapidité de monseigneur le duc à accepter de me confier la mission. Et Malet s'était contenté sans protester de sa qualité de second.

– Sarpsborg ! s'exclama Simon, installé à l'aviron de poupe. Le château de saint Olav !

La brise nous poussait depuis l'aube au long d'une côte escarpée, haute muraille ouvrée, sculptée par la mer et son auxiliaire le vent. Dominant une crique du haut d'un petit promontoire, un fort château constituait la limite du royaume de Norvège. Simon nous apprit qu'il avait été édifié par le propre frère du roi Harald, Olav, tué alors qu'il venait d'implanter le christianisme dans le pays et qu'il était la clef, l'entrée d'une baie étroite, profonde de près de quarante milles. L'officier de port qui monta à bord nous confirma que la ville d'Oslo, capitale édifiée par le roi Harald lui même autour de son château, se trouvait au fond de ce *fjord :* il y envoyait à l'instant un message pour prévenir de l'arrivée de l'ambassadrice extraordinaire du duc de Normandie.

Toute la journée, nous voguâmes par beau temps entre deux parois rocheuses plus ou moins élevées et parfois fort resserrées. Des ronces et toutes sortes de plantes rampaient, grimpaient, escaladaient ces falaises. Parfois, celles-ci s'écartaient pour former un golfe ou même une véritable mer intérieure parsemée d'îles. En haut de ces rochers ou de ces collines, des forêts d'épineux alternaient avec des pâturages ou paissaient vaches et bœufs en quantité. L'air était si doux et tiède que j'imaginais difficilement ce pays figé dans les glaces de l'hiver. Nous croisâmes quelques nefs de commerce mais aucune escorte ne nous fut fournie.

– Ohé, du navire ! criait Simon à la poupe de notre embarcation.

Il n'obtenait jamais de réponse.

Nous avons accosté dans la soirée à un quai situé sur la rive gauche de l'Akerselva. Sur les deux berges de cette rivière se développe la nouvelle capitale de la Norvège, petite ville encore où des maisons de bois se serrent autour de la colline et du château de pierre du roi Harald. Une vingtaine d'autres navires nous entouraient mais nous fûmes frappés du peu d'animation de la cité et intrigués par l'absence de tout accueil. À nos questions, un des marins du port répondit qu'à sa connaissance le roi et les siens étaient absents.

– Eh quoi, grognait Malet, reçoit-on si souvent dans ce pays des ambassades conduites par la mère du plus puissant seigneur de la chrétienté ? Si le roi n'est pas là, qui le remplace ?

– Je crains qu'il ne s'agisse pas d'indifférence mais d'hostilité, ne pus-je m'empêcher de murmurer.

Je décidai qu'on passerait une nuit de plus à bord.

Le lendemain matin, Malet s'en fut sur ma demande se renseigner en ville. Fort mécontente, il me fallut attendre le milieu du jour pour voir se manifester les autorités. Enfin, quand sonna l'heure de sexte au clocher de la cathédrale, une église de bois voisine formée de deux coques retournées et juxtaposées, apparut un détachement de soldats maillés de fer. Le jeune gradé qui les commandait, un colosse blond comme ils le sont tous, fit arrêter son unité devant mon navire puis, les mains sur les hanches, entreprit dans sa langue à notre intention une harangue apparemment peu courtoise.

Mon sang ne fit qu'un tour. Ambassadrice méritant d'être dignement reçue, j'avais revêtu le matin une tenue correspondant à ma fonction : cotte de velours écarlate à larges manches, ceinture de filigrane d'or, manteau de soie blanche, voile noir brodé d'argent, collier d'émeraudes. Escaladant la passerelle, je bondis sur le quai et lui fis face. Je m'écriai :

– Suis-je donc ici au pays des Barbares mangeurs d'hommes que l'ambassadrice du duc de Normandie soit accueillie par un morveux encore aux langes et une bande de vauriens ?

L'algarade me soulagea, il la reçut en plein visage sans sourciller. Il n'en comprenait mot. Elle dura un moment car, comme disent les bonnes gens, je n'ai pas la langue dans ma poche. Il me dominait de la tête mais je lui pris alors le bras, lui fis faire demi-tour et lui montrai du doigt le château tout proche. Je m'exclamai :

– En route !

Il s'exécuta, hurla un ordre à l'escorte qui m'encadra et c'est ainsi que je fis mon entrée au château royal d'Oslo. Là, mon guide me fit entrer dans une petite pièce nue, aux fenêtres étroites, où se trouvait un banc. Il m'y enferma et j'y passai la journée, grondant et marmonnant de fureur, cognant la porte de toutes mes forces et intimant à chaque instant l'ordre qu'on vienne me libérer. Enfin, on vint : c'était un soldat effaré, mais musclé, qui me repoussa brutalement et referma cette maudite porte.

À la nuit tombante, elle s'ouvrit enfin. Entouré des inévitables soldats, un homme se trouvait là, tout vêtu de noir et portant un chaperon écarlate. Il était jeune et souriait d'un air affable dans sa courte barbe. Au jaillissement de mes invectives, il opposa un geste apaisant :

– Pardonnez un accueil si discourtois, dame, dit-il dans ma langue avec un fort accent. C'est qu'un malentendu s'est produit : nous ignorions la présence de l'ambassadrice de monseigneur le duc de Normandie dans notre pays. Mon nom est Eysteinn et je suis le frère de la reine Þora. Si vous voulez bien me suivre, j'ai fait préparer quelques rafraîchissements.

Il paraissait homme de bonne volonté. Ravalant ma colère, je refusai son rafraîchissement et demandai à voir d'abord le roi Harald pour lui remettre le message de mon fils le duc Guillaume.

– Hélas, dame, le roi a accompli un voyage dans le nord de notre pays et y est tombé malade, soupira l'homme. Il souhaiterait regagner son palais au plus vite mais sa maladie le cloue au lit.

– Qu'importe ! m'exclamai-je, qu'on me conduise auprès de lui où qu'il se trouve, ce message est de la plus haute importance.

Eysteinn poussa une sorte de gloussement compatissant :

– Par malheur, les communications sont très difficiles avec ces régions, surtout du fait de la fonte des neiges. Je me refuse à vous voir vous y aventurer. En revanche, certains courriers habiles peuvent passer et si vous vouliez bien me confier la missive venant de monseigneur le duc, il serait possible de tenter de l'acheminer jusqu'au roi.

Sa voix douce, son aspect papelard et cette étrange façon de s'exprimer en se rengorgeant comme une poule satisfaite de son œuf ne m'inspiraient guère confiance. J'appris d'ailleurs par la suite qu'il avait pour surnom « Coq de Bruyère » du fait des vêtements noirs et écarlates qu'il affectionnait et des gloussements imitant ceux de cet animal dont il parsemait sa conversation. Je lui signifiai sèchement que message et messagère ne faisaient qu'un et que celle-ci ne remettrait celui-là qu'au roi en personne.

– Dame, j'en suis bien fâché, s'exclama Eysteinn, mais dans ce cas, je ne puis rien pour vous.

Je protestai :

– Le message n'est pas tout ! Monseigneur Guillaume m'a donné les pleins pouvoirs pour discuter de votre débarquement sur les côtes d'Angleterre. En l'absence du roi, l'un de ses conseillers ou de ses ministres peut-il être mon interlocuteur ?

– C'est impossible, répondit-il sèchement, car les opérations militaires appartiennent au domaine royal et personne ne se permettrait de se substituer au roi pour traiter de ces sujets. Dame, je vous salue.

Il donna un ordre bref puis me tourna le dos. Un gradé s'approcha alors de moi et articula :

– Je vais te reconduire au bateau.

J'étais outrée de cette entorse à l'hospitalité la plus élémentaire et de l'odieuse attitude de ce personnage, mais intriguée de ce que celle-ci cachait. Je ne croyais pas un instant à la prétendue maladie du roi Harald mais quel jeu jouait donc ce Coq de Bruyère ? Quelle chanson signifiaient ses gloussements ? Maintiendrait-on le roi captif ?

Je devais passer une nouvelle nuit à bord.

Dès le début de la matinée du lendemain, un message me fut apporté du château. Il émanait de la reine et était rédigé dans un latin que je déchiffrais. Pora déplorait l'incident de la veille dû, écrivait-elle, à la bêtise, *stultitia*, de son frère. Elle avait reçu des nouvelles, *litteras,* du roi son époux dont la santé s'améliorait. Elle m'invitait à venir au palais, *ad castellum*, dès l'heure de tierce : alors, il me serait possible de parler de ma mission.

À l'heure dite, la section de militaires obtus que je connaissais vint me chercher. Portant toujours la lettre de Guillaume dans un étui attaché à ma ceinture et bien décidée cette fois à m'imposer sur un terrain mieux connu, je suivis mon guide. Un escalier partant de la salle des gardes permettait de descendre jusqu'au sous-sol, duquel me parvenaient des bruits de lames entrechoquées. Dans une grande salle voûtée éclairée de torches, une femme faisait des armes.

Vêtue d'une tunique courte noire dont dépassaient des braies rouges revêtant de monstrueuses cuisses, Pora était une géante obèse dont les masses graisseuses masquaient à peine la terrifiante musculature. Sa longue chevelure blonde flottait de droite et de gauche selon ses mouvements tandis qu'elle maniait en ahanant une lourde épée à deux mains. Et son partenaire, un robuste garde bardé de fer, avait bien du mal à parer sans les rendre les coups qui cabossaient son armure.

Il me sembla percevoir chez lui un regard de reconnaissance alors que je m'avançais. Pora se retourna, s'essuya le front d'un revers de main, arbora sur son visage simiesque une espèce de hideux sourire et m'apostropha rudement dans une langue qui me parut être du latin. Je ne comprenais pas. Je m'inclinai devant la Majesté ruisselante et attendis : elle était reine, mais moi l'ambassadrice d'un duc. Elle répéta sa question en haussant le ton comme si j'étais sourde. Peine perdue.

– Sa Majesté demande si chez toi, ma fille, la coutume ne veut pas qu'on se prosterne devant les reines, fit une voix résonnant derrière moi.

Un évêque dont la calotte violette couvrait une chevelure noire et bouclée descendait l'escalier. Lui, était petit et nanti d'un long nez pointu traduisant l'esprit aigu et curieux d'une belette. Il dit :

– Non, n'est-ce pas ? Mais à chaque pays ses mœurs. Ainsi, notre reine croit que dans la chrétienté, chacun parle le latin, langue que je lui ai apprise : je lui expliquerai que certaines personnes incultes ne le comprennent pas. Je suis Éric Svenson, archevêque d'Oslo, primat de Norvège.

S'avançant vers moi, il me tendit son anneau à baiser et, bien que supportant mal ces insolences, je dus me plier à cette formalité. La reine s'essuyait les bras, les aisselles, le dos en poussant de sourds grognements. Elle saisit une cruche de grès posée là et but deux ou trois rasades. Puis, de sa voix forte, elle m'adressa sur un ton autoritaire un discours auquel je ne compris rien.

Moi aussi, je sais parler pour être entendue. Dès qu'elle eut fini, j'avançai vers elle et commençai à mon tour une harangue en espérant une traduction de l'évêque. Je dus m'interrompre devant l'expression de colère sauvage apparue sur le visage de Pora. L'évêque prononça quelques mots qui parurent la calmer. Elle haussa les épaules puis retourna à son assaut.

Je voulus reprendre, mais Svenson éleva la voix :

– Non, ne parle pas, tu mets ta vie en danger. La reine Pora te disait que tu n'étais pas la bienvenue ici et t'invitait à retourner vers les tiens. Elle méprise les Normands, les estime tous pour des êtres dégénérés et les invite à s'occuper de leurs vaches au lieu de faire la guerre. Quand elle sera reine d'Angleterre, a-t-elle dit, elle n'aura de cesse qu'elle et le roi à la tête de leurs armées débarquent sur le continent pour vous exterminer et annexer votre pays. Elle a dit encore un certain nombre de choses peu agréables à entendre pour toi et les tiens. Mais viens, maintenant, et retire-toi sans lui tourner le dos si tu ne souhaites pas un coup de son épée sur la nuque…

Je ne pouvais faire autrement. Mais, arrivée à l'escalier, j'entendis la voix de la reine hurler encore ce qui devait être une question. Elle tenait alors son arme la pointe posée sur le sol et me regardait fixement. L'évêque lui répondit d'un ton sévère. Elle insista. Svenson me dit :

– J'ai honte de te traduire le propos de la reine mais elle l'exige. Elle te demande textuellement : « Mais toi, la putain de Harald, as-tu réussi à le faire jouir ? » Pardonne-moi et, s'il te plaît, ne réponds pas.

Je me glissai dans l'escalier pendant que l'évêque parlementait. Sanglotant d'avoir été ainsi insultée, malheureuse de constater que nul n'ignorait mon aventure à Byzance, j'étais désespérée de voir mon ambassade échouer. À l'évêque Svenson réapparu, je glissai que la lettre reçue de cette femme le matin même m'avait semblé pacifique.

– Certes, dit-il, elle l'était… puisque j'en suis l'auteur. J'ai pensé que tu ne te déplacerais pas si le message ne venait pas de la reine. Car, sache-le, j'ai autorité pour débattre des questions de politique étrangère et recevoir les ambassadeurs. D'ailleurs, si tu le veux bien, nous allons parler. Je souhaitais aussi effacer la mauvaise impression que t'a donnée la journée d'hier avec les gloussements de Coq de Bruyère…

Il prit une expression dépitée et conclut :

– Je crains de ne pas avoir réussi.

Il m'invita à le suivre dans un cabinet où attendait un secrétaire, la plume à la main et l'écritoire prête, ainsi qu'un superbe lévrier qui vint lécher la main de son maître. L'endroit était sombre, son unique fenêtre étant fort étroite et l'on n'y voyait goutte. Deux candélabres de douze bougies furent apportés Nous prîmes place sur deux sièges, face à face. Souhaitant m'apaiser, l'évêque parlait d'une voix douce.

– Pora, disait-il, n'est pas une mauvaise femme mais elle est violente et boit trop. Elle exerce une mauvaise influence sur Olav Kyrri et Magnus ses fils, des adolescents qui ne rêvent que bataille et carnage et, à leur âge, consomment déjà trop de vin eux aussi.

Il parla du temps clément qui durait, évoquant le rude climat d'autrefois, le climat des aïeux : alors la glace persistait jusqu'au mois de mai et le soleil demeurait caché par une brume froide pendant tout l'été. On ignorait les causes de ce radoucissement.

J'avais retrouvé mon calme et lui demandai si les nouvelles du roi Harald étaient meilleures.

– Elle le sont, estima l'évêque. Mais de là à ce qu'il puisse revenir dans sa capitale, il y a loin. À ce propos, garde ta lettre de créance, tu auras peut-être l'occasion de la lui remettre. Mais il n'est pas question pour toi d'aller dans ces régions hostiles où la route s'est encore effondrée, à cinq cents milles d'ici. Maintenant, parlons de notre affaire.

J'expliquai brièvement les intentions de Guillaume. Il étendit la main, ferma les yeux et fronça les sourcils comme pour mieux comprendre. Puis il reprit :

– Voyons : le duc ton maître…

J'étais la mère du duc de Normandie, il n'était pas mon maître. L'évêque affecta de prendre un ton déférent :

– J'ignorais que du sang noble coulât dans tes veines. Ce Guillaume donc, bien que vassal du roi de France, proposerait à notre roi Harald de se joindre à lui pour effectuer sous ses ordres le débarquement en Angleterre ? Curieuse idée, mais pourquoi non, s'il a l'accord de son suzerain ! Combien de vaisseaux et d'hommes fournirait-il au roi de Norvège ?

Il m'avait mal comprise. Je repris mes explications mais plus le temps passait, plus il était évident que ce Svenson ne voulait rien entendre de ce que je lui disais. Il se jouait de moi, fronçant les sourcils comme à l'énoncé d'un problème difficile. Enfin, n'y tenant plus, je lui pris le poignet et m'écriai :

– Ne fais point le sot plus que tu l'es, évêque, tu l'es déjà assez !

Entendant cette invective courante dans nos campagnes, le secrétaire laissa tomber sa plume, le chien aboya, la garde accourut et Svenson pâlit. Il dégagea sa main et s'écria :

– En fait, ce Guillaume de Normandie entend s'emparer de la petite île de Wight ? Que ne le disais-tu plus tôt ? Qu'il le fasse vite pendant que notre roi achève ses préparatifs. Lorsque le roi Harald aura conquis l'Angleterre, dont la couronne lui revient, ton fils lui rendra hommage pour cet îlot. Point n'est besoin pour toi de voir notre souverain pour lui demander son autorisation !

Persuadée de la nécessité d'une entente, je réussis à me contraindre au calme. Je commençai par lui demander de bien vouloir m'expliquer quels étaient les droits du roi Harald à la couronne d'Angleterre.

– Ma fille, commença-t-il en arrangeant sa calotte, tout vient de la promesse de Knut, du reniement de Harthaknut son fils, mais aussi de la descendance de Sven à la Barbe fourchue…

Je n'y entendais rien et lui demandai de recommencer, ce qu'il fit de bonne grâce. Ses explications embrouillées et mes demandes d'éclaircissement durèrent jusqu'au soir. Les bougies ayant fondu, nous nous séparâmes en nous promettant de nous revoir le lendemain pour essayer de parvenir à un accord. Et je retournai à bord.

Lorsque je me présentai au château au matin du troisième jour, j'étais profondément abattue. Je frissonnais. On me fit grâce cette fois de la reine Pora et le petit évêque me reçut dans la même pièce obscure. Il tenta pour commencer de résumer notre entretien précédent. Remarquant mon état, il semblait désireux de progresser sur le chemin de l'entente. Je lui déclarai alors qu'après une nuit de réflexion et de fièvre, j'étais prête à signer un document au nom de monseigneur le duc dans les termes qu'il avait envisagés la veille pourvu qu'on en finisse. Et je lui indiquai ma volonté de rentrer dans le duché au plus vite, ma santé s'étant soudain dégradée.

Le sot ne me proposa pas de me faire examiner et soigner par ses médecins mais, profitant de l'occasion, il me lut bien vite un texte inepte dont il s'engagea à faire rédiger cinq copies qu'il m'enverrait dans la soirée pour signature. Je lui demandai sa bénédiction et me retirai, le souffle court et marchant avec peine.

À peine étais-je remontée à bord que Simon donna le signal du départ. L'ancre fut levée et, dans le battement des avirons et le cri des mouettes, les maisonnettes de bois de la ville d'Oslo disparurent de notre vue. Les vents étant portants, la toile fut hissée et nous nous engageâmes à bonne vitesse dans le fjord en direction du sud.

Je savais que plus d'un, au château royal, se frottait les mains de s'être ainsi débarrassé d'une négociatrice tenace mais de santé fragile. Mais j'éprouvais moi aussi une certaine satisfaction de mon stratagème.

– Ne vous réjouissez pas trop vite, dame, s'exclama Guillaume Malet. Comme je l'ai appris et vous l'ai répété cette nuit, le roi Harald se trouve dans l'archipel de Solundar où il réunit et inspecte sa flotte. Nous y serons demain, si Dieu le veut. Mais ne risquons-nous pas d'être interceptés en route ? Et puis, pourrez-vous l'approcher ? Obtiendrez-vous de lui ce que ces mauvais fous vous ont refusé ?

C'était mon affaire : avec Harald, je saurais m'y prendre.

Malet avait surgi sur notre navire au milieu de la nuit. Depuis notre arrivée, il s'était traîné de taverne en bouge et n'avait pas vu la lumière du jour. Cependant, il s'était renseigné : l'aspect désertique de la ville était dû à la concentration des navires et des soldats dans cet archipel de Solundar, sur la côte ouest de la Norvège ; le roi Harald s'y trouvait, entouré de ses conseillers et de ses capitaines ; il surveillait la construction et l'armement des navires destinés à compléter sa flotte et recevait là le ralliement de nombreux seigneurs.

Je signifiai à mon adjoint qu'il avait mieux servi notre cause qu'en vainquant l'ennemi sur un champ de bataille et je lui expliquai mon aventure.

– Ce que je ne comprends pas, dame, dit-il après m'avoir entendue, c'est l'hostilité des hauts personnages rencontrés par vous en ce château d'Oslo. Ainsi, ils ont cherché à vous berner au point d'inventer cette fable de la maladie du roi ! Car il faut bien parler d'hostilité, plus ou moins déguisée en affabilité. Que diable, l'alliance du duc de Normandie et l'ambassade de sa mère ne sont pas choses à dédaigner !

Les manières de la reine Þora n'avaient rien d'affable mais je n'en avais pas fait état. J'expliquai à Malet que, pour moi, ces gens-là voyaient déjà leur souverain Harald couronné roi d'Angleterre et rejetaient toute alliance de crainte de devoir un jour partager le butin. J'avais entrevu la reine, géante obèse et acariâtre, et je n'en dis pas plus car peu de personnes de bon sens aiment faire le récit de leur humiliation. Malet d'ailleurs s'en contenta.

Nous dûmes naviguer longtemps plein sud afin de nous assurer de ne pas être poursuivis. Puis, virant de bord et louvoyant tout en nous aidant des avirons, nous longeâmes la côte occidentale de la Norvège. Là, l'activité était grande et l'on côtoyait la grosse nef de commerce, le *knörr* effilé bondissant sur la mer, et même la barge chargée de bois de construction. Tout convergeait vers l'archipel où résidait le roi.

Il ne fut en vue que le surlendemain, au soir. Je frémis en apercevant cette immense flotte se balançant au mouillage sur une mer tranquille, sanglante sous les derniers rayons du soleil. En plus de l'étendard de Normandie, j'avais fait hisser le grand pavois afin que nul ne doute de mes intentions pacifiques ni de ma qualité d'ambassadrice. Nous avions sans doute été repérés par une vigie car une chaloupe vint nous piloter, nous guida entre les îles et les navires et nous fit accoster enfin à une estacade, au pied d'un important groupe de tentes.

De nombreux soldats étaient en faction, des sections passaient au pas cadencé, des cavaliers galopaient, des marins s'affairaient sur d'innombrables embarcations. On parlait peu, nul ne criait. Une impression de force et de discipline se dégageait de ce rassemblement. La tente royale, la plus importante, était surmontée d'un immense pavillon flottant au vent. Il était noir, décoré seulement d'une hache écarlate.

– Le « Ravageur du Monde », le signe de Harald, ricana Malet. Ce prétendu roi n'est qu'un pirate et n'a rien d'un chevalier !

Il me sembla qu'il frissonnait.

L'officier qui m'accueillit était sévère. À ma demande de voir aussitôt le roi, il répondit que c'était impossible, le souverain ayant réuni son conseil. J'exigeai que ma lettre de créance lui fût remise aussitôt. Il me conduisit à une petite tente où il me demanda d'attendre, debout devant un siège de bois doré.

Je connais peu de choses aussi lugubres que l'appel de la trompe des guerriers de Norvège. Ce signal qui rythme la vie de leurs camps résonnait près de là comme un appel désespéré et se tissait aux hurlements du vent qui s'était levé. Il évoquait pour moi l'ange de la Mort invitant au derniers jour les trépassés à sortir de leur tombeau.

Je m'étais depuis longtemps préparée à l'entrevue et j'avais longuement répété mon rôle, doutant de mon charme de jadis et fort inquiète.

– L'âge m'a-t-il changée au point d'être méconnaissable ? me demandais-je. Les années ont-elles transformé Harald en une brute dépourvue de tout sentiment ? Mes arguments de faible femme présentés à ce soudard peuvent-ils le convaincre ? Sera-t-il entouré de toute une cohorte de capitaines ricanants et bornés comme l'est tout bon souverain ?

Il entra, seul. Les années avaient parsemé d'argent la rousseur de sa toison et de sa forte barbe, elles me parurent avoir encore ajouté quelques pouces à sa taille. Comme autrefois, il portait sur sa cotte de mailles un manteau écarlate mais arborait maintenant une massive couronne d'or. Il s'assit sans un mot.

Je m'inclinai, le souffle court. Il posa sur moi un regard long et sévère, constatant sans complaisance les dégâts de l'âge. Moi, supportant sans plaisir cet œil inquisiteur, je me tus et baissai la tête car au cours de leurs audiences, les souverains doivent parler les premiers. Il soupira, fronça les sourcils en une expression de déception agacée, puis prononça :

– Femme, nous serons brefs, mon conseil m'attend. Ne nous attendrissons pas en retrouvailles : je me souviens de vous, qu'il vous suffise de le savoir. Mais il y a de cela plus de vingt ans et c'est bien ancien. La lettre qui m'a été remise me dit que le duc de Normandie votre fils estime devoir débarquer en Angleterre. Dites-moi quand et où il veut entreprendre cette opération. Je vous autorise à parler.

La voix était devenue caverneuse et la sécheresse du ton ainsi que l'arrogance du propos semblaient masquer une colère contenue. J'étais stupéfaite de voir ce personnage autrefois tendre, l'amoureux de jadis, me traiter maintenant en inconnue, presque en ennemie. J'aurais mille fois préféré qu'il m'eût oubliée que de le voir me manifester une telle indifférence. Où était l'accueil complice, ou au moins amical, attendu ? Comme toutes, j'avais trop tendance à prêter aux autres mes propres sentiments d'affection et de tendresse. Humiliée une fois de plus, je sentis alors me gagner une froideur glacée à l'égard de Harald et la volonté de me venger de sa désinvolture.

Je changeai donc mes plans et, d'une voix neutre, parlai de

l'île de Wight ou d'un point situé sur la côte sud du pays et dont la localisation précise restait à déterminer. J'insistai sur un fait : l'important pour Guillaume était le châtiment du parjure du traître Harold et non la conquête. Il se contenterait d'un modeste apanage, ainsi cette île de Wight, dépendant du souverain régnant alors sur l'Angleterre. Ce souverain ne pourrait être que le roi Harald à qui mon fils rendrait volontiers hommage comme au souverain le plus puissant...

– Assez, coupa-t-il. Votre fils ne prétend-t-il pas comme moi à la couronne d'Angleterre ?

La lettre de créance, dont j'avais choisi les termes, était évasive. Je pus donc facilement répondre qu'il n'en avait ni l'envie ni les moyens : l'insuffisance des forces du duché était patente et la continuelle turbulence de nos dangereux voisins les mobilisait toutes. Guillaume ne pouvait pas s'opposer aux armées du parjure tout en maintenant l'ordre. Il serait tout juste capable de mener une opération de diversion tandis que le redoutable roi de Norvège écraserait sans peine l'ennemi saxon...

L'appel mortel de la trompe m'interrompit une fois de plus.

– De combien de navires dispose-t-il ? demanda le roi.

– Je l'ignore, mais je serais étonnée qu'il en possède plus de trente, soupirai-je en priant pour que Harald n'ait pas appris qu'il en armait six cents.

Toutefois, je savais que le souverain, sûr de sa propre force, avait le tort de négliger celle des autres.

– J'en aurai trois cents ! s'exclama-t-il. Bel allié que vous m'amenez là ! Les Saxons les écraseront comme des mouches car ce sont des guerriers redoutables.

Son regard flamboyait.

– Oui, redoutables, reprit-il, bien que je sois sûr de les vaincre. Les armées de Harold sont constituées des meilleurs soldats de nos pays du Nord ainsi que de l'élite de leurs propres combattants. Ces braves, leurs *housecarles,* sont munis de la fameuse *romphaïa*. Vous vous en souvenez peut-être de la hache que vous ne pouviez pas même soulever autrefois. Le petit peuple saxon les soutient et jamais ils n'ont été vaincus. Pourtant, ils le seront.

Même cette évocation de notre passé ne le déridait pas. Je l'approuvai, mais, blessée de l'allure qu'avait pris l'entretien et de son attitude indifférente, je ne pus empêcher les larmes de me monter aux yeux. Harald s'en irrita :

– Comprenez, gronda-t-il, que ce sont là affaires de sang, affaires d'hommes et de soldats. Nous, les mâles, nous sommes rompus à cela, quand les femmes ne peuvent s'empêcher de pleurer et de se lamenter. À ce propos, je juge bien légère l'attitude de votre fils le duc : confie-t-on une mission si importante à sa mère ? Vous êtres là pour garder la maison, accroupie au foyer, veiller aussi sur les marmots de la famille et non pour discuter armées et batailles ! Comptait-il sur vous pour m'attendrir au nom de notre passé ? Mais dans quel but ?

Il forçait le ton :

– Je ne me laisserai pas prendre à vos larmes : ces simagrées m'ont toujours agacé. Vous pouvez dès maintenant vous retirer, femme. Allez dire à ce beau Guillaume d'agir comme bon lui semble et de débarquer où il le veut mais que sa proposition ne m'intéresse pas.

Il se leva, se drapa dans son manteau et s'avança vers la porte de la tente, la tête haute. Inquiète de constater que mes arguments avaient dépassé leur but, je faillis le rappeler. Cependant, avant de soulever la toile, il s'arrêta un long moment. Puis, il se retourna :

– Ou plutôt si. Je suis intéressé comme l'homme qui combat un ours est intéressé par le chien qui vient mordre la patte de l'ennemi. Je veux ne rien négliger, comprenez-le, même l'aide de ce petit seigneur. Alors, qu'il n'effectue pas son débarquement trop tôt, ce serait inutile : mon expédition partira au début de septembre, elle profitera des vents boréaux, des vents du Nord qui souffleront cette année à cette époque, nous le savons par l'expérience de nos anciens, basée sur le cycle de la lune, et les tables qu'ils nous ont transmises.

Il revint vers moi.

– Lui, qu'il attende les vents du midi, ils changeront cette année à la fin de ce même mois de septembre, nos précieuses tables nous l'apprennent. Votre Guillaume doit avoir débarqué et s'être emparé de son île quand j'aurai réuni mes forces pour combattre Harold. Il fera diversion. Et, lorsque j'aurai vaincu le Saxon, il viendra à Londres me rendre hommage.

Il allait sortir quand il grogna :

– Vous, vous restez ici en otage : je ne voudrais pas que des idées de grandeur s'emparent de ce Guillaume et le poussent à revendiquer la couronne d'Angleterre. J'en ferai prévenir votre fils.

4

Je suis demeurée plus de deux mois prisonnière du roi Harald, consignée à mon bord.

Pas une seule fois pendant ce temps il ne me rendit visite. Il ne se souciait pas de moi, me confortant dans l'idée qu'il n'avait plus pour moi que mépris. Ainsi, je n'avais pas de scrupules à l'envoyer à la mort tant j'étais désireuse de le punir de son arrogance et convaincue de la supériorité des Saxons. Lui, n'envisageait pas la défaite car son habitude d'écraser ses ennemis, l'importance de ses forces et la vaillance de ses hommes le persuadaient de son invincibilité. Je devinais que le parjure Harold le tuerait mais cela m'indifférait : je le sacrifiais maintenant sans hésiter au bien de mon fils et à la réalisation de la prophétie. Les braises de mon amour s'étaient éteintes devant son indifférence et je me reprochais ma sottise d'avoir imaginé chez lui un sentiment assez tenace pour avoir résisté à vingt années de conquêtes et de domination.

– Il faut prévenir monseigneur le duc ! s'exclama une fois de plus Guillaume Malet. Ces pirates ne l'auront pas fait, j'en suis sûr !

Je croyais, moi, que le roi avait jugé bon d'envoyer un messager à Guillaume pour se vanter de son coup d'éclat. Je ne pensais qu'à m'évader, mais comment faire ? Notre navire avait été relégué au bout du quai, loin des tentes du roi et de ses capitaines. Les soldats étaient partout. Les avirons ôtés, nos matelots emmenés, Simon, Malet et moi ne pouvions rien.

De plus, après quelques jours, nous avions été gratifiés d'un gardien, une sorte de souche massive ne quittant pas sa lourde broigne de cuir ni l'espèce de marmite lui servant de casque. Il était muet et son visage, inexpressif sous sa barbe inculte, n'était animé que par deux petits yeux fureteurs toujours à l'affût de ce qu'ils n'avaient pas à voir. Immobile à son poste, assis près de l'aviron de direction, une longue lance à la main, il ne mangeait, ne buvait, ne dormait jamais et, apparemment, ne faisait jamais ses besoins. Malet l'appelait Brutus car il lui rappelait un chien de ce nom

Lugubre, l'appel de la trompe rythmait notre temps. Deux fois par jour nous était apporté un repas invariablement constitué d'une bouillie froide et de poisson salé. Un seau d'eau devait suffire à nos ablutions et à notre boisson de la journée. Le spectacle de l'exercice des soldats sur un îlot proche et celui de l'entraînement des matelots faisant courir leurs bateaux sous tous les vents et par tous les temps étaient nos seules distractions.

J'ai pu apprécier le tempérament de chacun durant cette longue période d'inaction. Simon, le capitaine, demeurait immobile, tête basse et bras croisés pendant des heures. Il paraissait hiberner comme font les ours car, dans ces moments-là, il ne disait mot et semblait même ne pas respirer. Plus tard, il expliquait que nous étions perdus, condamnés à être pendus par ces pirates sous quelques jours et, un sanglot dans la gorge, murmurait un dernier adieu à ses pauvres enfants.

Guillaume Malet, au contraire, se comportait comme un fauve en cage. Il allait et venait entre les bancs de nage de l'embarcation, protestait, vitupérait, invectivait notre gardien de marbre. Décidé à rapporter à monseigneur Guillaume les prévisions du roi Harald, il me soumettait cent projets d'évasion plus fous les uns que les autres, soupirait quand je lui démontrais la stupidité de ses élucubrations et envisageait aussitôt quelque autre machination. Je lui étais reconnaissante de maintenir un peu de vie dans notre prison car, comme Simon, je passai, moi, le plus clair de mon temps à remâcher ma déception devant l'attitude de Harald, mon remords de m'être lancée dans cette aventure et mon chagrin d'être privée des miens.

Un matin, dans les brumes de l'aube, je ne vis pas Malet sous le banc de nage où, chaque nuit, il dormait. Il m'avait, la veille, expliqué l'une de ses étranges idées : il s'agissait de s'emparer du *knörr* amarré derrière notre bateau, un navire désert. Il s'estimait capable de hisser la voile, de larguer les amarres et de prendre la mer seul, car il se jugeait bon marin.

– L'affaire ne peut manquer, dame ! s'était-il exclamé.

Je croyais l'avoir dissuadé de cette sottise. Je compris vite mon erreur en voyant le malheureux sur le quai, trempé, traîné par deux soldats qui le jetèrent dans notre navire. Au petit jour, il avait été pris et battu après avoir cherché à grimper au bordage du bateau convoité.

Brutus découvrit la vérité aussitôt. Plus vif que je ne le soupçonnais, il jeta Malet sur un banc et entreprit de lui administrer une effroyable volée de manche de pique. Les coups résonnaient sur le dos de l'infortuné sans connaissance au risque de lui briser les os. Cette cruauté barbare n'en finissait pas. Horrifiée, je bondis sur l'homme en lui donnant l'ordre de cesser et en bourrant sa broigne de cuir de coups de poing. Simon, soudain réveillé, se joignit à moi. La brute regagna enfin son poste.

Le soleil s'était levé, la flotte s'éveillait. Le dos de Guillaume Malet n'était qu'une plaie. Il délira pendant trois jours sous l'œil indifférent de Brutus. Je le soignai avec de la charpie imbibée d'eau de mer et il guérit. Mais deux semaines plus tard, il me fit part de sa volonté de s'emparer d'un navire léger embossé non loin de nous pour rejoindre la Normandie.

J'essayai de le persuader de n'en rien faire et il sembla se ranger à mes avis.

Le lendemain, il avait disparu. Sans doute avait-il réussi car, le jour même, des soldats vinrent chercher Simon sans explications. Je restai seule à bord.

Un soir se présenta à moi un soldat, un très jeune officier sans doute car il était vêtu d'une cotte de mailles étincelante et coiffé d'un casque d'acier à nasal tout neuf où brillait une jolie pierre rouge. Il portait une épée à la garde ouvragée. D'un geste, il renvoya Brutus et le rang de ce nouveau venu devait être élevé car l'autre fila aussitôt.

– Je suis Sturl, fils du *jarl* Astrior, me déclara l'adolescent d'une voix encore mal posée et d'un ton autoritaire. Je ferai la campagne sur ce navire. Le vent du nord se lèvera cette nuit, nous le savons. Sur l'ordre du roi, nous partirons à l'aube. Vos matelots vous seront rendus.

Ses yeux couleur de mer, le flot de ses cheveux blonds le rendaient beau comme une statue de saint Michel archange, mais son visage au profil de rapace, ses lèvres minces et son regard fixe me parurent inquiétants. Je savais qu'un *jarl* était, dans ce pays, un noble seigneur dépendant directement du roi et je me demandais pourquoi le fils d'un dignitaire de cette importance était ainsi embarqué sur un esquif étranger, un coureur des mers notamment plus petit que les navires de la flotte. L'officier ne daigna pas me donner d'autre explication et, comme il me l'avait annoncé, Simon et mes douze matelots apparurent bientôt sur l'estacade.

Ils étaient ragaillardis de retrouver leur navire, fatigués certes car le travail ne leur avait pas été ménagé, mais heureux de revoir enfin la terre natale. Il me fallut leur expliquer que nous devions nous joindre à la flotte d'invasion du roi Harald avant de rejoindre la Normandie.

– Et Guillaume Malet ? leur demandai-je.

Comme moi, ils n'en avaient aucune nouvelle.

Au mois de septembre, les nuits sont plus longues dans ces régions que ne le sont les brèves nuits de juin. Celle-là cependant nous parut fort courte tant l'activité déployée autour de nous était intense. À la lueur des torches, les menuisiers frappaient, perçaient, sciaient, les voiliers inspectaient et réparaient toile et gréement, les calfats sondaient les coques, l'avitaillement en eau, en vivres et en armes était fait et vérifié. Tout cela avec rapidité et méthode tandis que l'odieuse trompe rabâchait son affreuse plainte.

– Pourquoi un tel chargement alors que ces pirates entendent vivre sur les biens des malheureux habitants qu'ils auront pillés et massacrés ? demanda Simon.

Il n'osait pas hausser le ton car ce Sturl était partout, silencieux, se contentant d'indiquer du doigt l'emplacement où déposer le tonneau, l'aussière qu'il convenait de déplacer, le calage du mât à modifier.

Vers la minuit, le vent commença à souffler du nord. Il hurlait dans les mâtures et faisait s'entrechoquer les gréements tandis que la houle roulait les navires. L'activité était à son comble. Alors, le roi Harald passa par là accompagné de ses capitaines et de la reine Pora. Ils étaient suivis de deux adolescents, les princes Olav Kyrii et Magnus. Malgré la bourrasque qui gonflait les manteaux, faisait voler les chevelures et tordait la flamme des torches, ils inspectèrent longuement le navire depuis le haut du quai. Aucun d'eux ne sembla me voir. Leur tournant le dos, je leur rendis leur dédain.

Vint l'aube et, avec elle, le départ. J'admirai l'organisation de l'immense flotte. Aucun mouvement ne se faisait avant l'arrivée d'une chaloupe transportant le pilote. Aussitôt le moment venu, l'ancre était levée, les amarres larguées, les gaffes éloignaient le navire du rivage et les avirons entraient en jeu. Le bateau suivait la route tracée par la petite embarcation comme un cheval à la longe suit un enfant.

Sur l'horizon menaçant du ponant frémissaient une multitude de feux : les flammes des torches de chaque bord, agitées par la houle, étaient animées de mouvements et d'éclats rougeâtres évoquant les yeux brillants d'un troupeau de fauves tapis dans leur tanière. Chaque navire venait prendre son rang puis, s'orientant, mettait en panne et se maintenait à sa place par le jeu des avirons.

Le *Ouistreham* fut guidé en tête du convoi. De chaque côté de nous se trouvait un *knörr* de quarante rameurs, sans doute pour nous éviter toute idée d'évasion. Lorsque, enfin, le *Baldr* du roi Harald se fut placé juste devant nous, le soleil montait dans un ciel bleu pâle, débarrassé de tout nuage. Chacun put voir le *Ravageur du Monde* monter au mât du navire royal, puis la voile carrée aux larges bandes écarlates se déployer. Alors, dans le claquement des toiles hissées résonnèrent les trompes : à l'avant de chaque unité, un homme s'époumonait, sonnait sans relâche, toujours sur la même note. Sturl lui-même, dressé au-dessus de l'étrave, participait à l'horrible, au discordant concert.

Dans le jaillissement des embruns et le fracas rythmé du battement des avirons, sur un front de six unités, la meute se précipitait vers le sang et la mort qu'elle flairait déjà. Sous la bonne brise du large, l'allure étant satisfaisante, les rames furent rentrées les unes après les autres. Et l'assourdissante cacophonie des trompes résonnait à la surface de la mer comme, dans un galop fou, résonnerait la trompe des démons entraînant les damnés jusqu'au fond de l'Enfer.

Une partie de la flotte avait trouvé refuge dans une large baie, au pied de collines escarpées et pelées. Les autres navires restaient au large. Au pied d'un château de pierre, près du rivage, une petite ville tassait ses maisonnettes peintes de couleurs vives. Le vent ne cessait pas mais, la voile carguée et l'ancre mouillée, cette accalmie nous laissait un peu de repos. Tout près de nous, le *Baldr* portant la marque du roi Harald s'était avancé sur une plage, laissant descendre à terre le souverain et ses capitaines.

Sturl se dressa soudain devant moi et, la main sur la garde de son épée, m'adressa la parole en me toisant :

– Femme, je veux qu'entre nous il n'y ait pas de malentendu. Vous n'êtes pas ma prisonnière, vous êtes un otage, ce qui est différent. Je ne suis pas votre gardien, j'ai reçu pour mission de m'assurer de votre présence pendant l'expédition. Le moment venu, je vous libérerai. Ne tentez pas de vous évader car je n'hésiterais pas à faire intervenir la troupe. Alors, nos hommes ne tarderaient pas à vous rejoindre. J'espère avoir été compris.

Le gamin ne manquait pas d'audace. Je lui répondis que, dans ces conditions, je ne voyais pas de différence entre mon état et celui de prisonnière. N'ayant pas donné ma parole, je m'estimais libre d'échapper à sa surveillance dès qu'une occasion favorable m'en serait donnée. N'étant qu'un subalterne, il serait alors puni mais, ignorant tout de lui, je n'avais aucune raison de le ménager.

Il se rengorgea.

– Femme, prononça-t-il, je suis Sturl, fils du *jarl* Astrior, je vous le rappelle. Je dispose de vastes possessions près de la ville de Bergen. Je ne suis pas un subalterne : mon père a fourni vingt vaisseaux et huit cents hommes au seigneur Harald. Le roi m'a confié le commandement de cette modeste embarcation et votre surveillance pour commencer ma carrière car je suis son ami et il me manifeste sa tendresse à chaque occasion.

– Sa tendresse vraiment ? m'exclamai-je, me demandant si la

terre était ainsi peuplée des favoris de Harald. Vous entendez par là que vous êtes vraiment très proches ?

– Très, dit-il d'un air satisfait. Je peux dire que, parmi ses pages, je suis le préféré. Pourtant, j'ai ma fierté et je n'hésite pas à m'opposer à lui. Ainsi, en plein conseil, je lui ai reproché de se complaire pendant les campagnes en tueries et en incendies, ce qui lui a déplu.

J'étais bien aise d'entendre un des soldats de Harald montrer un peu d'humanité. Il étendit la main :

– Ne vous méprenez pas. Si j'ai reproché au roi ses habitudes de massacres et d'incendies, si je l'ai invité à plus de modération lors de la prochaine campagne, c'est qu'il est bien plus lucratif de réduire les vaincus en esclavage, de les vendre après les avoir dépouillés et de faire commerce de ce dont nous nous emparons que de tout détruire, personnes et biens, comme il le fait.

Je me mordis les lèvres : malgré son apparente civilité, ce Sturl n'était qu'un pirate sauvage et il était inutile d'espérer quoi que ce soit de lui. Il continua avec le plus grand calme :

– Dans ce sens, je puis dire que si je ne suis pas votre ami, je ne suis pas non plus votre ennemi. Si j'étais votre ennemi, vous seriez depuis longtemps vendue comme esclave, comprenez-vous ?

Je sentais ma colère monter.

– Dans cet esprit, dis-je avec un calme affecté, on peut se demander pourquoi le roi Harald tient tellement à conquérir la couronne d'Angleterre. Vulgaire pirate, quel besoin a-t-il de régner pour piller, tuer et brûler comme il se dispose à le faire ? Lui et ses semblables se livrent à cette activité depuis des siècles. Sous prétexte d'aller faire fortune ou de chercher aventure outremer, ils récoltent ce qu'ils n'ont pas semé, volent ce qui ne leur appartient pas, violent et massacrent jusqu'aux petits enfants. Harald fera-t-il pire lorsqu'il sera roi d'Angleterre ?

Sturl fronça ses sourcils bien dessinés.

– Femme, répondit-il, il est dans nos coutumes une disposition prescrivant la pendaison pour celui, ou celle, qui insulte le roi. Je suppose que vous ignoriez cela et, pour cette fois, je vous fais grâce. Mais n'y revenez pas.

Il montra du doigt un point de la côte.

– Regardez. Nous nous trouvons devant Kirkwall, la ville principale des îles Orcades. Les seigneurs Pall et Erlendr y règnent, ce sont des amis, des parents du roi Harald. Leur flotte va se joindre à la nôtre lorsque nous lèverons l'ancre, demain à l'aube. Regardez bien la petite place, juste au pied du château. Qu'y voyez-vous ?

Attachés à une potence, deux corps se balançaient, béquetés et déchiquetés déjà par tout un vol affolé d'oiseaux de mer.

– Le roi ne tolère pas l'insolence. Même de la part d'une femme et surtout d'une étrangère. Ne m'obligez donc pas à me plaindre à lui de vos propos mal venus et gardez pour vous vos jugements stupides.

Scarborough. Nous sommes arrivés en vue de ce port du nord de l'Angleterre au petit jour. Dans le but d'effrayer les Saxons par un exemple, pour les châtier de vouloir lui résister ou peut-être pour son plaisir, le roi décida de détruire la ville.

Point ne lui était besoin de toutes ses troupes pour arriver à ses fins. Harald ordonna de débarquer un millier de soldats et, à la mi-journée, fit donner l'assaut. Connaissant trop bien la fureur des hommes du Nord, les habitants terrorisés avaient décidé de se défendre. Leurs fortifications étaient élevées et bien entretenues. Sur ces tours et ces palissades édifiées en bois comme partout, ils avaient étendu des peaux de bœufs ou de moutons récemment égorgés, trempées d'eau pour éviter le dégât des flèches incendiaires. L'attaque de Harald fut repoussée.

Tout près de la ville, s'élevait une colline boisée. Le soir venu, le roi y fit abattre quantité d'arbres et donna l'ordre de les empiler en une pyramide gigantesque. Sous cet amas, il avait fait disposer des troncs tous du même volume pouvant former rouleau. À la nuit, on arrosa de naphte le tas de bois, il y mit feu lui-même et fit pousser le brasier qui s'approcha des fortifications avant de s'écraser sur elles.

En grondant, l'incendie dévora tours et muraille et s'étendit vite à la ville. Le vent redoublait. Pour faire bonne mesure, le roi ordonna d'envoyer des outres pleines de naphte sur le foyer et d'exterminer les habitants qui tenteraient de fuir. J'ai entendu dire que seuls échappèrent au massacre une vieille et son petit-fils qui s'étaient fait descendre dans un puits.

Avec l'horrible puanteur de la chair brûlée, les hurlements des malheureux parvenaient jusqu'à notre navire mouillé à quelques encablures du bord. Indignée de cette barbarie, j'en venais à souhaiter la victoire complète des Saxons et l'extermination des brutes que je voyais à l'œuvre. Debout à l'arrière, Sturl contemplait, les bras croisés, l'immense foyer illuminant toute la région. Je lui demandai s'il ne réprouvait pas comme moi une telle sauvagerie.

– Je la réprouve, ricana-t-il, en imaginant les sommes fabuleuses qu'on aurait pu tirer de la vente de tout ce monde. Je ne manquerai pas d'en faire la remarque au roi durant le conseil qu'il tiendra ce soir.

La flotte avait fait sa jonction avec celle de Tosti, le frère de Harold mais aussi son ennemi. Le 17 septembre, l'escadre embouqua un large estuaire. Simon m'apprit qu'il s'agissait du Humber. Cet estuaire est si étendu que d'une rive il n'est pas possible de distinguer l'autre. Puis on remonta une large et paisible rivière, l'Ouse si mes souvenirs sont bons, avant d'accoster à proximité d'un petit port fluvial du nom de Ricall.

C'était une tranquille soirée d'automne. Le feuillage des saules au tronc tourmenté commençait à blondir à l'approche des premiers froids et, là-bas, quelques filets de fumée s'élevaient d'un groupe de toits de chaume dorés par le soleil couchant. Les moutonnements d'une noire forêt s'étendaient à perte de vue vers le midi. Au loin, au nord, on voyait les murailles rougeâtres de la ville d'York, importante cité du nord de l'Angleterre et centre stratégique de toute la région. Délivrés du pillage des Norvégiens depuis plusieurs années et reprenant confiance, les paysans avaient laissé leur bétail au pâturage : aussi bœufs et vaches venaient-ils contempler placidement les étranges animaux venus de la mer.

Par bonheur, les trompes s'étaient tues et un silence relatif s'était posé sur la campagne : les hommes, taciturnes, agissaient sans un mot. En peu d'instants, des tentes étaient dressées sur la berge auprès de chaque navire. Nos matelots s'acquittèrent de cette besogne en maugréant qu'ils étaient des marins et non des voiliers. Ces tentes étaient de grands pavillons de toile pouvant contenir tout l'équipage d'un navire mais rien n'était prévu pour isoler une prisonnière. Je déclarai :

– Qu'importe, je dormirai à bord !

– Vous dormirez dans la tente, avec les matelots ! répliqua Sturl.

L'impérieuse fixité de mon regard eut bientôt raison du sien. Dans ces moments-là, mon visage exprime sans doute la sévérité, la férocité même, a prétendu le bon Herluin, car il bredouilla quelques mots et me tourna le dos. Mais quoi ? Si on laisse dire et faire ces morveux, jusqu'où ira-t-on ? Je continuai donc à habiter à bord, seule, sauf aux heures des repas pris autour du feu avec nos matelots. Le combustible ne manquait pas du fait de la proximité de la forêt et, malgré le grand nombre de convives, la viande ne nous fit jamais défaut.

Je m'étais donc retirée à mon bord, heureuse d'être enfin

délivrée du mouvement de la mer, lorsque j'entendis dans un demi-sommeil le pas hésitant d'un homme gravissant la passerelle. Regrettant de ne pas avoir fait ôter cette planche large et épaisse, je me dressai sur mon grabat de varech. Une torche à la main, Sturl était devant moi.

Je savais qu'il venait d'assister à un conseil réunissant autour du roi capitaines et ministres, je n'ignorais pas les libations pratiquées lors de ces agapes ruisselantes de bière et je m'aperçus qu'il était totalement ivre. Il se laissa tomber assis à mes côtés et lâcha la torche au risque de mettre le feu au matelas puis au navire. Je bondis, la ramassai et la fixai solidement. Puis, restant debout devant lui les bras croisés et m'armant d'un sourire plein d'assurance pour masquer ma peur :

– Eh bien, grand guerrier, déclarai-je, la soirée a-t-elle été agréable ? La compagnie semble avoir dignement fêté le débarquement !

– Je te veux ! grogna-t-il en guise de réponse.

D'un mouvement brusque, il chercha à m'accrocher la cheville. Malgré mon étonnement, je réussis à me dérober. Incapable de se mettre sur ses pieds, il restait assis en faisant de vains efforts pour se redresser. Il balbutiait une suite de mots incompréhensibles.

– Pauvre petit, je peux te rendre service, soupirai-je

Un seau plein d'eau de mer se trouvait dans le réduit tenant lieu de cambuse, tout à côté. J'allai le chercher et, me plaçant derrière lui, lui en versai le contenu sur la tête sans en laisser une goutte. À demi noyé, il protestait, jurait dans sa langue et secouait ses longues mèches blondes, distribuant à la ronde des paquets d'eau comme un chien sorti d'une mare. Le seau vide, je m'écartai de nouveau.

– À quoi penses-tu, malheureux Sturl ? murmurai-je. Tu me veux, prétends-tu, et je te suis reconnaissante de cet hommage rendu à mes anciens charmes. Mais dis-moi, y vois-tu encore clair malgré la bière dont tu es imbibé ? Rappelle-toi que je pourrais être la mère de ta mère ! Vois mes tétins aplatis et les rides dont se couvre mon visage malgré les soins auxquels je m'applique, vois mes cheveux blanchis par les ans ! Un joli garçon comme toi trouvera sans mal quelque gente et godinette fille aux mamelles et à la croupe rebondies avec qui passer un agréable moment !

Un peu dégrisé, il se dressa et alla s'asseoir sur un banc de nage. Je demeurai debout face à lui, armée de mon seau vide, à tout hasard. À ce moment apparurent à l'extrémité de la passerelle la tête puis le tronc de Simon, attiré par le bruit et les lueurs agitées de la torche.

– Je te sais gré de ton aide, Simon, lui expliquai-je, mais elle est inutile, nous devisons calmement avec le seigneur Sturl, il m'explique son plan de bataille.

À demi convaincu, le capitaine disparut dans la nuit. L'officier poussa un profond soupir.

– Femme, je veux vous parler de la journée de demain, dit-il.

Il m'expliqua comment il avait appris pendant le conseil qu'une formidable armée était groupée sous les murailles de la ville d'York dans l'attente de l'assaut des Norvégiens. Nul ne savait par qui cette armée avait été avertie ni comment elle s'était trouvée réunie. En tout cas, dans la soirée, on avait pu voir briller l'acier des casques et des armures. Se trouvaient à sa tête deux frères, Edwin et Morcar, comtes l'un de la Mercie et l'autre de la Northumbrie, de redoutables guerriers.

Il me dit que le plan de bataille du roi Harald était fait : ce plan était génial mais il n'avait pas à me le communiquer.

– Et moi, je ne veux pas le connaître ! m'exclamai-je. Mais je suis sûre qu'il ne tient pas compte des troupes du parjure Harold qui seront sans doute engagées dans la bataille…

Il me répondit que Harold et les Saxons étaient bien loin. Groupés sur la côte méridionale, ils faisaient face à l'invasion possible des Normands et n'étaient pas même informés du débarquement des Norvégiens.

– En êtes-vous si sûr ? demandai-je.

Il l'était, tous les renseignements l'affirmaient. On prétendait d'ailleurs que, faute de pouvoir les payer, Harold avait dû licencier le plus gros de ses troupes et lever le camp. Sturl m'expliqua enfin comment, la journée promettant d'être chaude, il participerait à la bataille et, ne pouvant me surveiller, il avait demandé à être relevé par une section entière d'auxiliaires qui veilleraient sur moi. Il tenait à m'en informer, d'où cette visite nocturne.

Je le remerciai de ses attentions. Les confidences, pourtant, n'étaient pas terminées. Les yeux brillants, sur un ton de défi, il me demanda brusquement comment je m'y prenais pour occuper ainsi les pensées du roi Harald.

– Je tiens pour certain, répondis-je, que le roi Harald se soucie de moi comme d'une guigne. S'il en était autrement, il m'aurait parfois rendu visite pendant que je me morfondais, prisonnière à bord de ce navire.

– Croyez, répliqua-t-il, qu'il pense à vous. Pourtant vous n'avez guère d'attraits, vous le reconnaissez vous-même, vous êtes vieille et laide. Sous l'effet de la bière, je me demandais si vous n'aviez pas quelque charme caché… maintenant, cela m'a passé.

J'en étais bien aise.

– Mais vous, reprit-il, n'avez-vous pas compris ? N'avez-vous pas été étonnée du rang de votre vaisseau dans l'escadre, aussitôt après celui du roi ? Il ne vous a pas quittée des yeux pendant tout le voyage, je l'ai vu ! Et puis, il néglige ceux qui lui étaient chers, sa femme, ses concubines et ses pages.

Si c'était pour obtenir mes faveurs, lui dis-je, Harald avait tort de se conduire ainsi car je n'avais nulle envie d'entrer en concurrence avec tout ce beau monde.

– Il m'a placé près de vous, continua Sturl, dans le seul but de le renseigner sur vous. Chaque jour, il me demande de vos nouvelles et écoute avec une grande attention mes réponses.

Je lui affirmai qu'il était grand dommage que Harald se fût aperçu si tard de mon existence et lui indiquai d'un geste la passerelle : la bataille promettant d'être rude, une nuit de sommeil lui serait profitable.

Une vague, une immense lame déferlant sur la campagne, un torrent impossible à endiguer, telle m'apparut la charge de l'armée de Harald dans la brume légère du petit jour. Ces milliers d'hommes couraient à l'assaut dans un silence souligné seulement par leur piétinement et le choc de leurs armes. On devinait dans la nuée la luisance de l'acier des casques et des épées, du fer des lances et des haches. Quelques cavaliers se détachaient de la masse des combattants, ombres gigantesques dirigeant du geste la foule des guerriers et, avec un pincement au cœur je l'avoue, je crus reconnaître le plus grand d'entre eux. Il portait un manteau écarlate, une couronne d'or, était monté sur un monstrueux cheval et entouré de ses capitaines.

Soudain, ce fut la clameur, l'effroyable *barritus* poussé par ces milliers de poitrines alors que les Norvégiens tombaient sur le camp des forces de Northumbrie. Les pirates vikings d'autrefois utilisaient ce moyen pour terroriser leurs ennemis en s'abattant sur eux à l'aube et Harald, pirate lui-même, en avait inculqué l'usage à ses hommes. Le cri semblait venir de tous les points dc l'horizon, tous les échos le renvoyaient et les malheureuses victimes se croyaient attaquées par les innombrables légions de l'enfer surgissant soudain des entrailles de la terre.

L'affaire dura toute la matinée. Un nuage de poussière et de sang masquait maintenant les murailles de la ville d'York. Les hurlements de victoire se tissant aux cris d'agonie nous parvenaient sous la forme d'un tumulte variant selon les déplacements du combat. Ils réveillaient en moi la nausée ressentie lors de la bataille du Val-ès-Dune et l'horreur éprouvée à l'évocation de ces combats où se complaisent les mâles. Sans doute Dieu se manifeste-t-il par ce moyen et favorise-t-il de la victoire ceux qu'il aime, mais Ses sentiers sont parfois bien rudes.

– Dame, je veux vous causer !

Simon me hélait du pied de la passerelle, le bonnet à la main. Il était entouré de cinq personnages armés de piques et de haches, mais plus estropiés les uns que les autres : l'un était borgne, la jambe d'un autre était remplacée par un pilon, les trois derniers ne valaient guère mieux. Je reconnus la section d'auxiliaires commise à ma surveillance et compris qu'ils interdisaient l'accès du navire au capitaine.

Descendant sur la berge, je me plantai devant le plus ancien et l'admonestai à ma manière et dans ma langue. Il ne résista pas.

– Dame, fit Simon lorsque je me fus assise sur mon grabat, m'est avis que l'occasion ne se représentera peut-être pas de sitôt de fausser compagnie à ces gens-là. Mes gars commencent à s'impatienter. Tous leurs marins – ou leurs soldats, pour eux c'est pareil – sont partis combattre sous les murs d'York. Ne restent plus que les invalides : ces cinq-là plus quelques autres disséminés tout au long de la rivière.

Il faudrait se débarrasser d'eux, rétorquai-je, et nous n'en avions pas les moyens.

– Que si, répliqua l'autre en se grattant la tête. Mes gars ont gardé leurs avirons, cette fois. Ils savent s'en servir et les bancals ne feront pas long feu.

Je lui expliquai ma position : je ne m'estimais nullement liée aux Norvégiens, je n'avais prêté aucun serment. Mais j'entendais profiter de ma situation de prisonnière pour essayer de situer l'armée de Harold le parjure. Je supposais ses forces stationnées sur la côte méridionale, cherchant à interdire le débarquement de monseigneur le duc : dès que nous en saurions plus, nous nous précipiterions vers les côtes normandes et alors, tous les moyens seraient bons pour y parvenir.

– C'est vous qui décidez, vous êtes la maîtresse, maugréa le patron.

Je le retins pour lui demander quelle valeur avaient, pour lui, les prédictions des Norvégiens sur le temps qu'il ferait et la direction des vents. Je les avais entendus évoquer une saute de la brise pour la fin du mois de septembre et je souhaitais savoir ce qu'il en pensait.

– C'est du sérieux, dame, dit-il. Ces gens-là disposent de tables basées sur le temps des années passées et les cycles de la lune et c'est ce qui leur a permis de dévaster bien des pays au-delà des mers en se trouvant là où on ne les attend pas. Leurs prévisions sont infaillibles mais ils les gardent pour eux…

La bataille durait. Moi, demeurée seule, je ne pouvais m'empêcher de penser aux confidences de Sturl. Pour lui, nous étions rivaux dans le cœur du roi malgré ce qu'il appelait ma laideur de vieille. Moi, si je me savais moins jeune, je ne m'estimais pas si laide, quoi que je lui aie dit. Mais qu'en était-il de Harald ? S'il éprouvait encore quelque attirance pour moi, pourquoi ce mépris montré lors de notre entrevue ? N'était-il pas le maître absolu n'ayant à se justifier devant personne ? Son attitude lui était dictée par ses seuls sentiments…

Je m'étais assise près de l'aviron de direction du navire immobile. Il me sembla soudain que le bruit de la bataille était différent, qu'il se rapprochait. Enfin, quelques éléments apparurent, quelques soldats du roi Harald épuisés mais triomphants.

Sturl surgit bientôt, à cheval, brandissant son épée, sa cotte de mailles tachée de sang. Radieux, il m'apostropha de la berge :

– Grande victoire ! cria-t-il. Edwin et Morcar sont en fuite, leurs troupes sont en déroute. La ville d'York est assiégée et ses habitants ne résisteront pas longtemps : ils ont déjà engagé des pourparlers de paix.

La victoire remportée sur les forces de la Northumbrie a coûté cher. Si on ne brûle plus les corps comme autrefois, on s'emploie maintenant à les enterrer dans de vastes fosses d'où ils pourront surgir au jour de la Résurrection. Et l'on doit toujours creuser d'autres fosses. Qu'importe ! Cette bataille ouvre au roi Harald la porte de l'Angleterre du Nord : tenant York, il régnera sur la moitié du pays. Il recevra là de nouveaux renforts et sera en mesure d'abattre Harold le parjure si celui-ci ose s'opposer à lui.

Terrorisés, les habitants de la cité discutent sans fin du haut de leurs créneaux des conditions de leur reddition. C'est le propre beau-frère du roi, Eysteinn Coq de Bruyère, assisté de l'évêque Svenson, qui cherche à les convaincre.

– Ces bourgeois ont tout avantage à capituler, m'a expliqué Sturl. Ne s'attendant pas à notre attaque, ils n'ont aucune réserve et en cas de siège, ils seront vite morts de faim. Ils n'ont plus de soldats pour les défendre. De notre côté, nous pouvons leur promettre de respecter leur vie et leurs maisons : les morts sont sans intérêt, ils ne paient pas d'impôts. Mais le roi saura pressurer les vivants !

Après quatre jours d'âpres négociations, c'est enfin chose faite : la ville devra ouvrir ses portes au matin du 25 septembre au lever du soleil. Le roi de Norvège, le seigneur Harald l'Impitoyable, pourra y faire son entrée solennelle. Il recevra alors les clefs de la cité et pourra se rendre à la cathédrale Saint-Pierre où l'archevêque Ealdred lui fera vénérer les reliques insignes conservées là.

– Nos hommes n'attendront pas ce grand jour pour célébrer

la victoire, m'affirme Sturl. Ils ont bien mérité de fêter dès maintenant !

Cette fête a duré pendant quatre jours. Faute de pouvoir piller la ville, ils ont ravagé, écumé les campagnes et les villages voisins à vingt milles à la ronde. Une seule consigne a été donnée : ne pas mettre le feu aux habitations pour ne pas terroriser les bourgeois d'York encore embusqués derrière leurs murailles. Ils ont respecté cette consigne mais ont ramené dans l'immense camp des bords de la rivière des barils de bière, de cidre ou de vin, des troupeaux entiers de bœufs, de vaches et de moutons vite égorgés et débités, des monceaux de fromages, de pleins chariots de fruits, des meubles même en quantité. Et puis des filles, des femmes arrachées à leur famille, enlevées, violées, souvent tuées ensuite. Durant ces quatre jours et ces quatre nuits où dans le camp brûlaient d'innombrables brasiers, les soldats du roi Harald ont dignement célébré leur triomphe.

Je n'ai guère vu Sturl durant ces agapes. Le soir du dernier jour pourtant, il me rend visite dans ma retraite, à l'arrière de mon bateau. Il semble avoir l'esprit clair malgré sa participation aux réjouissances.

– Femme…, commence-t-il.

Je l'interromps pour lui recommander le terme « dame » employé par beaucoup qui ne s'en portent pas plus mal. Ma remarque l'agace.

– Dame, reprend-il, le message que je vous apporte est difficile à délivrer. Cependant, le voilà : je vous ai laissé entendre les sentiments du roi pour vous. Bien qu'il n'en montre rien, il pense à vous tout le jour et rêve de vous la nuit. Je lui ai rapporté votre indifférence. Selon lui les femmes sont souvent ainsi, affectant la froideur pour susciter plus d'ardeur.

Il se tait et baisse la tête. Impressionnée de ce beau début, je l'encourage à continuer.

– Voilà : le roi Harald vous demande de chevaucher à ses

côtés lors de son entrée dans la cité d'York, sa capitale du Nord, et de participer avec lui aux cérémonies qui suivront. Il vous prie de ne pas lui tenir rigueur de son absence alors que vous étiez retenue en otage : les soucis du moment en étaient la cause. Acceptez, dame, le roi serait désespéré de votre refus, c'est du moins ce qu'il m'a dit.

Il attend ma réponse. Ma première idée est de me prétendre malade. Pourtant, si je participais à ces cérémonies, je rencontrerais des personnages pouvant m'informer des forces des Saxons de Harold. Ces renseignements, rien ne m'empêcherait alors de courir les rapporter à Guillaume. Cependant, me poser aux yeux de tous en compagne, en concubine du roi Harald est beaucoup me demander. De plus, autant je trouve de plaisir aux fêtes données dans nos châteaux, autant me répugnent les beuveries de ces brutes se terminant par une activité dont je n'ai pour le moment aucune envie. Un stratagème me vient à l'esprit.

– J'ai besoin d'y réfléchir, mon bon seigneur, dis-je avec un sourire angélique. Cependant, je ne saurais accompagner comme il me le demande un féroce guerrier en armes et à la cotte de mailles encore tachée de sang ! Cela ne convient pas à une personne de ma condition !

Décontenancé, il réfléchit et finit par proposer :

– S'il en va ainsi, dame, le roi Harald et sa suite feront leur entrée dans la cité d'York sans armes ni cotte de mailles, ce qui d'ailleurs sera un gage de notre bonne volonté à l'égard des bourgeois de la ville. Je lui en ferai la demande, je suis sûr qu'il acceptera.

La ruse a échoué. Je ne peux qu'affirmer à Sturl mes bons sentiments à l'égard du roi et lui dire que je prendrai ma décision le matin venu. Il se retire, déçu.

La nuit est plus calme qu'on aurait pu le craindre. L'entrée du roi Harald dans sa capitale du nord devant revêtir une grande solennité, sa garde, ses capitaines et les équipages de ses propres vaisseaux l'accompagneront seuls. Le gros de l'armée demeurera au camp sous le commandement d'Eysteinn Coq de Bruyère et des deux princes des Orcades. Ils rejoindront le souverain plus tard. Chacun, néanmoins, se prépare à vivre dignement ce grand moment : on se lave, on fourbit les armes, on sort les habits de fête quand on en a.

Moi, je cherche pendant toute la nuit le moyen de me renseigner sur l'armée de Harold le parjure : se trouve-t-il toujours sur la côte méridionale ? A-t-il pu lever d'autres troupes ? Si je ne puis rien savoir des proches du roi, les gens de la ville d'York m'en diront-ils plus ? Mon anxiété est telle que je ne puis dormir. Mais j'ai tôt fait de décider de ne pas participer à des festivités qui ne sont ni de mon âge, ni de mon rang, ni de mon goût.

Le soleil se lève lorsque les mugissements de la trompe résonnent dans le camp. Comme si le vacarme d'un seul instrument ne suffisait pas, deux, cinq, vingt autres trompes se mettent de la fête. Le roi a décidé de faire son entrée dans la cité au son lugubre de cet instrument. Toutes les cloches de la ville lui répondent. Et j'imagine Harald, chevauchant couronne en tête, son immense cape écarlate flottant au vent, suivi de son célèbre étendard, franchissant le front haut les portes de la cité.

Mais soudain éclatent des hurlements qui font cesser le concert des trompes. Le fracas de la bataille résonne de nouveau, s'amplifie, il me semble même distinguer le bruit du fer contre le fer. Mais quelle armée est-ce donc ? Celle de Northumbrie est défaite, ses chefs sont en fuite et les assiégés ne disposent d'aucun soldat…

Dans le camp, c'est l'agitation. Partout, on s'arme, on court, on s'appelle. C'est Simon qui m'apprend l'arrivée soudaine de l'armée de Harold le parjure, une immense armée prétend-il, ayant surpris le roi Harald et les siens près d'entrer dans la ville. Je m'exclame :

– Mais on le prétendait dans son camp de la côte méridionale, à près de deux cents milles d'ici ?

– Il aura marché jour et nuit, les cavaliers prenant les piétons en croupe, et recruté sur son passage de quoi former une troupe qu'on prétend fabuleuse !

Le camp est maintenant désert, Coq de Bruyère a rallié les hommes et les a jetés dans la bataille. Les cloches ont cessé de sonner, je soupçonne les bourgeois d'York d'avoir refermé leurs portes. Le bruit du combat est maintenant assourdissant, il semble se rapprocher. Les mains aux oreilles, je refuse d'entendre ce concert de clameurs, de gémissements, de mugissements et de plaintes associé au bruit du fer frappant le fer, je vais et viens sur la berge, l'angoisse au ventre. Mais d'où me vient cette angoisse, en quoi suis-je concernée par l'issue de l'affrontement ?

– Dame... murmure Simon, le bonnet à la main.

Il a raison, le camp a été déserté, même par les invalides, la voie est libre. J'ai appris ce que je voulais savoir sur le mouvement des troupes du Saxon. Et puis, si celui-ci était vainqueur, quel sort nous réserverait-il ? Il faut partir maintenant, mais je ne puis me décider à ignorer l'issue de l'affaire.

Vers le milieu du jour, alors que le carnage ne faiblit pas, un cavalier arrive au trot. C'est Sturl. Il ne porte ni casque ni cotte de mailles et le sang ruisselle d'une large blessure de sa cuisse gauche : les troupes du Saxon sont tombées sur Harald près d'entrer dans la ville alors que lui et sa suite n'avaient ni armes ni armure. Son visage livide est révulsé. Il saute de son cheval et se dresse devant moi :

Dame, s'écrie-t-il, la bataille est perdue. Le roi Harald a été tué près du pont de Stamford par une flèche qui l'a atteint au cou. Avant d'expirer, il m'a ordonné de vous presser de partir rejoindre votre fils. Et il a ajouté...

La suite lui pèse.

– Il a ajouté : « Dis-lui que je me souviens de Byzance. » Puis il a vomi un flot de sang. Enfin, il a pu murmurer : « Elle est le seul être que j'aie jamais aimé, répète-le-lui. »

Il grimpe sur son cheval. Un sanglot s'empare de moi, je puis néanmoins lui crier de ne pas repartir, lui proposer de le soigner.

– Non, répond-il en faisant faire demi-tour à son cheval. Je vais me faire tuer près de lui.

Deux jours et deux nuits ! Nous avons couru la mer pendant deux jours et deux nuits pour rapporter à Guillaume le déplacement des forces de Harold vers le nord et sa victoire sur le roi Harald.

Il a fallu se hâter pour informer les Normands et leur permettre de profiter de la saute du vent attendue. Simon, le patron, a d'abord mis le cap vers le large : l'habituelle navigation côtière présente un danger pour nous car les navires des Saxons se trouvent probablement groupés dans l'estuaire de la Tamise. Toutefois, pour cheminer à distance de la terre, il faut connaître les courants, se diriger selon la position des étoiles ou du soleil s'ils sont visibles, profiter de la lumière de la lune, juger de la proximité d'un fleuve à la salinité de la mer… tout cela, Simon le sait. Il a fait route plein est, vers le levant, aussi longtemps qu'une mauvaise rencontre était à redouter. Et puis, il a changé de cap.

Le vent du nord, le vent boréal, ne faiblit pas. Sur l'ordre de monseigneur saint Michel prince des archanges, sans doute, il gonfle la voile comme une outre pleine. Hélas, il l'a tendue si bien qu'elle a commencé à céder, avarie fréquente. Il a fallu l'affaler pour recoudre et renforcer les attaches, autant de temps perdu. Mais, acharnés à progresser plus vite, les hommes ont repris les avirons, rarement utilisés en pleine mer, et souqué avec une énergie surhumaine. Ainsi, le navire a pu continuer sa route sans ralentir.

Depuis le départ, je n'ai pas quitté mon poste, assise près de la rame de direction tenue par le patron. Je suis secouée, ballottée, trempée par les embruns mais je refuse de me mettre à l'abri. Le bonnet enfoncé jusqu'aux yeux, la trogne mauvaise, Simon ne desserre pas les dents depuis qu'il m'a ordonné d'aller me coucher et que j'ai refusé. Il commande à bord, mais moi, je le commande.

Qu'importe ! J'ai grand-hâte de revoir mon aîné, mes autres enfants, le bon Herluin aussi, et j'en aurai grand plaisir. Pourtant, le souvenir des derniers mots de Harald tempère ma joie. Ses paroles me hantent depuis notre départ. N'aurais-je pas dû céder à ses avances ? Certes, si j'avais chevauché à ses côtés, c'est à ses côtés que je reposerais maintenant dans la mort. N'a-t-il pas été tué parce que, selon ma demande, il ne portait pas de cotte de mailles ?

Je me reproche cette faiblesse : eh quoi, vais-je regretter ce monstre capable de faire brûler une ville et de massacrer ses habitants pour son seul plaisir ? Ce ravageur du monde, titre dont il s'est lui-même qualifié, se glorifiant de l'extermination de tout un peuple par ses assassins ? Ce satyre répandant sa semence indistinctement sur les femmes et les adolescents de tout son entourage ? Ce potentat incapable de manifester le moindre sentiment devant moi, refusant de se laisser émouvoir par mes larmes, jouant l'indifférent et me laissant croupir au fond de mon bateau pendant deux mois ? Ma raison m'interdit tout regret, toute tendresse au souvenir de ce personnage. Elle me suggère que les années l'ont transformé en une brute bien différente du paladin d'autrefois : peut-être le temps qui nous rend moins souples durcit-il aussi notre cœur. Elle m'affirme que, dans ses derniers jours, il a seulement été capable d'un peu de désir de moi. Rien de plus.

Ma raison me rappelle ainsi tout ce qui devrait me le faire haïr. Tout en ressassant mes griefs, j'essuie sans cesse mes yeux.

Ils sont trempés, comme toute ma personne d'ailleurs, par les paquets de mer qui s'écrasent sur le navire.

Nous approchons du but : la nuit dernière, pointant du doigt une terre entrevue à main droite, Simon a grogné :

– Ils appellent ça : *North foreland.*

La côte est apparue alors, blême sous la clarté indécise des étoiles. Grâce à l'habileté du patron, nous avons aperçu l'Angleterre pour aussitôt la perdre de vue : passé ce détroit nous apparaîtront les côtes de mon pays.

Et de fait, plus tard, alors que le ciel s'éclaircit puis rosit à l'orient, l'estuaire de la Somme franchi, les falaises du pays de Caux se dressent, murailles crayeuses creusées de valleuses verdoyantes. Sous les rafales du vent, le navire accélère encore sa course, il plonge le nez dans la vague, je dois me cramponner. Nous approchons de l'estuaire de la Dives, nous y serons avant la nuit. Quelques bateaux de pêche sont là, agités par la houle. Je commande :

– Hissez l'étendard !

Et alors que le pavillon de Normandie claque en haut du mât, Simon pointe du doigt une foule d'embarcations mouillées à proximité d'un petit port. Il y en a des centaines. Il grogne :

– C'est le port de Saint-Valéry-en-Caux. M'est avis que monseigneur le duc a fait manœuvrer sa flotte, il l'a rapprochée des côtes anglaises, prête au voyage. Nous arrivons à temps.

– Mère ! Vous enfin ! Mais dans quel état ! s'est écrié Guillaume lors de mon débarquement

Peu porté d'ordinaire à laisser voir ses sentiments, il semblait profondément inquiet. De fait, je grelottais de fièvre, j'avais le souffle court et trébuchais à chaque pas. Néanmoins, je lui ai délivré mon message situant les forces de Harold et l'informant de la bataille de Stamford Bridge remportée par lui deux jours plus tôt. Je lui ai rapporté la très probable saute de la brise au sud pour la fin du mois. Puis j'ai perdu connaissance et me suis effondrée là, devant lui.

Je souffrais d'une fluxion de poitrine : je n'avais plus l'âge de subir sans mal une course folle comme celle du *Ouistreham* pendant deux jours et deux nuits. Et sans doute ma pauvre carcasse ne pouvait-elle plus supporter non plus une telle suite d'émotions. Sinapismes, révulsifs et saignées appliqués par les médecins du duc n'ont apporté qu'une amélioration fort lente de mon état. J'étais désespérée de ne pas pouvoir participer à l'invasion, malgré ma répugnance à la seule idée d'une bataille.

Je fus heureuse d'apprendre comment, deux jours plus tard, le vent ayant tourné comme il avait été annoncé, la flotte s'était lancée à la conquête de l'Angleterre et comment le débarquement s'était déroulé sans opposition le jour même de la Saint-Michel archange, le patron du duché. Enfin, comment Harold avait été tué et ses troupes mises en déroute à Hastings, le 14 octobre 1066. La défense du parjure a été fort opiniâtre, les tués nombreux de part et d'autre : les nôtres auraient-ils obtenu la victoire si la résistance des Saxons n'avait déjà été bien entamée par le combat contre le roi Harald ? Qui peut le dire ?

5

Mon fils Guillaume, duc de Normandie, fut sacré roi d'Angleterre en l'abbaye de Westminster le 25 décembre de l'an du Seigneur 1066, jour de Noël. Cette couronne lui avait été promise bien avant sa naissance par une prophétie, un cauchemar dont nombre de mes nuits ont été hantées. Moi sa mère, j'ai œuvré à l'accomplissement de cette prédiction durant des années par un travail de chaque jour. J'ai préservé Guillaume des menaces qui l'entouraient par des moyens parfois discutables, je le reconnais, mais toujours justifiés par la sainteté du but. Et je suis persuadée que, sans ces procédés, il n'aurait pas survécu, laissant ce pays dans l'immonde barbarie dont il l'a tiré.

Guillaume Malet sire de Graville, mon compagnon de captivité en Norvège, est venu me visiter alors que j'étais convalescente et bien fragile encore. Lui, après des aventures sans fin lors de son évasion, est arrivé en Normandie pour participer au débarquement. Il s'est brillamment conduit à la bataille de Hastings et me l'a racontée tout au long. Il est le dernier à avoir vu le cadavre de Harold, le seul à savoir où il est inhumé mais il a juré à Guillaume de n'en parler à quiconque.

– Dame, m'a-t-il dit, votre fils Odon, l'évêque de Bayeux, a bien combattu, armé seulement d'une masse d'armes car, vous le savez, les clercs n'ont pas le droit de répandre le sang. Il a pour projet de faire broder par un atelier de Saxons une tapisserie racontant toute l'histoire du parjure de Harold et de son châtiment. Cette tapisserie ornera la cathédrale de Bayeux et servira à l'enseignement des générations à venir. Accepteriez-vous de diriger cet atelier, vous qui avez été mêlée de si près à ces événements ?

Il m'est apparu qu'Odon aurait pu venir lui-même me demander cette faveur et je ne manquerai pas de le lui reprocher. Mais j'ai accepté. Et j'ai alors demandé à Malet de m'accompagner à Londres pour le sacre auquel Guillaume ne se souciait pas de m'inviter, pas plus d'ailleurs qu'il n'avait alors demandé à ma bru Mathilde d'y assister.

J'étais donc présente ce soir-là, dans l'église abbatiale de Westminster ruisselante des flammes de mille cierges et de mille lampes. Comme toujours depuis mon enfance, je redoutais l'embrasement de l'édifice et la chute de poutres brûlantes sur la foule. J'ai entendu les chœurs d'enfants, touchants dans leur innocence, réclamant la venue d'un Sauveur qui ne pouvait être que mon fils.

J'ai vu enfin entrer monseigneur le duc, entouré de deux évêques, Ealdred l'évêque d'York qui devait lui imposer la couronne et l'odieux Stigand qui avait tant favorisé Harold et, auparavant, son père Godwine : Guillaume avait souhaité manifester ainsi aux Saxons son désir de paix, il est bien triste de voir beaucoup d'entre eux refuser cette main qui leur est tendue. Et toute la cérémonie a été marquée par sa volonté de rapprocher les deux communautés, Normands et Saxons, pour former dorénavant une seule nation.

Vint le moment des acclamations, rite inusité dans ce pays, mais que mon fils avait voulu y introduire. Un évêque normand, celui de Coutances je crois, lut une proclamation dans notre langue, demandant aux assistants s'ils voulaient voir Guillaume devenir roi d'Angleterre. Un tonnerre d'acclamations lui répondit. Un autre évêque, un Saxon celui-là, lui succéda qui fit la même demande aux gens parlant sa langue.

Le délire des cris de joie fut tel que les soldats montant la garde autour de l'église crurent à une sédition, se mirent en ordre de bataille, envoyèrent une grêle de flèches sur la foule massée à proximité et, voyant répliquer du haut de fenêtres voisines, mirent le feu à plusieurs maisons des alentours. Le vent poussa les flammes, une grande partie du quartier brûla.

Je vis là un signe de l'animosité rencontrée par le nouveau souverain dans la population saxonne. Car mon fils mit plusieurs années à imposer par le feu et par le sang son autorité aux populations locales, se regroupant volontiers à la suite de n'importe quel nouveau prétendant pourvu qu'il fût saxon et qu'il promît de chasser les Normands.

Pour moi, jamais je n'avais douté du succès définitif de l'entreprise. En effet, à l'heure du départ, j'avais exigé un entretien en tête à tête avec mon fils, monseigneur le duc.

– Guillaume, avais-je prononcé avec toute la fermeté dont j'étais alors capable, vous vaincrez et vous serez roi d'Angleterre. Mais vous ne le serez qu'à une condition.

– Et laquelle, mère ? avait-il grogné, exaspéré de devoir ainsi délaisser les derniers préparatifs de l'embarquement.

– C'est de prendre sur le *Mora* votre navire la précieuse relique, la Sainte Ampoule de Constantin qui contient le sang du Seigneur. Elle vous donnera la victoire.

– Mère, apprenez que cette relique a été portée il y a deux jours en procession dans les rues de Saint-Valéry au milieu de la foule des chevaliers, des piétons et du peuple à genoux. Sachez que je l'ai placée moi-même sur le *Mora* et qu'elle nous accompagnera à la bataille.

– Et qu'en ferez-vous ensuite ?

– J'ai l'intention, avait répondu Guillaume, de faire édifier une haute tour au sein même de la ville de Londres. Cet ouvrage nous permettra d'éviter toute surprise et de résister à toute attaque de nos ennemis. Une crypte sera creusée sous la Tour où sera déposée la relique. Elle nous protégera, nous et nos descendants, pour les siècles des siècles.

Je sais que la relique se trouve toujours dans cette crypte creusée sous la Tour. Et qu'elle protège les rois d'Angleterre pour les siècles des siècles.

Tout est dit, moine. Tu connais maintenant ce que des sots appellent mes crimes : plusieurs fois, j'ai donné ou fait donner le poison. Peut-être au cours de cette confession ai-je omis l'un ou l'autre de ces accidents et sans doute me demanderas-tu à nouveau de me repentir. Je te répondrai une fois de plus que je ne le ferai pas. Car j'ai agi en soldat défendant sa terre, en mère protégeant la vie des siens et je prétends qu'il eût été criminel de m'en abstenir. J'ai toujours été profondément honnête, même avec le changeur de Byzance, Gagic, que j'ai désintéressé sur ma propre cassette pour pouvoir offrir la vénérable relique à mon fils le duc Guillaume et à sa descendance.

En revanche, je regrette le destin tragique des nombreux habitants de Byzance sacrifiés à ma vengeance. Celui aussi de ces milliers de soldats tués par les Turcs à l'effroyable carnage de Manzikert, cinq ans après notre triomphe de Hastings : privé de la Sainte Ampoule, l'Empire ne pouvait éviter ce désastre qui inaugure son déclin et sa fin. Je me reproche l'étrange orgueil tiré de ma basse extraction et d'une prétendue supériorité qu'elle m'aurait donnée sur les autres femmes. Surtout, je m'accuse d'avoir, pour le bien de mon aîné, trop négligé l'éducation et la sécurité de mes autres enfants et de mon second époux. Et de tout cela, sur le point de quitter cette vie, j'espère qu'il ne me sera pas tenu rigueur.

DU MÊME AUTEUR

Aux Éditions Albin Michel

LES TROIS NOCES D'ANASTASIA, 1989.

OMBRE DE SOIE, 1991.

LE PRINCE EUNUQUE, 1994, prix de la ville de Nancy.

LE MATIN DES FEMMES, 1997.

LES SULTANES DE BONAPARTE, 1998.

LE ROYAUME DE BÉRÉNICE, 1999.

LA PRINCESSE AU COBRA, 2001, prix Paul Féval de la Société des Gens de Lettres.

LA PROPHÉTIE D'ALEXANDRIE, 2005.

Composition IGS-CP
Impression : Imprimerie Floch, octobre 2007
Éditions Albin Michel
22, rue Huyghens, 75014 Paris
www.albin-michel.fr

ISBN : 978-2-226-18099-5
N° d'édition : 25497. – N° d'impression : 69338
Dépôt légal : novembre 2007
Imprimé en France